警探长 1
JING TAN ZHANG 1

奉义天涯 / 著

时代出版传媒股份有限公司
安徽文艺出版社

图书在版编目（CIP）数据

警探长.1/奉义天涯著.—合肥：安徽文艺出版社,2023.5
ISBN 978-7-5396-7645-6

Ⅰ.①警… Ⅱ.①奉… Ⅲ.①长篇小说－中国－当代 Ⅳ.①I247.5

中国版本图书馆CIP数据核字(2022)第239473号

出版人：姚 巍
策　　划：宋晓津　姚 衍　　　统　　筹：宋晓津　姚 衍
责任编辑：宋晓津　柯 谐　　　装帧设计：徐　睿

出版发行：安徽文艺出版社　　www.awpub.com
地　　址：合肥市翡翠路1118号　邮政编码：230071
营销部：(0551)63533889
印　　制：安徽新华印刷股份有限公司　(0551)65859551

开本：880×1230　1/32　印张：14　字数：300千字
版次：2023年5月第1版
印次：2023年5月第1次印刷
定价：52.00元

（如发现印装质量问题，影响阅读，请与出版社联系调换）

版权所有，侵权必究

目 录

第一章　一个人报到 / 001

第二章　"大案" / 005

第三章　纠纷 / 008

第四章　上班 / 012

第五章　穿山甲 / 016

第六章　一盘录像看一天 / 020

第七章　周末 / 024

第八章　沉尸 / 027

第九章　离开 / 030

第十章　师傅 / 033

第十一章　一天的开始 / 037

第十二章　虚心请教 / 041

第十三章　忙碌的一天 / 045

第十四章　调查 / 049

第十五章　"神探"华东 / 053

第十六章　借调专案组 / 057

第十七章　专案组 / 061

第十八章　阅卷 / 064

第十九章　线索 / 067

第二十章　僵局 / 070

第二十一章　分析 / 073

第二十二章　追！/ 076

第二十三章　抓获 / 080

第二十四章　会跑的三等功 / 083

第二十五章　再遇 / 087

第二十六章　冲突 / 091

第二十七章　出差 / 095

第二十八章　安排 / 099

第二十九章　茶城 / 102

第三十章　森林警察 / 106

第三十一章　意料之外 / 109

第三十二章　劝君更尽一杯酒 / 112

第三十三章　以逸待劳 / 116

第三十四章　整合情报 / 120

第三十五章　险境 / 124

第三十六章　惊遇 / 127

第三十七章　搏斗 / 131

第三十八章　制伏 / 135

第三十九章　归途（1）/ 139

第四十章　归途（2）/ 143

第四十一章　归途（3）/ 146

第四十二章　归途（4）/ 149

第四十三章　表彰会议 / 153

第四十四章　同学 / 156

第四十五章　刑事传唤 / 160

第四十六章　王若依 / 163

第四十七章　想哭的华东 / 166

第四十八章　父亲的经历 / 169

第四十九章　白玉龙的历史 / 173

第五十章　人事变动 / 176

第五十一章　搜查与抓捕 / 180

第五十二章　追捕 / 183

第五十三章　供述 / 187

第五十四章　大学舍友 / 190

第五十五章　相聚 / 193

第五十六章　犯罪心理学 / 197

第五十七章　4vs12 / 201

第五十八章　负伤 / 204

第五十九章　重要线索 / 208

第六十章　废品收购站 / 211

第六十二章　人面画像 / 215

第六十二章　重点嫌疑 / 219

第六十三章　王千意的家 / 222

第六十四章　情深 / 225

第六十五章　推理 / 229

第六十六章　猜想 / 232

第六十七章　追寻历史和预测未来 / 235

第六十八章　守得云开见月明 / 238

第六十九章　回家 / 242

第七十章　盗窃案 / 246

第七十一章　家 / 250

第七十二章　最香的酒 / 253

第七十三章　叮嘱 / 256

第七十四章　回所报到 / 260

第七十五章　吵架 / 264

第七十六章　跳楼 / 268

第七十七章　余悸 / 272

第七十八章　电信诈骗（1）/ 275

第七十九章　电信诈骗（2）/ 279

第八十章　电信诈骗（3）/ 282

第八十一章　电信诈骗（4）/ 286

第八十二章　狗血剧（1）/ 289

第八十三章　狗血剧（2）/ 292

第八十四章　办案 / 295

第八十五章　买手机 / 298

第八十六章　你买吧，我不拦着 / 300

第八十七章　市局专案组 / 303

第八十八章　满载的电瓶（1）/ 306

第八十九章　满载的电瓶（2）/ 309

第九十章　突发 / 312

第九十一章　死因成谜 / 316

第九十二章　勘查 / 320

第九十三章　不排除自杀可能 / 324

第九十四章　所办案队 / 327

第九十五章　中年丧偶与年少丧父 / 330

第九十六章　埋藏的历史 / 334

第九十七章　险情排除 / 338

第九十八章　细聊 / 341

第九十九章　父母心 / 345

第一百章　关切 / 349

第一百零一章　出征 / 352

第一百零二章　别动！／355

第一百零三章　现场／358

第一百零四章　凯旋／362

第一百零五章　荐人以渔／365

第一百零六章　分析案情（1）／369

第一百零七章　分析案情（2）／373

第一百零八章　现场重现（1）／377

第一百零九章　现场重现（2）／381

第一百一十章　办案队休息／385

第一百一十一章　聊天（1）／389

第一百一十二章　聊天（2）／393

第一百一十三章　平淡无奇／397

第一百一十四章　高层火灾／401

第一百一十五章　灭火／405

第一百一十六章　扯皮／409

第一百一十七章　老郑你狠／413

第一百一十八章　关键证据与普通证据／417

第一百一十九章　专案组与办案队／421

第一百二十章　神预言／424

第一百二十一章　来龙去脉／428

第一百二十二章　田局长的问题／432

第一百二十三章　史上存在时间最短的专案组／436

第一章　一个人报到

白松盯着政治处办公室的电子挂钟，2011年10月17日10时43分，他看着时间，有些出神。

偌大的办公室里，只有白松一个人。刚刚和他一起来的新警们，都已经一个个地被领走了，只剩下他自己。就连政治处的同志，在和他一起坐了半个多小时后，也离开去办别的事了。

九河桥派出所，这是白松被分配的地方。早上八点多的时候，政治处的同志已经公布了大家的分配情况，跟白松一批来的十位新警，一起度过了三个月的培训，大家都纷纷进入了不同的岗位。

段菲和孙杰是专业的法医学研究生，直接被招进了刑警队，除了他俩以外，其他的八人都是去了派出所。九河区一共有14个派出所，每个所风格如何，在培训的几个月大家都耳熟能详。有的所辖区歌厅、娱乐场所多，案子多，人很忙，相应的奖金收入也多；有的所辖区娱乐场所相对较少，但是案子也会比较少。

而九河桥派出所就比较特殊，这里的辖区在几十年前全是农田，后来随着房地产开发，这些便宜的土地上被大量盖上了楼房，而且大部分是回迁房，除此之外，违章建筑和平房极多。人员复杂、穷、人多、事情多，就是这个所辖区的真实写照了，用一句话可以概括："除了寥寥的几个小区还可以，其他的跟城乡接合部没什么区别。"

大家都分到了不同的单位。白松开始倒也不急：九河桥就九河桥吧。忙？那能有多忙呢？自己年轻，这点苦怕什么，再忙，还能有自己大三的时候在京城实习的那半年忙？

想着这些有的没的，时间倒是过得挺快，但是迟迟没人来接他，白松还是有些着急了。

终于，大门被打开，推门而入的是政治处的同志，白松叫他李哥。

"哎？你小子还没被接走啊！"李哥看到白松还在，也有些惊讶，白松随即站起来，李哥摆摆手，示意白松继续坐着，然后说，"你等一下，我打电话问问。"

李哥说完又出了门，白松等了差不多3分钟，李哥才重新推门而入。

"你叫什么名字来着？白、白什么？"李哥进来就问道。

"李哥，我叫白松。"白松站了起来，认真地回答道。在他眼里，政治处的同志，那可都是领导。

"哦哦，白松，对。我刚刚帮你问了，你们所啊，出了个挺大的案子，腾不出人来接你了，我刚刚给所里教导员打了电话，他说让你打车过去，他给报销路费。"说到这里，李哥也感觉有些不好意思，毕竟他是管分配的同志，按理说就算所里不来接，他也应该送，毕竟对于新警来说，这也是新媳妇上花轿——头一回，让人家打车过去也着实有些说不过去。

再说了，让白松刚去就找领导报销车钱，这不是欺负人家孩子吗？想到这里，李哥沉思了一会儿："要不你也别打车了。我是实在有事脱不开身，没办法送你，你等等，我问问分局其他科室，有没有谁有时间。"

白松立刻道："李哥您别管了，我知道九河桥所在什么地方，距离咱们局也不远，我自己能去。"说完，他也不顾李哥的挽留，推门离开了政治处。

"嗨！这孩子。"李哥叹了口气，也没说什么。

因为是第一天报到，白松穿着崭新的制服、锃亮的皮鞋，到分局门口准备打车。这个时间段打车的人不多，很快地就有一辆出租车被拦了下来。

"警察大哥，我没违章啊！"司机有些被冤枉的感觉，赶忙把脑袋从车里探了出来。

"啊？没事没事。"白松有些不好意思，解释道，"我打车。"

"好嘛！吓我一跳啊哥哥！"司机一口纯正的天华市口音，拍拍胸脯，把车停稳当了。

"去九河桥派出所。"白松说道。这条路他不算熟悉，但是大体也知道有十几公里，他拿好自己的背包，并系好了安全带。

"好嘞，您坐稳了。"司机有些开心，毕竟这一单还算比较远。

"看您这年龄，是新警吧？"司机聊道。

"嗯，新警，这不，要去九河桥报到。"白松回答道。他还算是比较擅长和他人交流，平时挺外向的。

"嚯！介（这）九河分局真有点不是那意思了，介还得让你们自己打车去？介也太说不过去了吧。"司机打抱不平。

"嗯，没事，我报到有点晚，不好意思让单位给我单独出一趟车。"白松没提案子的事。

"嗨！那也不是事啊！所里啊，公家车，出一趟就出一趟呗，再说了，九河桥所可是大所了！"听起来司机倒是对这一带挺熟悉。

一路无聊，白松也是听出了一点兴致，司机看样子是本地通，对当地的派出所情况也是了解不少，见白松有兴趣，侃劲也上来了，一口气把他了解的九河桥派出所的历史和现状都说了一遍，白松听得津津有味。

聊着天，白松很快就到了目的地。

九河桥所曾经十分破旧，过去所里连自己的办案区都没有，办案要去别的所共用一个办案区。但是自从上个月新所启用，九河桥所一跃从最破的所变成了条件比较好的所之一，硬件设施还是比较到位的，四层的办公楼也算是气派，蓝白相间的建筑与周围的建筑倒也融洽——附近有大量的蓝色、白色彩钢房。

给了钱，下了车，白松第一件事就是拿出手机给崭新的派出所拍了一张照片，又以此为背景自拍了一张，他给老妈发了彩信，同时说了几句话，好让父母安心。

第一章 一个人报到 | 003

出人意料的是值班大厅里没有一个群众,也许是因为临近中午的原因。前台也只有一个值班辅警,一个民警都没有。

"您好,您哪位?找谁?"前台女辅警问道。

"哦,您好,我是咱们所新分来的民警。"白松点头示意。

"哦哦哦,那你直接去找领导吧,他们都在院子里呢,你进去了就能看到。"女辅警看了眼白松,直接打开了玻璃门。

第二章 "大案"

　　走过前台的玻璃门，是派出所的院子，一进门，一股发霉的味道就直冲鼻子。白松四下望望，这一大片空地，居然摆满了各种各样的破衣服。
　　十几名民警正在从一辆厢式货车上往下搬大包小包的衣服，然后慢慢铺开在院子里，偌大的院子已经被铺满了一半，很多衣服都已经发霉了。
　　大家忙得热火朝天，没人关注白松，这时一个中年警察看到了白松，放下了手里的衣服，过来问道："你是新来的民警白松，对吧？"
　　白松马上点点头，敬了个礼："是，领导，我叫白松。"
　　"嗯，我是咱们所的教导员，我姓李，这位是咱们所的孙所长，还有这两位是魏所和王所。"李教导员看到白松敬礼，也立正回了个礼，接着做了简单的介绍。此时几位所长也正在帮忙搬东西，李教导员介绍道："这是咱们所新来的民警，叫白松，这可是华国警官大学毕业的高才生。"
　　大体介绍了两句，李教导员对白松说道："你也别闲着了，过来搭把手。"
　　白松应了一声，把背包放下，连忙跑到车子那里，开始往下搬衣服。边搬边和大伙儿聊了几句，白松才知道是怎么回事。
　　辖区内有一家已经倒闭了的服装厂，厂长欠债早就跑了，但是还有半个仓库的旧衣服没有处理，就暂且留在了那里。这些破衣服根本没人要，但是不知道怎么回事，还是被一伙贼给看中了，连夜去偷，一件一件地收拾。结果要离开的时候，其中一个笨贼偷衣服受伤了，剩下两个手忙脚乱的，被发现报了警。

整整两吨多的旧衣服，都在这辆车上，所里值班的民警忙不过来，三个民警带着受伤的贼去看病，还有几个民警正在给另外俩贼取笔录，剩下的民警基本都在这里统计涉案物品了。这会儿已经好多了，刚开始确实有点鸡飞狗跳的。听民警说，受伤的蟊贼伤的居然是男人比较重要的部位，也不知道黑灯瞎火是怎么伤的，疼得嗷嗷叫，另外俩贼去捂嘴都没捂住，这才导致东窗事发。

白松跟大家也不熟悉，就听大家聊天，听他们说着"物价鉴定肯定麻烦""法制部门又要……"之类的话，也只能苦笑，这算什么事啊。

这个案子本身挺简单，抓了现行，但是比较麻烦的是服装厂老板不在，这些财物的归属和认定就成了问题。

白松和十几个警察合力，又花了一个多小时，才把几千件衣服的数量和质地给统计了出来，还挨个拍了照片，做了登记，在院子里摆得蔚为壮观。

案子看着是挺大，但是涉案价值……

收拾完，李教导员带着白松去了办公室，教导员暂时没有给白松分组，而是安排他先跟着所有的班组忙一周，下周再正式跟组。李教导员介绍了一些简单的情况，给白松安排了一下宿舍和一些生活所需，讲了一下吃饭、睡觉、值班的基本情况，然后告诉白松今天先不安排工作，让白松先收拾一下东西。

"对了，你打车来的吧？今天所里出这事，也算是对不住你了，发票有吗？这个能报销的。"李教导员突然想起了什么。

"哦哦哦没事，分局有个师傅来附近有事，顺便把我带过来的，谢谢您了教导员。"白松看所里这么忙，哪还有心思报销这几十块钱，连忙摆摆手。

教导员点点头，又嘱咐了几句，就离开了办公室。

白松和教导员告了别，准备回到之前培训的巡警大队取自己的被褥之类，这会儿，接到了王亮的电话。

这一批分到九河区的新警，只有王亮和白松是一个学校的，不过不是一个系的。大学期间两人的交情来自篮球，工作以后到了一个城市一个区，两人迅速地成了好哥们，培训的时候也是形影不离。一方面确实是性格上差异不大，另一方面嘛，嗯，都是单身。

"白松，你那边所里接完了吗？我这边都安顿好了！"王亮开心地说，"我们单位派了一辆大车，带我去巡警那里把东西都拉过来了。我看咱俩派出所很近，我就自作主张把你的东西都拉到这边来了。你有空啊，直接过来找我拿就行。"

"行啊！够意思，你们所也挺地道的。"白松道。

"那当然。主要是我太帅了，到哪里都是很受欢迎的，受到如此待遇实属应当。"王亮道，"我已经被安排好了，我们领导说我可是警官大学情报学系的高才生，我们单位新成立了图侦部门，就把我安排了过去。怎么样，你现在被安排到哪里去了？"

"我？下周再说吧。"白松不想听王亮显摆，聊了几句就挂了电话。

折腾了一个多小时，身上也有一股发霉的味道，好在天气还不算太冷，白松脱下上衣，简单用水洗了一下，然后用厕所的吹风机吹干，换上了便服。

白松的手机不是最新的智能机，没有手机地图这种软件，好在他随身还带着一小本地图，这也算是这些年养成的习惯了。

三林路派出所，距离地图上的九河桥派出所有五六公里之远，不过因为九河桥派出所搬家了的缘故，现在倒是近得很，也就1公里左右的样子。白松看了看路线，了然于胸，抬腿出发。

三林路派出所是前年修建的新所，相比九河桥派出所，也许没那么崭新，但是所里的设施明显更充足。各类不同型号的摄像头遍布全所，就连周边马路上也是安装了一大排，据说这是市里搞的试点。

第二章 "大案" | 007

第三章 纠纷

白松看到这些摄像头着实有些羡慕，要是九河桥所有这么完善的监控，今天抓的这些蟊贼估计根本不敢开着货车去偷衣服。

刚刚走到三林路派出所门口，白松就听到了值班大厅里的喧闹声。进门一看，两个上了年纪的女人正在和一个小伙子理论。

"民警，反正这个事不能这么算了，我正常地开车，她打我必须得赔钱！"一个大约三十岁的男子大声喊道。这个人是出租车司机，也是自称被打的一方，胳膊上有几条比较浅的文身。

"呵，想钱想疯了吧！连老太太的钱都想讹！我告诉你，我没打你，谁打你你找谁去！"一个穿红衣服的妇女语气极为夸张。

"就是就是！"红衣妇女旁边的女子附和道，"没见过你这么开车的，车费19块2，我告诉你想抹个零，给你19块钱怎么就不行？你怎么这么厉害啊？我看你这文着花描着龙的，怎么着，是不是想动手打我们啊？"

与司机对峙的是两名加起来有一百岁的中年女子，矮胖身材，嗓门极大。

白松看着三个人吵的样子就发怵，这要是把他搁在现在三人中间那个民警的位置上，估计他已经要疯了。但是此时再看那个民警，三十岁左右的样子，静静地站在三个人中间。

看着这一幕，白松也没挪步，他就想看看怎么处理这种琐事。

过了一会儿，一个年轻的辅警抱着一台笔记本电脑从屋里出来，向外面的民警点了点头，民警看了一眼，没说什么，就继续听着这三位车轱辘话来回转。

　　终于，双方都发现棋逢对手，逐渐偃旗息鼓，目光看向民警。民警看火候差不多了，朝着一个女子问道："你动手了吗？"

　　"没有！绝对没有！警官，您这是嘛（什么）意思！"穿红衣服的妇女反应很快，矢口否认。

　　"哦，行。如果你没打人，那当然很好。那如果你动手了，怎么说？"民警语气很平静。

　　"啊？民警你和他是一伙的！我没动手，你居然……"红衣妇女嗓门再次提高，嚷嚷起来。

　　民警抬手压了压，打断妇女的话，神色如常地说了两个字："如果。"

　　红衣妇女抬头看了民警一眼，做好了发作准备的她从民警淡定的眼神里似乎看到了不妙，脖子一梗，道："我没动手！"

　　民警也不说话，这时候旁边的辅警把电脑直接递了过来，然后熟练地打开了一段视频。

　　白松也侧了侧身，不远不近地站在了电脑旁。

　　视频十分短暂，只有十几秒，但是清晰度很高，可以清楚地看到，红衣妇女下车后指着司机骂骂咧咧，接着就扇了司机一巴掌，视频就结束了。

　　红衣妇女看到视频播放的那一刻，脸色就变了，谁承想那个地方居然有这么清晰的摄像头，而且这民警办事效率也太高了吧。此时她也有些下不来台，近乎本能地说："警察，是司机先骂我的！"

　　说完这句，红衣妇女瞬间找到了话柄，她脑子转得极快，民警那边的摄像头并没有录音功能，再说了，即使有，自己一口咬定这个司机在车上骂她，谁又能证明呢？

　　"要不是他骂得太狠了，我也不会动手！"红衣妇女再次强调。

　　这时候的司机反倒是笑了："一看就是平时也没钱打车的主。呵，出租车都有录音设备，这点常识都不知道。"

　　"哎，你这司机怎么说话的！"红衣妇女的朋友连忙插上了话，她看出

第三章　纠纷　｜　009

来了，今天这事情，怎么着都是她们没理了，但还是上来抢了一句话。

"行了，我问一句，调解还是官了？"民警一句话主导了形势。

警察说罢，双方就开始了讨价还价，简而言之，司机这边也愿意调解，能省很多时间，而妇女那边，自然也不愿被拘留或者罚款，最终敲定，300元。

很快双方签字捺印，算是调解结束了。两个妇女极不情愿地凑了300元钱，神色不爽地走了。反倒是司机，心情十分舒畅，仿佛是打了胜仗一般。

"打扰各位了，告辞了。"司机看着俩女子掏钱，拱了拱手，就此道别。

就在司机踏出门的那一刻，民警看到桌上的300块钱，这司机居然没有拿走，于是紧紧追了几步，喊司机停下把钱拿走。此时出租车司机已经上了车，直接道："我又不是碰瓷的，让她们出点钱纯粹是心里得劲，钱交公了。"说完，关上车窗就离开了。

剩下大厅里的四个人面面相觑。此时王亮也从屋子里出来了，看了看三人愣神的样子，忙道："出什么事了李警长？有啥需要帮忙的吗？"

被唤作李警长的男子还真是愣了一下，苦笑道："没事没事，调解了这么多年案子，居然真有一个不是为了钱的，真是井底的蛤蟆上井台——开眼了。"

王亮一脸不解，连忙把白松叫来，听白松讲了讲始末，倒也啧啧称奇。

"小任，你去查查他的车牌号，打电话让他来把钱拿走吧，这个钱咱们不留。"李警长嘱咐身边的辅警，"要是他不来，钱就暂时放着，啥时候他来拿再说。"说完看了眼聊得正欢的白松王亮二人，和白松打了个招呼，就进院里了。

这虽然是一件小事，但是视频录像起到的巨大作用让白松感触颇深，他连忙拉着王亮进入了视频监控室。

崭新的视频监控室里有两块50英寸大的液晶屏，此时正播放着三林路派出所辖区所有路口的监控录像，清晰度极佳。白松也没去动鼠标，就是随便看了看，便也没了什么想法，毕竟九河桥派出所还没有这么先进，看人家再多也没什么用。

"怎么样,厉害吧?以后哥就负责这个了,你们那里要是有啥搞不定的案子,就找哥。"王亮拍拍胸脯。

"喊,说得好像你们这能拍到我们辖区似的。"白松也没接王亮的话茬。这要是夸一句,王亮的尾巴就要翘上天了。

第四章　上班

白松和王亮一起穿着便服吃了个饭，饭后把白松的东西都搬到了九河桥派出所，下午两人的时间都可以自由安排。

王亮这个人白松很了解，工作还算是不含糊，但是休息时间主动去加班这种事绝不可能在他身上发生，而白松这时候也想休息一下。下午选择做什么呢？

一合计，两人选择了"影魔"和"狼人"。

2011年的下半年，正是DOTA火的时候，在经历了2009年"爹妈大战"的火爆赛季之后，DOTA已然成了最火的游戏，而也就是这一年，英雄联盟悄然公测，逐渐开始展现燎原之势。

而此时此刻，网吧里讨论最多的，一定是天梯与英雄分。

看着灰色的屏幕，白松喝了一大口水，这一来就三连败也是没谁了，这第四把了，看这个局势，还是岌岌可危。

"我问一下，你能不能别玩狼人了？"白松无奈了，"哥，你玩个控吧，别刷了。"

"什么啊，你们拖住啊，稳住，不要上啊。"王亮看着自己的装备格子，"假腿祭品黑皇杖，等我再出个大炮蝴蝶圣剑我就无敌了。"

白松差点把刚喝的水吐出去，BKB都出完了还刷野不打架，幽幽地说了一句："大亮啊，还记得我前几天跟你说过的吗？你啊，还是适合玩个美杜莎，刷刷刷。"

熟悉的失败提示音响起，白松伸了伸懒腰，拿起一包纸，去了厕所。

这家网吧在九河桥派出所辖区，距离培训的巡警队有点距离，因此两人之前也没有来过这里。但是大厅环境还是很不错的，换气做得不错，烟味比较小，不过厕所就不怎么样了，各种小广告层出不穷。

如厕完，洗手回归的白松状态相当不错，带着王亮连扳几局，倒是把许多烦恼抛之脑后。

回到单位已经是晚上八点多了，收拾了一下东西，换了新环境的白松还是有些不适应。单位很新，四个人一个宿舍，白松的宿舍加上他也只有三个人，还有一个上铺是空的，今天恰巧另外两位也不值班，白松怕明天起床晚了，迷迷糊糊地睡了过去。

第二天早上六点多，白松就起床了，早早收拾完，去食堂吃了早点，和食堂的同事们打了招呼。今天是周二，人倒是不多，想来是因为周末值班的同志昨天都被叫到所里加班，今天上午休息了。

院子里的那些衣服也被收拾起来了，这么说来，所里昨天的案子应该是办得差不多了。

早上点名的时候孙所和李教导员都不在，王所草草地说了几句，就散会了。白松还没有分班，就跟着今天值班的组一起上正常班。

今天是王所值班，带班警长是个叫钱明的中年民警，一大早，王所就和钱明带着两个辅警出去了，白松在前台无所事事，跟户籍内勤有一搭没一搭地聊着。

正聊着天，前台的电脑传来了警情，白松急忙走了过去。前台接警的老民警倒是不急，推了推眼镜，看了看电脑。

"爱荷花园3号楼101家里进了一只大型野生动物，请速派警处置。"白松读完，有些着急，大型野生动物！要知道九河区这边虽然不是市中心，但是总归是人员密集场所，怎么会存在大型野生动物？老虎？狮子？狼？难不成是动物园的动物跑出来了？想到这里，白松感觉问题有些棘手。

到底使用防爆叉还是麻醉枪？白松心里念头急转，此时就差领导号令了。

前台值班的孙师傅此时哪知道白松心里这么多戏，拿起电话先给报警人打了电话。

"您好，九河桥派出所，是您报的警吗？"孙师傅问道。

"是是是，民警，民警，对，是我报的警。你们快来，快来。"电话里传来一个年轻女子的声音，带着哭腔。

"地点是在爱荷花园3号楼101号吗？什么事？"

"是是是！就是，就是我刚刚带着我家哈尼出去，刚刚一开门，一开门就，一只大、大、大的东西钻了进来，吓得我抱着哈尼，跳到了厨房里面！那个东西，现在还在家里！"女子边说边哭。

孙师傅挂了电话，看了看一脸严肃的白松，顿时乐了。

"紧张啥，不是猫就是狗，你慌什么？你去旁边备勤室带个网子。"孙师傅说完，喊上了另外一个中年民警，便安排白松跟着中年民警出警。

带白松出警的民警叫刘峰，看样子应该有四十岁了，但是说话聊天却显得很年轻，没几句话就和白松聊得很开心，很快车子就到了爱荷花园。

下了车，白松戴好帽子，打开执法记录仪，双手抄起网子，跟在了刘峰的后面。

3号楼只有一个单元，刘峰很快地找到了报警人的家，门没关，应该是报警人还没来得及关，两人一前一后进了屋子里。

"有人吗？"刘峰问道，"我们是九河桥派出所民警。"

"有，有，有。"旁边厨房的门里传来了敲门声。

白松拉开了门，只见一个年轻的姑娘抱着一只白色的比熊犬正靠着墙，脸上淡淡的妆容已经花了。

"你说的东西在哪呢？"刘峰进屋子大体转了一圈，也没发现什么，就过来问道。

"不，不知道。"女子摇摇头，看到警察来了她稍微胆大了一点，但是还是没有站直，紧紧地抱着狗。

白松心想这姑娘胆子也实在是够小的，也没多想，既然刘峰没找到，要么就是一只很小的动物，要么早就跑了。他暗道一声自己想得太多，接着仔细打量起房子来。

第五章　穿山甲

爱荷花园在九河桥辖区算是很不错的小区了，报警人的家是简单的两室一厅。而女子的卧室是关着门的，也就是说，这动物可以藏的地方只有一厅一卫一卧。

刘峰有一搭没一搭地翻着沙发和垫子，白松耳尖，似乎听到阳台传来了什么声音，他向刘峰招招手，两人轻手轻脚地到了阳台附近。

只见一只长约50厘米、浑身鳞片的褐色尖嘴动物，双腿支撑站立，前肢正在找机会打洞，阳台的花盆已经被它弄碎了两个。

穿山甲？白松的脑海里一下子涌现出这么一个词。仔细一看，确实与自己在动物园见过的穿山甲一模一样。

"这是啥玩意？"刘峰有些蒙，不是说好的小猫小狗吗？这东西怎么搞？

"这应该是穿山甲吧？"白松语气不算很确定，"我咋记得这东西只有南方才有。"

"穿山甲！哦哦哦，你这一说还真是，要是穿山甲就没啥大问题，这东西应该不咬人。"刘峰道。

"刘师傅，这是保护动物吧？这种情况咱们怎么处理？"白松一脸茫然。

"保护动物？你确定？"刘峰问道，"这东西不都是养殖的吗？"

"啊？我记得好像是国家二级保护动物。"[①]白松站在了阳台的门口，生怕这小动物跑出去。

[①] 2020年6月，中华穿山甲因数量锐减，被定为国家一级保护动物。

"那你等会儿,我打电话给所里,这个咱们搞不了。"刘峰看了看阳台的结构,确定这穿山甲不可能挠透钢筋混凝土的阳台,直接把阳台的门给关上了。这顿操作倒是让白松有些发愣,这不怕把里面的东西全给祸祸了?不应该先抓起来吗?

"保护动物由专门的部门管的。这小东西就算把这阳台拆了,也有部门赔钱。倒是你,"刘峰指了指白松手里的工具,"你把它弄伤了或者弄死了很麻烦,它要是伤到你,更麻烦。"

白松不好意思地笑了笑,看着刘峰拨通了电话。

这会儿,房子的女主人已经出来了,她听到了两人的谈话,知道是穿山甲而且已经被关在了阳台上,她倒也不怕了,小心翼翼地凑了过来,透过阳台门的玻璃往里面瞧。

"白松,你给她记录一下基本情况。"刘峰跟所里汇报完,接着拨通了另外一个电话,就走出了房屋。

"哇,还真的是穿山甲啊。刚刚真的吓死我了,这东西跑得又快身上又有鳞片,太吓人了。"女子拍拍胸脯。

"嗯,没事了,就是可惜了你这几盆花。对了,你说一下你的基本信息,我记录一下,估计一会儿有相关部门的人员来处理。"白松拿起随身带着的小本本。

"花毁了没事,不碍事。我叫徐纺,纺织的纺……"徐纺边说,边不停地看着阳台的穿山甲,问道,"警察同志,你说,这个小东西我可以养着吗?我这么一看还倒是挺顺眼的。"

"啊?"白松差点以为自己听错了,刚刚还被吓哭了,这就想养着玩,真不知道该说她胆大还是胆小。

"哦,你说了,这算保护动物,嗯,我就那么一说……话说为什么会有这东西在这里?会不会是别人家的宠物呢?"徐纺自言自语道。

"不好说,还是等等专业人士的论断吧。"

白松和徐纺聊了差不多十几分钟,刘峰带着魏所进来了。看穿山甲,魏

第五章 穿山甲 | 017

所也有些吃惊："还真是穿山甲。刘峰你和新来的小不点在这里等着，分局治安科的一会儿就到，我得出去联系一下林业局森林公安局。"

魏所说完就走了，这个时候白松突然发现徐纺满脸笑意。

"你笑什么？"白松有些不解。

"啊？我看刚刚那个警察叫你小不点，为什么呀？你个子这么高的。"徐纺笑着，拿手向上比画了一下。

"就这个啊？我新来的，被老师傅这么叫很正常啊。"白松不以为然，他倒是对魏所说的森林公安挺感兴趣。

因为怕穿山甲跑了，这个阳台的玻璃门看着很不结实的样子，白松干脆搬了把椅子坐在门边，大约过了半个小时，治安科进来的两拨人也都出去了，森林公安的同志们到了。他们穿着专业防咬防割的装备，带着的铁笼，一看就很是专业。

进入阳台的两名森林公安动作很麻利，一进去就制住了穿山甲，放入笼子，接着给笼子蒙上了布，拿了出来。

魏所看到这一幕也放心了，连忙道："辛苦了各位啊，要是没你们，我们还真不知道怎么处理呢。"

森林公安客气地摆摆手："这得感谢你们，这可不是简单的穿山甲，这种穿山甲叫中华穿山甲，海南亚种，已经濒危了，能在这里救一只也不容易，我可是好几年没遇到这种事情了。"

"啊，海南亚种？那怎么会出现在这里？不会是有贩卖野生动物的吧？"魏所面色有些凝重，光听这个名字，就知道这肯定是保护动物。

"嗯，不排除这个可能，反正我不相信这是野生的跑过来了。"森林公安的同志点了点头。

"好，我回去给我们孙所打个电话汇报一下。一会儿我让人把这里勘查一下，如果受理案件，还得麻烦您那边出证明之类的东西。"魏所道。

"这没问题，我们先回去，这小东西受惊了，可不能一直搁在笼子里。"

话毕，森林公安的警察三步并作两步离开了，走之前还和徐纺互留了联系方式，魏所和治安科的人也跟着一起离开了。

白松看了眼刘峰，问道："刘师傅，咱俩走吗？"

"走什么走？你没听到魏所刚刚说的，要做一下现场勘查吗？"刘峰说完，转身离开屋子，往警车方向走去。

白松大学的时候学过这方面的知识，但是实战经验浅薄，立刻跟了过去。

刘峰从车后备厢拿出了一个小箱子，拿出了摄像机和几把贴尺，开始对现场进行细致的查探。白松跟在后面，静静地边看边学。

第六章　一盘录像看一天

对于现场来说，最原始的现场当然是最好的。只是谁也没把这事情当回事。好在只需要提取几个部位的状况，而且之前白松一直也开着执法记录仪，回去再倒出来一点就好。

刘峰熟练地把现场有用的证据都提取了，跟徐纺说了一声，就带着白松离开了现场。

"白松，你是名牌大学毕业，我考考你，你觉得这只穿山甲从哪里来的？"刘峰此时的眼神，早已经没有了之前的随意，而有些耐人寻味。

"楼上？"白松把刘峰现场勘查的全过程从头看到尾，傻子都知道这只穿山甲是从楼上跑下来的了，毕竟刘峰在楼道里还提取到了穿山甲的痕迹。

"能想到这个已经不错了，只是你可能没有注意到，这只穿山甲应该是在这个楼道里躲了一晚上，天亮了才跑出来的。不过他们小区物业也够敬业的，这电梯房楼道几乎没人走，还打扫得这么干净，不然光看地面的灰尘，说不定还能找到楼层。"刘峰走到了车旁边，把东西一件一件放好。

"刘师傅您确实专业，以后还得向您多学习。"白松谦虚地说。

刘峰瞅了白松一眼，打了个哈哈，接着开车带着白松回到了单位。

回到所里，刘峰和备勤的年轻民警说了几句话就进了办公楼里面，白松就待在了备勤室，备勤室的年轻民警看到白松，便找他聊了起来。

"你就是新来的民警是吗？叫白松对吧？"备勤室里的年轻民警很热情。

"是，我叫白松。哥，您叫什么名字？您是二组的办案民警吗？"白松问道。

"我叫王旭，你就叫我旭哥就行，是二组的。我应该比你大至少五岁，我 1983 年的，你呢？"

"我 1990 年的，那以后就叫您旭哥了，以后还得旭哥多照顾啊。"

"90 后啊？90 后都大学毕业了吗，看来我们真的是老了，话说你怎么二十一岁就大学毕业了？跳级了？"

二人聊了差不多十几分钟，令白松兴奋的是，王旭居然是他的老乡，鲁省人，来天华市已经六年了。边聊着天，王旭丝毫不耽误工作，手指飞动，便在电脑上把这起案件受理结束了。

网上的办案系统是新产物，培训的三个月里白松他们也学过，但是看着王旭的这番熟练操作，白松知道差距还是很大。

"这个是调取证据通知书，你一会没事的时候去跑一趟腿，去他们小区物业把监控录像调了，移动硬盘你去找内勤拿，还有就是你给报警人打个电话，让她有空过来取个笔录。"

对于白松这样的纯新人来说，最不怕的就是别人安排他做点工作，他应了一声，和王旭互留了联系方式，然后出门给徐纺打了电话通知她过来一趟。

把王旭嘱咐的事情都准备好了，白松便带着前台的一个辅警一起出了门。

单位的警车不算多，但是值班还是够用的，白松从前台拿的是一辆桑塔纳的钥匙，这是白松第一次自己驾驶警车。

"白哥，你咋挑了这车啊？这车可难开了。"同行的辅警小孙道。

"嗨，咱们没啥重要的事，把好车留给其他人呗。还有就是，咱俩岁数差不多，你就叫我名字就行。"白松启动了车子。

这辆估计有十年历史的车子，没有方向盘助力，白松费了点力气才正常地行驶了起来。

派出所距离爱荷花园不远，白松又很记路，一路倒是很顺利。到了小区，用了一个多小时的时间，拷了差不多 20GB 的录像，白松就带着小孙回来了。

白松调取的是这个小区出入口和几个靠近3号楼的摄像头近二十四小时的录像，回到单位已经到了午饭时间，二人直接去了食堂。

王旭看到白松，伸手邀白松和他坐在一起，白松点点头，拿着饭盒打了饭，就坐到了王旭身边。

"咱们辖区这么多小区，就数这爱荷花园小区的物业最好了，电脑也好使，你怎么去了这么久啊？"王旭问道。

"我把该拷贝的录像全拷了。"白松咽下整整一大勺米饭，"是不是弄多了？"

"也不是，就是你拷这么多，怎么看啊？咱们每天都很忙的。王旭道，不过你还好，现在没分组，也不用值班，下午没事你就看看，不过你得做好一无所获的心理准备。"

王旭和白松聊了十几分钟，给白松讲了不少新人应该注意的东西，白松是个特别知好歹的人，心里默默记着这份好。

吃完饭，白松回到宿舍，前台的孙师傅已经躺下休息了，从来不午休的白松便到了角落的活动室。

新所的活动室也只有两间宿舍这么大，里面只有一张乒乓球台和一个练力量的器械，白松练了会儿力量，又玩了一会儿手机，就跑到办公室开始看录像。

电脑最多支持8倍倍速播放，这种速度下，白松必须一直盯着屏幕，每出现一个人都得按一次暂停，看了二十分钟不到就眼睛累得够呛。

白松伸了伸懒腰，却发现他身后站着一个人。

"李教，您怎么在这里？"白松连忙站起来。

"我下午有个会，提前过来一趟。看你看得挺认真就没打扰你。"李教导员问道，"你这录像是上午那个穿山甲的事吗？"

"是，李教您有什么指示？"白松显得有些拘谨。

"哦，没事，你看吧。就是最近稀奇古怪的事有点多，不过这件事总归是好事，救回一只保护动物，还是值得写上一写的。"李教导员拍拍白松的肩膀，"怎么样，白松，你可是正经的警官大学的毕业生，笔杆子没问题吧？"

"啊？教导，这个我不行。"白松忙摇头，写东西实在是太难了，在他看来，那些提笔就能写的人实在是太厉害了，而那些每天能够更新几千字的网络作家，那都是神一般的存在。

"行吧，那你先忙，我先上楼了。"李教说完就走了。

白松松了一口气，继续坐下看录像，边看边拿笔记着什么。

第七章　周末

这几天没分组，周二到周五四天，白松正好跟着每个组都待了一天，也经历了两三起小案子、跟着出了十几次警，总的来说，所里目前还是很忙，而且以闲杂事居多。周二遇到的是特殊情况，大部分的警情还是常见的打架和纠纷，好在白松不需要跟夜班，也不用操心主责，还算过得不错。

最令他兴奋的是，李教导员把这个事情写成了报告报到了分局，加上森林公安局给九河分局致了一封感谢函，王旭告诉白松，过一段时间个人嘉奖是少不了的，而且周三的早上分局例会，局长在电视会议上公开表扬了刘峰和白松。

个人嘉奖，虽然不是什么功绩，比不上一等功、二等功、三等功，但是也不是那么好得的。王旭上班六年，才得到过两次个人嘉奖，立过一次三等功，而白松是第一天上班，第一次出警就"捡"这么大便宜，着实让人羡慕。

但是录像就真的没什么特别的发现了。本来都要放弃了，因为传说中的嘉奖的激励，白松继续抽空看了两天，但是也基本上一无所获。如果说有，那就是几个可疑的进出小区的人和车，但是白松在网上查了查，也都是那个小区的居民，没什么前科劣迹。

也因此，案子虽然受理了，暂时也只能这样了。

周六，是这一批分到九河分局的十名新警约定聚一聚的时间。早在大家分开之前，就约定第一个周末一起吃个饭，但是由于大家都分组了，来自华国刑警大学的高超和李子雨周六值班，因此只有八个人可以到场。

可以预见的是，以后十人想同时聚在一起，基本上已经不可能了。

白松被分到了四组，也就是这周周五值班的班组，带班领导是全所最年轻的领导王培，之前周一早上抓回偷衣服贼的就是这个组。到了周五的时候，据说那个老板也联系上了，案子也基本上搞得差不多了，除了物价鉴定费了点力气，其他的都还好说，白松倒是没帮上什么忙。

王亮和白松是值一天班，虽然王亮是负责图侦，但是所里所有男性民警都要值班，而法医那里女的也要值班，都是四天一值。除此以外，刑警法医孙杰也是和他俩一天值班。

八人聚到了一起，大家都是有些激动的，因为过几天，就要发工资了。

新警见习期是一年，每个月正常发工资时间是 10 号，这次 24 号发工资属于特殊情况，三个月的培训期，每个人差不多可以领到 7500 块钱左右，也就是每个月 2000 多，孙杰和段菲由于是研究生，会多几百块钱。

"唉，现在工资就已经差了几百块了，转正以后你们直接是副主任科员，工资更得比我们高了。"王亮哭丧着脸说，"早知道我也咬咬牙考研究生了。"

孙杰还未说话，白松就拆王亮的台了："得了吧，我还不知道你大学四年都是抱着游戏过来的，公务员考试你都差一点没过，还考研呢。"

"就是，王亮，你以为我们容易嘛，本科五年、研究生三年，我这都快三十的人了，对象还没有呢。"孙杰接过白松的话，"还有就是我们法医，找对象难哦！"

"难什么呀。"三个女生之一的孙晓雯道，"你看人家段姐，读研究生的时候，婚都结了呢。"

段菲听到孙晓雯的话，扑哧一下笑了："还没跟你们说呢，我老公当初只知道我是医生，后来知道我是法医，差点把他吓坏了。"

"不能吧，哪有那么恐怖。"另外一个女生田静道。

"怎么不能。"孙杰道，"你们是不知道，我这周都去两个死亡现场了，你说就这工作，有几个胆大的敢找我。"

"两次？"白松有些吃惊，"怎么这么多命案吗？"

"倒也不是，就是只要不在医院里去世的或者不在亲人身边病逝的，我们都得去。意外死亡、在家病死、自杀之类的这种，对了，我前天还去了华东在的三木大街派出所呢。"孙杰指了指白松旁边的王华东。

"对，来过我们这里一次。"王华东点了点头，"我这边是个坠楼的。"

"天，那一定很血腥。"孙晓雯捂住了眼睛。

大家聊了几个小时，AA了账单，都各自离开。

正巧白松和王亮、孙杰、段菲是一条路，而四人也只有孙杰有车，于是白松等人自然选择蹭车。

车行至一半，孙杰接了一个电话。也许是职业原因，孙杰十分谨慎，慢慢地把车子开到路边停下，才接起了电话。电话打了很久都没有挂掉，白松觉得一定是有什么急事，结果还真不出他所料，有个现场，需要孙杰去一趟。

刑侦支队缺法医久矣，这次一次招来了两个科班出身的法医，不仅大大增强了力量，还直接提高了法医学的水平。也正因为如此，今天虽然不是孙杰值班，但是遇到案子了，领导也会让他去一趟。

"怎么办？案子挺急的，没办法送你们了。"孙杰摊了摊手。

"什么案子，用我帮忙吗？"段菲问道。

"反正是个大活，具体情况领导没说。"孙杰道，"你要是愿意来帮忙，那我是举双手欢迎，你水平比我高多了。"

第八章　沉尸

"怎么，想让我陪你去就直说，咋还开始吹捧了。"段菲斜了孙杰一眼，"要真的是大现场，估计领导不会不叫我。"

段菲刚说完，电话就响了，她摆出一副"被我说中了吧"的表情，接起了电话。电话依然很简短，段菲说了几句"是""没问题""好"之后就挂掉了电话。

"看样子有点麻烦了，咱俩直接过去吧，小松、小亮你俩打车走吧，没办法了。"段菲无奈地说。因为孙杰和段菲多读了四年书的缘故，比白松他们大了四五岁，一般都是充当哥哥姐姐的角色。

"别啊菲姐，我也想跟着去看看啊。"白松一听有大案子，立刻举手自荐。

"你想去啊？哈？我怕把你吓坏了。"段菲倒是无所谓。

"没事没事，我是警察我怕啥。"白松拍拍胸脯。

"那行，出发。"孙杰话不多说，启动车子进入了主路。

"什么跟什么啊？我要下车啊。"王亮这个时候才反应过来，这什么跟什么啊！怎么就要去出现场了？

"下什么车啊，这都上了快速路了，前面就是高架桥！咋啦，你买了巨额意外险啊！"白松笑着拉住了王亮的胳膊，这种事情还是拉个垫背的一起比较机智。

王亮瞪了白松一眼："随你，反正一会到了我就打车走。"

白松也不说话，反正先把王亮骗到贼船上再说。

下午三点多，路上倒是车不多，十几分钟孙杰就把车开到了目的地——余镇派出所辖区内。

天华市的天河贯穿全市，九河桥派出所因为一座桥而闻名，而余镇派出所则是因为渔业而闻名。时过境迁，天河里打鱼人已经很少了，但是与"鱼"谐音的余镇却一直未更改过名字。现在的余镇码头，已经成了一个小公园，这里的建筑都已经成为天华市文物保护的对象，因而这个小公园平日是限制对外开放的，只有一些节日，有了大量的安保人员入驻，才会对外开放。

孙杰直接把车子开到了余镇码头公园的门口，这里已经围上了六七辆警车，群众进不去公园，因而倒是无人驻足观看。

到了公园门口，王亮就准备下车，就在这时，孙杰的车子被人拦下来了。拦下车子的不是外人，正是之前四人都在那里培训的巡警队的孙师傅，由于巡警是机动警力，这一位在这里负责周边情况倒是再合适不过。

"小孙，就猜到你会来。"孙师傅打着招呼，"哎，这么多人？你们几个怎么一起来啦？"

"本来一起吃饭，这临时遇到事情就一起来了。"孙杰打开车窗说道。

"那快进去吧，吴支队和马支队都在呢。"孙师傅迅速地拉开了警戒线，给孙杰的车子让开了路。王亮这个时候想下车也觉得不合适了，只能无奈地跟着进去。

公园并不大，此时已经停了七八辆车，把公园的广场占了一半有余，停下车，几人就朝着人多的地方走去，王亮走在了最后面。

"周队！"孙杰看到一个中年男子，连忙上前，"我和段菲都到了，什么情况？"

周队转身，扫视了一下四人："这两位是……？"

"是和我们一批的民警。"孙杰道。

周队又看了一眼王亮，沉吟半秒，点了点头："进去不要拍照，不要对外声张，还有就是去领几个口罩和脚套。"说完，周队转身就要离开，刚走了几步,又停了下来,转过身来,"这俩小不点别进最里面的现场,还有孙杰和段菲,你俩配合好李法医,也跟着好好学学。"

周队走了,四人的神色都没有刚刚在车上那么淡定了,这明显不是什么简单的"河漂子"这么简单。

一般溺水、跳河或者不小心坠河而死的,大家都俗称是"河漂子",这种现场属于比较常见的现场,不可能有这么大的阵势。

往公园下面的楼梯走了几十米,就快到天河岸边了,这里有第二道警戒线。这里聚集着十几位警察,有几个明显是领导,但是四人都不认识这些领导,好在有几个刑警和孙杰、段菲认识,二人领了东西,就直接进了现场,白松和王亮进不去了。这里其实距离现场只有十几米了,现场的情况一览无余。

孙杰和段菲刚刚往现场里面走,白松顺着他们走的方向,一下子就看到了现场的情况,就在一瞬间,嗓子有一种被堵住的感觉,而一股极淡的异味也非常清晰地飘进了他的鼻子。

一个大油桶,高约80厘米,直径约50厘米。桶里是已经泡了不知道多久的尸块。站在白松这个位置,看不出性别,因为现场呈现的是一个大桶和已经摆了几平方米的泡得肿胀发烂的块状物体,黑色、暗紫色、惨白色、黄色,什么颜色的都有。虽然是水泡尸块,隔着这么远味道不是很大,但是依旧很清晰,而且接近高腐,让人难以忍受。

余镇码头是在天河的缓流区,河面极为宽阔,水有几米深且无浪,这种地方沉下了一个铁桶,很少有人能够发现。

这时候,水面波动,白松这才注意到,水面上还有一艘警用小艇,两位专业的蛙人从水里钻了出来,他们手里拿的是两个透明硬塑料盒子,里面装的是他们在水下找到的一些东西。

白松定睛去看盒子里面的东西,黑乎乎、软绵绵的,也不知是什么,但是一瞬间强烈的恶心感袭来,他连忙用力地掐了掐自己的小臂内侧,疼痛感使得恶心感有所缓解,好在是没有吐出来。

而此时的王亮,就惨了。

第九章　离开

台阶的两边都是树，王亮此时已经忍受不了，直接找了一个没人的地方，哇哇地吐了起来，吸引了现场十几位民警的视线。

看着年轻的王亮，大家也都没有说什么，这事情谁都能理解，谁都是打那会儿过来的。但是刚刚吃完自助餐的王亮……众人本来没打算多看他，但是王亮吐的量实在是太大了，大家不得不多次转头看他一眼再转回去，心想这家伙怕不是猪吧。

白松倒是没有丝毫笑话王亮的样子，他自己也好不到哪里去。他在发口罩的那里拿了一瓶矿泉水，过去拍着王亮的后背，照顾起了王亮。

在现场领导的指挥下，情况井然有序，不同岗位的警察分工协作，也就维持警戒线的警察还算清闲，白松带着脸色发白的王亮，与这个警察聊了起来。

这个警察叫王凯，是经侦支队的一名民警，白松问了一下，王凯居然还是他的师兄，比他大两届。因为经侦支队的一部分单位和刑侦支队是一个院的，今天值班的王凯就被临时抽调了过来。

据王凯讲，这就是一个渔民在用甩网捞鱼的时候，网被拖住了，渔民费了很大的力气也没有拽开。这个甩网质量很好，也很大，渔民不舍得放弃，见这里河面平缓，让渔船上的人拽住了网，自己一个猛子扎了下去，结果发现了一个沉在水下的铁桶。

为了取下挂在铁桶上的渔网，渔民三下五除二地把桶拽了起来。因为浮力的原因，这个桶虽然沉底，但并不是非常重，桶拽起来以后，渔网就脱落了下来,然后桶被抬起的部分跌下河床,油桶的小盖封口处流出黑色的液体,渔民上船以后就报警了。

"田局长和市局的人来了。"王凯指了指正在下台阶的一行人,不再聊天。

白松转身看了一眼,连忙让开了道路,一行人长驱直入,进入了警戒线。这几个人里的技术人员,已经穿戴好了装备,直接去给孙杰帮忙了。而剩下的几位领导看了看现场就出来和现场的同志开起了会。

这样的案件不是白松一个见习民警能够主导的,甚至参与的机会都没有。再次看向现场,白松的状态已经好了很多,拍了拍王亮的肩膀,带着王亮一起离开了现场。

王亮这个时候还是面色苍白,有气无力,跟着白松走了几百米,这才抬起头,眼睛里有了一丝丝的神采,紧接着就说道:"你真是害人不浅啊……"

白松也确实有点不好意思,拍了拍王亮的后背:"没事没事啊,我晚上请你喝羊汤。"白松说完,王亮看了他一眼,想到了"羊汤"二字,哇哇地又吐了起来。白松反应了几秒,想到了羊汤的那个颜色,也没忍住吐了起来。

"走吧,打球去吧。"白松提议道,这大好下午就这么浪费也是可惜。

王亮看了看表:"篮球我是没劲打了,也没穿球鞋,打台球还行。你请客。"

"行行行,没问题。"白松点点头,刚刚两人往这个方向走的时候就看到了一家台球厅,倒是不远。

走着路,王亮也逐渐忘记了刚刚现场的不快,问道:"话说,你实习的时候,遇到过这种情况吗?"

"没,我实习的时候,去过最惨的现场也就是自杀和一个高坠。"白松想想还心有余悸,"第一次去的就是自杀,上吊的,刚刚死就被发现了,我去的时候……"

第九章 离开 | 031

"停停停，咱们不说这个，你说的又勾起我的回忆了！"王亮急忙抗议。

"好好，不聊这个，周一我就正式开始跟组了，周二就值班，以后有的忙了。今天先放松一下。"白松拉着王亮的衣服，拐进了一家台球厅。

这是一家挺贵的台球厅，一小时20块钱的价格让白松无比肉疼，但是也没办法，都答应王亮了，只能忍痛开了一个台子。

两人心里都还想着刚刚的现场，加上都吐过，台球打得惨不忍睹。二十分钟过去，一台十五个球居然还没有清，旁边桌的人都开始议论了。整得白松也很不好意思了，结果越想专心，越打不准，好在王亮也一样，两人倒是旗鼓相当。

打了一个小时，两人居然只打完两场，战绩都是一胜一负，两个臭球手惺惺相惜，在大家的注视中，白松结了账，一起逃离了台球厅。

第十章 师傅

周一上班，白松正式跟了四组。

九河桥派出所有四个组，每天有一个组值班。值班的民警分两种，一种是内勤和社区民警，这些人白天也跟着组里搞案子、出警，但是晚上一般就是在所里休息，只有来大案子了，比如说偷衣服这种案子才会叫他们起床；还有一种就是案件民警，一值班就是 24 小时都要出警、办案。前者值完班第二天如果不是周末就要照常上班，后者值完班第二天可以休息一天。但是这是理想状况，如果案子多或者昨晚的案子没弄完，那第二天还得忙一上午甚至更久。多加的班能不能补上，那就真得看忙不忙了。

四组的成员除了副所长王培和四十多岁的警长孙唐之外，还有马希和冯宝两名办案民警，以及赵德祥、孙爱民、张树军这三位社区民警和一名内勤、四个辅警。警力搭配算是尚可，就是办案民警少一点，主要原因是之前有一位办案民警竞聘当了副所长被调走，因此安排白松补了缺。

周一四组不值班，冯宝带着一名辅警还在外面搞丢衣服的案子，李教导员召集组里其他人，给白松开了一个欢迎会。

四组的成员对于白松的到来都是极为欢迎的，毕竟在所里这么忙，每多来一个人，都是一分力量。

"白松，这些老师傅我都给你介绍完了，虽然你是咱们所唯一的警官大学毕业的高才生，但是这些可都是你的前辈和师傅，你得好好向他们学习。"李教导员说道。

"是！我一定好好学习。"白松很认真地点了点头。

"嗯，还有，我打听了一下，在你之前警官大学毕业的可都直接去了分局或者市局，你这可是第一批分到所里的。这也是上级领导重视我们基层工作，你可不能有畏难情绪，影响了工作的积极性。"李教导员脸色一板。

"领导您放心，我保证认真完成每一项工作。"白松直接站了起来，立起了军令状。

李教导员脸色一缓，挥挥手示意白松坐下，脸上又有了和煦的笑容："你也不要担心，来这里，就好像来自己家一样。王所今年才三十一岁就已经是领导了，你得多跟王所学习，大家也会照顾你的。你现在工作经验还是欠缺，见习期还有大半年，我先给你找个师傅带一带。"

李教导员也没多想，翘了翘嘴巴："老孙，怎么样，给你安排个高才生徒弟怎么样？"

孙唐抬起头："我都行，听领导安排。不过教导我可先说好，我水平不高，带不好你不能怪我。"

"哈哈，行行行，你同意就行，那就这么定了，白松就是你徒弟了。"李教导员像是安排了一件大事，松了口气，接着向白松道，"要是以前，这拜师还有个一二三，现在没那么多讲究，但是孙警长不是一般人，他带出来的俩徒弟现在一个当了副所长走了，还有一个现在在分局法制部门，你可得跟孙警长好好学。"

"是，一定。"白松应着，接着就跟孙唐道了一句，"师傅，以后就麻烦您了，您可不能藏私。"

"哟，孙哥，你这小徒弟，将你军咯。"民警马希调侃道。

大家哈哈大笑，白松挠了挠头，也有些不好意思。

开完了欢迎会，几人就一起下了楼，白松就跟着师傅，寸步不离。

"行了行了，你呀，平时多跟你马哥还有在外面忙活的冯哥多学学，咱们组是一个很团结的组，他俩也不会藏私，你只要认真，有个半年，基本上业务就掌握七八分了。"孙唐拍拍白松的肩膀，"你得有一米八五吧？真够高的，我刚刚听你说你是鲁省人，鲁省哪里的？"

"我一米八七，烟威市人。"白松认真回答。

"好家伙，真够高的，年轻就是好。烟威市也是好地方，我还去出过一次差。"孙唐说完，嘱咐道，"你来咱们组，就是一定要团结，这一点一定要记住了。咱们一共有四位辅警，原则上一名办案民警配一位辅警，你现在还没转正，没有办案权，但还是给你配一位辅警，你有些事也可以问他，毕竟比你早来一年多了。"

"好的，谢谢师傅，师傅您今天还有啥事需要做吗？我现在没事。"白松道。

"我这边用不到你，你先去看看你马哥那边有没有什么事需要帮忙，我这边没啥事，咱们等忙完这段时间，全组一起吃个饭。"孙唐摆摆手，说道，"对了，你去把三米叫过来。"

三米，全名楚三米，真的是挺特别的一个名字，专科毕业，没考上公务员，就当了辅警，是一个特别老实、甚至有些乖巧的孩子。当然说他是孩子有些不合适，毕竟他还比白松要大上一岁。

整理材料、熟悉大家，一天也算是过得很快，白松很适应这个工作，毕竟这个工作也算是深入了他的骨子里了。

到了傍晚，冯宝他们也回来了，白松上周五就和冯宝一起出过警，再次互相熟悉了一番，六点钟就准时下班。

晚上，白松和家里打了电话，跟爸妈讲了讲单位领导十分照顾他，过得很不错，打完电话就早早睡觉了，明天第一天值班，值班前一天晚上必须要好好休息，这可是师傅特地嘱咐的。

早上五点多白松就醒了，睡了个回笼觉，七点半才正式起床，神清气爽。白松洗漱完吃完饭，八点二十准时拿着笔记本去开起了早会。

开着会，孙唐的手机就响了，接起电话过了几秒，孙唐就朝着马希使了个眼色，白松正好和马希坐在一起，马希就叫了白松，直接离开了会场。

"马哥，什么警啊？"出了会议室，白松有一点小激动。

"报警说打起来了。"马希拿上钥匙，去前台拿了接警单，就带着白松

第十章　师傅　| 035

上了车。

"啊？这么严重?"白松吓了一跳。

"没事，估计就是纠纷。"马希启动了车子。

第十一章　一天的开始

实习的时候，白松见过不少次打架的警情，但是那会儿只是掺和着帮忙，其实做的事就和辅警差不多，不需要自己劳心费力去想该做什么，也不用承担责任，因而跟现在出警的心态是完全不同的。

马希开着警灯，车子开得又快又稳，短短几分钟就到了现场———一处菜市场，此时已经围了一圈群众。

不用问，人多的地方肯定是案发的地方。现场的群众看到警察来了，立刻分开了一个口子，目光全都看向了白松和马希。这种阵势，白松自认为自己是顶不住的，要是所里直接让他带着辅警来解决这个事，还没进去就要胆怯三分。此时白松的内心无比感谢领导和师傅的安排。

马希没有什么感觉，直接带着白松就进了人群。一进圈子，就见地上躺了两个人，白松先是神色一紧，刚准备说话，想到师傅昨天的教导："少说多看。"立马就看向了马希，做好了帮忙的准备。心态放平和了一些，白松才观察到，这地上躺的两个人根本就没受伤，都声称被对方打了，已经动不了了。

两方，一个是外地人，卖水果的，是个四十多岁的男子；另外一个是本地人，也是四十多岁，是个女的。周边群众你一句我一嘴的，基本上啥也没说清，大家都是看热闹的居多。马希先是问了两个人需要不需要救护车，两人都说需要。

"我先告知你们一下，救护车出一次车可是好几百，不像我们这样是免费的。即便你们这是打架的案子，但是前期也是自己垫付这笔钱。你们如果真的伤重,就叫救护车,我绝对赞成。"马希早已经看穿两人啥伤也没有,才这般说道。

"那我先不叫了,但是民警,我现在不好受,被他打的,我一会儿要去医院看病,他得出钱。"女子说道。

"我也先不叫救护车,但是民警我跟你说,是她打的我,我现在心脏病也犯了,我也得去医院,她得拿钱。"男子立刻反击道。

二人说话中气十足,白松就算是傻,也看出来两人啥事没有,就是在这里怕自己先站起来会吃亏。

"你先说,怎么回事?"马希对着女子问道。

"民警,是这样!我刚刚来买香蕉,他告诉我两块钱一斤,我一看,这香蕉也还算凑合,我看这男的一个外地人摆摊也不容易,就想着买一点,我先声明啊民警,咱不是那好占小便宜的人!我就拿了几个香蕉让他给我称一下,结果电子秤显示的是4块9毛5。您给评评理,这天底下,只有卖家给抹零的,这个卖香蕉的,好嘛!竟然告诉我,让我给5块钱!凭什么!我是差那5分钱的人吗!但是他这个,这是骗人啊!还有,我和他刚说两句,他居然就要动手打我,天哪,这是什么世道啊!"女子身材略胖,躺在地上手舞足蹈,白松都有些不忍直视。

"警察大哥,您可别听她说的。我确实称的是4块9毛5,我说我一直在这里摆摊,今天也没啥零钱了,告诉她这次先收5块行不行,下次再来买就给她优惠,结果她……"男子据理力争。

"你别跟警察胡说八道!你刚刚跟我不是这么说的!嘛叫先收5块行不行!你刚刚说话可不是这个语气!好嘛!你刚刚直接就是霸道的命令的语气!"女子声音更大,一下子打断了男子的解释。

白松都无语了,前几天去三林路派出所看到的那起案子,为了能不能抹零2毛钱闹了起来,白松认为这已经是最低的了。实在是没想到,这里还有因为5分钱搞成这样的。双方口口声声为了面子,不是因为这5分钱的事,但是这种情况不是因为钱还是因为啥?

想归想，这纠纷也够麻烦的，这里人太多，可不能像三林路那个案子那般，静静地听双方把话都说完，人多，这两方为了所谓面子，根本就不会停。

"白松，你去拿本子，把周边群众的信息记一下，谁看到了，一会儿带回所里做证人笔录。没看到的，就让他们往后站一站。"马希吩咐道。

白松心想，别看站了这么多人，真正愿意作证的可能一个都没有，现在人还是看热闹的劲头大一点，但是他还是听马希的话，从离他最近的人开始问起。

周边的人一听要被带回所里取笔录、登记信息，几十人呼地一下全散开了，立刻远离现场五米开外。

白松一下子明白了马希的用意，四下望了一下已经散开的群众，朝着距离他最近的人走了过去。这个人一看白松要记录他的信息，立刻就摆摆手，示意自己啥也不知道，然后转身就走。

白松这么一搞，周边的围观人员一下子就走了大半，剩下的也离着有七八米远了。

"你俩要是还继续躺着，我就给你们叫救护车，先去医院。"马希说道，"有啥问题，等你俩看完病了，再跟我去所里取笔录。我再次跟你们说明，打架的案子，原则上先自行垫付医疗费，赔偿等之后再说。"

马希拿起电话作势要拨号，此时两个躺地的"重伤患者"都奇迹自愈，一起站了起来，而且还都神色桀骜，丝毫不理会对方。

别小看马希这几句话，这绝对是经验和火候的完美结合啊，这要是换成白松，这么乱的场面，真的是哪怕有人手把手教也不行。

"行了，都忙，也都没啥伤，这样，我做主，这香蕉你也别在这家买，我看旁边那家也不错。"马希朝着女子说完，接着向卖水果的说道，"你这香蕉我自掏腰包买了，4块9毛5是吧，你这样，再给我搭两颗葡萄，我给你5块钱。"

"嗨！民警大哥，看您说这话，咱又不是买不起这香蕉，这样，我掏

第十一章 一天的开始 | 039

钱,我给他10块钱,您把香蕉拿走,拿去吃,算我请。"女子听着马希的话,感觉面子上过得去,顺坡接话。

第十二章　虚心请教

"别介，这水果我送您。"男子立刻道，"警察大哥，就这点香蕉，怎么还用您掏钱？这不是打我脸吗？什么两颗葡萄，您爱吃还不好说，我给您装一袋，您带走。"

白松此时佩服得五体投地，马希那句"再给我搭两颗葡萄"一下子照顾了两个人的面子，实在是恰到好处，看着短短两分钟变脸一般的两人，不由得暗暗佩服马希。而两人对警察的尊重，其实就是为了证明"不是我差钱，是对方差钱"。

"得了，你们也都不容易，其实就是小事，没啥，这样，你还是给大姐装上香蕉，搭几个葡萄就行，我看你俩啊，以后当个朋友都成。"马希这会儿打起了太极。

"行，我给您面子，这一串都给大姐，今天也是我不对，找零的钱没带够，不然怎么着也给大姐找1毛钱。"男子豪爽地将一串葡萄装到了香蕉袋子里。

"别，这葡萄算你5块钱，我吃得起。"女子毫不领情，直接放了10块钱，"民警师傅，唉，真麻烦您来一趟。"说完，女子拿过男子的塑料袋，把水果递给了马希，"不嫌弃您就拿着吃。"

"哈，谢了，可惜啊，我这一到秋天就不敢沾凉气，您哪，自己带走吧。"

人们看到这个情况，知道闹不起来了，彻底散了，白松四下望望，居然也有三五群众竖起了大拇指，不由得与有荣焉。从来到解决纠纷，也就几分钟的时间，白松就老老实实地跟着马希离开了现场。

"叮……"

白松手机来了短信，前三个月的实习工资到账了。

"啥事这么开心？"马希看着白松的表情，好奇地问道。

"我前三个月的见习工资到了。加起来有七千多呢。"白松喜色溢于言表，再不发工资就该吃土了。

"唔，那不少啊，我记得我刚参加工作那会儿，转正了工资才一千多。"马希点点头，"今天你就跟我巡逻吧，有警咱俩先去。"

"好嘞！"白松兴奋地说道。

上了车，马希开着车，白松就有点忍不住了，问道："马哥，刚刚那个警，你是怎么想到这么处理的啊？要是我肯定不行，您给我讲讲呗。"

"嗨，也没啥，遇到这种事多了自然就会处理了，慢慢地你就学会了。"马希无所谓地说道。

"别啊马哥，我要是像您这样处理得得心应手，还不得有个二三十年的火候啊，您教教我呗。"白松夸道。倒不是拍马屁，而是作为应届毕业生，白松深深知道自己的普通。

"行，那我就说几句。首先我得跟你说，咱们派出所事情太多了，上次的案子你也看到了，还没搞完呢，在你来之前还有几个案件，有的还没逮捕，有的处于取保候审期间，都是咱们自己组的事情，所以这种小纠纷，尽量就现场解决了。不然回单位也是调解。

"你看刚刚这个情况，就是个小热闹，但是围了这么多人，这俩躺地上了，就已经有点丢人了，谁要是先站起来，那就是先尿了，所以啊，第一就是要把这些围观的疏散一下，不然他俩碍于面子谁也不会站起来。这也就是小热闹，要是大热闹，这方法可赶不走人，那种时候条件允许就得拉警戒带了。

"第二呢，两人不是真的混蛋，都等着一个坡呢，我给个好点的坡，他俩就能接着坡往下下。而且两人确实也没受伤，就这俩财迷，一听到救护车这么贵,肯定会起来,起来了就好办了。这季节,大早上穿得不多,天还凉,地上躺着可不好受。我跟你说,我东北的朋友跟我说,东北的冬天没人敢碰瓷,这要是地上躺两小时,哈哈……"

马希说着也有些开心,接着道:"还有就是这确实是小事,说破天几块钱的事情,这要是两人因为几十万的东西闹起来了,我总不能也说我掏钱买吧。以后记住,越是这种小纠纷,咱们得早点来,纠纷发展下去,真动手了,就得浪费时间了。"

"这事啊,小事,我跟你说,就算是遇到……"马希看着白松敬佩的表情,也有些得意,结果话刚刚说了一半,电话就响了。

接了电话,也就十几秒,马希就挂掉了电话。

"啥事啊马哥?"

"入室盗窃。"马希脸色有些难看,这要吹的牛还没吹完呢,就遇到这种事情,也是够乌鸦嘴的。

"那咱们快去吧,马哥你刚刚说得实在是太好了,我都记在心里呢,以后还得一直跟您好好学习。"白松面色诚恳。

马希看着白松的样子,脸色稍霁,掉头往现场奔去。

白松之前在巡警实习的时候,跟着巡警的车子全区巡逻了三个月,加上他比较记路,还算是了解全区的主干路,但是具体到小区和单位就差得远了。而马希就不一样了,他在九河桥派出所已经整整十年了,简直就是活地图。

报警说入室盗窃的地方,是一片叫作东三院的平房。这里是老平房区了,房子的历史可以追溯到新中国成立初期,这里面道路复杂,不熟悉的人晚上进来都容易迷路。而这里的房主们大多搬出去等待拆迁了,来租房的也都是外地人,因而这片区域也算是比较穷的地方。虽然很多人家里啥也没有,但是这附近小偷小摸现象依然存在。

前几年严打了两抢类案件,也经历了打黑,现在社会治安总体还算不错,只是盗窃和电信诈骗还屡禁不止。

被偷的是一对老夫妇，都是六十五六岁，家门被人撬开，放在柜子里的一个银戒指和200多块钱被偷了。老两口只有丈夫有低保，膝下有一个不孝顺的儿子，也不怎么联系，终日以拾荒和收售废品为生，七八平方米的小院里，堆叠着一些还没有收拾好的纸箱子和塑料瓶。

白松看着凄惨的夫妻俩，有些怒不可遏。这小偷连这种家庭都偷，身为警察，这种情况如果还能不气愤，那也枉穿一身警服了！

第十三章　忙碌的一天

"入室盗窃不论盗取的物流价值高低，都是刑事案件，白松你在这里等会儿，告诉大爷大娘别乱动东西，我去汇报一下，让刑警过来勘查一下现场，他们这方面还是比咱们专业一点。"马希进屋一句话都没说，之前了解情况也是由白松问的，此时说完这句话，就离开屋子打了电话。

马希说得对，这案子肯定是刑事案件，但是这个案值太小，肯定属于派出所办理的案件，这事让刑警来一趟，估计马希得想想别的办法。这也能看出来，在马希眼里，这事情绝对不是小事。

白松安慰着老两口，心里也不是滋味。

过了二十分钟，两位刑警队的刑警来了现场，采集了老两口的指纹和脚印，就戴着鞋套进入了现场。白松因为没有相关的装备，就没有进入现场。

大约又过了二十分钟，两位刑警走了出来，马希上前去打招呼。其中一个年轻的刑警说道："小偷是两个人，看样子手法不算专业，小偷戴了手套，不过我们还是提取到一点东西，回去做个分析。"

"嗯，麻烦你了，大航。"马希点点头。

被马希叫成"大航"的，是刑侦支队的王航，专职现场勘查，在他身边的，则是有着丰富经验的老侦查员郝镇宇，在局内小有名气。

马希自然认识这位，连忙客气地问道："郝师傅，您有什么发现吗？"

"没啥，你等分析报告吧。"郝师傅没有多说什么，这时候王航找了把椅子开始写勘查笔录，郝师傅站在门口准备抽支烟。

马希十分自觉地掏出一盒烟，给郝镇宇递了一根，然后打火点上，自己也点了一根。白松不会抽烟，但是还是站在两人身边。

马希和郝镇宇随便聊着天，王航那边也结束了，弄好了手续，就收拾箱子准备离开。郝镇宇一根烟罢，长呼出一口气，看了看眼巴巴地望着警察的老夫妇，还是没忍住，用只有马希和白松才能听到的声音低声说道："小偷应该是一男一女，岁数不大。"

马希心领神会，郝镇宇愿意说，这就是人情，因为这纯粹是侦查员经验和直觉的总结，不可能直接当成证据。这种推论，说对了对案件侦破肯定是有帮助的，说错了不仅不利于办案，也是砸自己的招牌（名声）。白松一脸震撼，现场他不是没进去，这是怎么看出来的！

郝镇宇说完，头也不回就离开了，王航立刻跟上。

"您二位，得至少来一位，到我们所里，我得取笔录。"马希解释道。

"我，跟你们，去吧。"老太太顿了一下，看了一眼丈夫，"我腿脚还算比他啊，好上那么一点。"

带老太太回单位取完笔录，白松自己开车把老太太送了回去。

老太太回了家，白松往外走，心里十分不是滋味。这已经是2011年了，虽然老两口中一个人的低保足以让两人饿不死冻不死，但是人年龄大了，可不是二三十岁年轻人找个桥洞子就能凑合的年纪了。租这么个小平房再加上看病，对老两口都是很大的负担，对这样的家庭行窃，真的是伤天害理。

出了东三院，白松心里还是不得劲。想了想，他看了看街上的银行，想了想自己刚发的工资，取了500块钱，找了个大一点的商店买了一袋米和一桶油，花了100多元，然后又回到了老两口家里。

老爷子不咋爱说话，但是脸上也似乎有了泪水，而老太太表示坚决不能收白松给的东西和钱。最后还是白松骗他们这个米油都是单位发的，自己单身完全用不到，老太太才千恩万谢地把米油留下了，但钱是坚决没要。

再次离开，白松心情好了一些，他握紧了双手，一定要想办法抓住这俩贼！

回到单位，马希和王培在门口谈论这个案子，顺便咨询给这个老太太上户口和办低保的事情，白松立刻靠了过去。王所称这个事情会跟孙所长汇报一下，户口的事可不是所里就能完全决定的。

十二点多了，食堂这会儿人已经不多了，孙唐带着孙爱民以及一名辅警出警了，据说是个闹得挺凶的纠纷，食堂就剩下马希和白松。

"马哥，我一定要参与今天这个案子，我要和你们一起，把人抓了。"白松道。

"行，有冲劲是好事，不过今天还得值班，你师父和老孙他们出去了，还不知道啥事，今天还是把警情处理好了。东三院没有监控，这事情急也没啥用，晚上吧，找机会咱们再聊一聊。"马希道。

两人的饭吃了三分之二，又来了新的110报警。两人快速扒拉了几口饭，来不及洗盘子，就直接上了警车。

某饭店餐盘里发现了苍蝇，吃饭的自称自己肚子疼，要求上医院，要老板赔钱，引发了纠纷。按理说这事情怎么也轮不到公安局管。食药监、12315等都可以管，但是老板还是习惯性地报了警，可能也是怕把那些部门叫来了自己会面临别的处罚吧。

这种闹得比较凶的纠纷，警察去了虽然没有管辖权，但是总不能一走了之，警察走了以后打起来了，谁负责？

马希也无奈，和双方谈了差不多一个小时，最终商定，饭店免单并赔偿500元。这个警情忙完，两人都有些疲乏了。紧接着，下午到晚上，家养猫咪上树、家里有大虫子、钥匙丢了找派出所民警去证明是不是本家人……警情是一直不停，不仅仅是马希和白松，组里的其他人也没闲着，都在出警。

上周还好说，白松不跟夜班，到点下班。今天到了晚上八九点，警情稍微少了一点，两人才有机会回单位把晚饭热了热，解决了一下五脏庙的抗议。

用马希的话说，这个季节还算好一点，六七月份才算是最忙的时候，大半夜喝酒打架吹牛的才叫烦，经常几个警情处理完，天就亮了。

第十四章　调查

晚上十二点，白松在巡逻车上小憩。深夜两点半，一个扰民的警情，白松配合师傅孙唐去了一趟，解决完再回来，就在车上迷糊到了天亮。早晨八点半一到，就好像交出了接力棒——交出去的是责任。

吃了一点早点，白松躺床上就睡。中午十二点，灿烂的阳光把白松从床上拽了起来。洗澡，换上便服，下楼吃了午饭。

此时马希还没有走，正在给一个年轻男子做笔录。

"你醒了，怎么样，昨天还习惯吗？"马希问道。

"习惯习惯，马哥这是啥事，用我帮忙吗？"白松问道。

"哦，没事，之前的案子，笔录已经取完了。"马希把笔录打印出来，递给了年轻男子，"你自己看一下笔录，看完没问题一会儿签字捺印。"

忙活完，年轻男子离开了办公室，马希也准备离开，走了几步，似乎想起了什么，转身跟白松说："今天下午你休息，明天没事的话你跟我出去查查昨天的案子。"

"好，没问题，马哥，有线索了吗？"白松问道。

"没啥好线索，查一下路口监控，再走访一下周边的金银首饰店。"马希想了想。

"那我今天就去。"白松点点头。

"嗯？那你不休息啊？"马希有些惊讶。

"没事，我下午没事，就去转转。"

"行吧，昨天三米没值夜班，今天上班，你可以带他去。不过你还没有警察证，你找王所说一声，找个警车，穿制服转转去。"马希倒是支持白松，"对了，三米六点下班，你别回来太晚了。"

"好的，没问题。"白松点点头。

这可是第一次自己出去查案啊！

白松从今天还上班的冯师傅那里，问到了这附近的金银店、首饰店、废品收购站、典当行等的位置，然后在地图上标注了一下，就带上三米出发了。

一台智能手机要两三千元，新出的苹果手机要差不多5000元，白松发了三个月实习工资，一直在纠结到底换不换手机。别的不说，就苹果手机的地图功能就让他十分眼馋。回头再说吧，白松抛去了脑海中这个想法，开车奔着第一个典当行而去。

现代警察破案的过程，跟那些曾经读过的侦探小说都不太一样，只要是触犯刑法的案件里，除了极少数的自诉类案件，比如说侵占罪，其他的案件全部是公诉案件。所谓公诉案件，被害人与犯罪嫌疑人之间是不直接对应的。而如果到了法院这一步，法庭上一共有四方。法院、被害人、被告，除此之外还有一方是公诉人，也就是检察院。真正发起诉讼的不是被害人，而是检察院，因为被告不仅仅是损害了被害人的利益，更无视了法律，无视了社会的公序良俗。

对犯罪嫌疑人进行抓捕和侦查的，不是私家侦探，而是国家机关里的公安机关和检察机关以及传说中的国家安全机关。也正因为如此，大案要案，除了检察院侦办的贪污贿赂案件和国家安全机关侦办的国家安全案件，以及最特殊的军人案件，我们生活中的所有案子，都是警察在忙活。

而警察所使用的侦破手段，随着科学技术的进步和人员的合理搭配，部门分工越来越专业，与犯罪分子形成了矛与盾的绝对对立。很多小偷，看了电视，知道要戴手套，要躲开摄像头，却不知不仅警察的手段十分丰富，在任何现场，都会有大量的痕迹。而犯罪痕迹这种东西，越是想办法去消除，留下的其实越多。当然，这一切也受客观条件的限制。比如说白松现在查的这个小案子，这种案子总不能调动两颗卫星进行监控吧？

考虑到被偷的老两口有一个银戒指，犯罪嫌疑人有销赃的可能，白松一下午走遍了冯师傅说的所有地方，但都一无所获。也许是戒指价值不大，小偷懒得出手或干脆自己戴了，又或者有固定的销赃地点，总之这条线算是没走通。

看看手机，已经临近傍晚六点，天色也逐渐开始暗了。白松有些沮丧，他想再去找更远的地方有没有这类店铺可以问问，但是三米快要下班了，自己是外地人，晚上没啥事，可是不能耽误别人下班。

"松哥没事，你想去哪我陪你去，我不着急下班。"三米看白松有些悲观，鼓励道。

"谢谢兄弟，不过还是先回去吧，也不急于这一时。"白松调转车头，准备回所。

回去的路上，天色灰暗，与刚刚出发的时候的艳阳天对比鲜明。车子停好，白松的手机响了起来，白松一看，是马希。本来要下车的三米也看到了白松手机上的电话，没有下车。

"怎么样，下午有啥成果吗？"马希在电话里问道。

"没，啥线索也没有。"白松更沮丧了，"马哥，我辜负了你的期望。"

"嗨！说啥呢，这不很正常吗？你能主动加班，绝对应该被表扬。"马希安慰了几句，接着说道，"你一会儿着急下班吗？"

"不着急不着急，怎么了马哥？"

"刚刚我和老同学聊天听说三木大街派出所那边抓了俩小偷，好像是偷自行车，在路上被拦了。你要是有空，去看看，是不是咱们这案子的嫌疑人，是的话让他们别搞了，偷个自行车能有几个钱，估计是治安案件，咱们这边可是正儿八经的刑事案件，都立案了，咱们把人接过来，咱们搞。"马希道。

"我有空有空！我这就去！"白松突然精神一振，如果真的是这两人，那就太好了！

"行,我在外面吃点饭,你去看看,如果是,就跟我说一声,我叫上组里的人回去加班。"马希说道。

"没问题马哥!我马上去!您等我电话。"

挂了电话,白松心情好了很多,直接对三米说:"你先下班,我自己出去一趟。"

"没事,刚刚听电话里马哥说是三木大街派出所,我家正好就在那附近,我一会儿直接从那边就下班了,明天早上我再坐公交来。"三米倒是很支持白松。

"嗯,那好,出发!"

第十五章　"神探"华东

到了三木大街派出所那里，天已经黑了，这里是繁华区域，虽然开的是警车，停车也十分困难，好不容易才找到一个车位。到了派出所，说明了来意，一个辅警就直接带着两人进了派出所。

在办案区的讯问室里面，白松见到了办案民警，就把事情跟办案民警说了一下。

"串并案我没意见，但是这个案子估计你们拿不走。"办案的王警长说道，"我们从他们身上和住处找到了一些疑似赃物的东西，你去看看有没有你说的那个戒指，有的话咱们再议。"

白松点点头，跟王警长到了办公室。桌上放着几瓶名酒，几件首饰，一块手表，白松一眼就看到了一个银的戒指，款式很老，发黑发暗。戒指的款式与给老太太取笔录的时候的口述一模一样，基本上确定无疑。

"师傅您好，这个案子应该和我们的案子，都是这一伙人所为，我们那边的案子是入室盗窃，属于刑事案件，您……"

白松还没说完，王警长摆摆手："赃物你也看到了，肯定不止偷了这两次。再说了，你怎么知道我们的案子是个治安案件？"

白松顺着王警长的手指，看到角落里停了一辆自行车，流线造型，黑色的车身展现着一种说不清的力学美感。白松瞬间明白了王警长的意思，这车子可不是便宜货，肯定够立案标准了。

"这东西，怎么着也得上千了吧？"三米小声嘀咕。

"上千？差不多都要加俩零了！"此时，办公室进来了一位年轻民警，身高至少一米八以上，身材健硕，看着很阳光。

"哎？华东？你今天值班啊？"能在这里遇到认识的人，白松挺开心的。这不是别人，正是和白松一起培训了三个月的王华东，上周六聚餐的时候才刚刚见过，在这里又见面了。

"白松，你怎么来了也不说一声。这案子是我今天巡逻的时候抓的人破的案，怎么样，厉害吧？"王华东咧嘴大笑。

"你搞定的？"听了这话，白松还真是有些诧异的。

"那是。下午的时候我跟单位同事出去巡逻，看到这两人推了这辆自行车在街上走，我一看就觉得不对劲，他俩那个样子，肯定买不起这个自行车！而且，骑这车的都是发烧友啊，哪有一点骑行装备都不穿的！"华东越说越得意。

"行了行了，我知道你就等我开口问呢。"白松嘴角上扬，王华东家里条件还不错，也算是个爱玩的潮客，不过这次确实让白松刮目相看了，"那你讲一下啊，给我们开开眼。"

"嘿嘿，这可是正儿八经的进口车，这家公司在圈外名气不大，前年才开始造自行车，这家公司叫 X 拨鼠。"王华东摸了一下车子的架子，"像这种基本上全车碳纤维的，便宜的几万，贵的就直接六位数了，这一款啊具体多少钱我也不知道，毕竟我也买不起这东西。"

听着王华东的介绍，白松也算是明白了。就这大街上，两个一看就不像骑行爱好者的普通人推着这么贵的车子，推自行车的姿势想来还是比较别扭，对于识货的警察来说，就好像看着一个穷人拿着几十串金项链在大街上走一样，总是要过去盘查一下的。

"厉害，要是我就不行，我还以为这是什么杂牌自行车呢。"白松确实有些佩服。

警察这个行业，不仅要成为某个领域的专家，还要成为一位杂家。什么都知道一点最好不过了，知道的东西越多越不压身。举个最简单的例子，麻将、牌九、德州扑克等，警察如果连规则都不懂，那抓了一拨赌博的怎么取笔录呢?

华东和白松聊了几句,他就去忙活别的事了。今天他还值班,一边搞案子还得一边处理警情,够他们警组喝一壶的,不过这种情况在派出所也算是常态。

这案子不难,虽然没有价值鉴定,但是刑事拘留还是能批的,白松只能跟马希讲了这个事情。马希一听也没办法,这情况想并案要过来是没戏了,只能算一起破案数了。

临走之前,白松进了办案区看了一下,小偷是一对二十多岁的情侣。此时看到他们,白松之前的气愤情绪已经消弭,取而代之的是怜悯。

这俩偷东西居然仅仅是为了买个新的苹果手机。为个手机盗窃至少三次,涉案价值还这么大,这两人面临的将是数年的有期徒刑。真不知道,等他们出来的时候,他们追捧的那个手机,能不能值几百块钱。

白松开车顺路把三米送回了家后自己回了单位。路上,白松还在回忆着刑警郝师傅的低语。这是怎么看出来的?真的是一男一女两个年轻人,这简直是神了。

白松曾经听父亲讲过,有的警察在自己的岗位上达到了技近乎道的水平,一个模糊的脚印都能看出很多很多信息,还有的能根据几句口述把嫌疑人画得接近照片……

当然,神枪手是子弹喂出来的,好大夫是一直干手术干出来的,好警察也是多年多个案子的经验才能造就出来的。也不知道自己什么时候能够达到传说中的水平。

回到单位,白松给父亲打了电话。

"啥事?怎么想起来给我打电话了?平时不都是给你妈打吗?"白松的父亲接起了电话。

"没,就是想你了呗。"白松还真是很少给老爸打电话,基本上都是给老妈打。其实也没啥事,就是今天破了这个案子,虽然不是亲手所为,但还是觉得十分开心,就想和老爸分享一下。

第十五章 "神探"华东

说了说案子的大概情况，父亲倒没有白松想象得那么开心，就是说了几句让白松注意安全就没有多说什么。

白松的父亲曾经也是刑警，在白松小时候一直很忙，天天不着家，后来在白松上初中的时候不知道什么原因，从刑警的岗位上退了下来，去了户籍部门。也正是从那个时候起，父亲就不愿意讲警察的故事了。

第十六章　借调专案组

　　在白松的记忆里，父亲的一生分为两部分，转折点就是工作变动。

　　白松的父亲叫白玉龙，前半生的他，基本上不怎么回家，但是一回家就给白松讲一大堆稀奇古怪的案子，讲如何办理各种各样的大案要案。

　　而自从十几年前白玉龙工作性质改变，当了户籍警，就再也没有兴趣给白松讲这些事情。每次白松好奇地问起这些事情，父亲都不会多说。甚至本来希望以后儿子子承父业的白玉龙也再没有提过这个事，对儿子以后做什么再也没有提过意见。但是白松清晰地记得，四年前他考上公安系统最高学府的时候，父亲拿出了珍藏十几年的汾酒，叫上了昔日最铁的同事一起喝了一顿酒。那一次，来吃饭的局长都喝了不少。

　　盗窃案告破，白松晚上睡得很香。

　　周三早上，白松系好了衣服上的每一个扣子，早早地去会议室等待点名。

　　点名之后，李教导员把白松单独叫了过去。

　　"最近过得怎么样？还习惯吗？"李教导员关心地问道。

　　"很好，很习惯！"白松说道。

　　"嗯，那就好，刚来嘛，有什么困难的话，记得跟组织上提，组织上对同志们的生活方面还是很关怀的，尤其是你这样外地的同志。"李教导员拍拍白松的肩膀。

　　"谢谢教导员，我没问题的，生活上也很好。"

　　"好，到底是名校毕业的，觉悟和能力都相当不错。最近我还在帮你办理你的组织关系变动,你之前的组织关系在学校,我可是没少跑啊。"

白松在学校的时候,就已经解决了组织问题,算是思想很进步的同志了。

"麻烦您了,教导员有啥事您就让我去就行,麻烦您亲自去办这些事怎么好意思呢。"白松有些不好意思,来这边啥事也没做还净麻烦领导。

"哎,麻烦谈不上。"李教导员从桌上拿了两张 A4 纸出来,左上角有着清晰的"秘密"二字。

"是这样,前几天在天河里打捞出了一具女尸,还是碎尸案。这件事市委、市政府、市公安局、市刑侦局、公安分局各级领导对此都十分重视,上级领导责令限期破案,所以市刑侦局一支队和分局刑侦支队组建了'10·22'专案组。"李教导员拿起杯子喝了一口水,"根据上级领导指示,从各所抽调一名三十五岁以下、政治觉悟高、社会关系简单的民警临时加入专案组,咱们所里班子早上晨会前先开了个会,一致觉得你是个合适的人选。现在我征求一下你的想法。"

"啊?专案组?教导员,我当然听您的。"白松道,"但是我啥也不会啊,取笔录都不会,我这会不会给您、给所里丢面子……"

"这个你不用担心,业务上事情多经历点就好了,主要是你的觉悟够不够?"

"够!"白松想都没想就回答道。

"嗯,那就行,那你收拾一下,带几套便服,其他的都不用带,那边都有。一会儿我让你师傅老孙开车带你过去……"

李教导员说着话,敞开的门被敲了两下,一道人影直接进了屋子,是孙唐。

"教导员?我听王所说我们组有个人要借调走,是有这么回事吗?"孙唐的面色有些不悦。

"是,班子开会研究了,我这不也是让王培跟你商量一下嘛。"李教导员面色和煦。

"商量？这哪能商量？我这组人少你一直也是知道的，好不容易来了一个办案民警，刚来两天就要给我拿走？"孙唐据理力争。

"老孙，你也是老同志了，你咋不问问小白的想法？"李教导员微笑着说。

"问啥？他懂个屁！专案组要是一搞三年，他业务就全完了。"孙唐说完，瞪了白松一眼，示意白松不要说话。

"老孙你每次都这样，行，我答应你，白松去那边，要是超过三个月，我就算去找局长也把他要回来。"李教导员说道，"但是现在……"他沉默了十几秒，"咱们所你还不知道吗？哪个组容易了……"

领导把话说到这分上了，孙唐也只能认可。抽出一根烟，也没给李教导员递，自己点上，转身就走了。

李教导员还是笑呵呵的，对白松说道："去了那边，记住两点。第一，绝对不能随便外传案件情况，就算是所里民警也不行，更别说在网上了；第二就是听领导的指挥，少说话多看多忙活。"

"嗯……"李教导员想了想，说道，"你也不用担心你师傅说的那个事，专案组能学的东西也很多，你去了那边，也能学到很多业务上的东西。"

白松点头，他其实早就有些激动了。前两天在碎尸案现场，他恨不能参与进去，此时机会就摆在面前了。他就算是再傻，也知道了为什么安排自己去。并不是因为自己是名牌大学毕业生，能力有多强，完全是因为所里其他的办案民警那都是一个顶俩，能够独立处理案件，只有他还不行，少一个也就少了……

想到这里，白松还真有点沮丧，不过他毕竟刚刚毕业，也许再过五年，他就可以在很多领域独当一面！

白松想的李教导员他们自然也清楚。这种案子，借调过去的民警根本就轮不到主侦，从市里到区里，这么多刑警，哪轮得到白松去主侦？

去了就是帮忙打杂，做一些机械性的工作。但是毕竟是大案，要是随便安排个嘴上没把门的或者干活拖拉的也不行。这么想来，白松被借调过去，就太正常不过了，甚至他都有可能遇到王亮、华东他们……

白松收拾了一下东西，带上了水杯，泡上了一大杯茶。之后师傅孙唐帮白松把东西装好，没有多说什么。白松心里暗暗感激，虽然说师傅也是为了组里人，但是肯定也是为了自己。并不是谁都愿意为了别人去反对领导的。

"去了那边，干活机灵着点。"到了刑警支队门口，安顿好了白松，孙唐吸了一口烟，还是多嘱咐了一句。

第十七章　专案组

这次专案组的成立十分迅速，规模也十分庞大。

天华市是一座人口两千万的大城市，如果说在某个派出所辖区内，几年乃至十几年不出一起命案都算是正常。放眼全市，命案每年总是存在的。但是即便如此，碎尸加沉河，手段还是过于恶劣了，容易产生恶劣的社会影响。

为了打击罪犯的嚣张气焰，市局抽调组成专案组的人可都是王牌。技术部门、网络、生化、痕迹、现勘……一大堆光听名字就很牛的部门都在这专案组里，除此之外，还有市刑事科学研究中心以及两所天华市著名的高校提供技术支持。

别看白松和教导员客气，此时他的血液都有些沸腾了！

宿舍就是普通的上下铺，不过有新的床单和被子，屋内陈设简单，收拾完白松就上了楼。这栋楼的一层暂时被专案组借用了。白松先去了会议室报道。进了会议室，屋子里人倒不多，只有五六个人，大会议桌上各类材料井然有序，法医孙杰也在这里。

大约过了二十分钟，各单位借调的同志都到了，除了孙杰是一直就在专案组，其他的同志都是和白松一起借调过来的，加起来有差不多二十人。

与白松预料的相似，王华东和高超也分到了专案组，高超也是和白松一届分来的同学之一。除此之外，白松还见到了一个熟悉的面孔，三林路派出所来的不是王亮，而是之前去的时候见过的处理纠纷的李汉警长。

这个所里够舍得的啊？直接把警长派出来了？白松啧啧称奇。

很快的，人到齐了，刑侦支队的于政委给大家开了个简单的会，主要讲的是案件进展以及保密条例，每个人也都签了一份保密协议。这个保密协议主要是对外保密，对非专案组成员保密，内部还是以信息共享为主。

案件目前主要在三方面取得了进展。

第一是死者身份，目前已经得知，死者性别女，南方人，死亡时间是一个月之前，年龄大约是二十五岁，除此之外，没有掌握到其他信息。死者身上没有任何能证明身份的东西，而且，并没有发现近期有失踪人口可以和死者进行对应。

第二是死因，死者死于钝器强行击打后脑勺，分尸并不是致死手段，而是藏尸手段。

第三是铁桶的来源已经查到，是天华市天河上游，天北区的一家正在进行资产重组的化工厂。这家化工厂在去年就已经闭门停业，各种不值钱的东西堆在仓库或者院内空地上，因而招来了一些眼红的掮客。

初步分析，铁桶的来源与化工厂的老板等人无关，与外面的垃圾回收站有关。经查，在天北区和天东区以及九河区，有十几家废品收购站曾经出现过这种铁桶。

除此之外，还有一个勉强有用的线索，根据天华大学实验室的报告，尸体的分块之间存在与河沙性质不同的细沙砾状物质存在，目前推论，凶手切割尸体用的是砂轮机。之所以说这个线索没什么用，是因为砂轮机这种东西，天华市成千上万家家装公司都有。

白松等人的任务就是，在全市地毯式采集各个有砂轮机的店面内的砂轮磨料。他们要从每个砂轮片上刮一点点下来取样，最终汇总到实验室进行比对，来确认到底是哪个品牌的砂轮，接着进一步进行倒查。

这是天文数字般的工作量，而且除了这类工作以外，专案组的其他成员也在不同的路上进行不同的尝试。不得不说，短短三天时间，从无到有掌握了这么多线索，已经是很厉害了。

两人一组，和白松分到一起的，是三林路派出所的李汉。

按照规定，两人换上便服，开上一辆地方牌照的车就出去了，他俩去的地方距离这里有20公里，位于天东区。

"这是啥方案啊？"李汉刚刚开上车，就吐槽道，"想当年我们破案，都是根据线索一点一点地推，现在反倒好，大海捞线索。"

"可能确实是线索太少了吧。"听着李汉的吐槽，白松也不知道怎么接，就含糊地说道。说实话，虽然砂轮的款式很多，但材料都是大同小异，之前肯定也做过比对，估计是没比对成功。而几乎所有使用砂轮的丁家，都是用常见的砂轮。难不成安装门窗的人，切割机上不用五金城里卖的普通砂轮，还会从外国专门定制进口？

也正因为如此，李汉才吐槽这工作。但是吐槽归吐槽，工作还是不含糊，李警长毕竟也是有七八年工作经验的老民警了。

"对了，你和我们所新来的小不点王亮是一个学校毕业的吧？"李汉边开车边聊了起来。

"是，我俩是同学，大学时就认识了。"白松点点头，"李警长，上次我去所里，看到您处理那起纠纷，实在是太厉害了。"

"嗨，那不是我的功劳，都是摄像头的功劳。"李汉摇了摇头，接着说道，"王亮这小子不错，你们这些好大学毕业的，水平就是高。"

"哪有，我可没啥水平啊。"白松可是没有接这个话，"话说王亮怎么样了，您给说说呗。"

也许是三林路派出所没九河桥派出所这么忙，所以安排来专案组的人选是由大家自由报名的。所里的意见是，如果没人报名，再进行指派。

昨天晚上，所里就给三十五岁以下的民警开会说了这个情况。

第十八章　阅卷

问题是，根据保密规定，昨天晚上所里领导只说了是专案组借调，其他的一概没说，因而大家都没搞明白是什么案子，借调的情况如何。但是王亮清楚啊！他前几天刚刚经历了现场，这个案子这两天也没有破案的通告，如果说有什么案子需要设专案组，那肯定就是这个了。想到现场的状况，王亮可不想去，于是就和关系不错的李汉打了个赌。

事实证明，信息不对称是不公平的，因此李汉自然而然输了，加上李汉确实也想来专案组瞧瞧，所以来的就是李汉了。

李汉非常痴迷秦朝到五代十国的历史，而白松恰好对宋朝历史有点研究，一路上除了聊这个案子，全都在聊历史。历史是谁也不能小觑的东西，比如南宋时期宋慈写的《洗冤集录》，虽然年代久远，有的地方不那么科学，但是依然值得学习。大二的时候白松选修的古汉语文学，就是选的这本书。

其中，《洗冤集录》卷四之二十五就有记载："若项下皮肉卷凸，两肩井耸皮，系生前斫落；皮肉不卷凸，两肩井不耸，系死后斫落。"对于本案来说，就可证明，分尸是在被害人死后进行的。

在外面跑了一天，李汉和白松找了七八家有砂轮机的店，给二十多个砂轮机取了样，随便吃了点晚饭，回到单位的时候已经是晚上7点了。李汉不在单位住，自己开车回家了，白松则直接住在刑警队。

一天取样了二十多份，白松很不乐观，因为凭他的直觉，今天取样的二十多份，成分不会有任何不同。

回到宿舍，白松很惊讶，孙杰居然也和他一个宿舍，而且也没走。

"杰哥？你怎么没走啊？"白松看了一眼正在整理一大堆材料的孙杰。

这一看不要紧，白松差点没把眼睛瞪出来。孙杰在整理的，是一整套报告。这里的报告包括了大量的彩色实景照片。而这些照片……白松只是看了一眼，就有点忍不住了。刚刚吃的那点东西瞬间就顶到了嗓子眼，白松强行掐了一下自己，给压了下去，随即转过了头，不再看向孙杰。

孙杰忍不住笑了，看着本来兴奋的白松看了几张图片就成了这个样子，不由得调侃起来："怕啥啊？现场啥样你又不是没看过。"

"别，孙哥，杰哥！你厉害，我服我绝对佩服，我道行太浅，我甘拜下风。"

这个时候可不是逞能耐的时候，白松一下子明白了，为啥王亮不想来了。

"没事，受不了就吐出来，这种事啊，吐几次就习惯了。我上学的时候，第一次见大体老师，我们班的同学都控制不住。现在啊，就是平常心了。"孙杰毫不在意地说着，边说着边整理着案卷。

"没事，我已经好多了。"白松从床上的背包里，拿出自己的水杯。早上泡了一点茶还没来得及喝，这会儿已经快没有热气了，他一下子把500毫升的茶水一饮而尽。苦涩的茶水让嗓子眼传来的恶心感消除了大半，白松明白，这个世界上，有一些事情，一旦你选择了就一定要面对。

想到这里，白松再次看向那些照片，虽然还是极度恶心，但是已经好了很多。

"行，好点了就过来帮我整一下案卷，我今天晚上就不回家了，把这些东西都弄完，明天就该跟领导汇报了。"孙杰说道。

白松说了声好，就给孙杰帮起了忙。其实倒是没多少工作，也就是装订而已，两人合作，十几分钟就搞定了，而在这期间，白松逐渐开始习惯了这种照片。

"杰哥，我看这个切口，真够平整的啊！"白松忍着恶心道。

第十八章　阅卷

"嗯，你说得没错，我和市里的几个同志也看出来这个问题了，我们推测，这个切割机切割能力很强，而且，连接处的损毁程度比较小，鉴于这点，我们推测这应该是个熟练工干的。"孙杰说道。

"你的意思是，凶手是个安装门窗的？"白松说道。

"不排除这个可能。"孙杰弄完，伸了个懒腰，"我忙了一天了，累死了，一会儿我得洗澡睡觉了，这卷你看吗？你要是看你就拿着看，要是不看我就锁起来了。"因为大家都在一个专案组，孙杰也不避讳。

"看，孙哥你先忙，我就在这个屋子里看，东西丢不了。"

说完，白松打开了案卷。

这并不是全部的案卷，而仅仅是法医和现场勘查的刑警做的一本案卷，白松尽量避开那些照片，只看报告。

在现场提取的沙砾中，成分非常复杂，因为已经混入了河沙和淤泥。天华大学实验室使用了多种实验方法，证明了这里面的各种元素的物质含量与河沙不符。目前仅仅有推论，而不是结论。目前推论，这里面含有碳化硅。

碳化硅在自然界中也存在，就是我们常说的可以和钻石以假乱真的莫桑石，但是工业上的低纯度的碳化硅常被制备用于磨料。按照这个线索来推，碳化硅在工业上又叫金刚砂，在砂轮的定义上，是有专门的型号，叫GC（绿碳化硅磨料）或者C（黑碳化硅磨料），但是还是存在两个问题：一是这两种磨料，本身就是最常用的磨料；二是实验报告里居然还出现了几种刚玉类磨料的成分，搞得大家都有些头疼。

白松看卷看了很久，孙杰顶不住了："明天再说吧，我这岁数大了不比你们年轻人了，我熬不住了，把卷给我，我得锁起来。"

孙杰还是一如既往的细致，这些东西不放入保密柜他是不会踏实睡觉的，白松自然也理解，就把东西都交了出去，自己也去洗漱了一下，把被褥都准备好，就躺下休息了。

第十九章　线索

躺了一会儿，白松还是睡不着，他的脑子里有了一丝想法，却有些抓不住。于是从床上起来，到了办公室。

为了办案保密，会议室在没人的时候会锁起来，但是办公室门是一直开着的，此时已经一个人都没有了。这里的电脑大部分是公安内网，与外网物理隔离，但是也有两台笔记本电脑联的外网，白松就开始上网查资料，边查边记在笔记本上。

第二天一大早，白松就起床了，仅仅睡了五个小时却神采奕奕。

出发，还是昨天的工作。

李汉有些好奇，白松今天状态不错啊。白松指定了一个地方，李汉也不介意，直接开车就奔了过去。现在两人也熟悉了，李汉也能看得出白松是个比较稳重的人，一路上没多问，四十多分钟后就到达了目的地。

这是一家挺大的厂房，专门销售各类机械产品，其中也包括砂轮机。李汉了然，看来白松这是想一次性多找几个，确实也是个不错的主意。

厂房院子门口，李汉出示了人民警察证，保安直接放行，两人开车进了院里。

刚进门不久，就有一胖一瘦两个男的快步走了过来。

"您好，警官同志，来我们这里有什么事情？"其中一个中年发福的男子问道，说着话，脸上堆着笑容。

"嗯，我们是来……"李汉斟酌了一下，接着拍了一下白松的肩膀，"你跟他们说。"

白松愣了一下，早就准备好的话脱口而出："我们单位后保部门想买个切割机，用于切一些钢材，你这边有合适的吗？"

"有，有，有。"一听白松不是来公干，而是来买东西的，中年男子更高兴了，连忙伸出手来，把手伸向一处仓库，"来，这边请！"

"给二位警官介绍一下，我姓钱，在这个机床厂算是个小老板，咱们这里的切割机，远了不敢说，在天华市区以东这几个区，还算是说得过去，而且品种也比较齐全，最关键的是，价格嘛……"钱老板神秘一笑，又哈哈了几声，接着恢复了笑眯眯的神态。

"我不太懂这些，我们算不上大采购，就需要一台机器。主要是用于切割一些钢材，具体用途不方便透露，但是钢材的量不小，你给介绍一下？"白松说道。

"嗯，没问题。"钱老板打开了仓库门，里面数百台机器按体积大小分成了不同的区域，摆放得井然有序，白松不由得多看了钱老板一眼，这不是一般人啊。

"给您二位介绍一下，首先最常见的砂轮切割机，都在这边，这些都是很便宜的货色，估计满足不了你们的需要。除此之外，咱们这里还有全自动切割机，使用的是最新的立方氮化硼砂轮，质量没得说，这种是机器控制的，准确性和效率都有很大的提高。这边的几款，是激光切割机，这个切割效率还可以，但是对电路要求比较大，需要对电路进行改装，而且确实有些昂贵了，估计你们也用不到这样的精细货……"钱老板如数家珍。

这里的东西，只有最简单的砂轮机是他自己生产的，其他的都是他通过别的渠道买来转卖的，而且这里摆放的，已经有一大半都被订了出去。

"这是什么？钱老板怎么没介绍？"白松指了指一台长约一米五的机床状机器。

"哦哦哦这个，嗨，倒不是不介绍，这几台都已经卖掉了，一时半会咱们这里也没货。"钱老板连忙说道，"这个是高压水刀切割机，国内目前还比较少见，但是切割能力那是这个。"钱老板竖了一下大拇指，接着说道，

"这个东西一般切割对材料性质变化要求严格的材料,如果你们只需要切割钢材,用这个就没有太大的必要,最关键的是,这个高压水刀如果切割别的还好说,切割钢材的话,直接用水可不成,得混入磨料,现在咱们这里的水刀磨料都是进口的,这个价格嘛……不过,您要是需要这个,我想办法,九……嗯……六天!六天内保证给弄一台过来,以后的磨料,我也给您这边按照我的进货价来!"

"磨料?"李汉琢磨出了味,干了这么多年的警察,如果还没有看出来白松的目的,他也算是白混了,他想了想,问道:"你说的这个磨料,有多贵呢?具体是什么材料呢?咱们用国产的不成吗?"

"是这样的。"这时候,钱老板旁边的戴眼镜的男子发话了,"两位有所不知,您那边切割钢材,使用的磨料如果不达标,很可能出现切割不充分的情况,尤其咱们这台水刀的水压虽然很高,但是距离大型的水刀设备还是有一定差距的。咱们的水刀磨料,里面的主要材料可是能够达到国际标准的石榴砂、金刚砂等磨料。"

白松给李汉递了个眼色,李汉心领神会,立刻开始和钱老板谈起了价格,两人本就不打算买,白松怕说多了露怯,从这会儿开始全程都是李汉在谈。价格上还算是可行,李汉没有答应也没有不答应,话也没有说死,说些这事情还是得回去请示领导之类的话。

钱老板心领神会,连忙把名片递了过来。

"在天华市,有其他政府部门采购这种设备吗?"李汉问道,"要是没人买过,我们走采购,也是个麻烦事。"

"有,有!警官您有所不知,政府就不说了,铁路、水利部门,都找咱们买过,而且这东西在现在的企业里,那也是十分受欢迎的,这个最环保不过了!保证您切割的时候没有浮尘没有味道!"钱老板拍胸脯保证道。

第十九章 线索 | 069

第二十章　僵局

"嗯，这样，你这里有模型吗？我带一个回去请示一下领导。"李汉最后问道。

模型自然是有的，但是模型没有机器本身的效用，仅仅是一个树脂做的小东西。除了模型以外，钱老板还送了一小瓶磨料，并保证这东西可以货比三家。

拿到东西，离开了厂房，李汉夸道："行啊，你小子有点想法。"

回到车上，李汉对白松有些刮目相看了。虽然说并不代表这就是案件的有用线索，但是这种非突发性的案子，侦办本就是试错的过程。

白松昨晚看了那些照片，又查询了很多资料，也不知道这个情况是否正确，但是两人还是第一时间回到了单位，跟上级领导汇报了这个情况。专案组领导对此非常重视，直接就安排了实验，两个小时后有了初步的结果，实验结果喜人。

这次碎尸案的碎尸工具，有大概率是高压水刀切割机，尸体切痕与水刀的切痕有很大的相似性，使用的磨料也更加接近。这一下子就缩小了范围，毕竟，天华市的高压水刀切割机保有量与砂轮切割机保有量，完全是两个数量级。前者较容易找出来。

就在实验结果出来的下午，其他部门也传来了喜人的信息。被害人身份确认了。根据这个情况，仅仅是一中午时间，七名与死者有联络的相关人员被刑事传唤至公安局接受调查。

一个庞大的专案组，在合理的安排和团结协作下，几乎每一个点的推进,都可以消除一大片的阴影。当阴影全部消除的时候,就是案件侦破之时。

下午,犬队被派了出去,白松和李汉二人负责询问一名相关人员。

这名被传唤来的相关人员,是七名被叫来的人里岁数最大的一位,今年四十九岁,是一家小金店的老板,名叫王千意,死者李某曾经与其有过联系。经询问,死者曾经在一个多月之前,前往王千意的店内定做了一个重达235克的金首饰,光工本费就高达4000多元。也正因为如此,王千意还特地留了李某的联系方式。

考虑到死者的财力状况,民警不得不做出可能是财杀的推论。

王千意并不是最后一个和李某有联系的人,通过查询和走访,两人之间也不存在什么矛盾纠纷。七人的询问结束以后,案卷整合。到了晚上,白松也有时间看了看卷,结果也没什么发现。七个人在下午的时候就全部放回了,一点点证据都没有。

第二天,又有四个人陆续被叫来取了笔录,情况还是如此。第三天下午,案件暂时进入僵局。近年来,所有登记在册的超高压水刀切割机,都已经地毯式排查完毕了,没有发现可疑线索。

周末,白松休息一天。这周上了六天班,还是没有什么突破性进展,每个人都十分疲乏了。专案组一周只休息一天,一半的人周六休息,另外一半周日休息。

白松晚上约好了和孙杰、华东等人一起吃饭,白天没事,就到处走一走转一转。

"游泳健身了解一下!"熟悉的声音打断了白松的思路,仿佛回到了大学的时光。

"这位帅哥!我们健身房有优惠!来来来,了解一下!"一男一女拿着传单,给白松递过来一张。

白松习惯性地从女生手里接过了传单,是个很年轻的女孩,用年轻这个词似乎不太准确,白松看她也就只有十七八岁,扎着单马尾,明眸皓齿、顾

第二十章　僵局 | 071

盼流转，任谁看到都会夸赞一句，好可爱的女孩儿！

这个地方距离刑警支队不远，距离九河桥派出所也不算太远，白松看了一眼传单，这家健身房还算不错，游泳池是标准的小池，长25米，其他设备包括半篮球场都有。想到最近一直比较忙，白松倒没有办卡的打算，也只是没事看看罢了。

"是这样的，只要您登记一个手机号，就可以免费在我们健身房体验一次，您现在就可以试试哦。"单马尾小美女说道，"体验一次不收费的。"

这么一说，白松倒是有些心动了，毕竟今天也不算忙，先去试试，如果确实不错，以后再过来办卡也不迟。白松拿起女孩手里的笔，直接写上了自己的手机号码。不知道是不是错觉，白松感觉女孩子居然有些眼熟。但是他又很确定，他真的没有见过这个漂亮的女孩。

白松从上学开始就一直爱好运动，即便是这几天，也会在屋子里做一些无器械运动。进了健身房，白松心情舒畅，因为没有带换洗衣服，他简单地做了做热身，又做了几组力量训练，便开始做起了拉伸。

运动的时候往往思维更加敏捷，白松开始对案件进行了推导。目前公认的第一个问题，就是作案动机。到底是谁，对死者有如此大的仇恨，做出这样惨无人道的事情呢？

白松开始思考起这几天与死者有联络的人的情况。

哦，先考虑一下死者本人吧。

死者李某，南疆省茶城人，来天华市已经四年，今年二十六岁，居住地位于九河区三木大街派出所辖区内，租赁的高档小区，已经居住了两年。

第二十一章 分析

关于李某的情况，最大的疑点就是资金来源。按照陈述人的陈述以及对李某情况的分析，李某的月收入不会低于一万元，但是李某始终无业。

2011年，警察的工资差不多是月薪3000，因此月收入能过万元的，已经算是不错的了。而由于房租半年一交，对于李某的失踪，房东毫不知情。传唤的十一个人，除了白松取过笔录的人和房东以及房东的女儿外，还有八人。

房东是个四十岁左右的商人，长期在外，与李某的联系并不多。房东的女儿倒是和李某接触过几次，但是她只有十三岁，两个月以前的暑假，李某曾经给房东的女儿辅导过功课，这个倒与李某的情况对应度不高，因为资料里李某的学历是高中肄业。

王千意前文已经提过了，除了他之外，与李某密切交往的，有四个是女人。这四人都是已婚女子，家境优越，据她们所说，和李某是半年至两年以前在酒吧认识的，李某常常出没酒吧，而且自己消费。

四个男子里，第一个是饭店的一个服务员。这家饭店就在李某住处附近，档次中等，服务员是个二十一岁的小伙子，高高瘦瘦的，长相阴柔，有点女子的气质，总的来说算一个小帅哥。

第二个是与李某偶然认识的一个出租车司机，今年三十多岁，李某经常给司机打电话让司机来接她。据司机说，李某常去的地方就是商场和酒吧，除此之外，还去过几次首饰店。

第三个是整容医院的主刀大夫，今年三十岁，清新俊逸、儒雅内敛，是个有四年主刀经验的海归研究生，据说在整容行业算是一号人物。李某曾经在他这里做过一次整形，花费了三万多元。

第四个是房产中介人员，是个成熟稳重的中年男人，李某一个多月以前，曾经想找他买一套房子，而且要求比较奇怪，一是全款现金交付，二是房产不放在自己名下而是其父母名下。说到死者的父母，现在还没有找到。一是死者根本就没有和父母联系的习惯，二是死者老家位于南疆省某个农村，到现在具体在哪里，还没有搞清楚。联系当地警方，目前也没有回复。

具体情况就是这些，在李某家里，没有发现所谓的大量现金，只找到了一些简单的衣服和三四千元现金，除此之外，什么都没有，这个住房应该不是案发现场。

万事开头难，虽然案子目前没有突破性进展，但是对比前几天，这已经算是开了头了。运动了一会儿，白松出了健身房，徒步向着三木大街派出所的方向走去，他想去看一看死者的住处。虽然他连侦查员都算不上，但是白松对于这个案子非常上心，前几天他提出水刀切割机可能是分尸工具的推论，领导对他提出了表扬。按照李汉的话来说，如果真的直接按照这个线索就把人抓了，白松单凭这一个线索，功劳都少不了。

出了门，外面的两个发传单的人还在，白松忍不住又看了两眼发传单的小姑娘，总觉得有一点眼熟。是不是像某个明星？白松虽然也看过不少电影，但是他能叫得上的明星，满打满算只有十几个，而且以老演员居多，真要说是年轻的女明星，他能知道名字的，屈指可数。想了想，没什么印象，就直接离开了。

死者李某的住处，目前处于警戒期间，白松没有进现场，他也没有钥匙，就是在附近转了转。

高档小区就是不一样，这里的情况比爱荷花园要好得多，这个小区的房子全部是联排别墅和跃层。死者租赁的房屋就是一套跃层，三楼跃四楼。这栋楼分两个单元，每个单元只有四户，两部电梯。每一部电梯只对应两户，一二楼的带地下室和小院，三四楼的这一户带大阁楼和阳台，一套都要几百万。

　　这里的监控录像也只能存放半个月的时间，由于李某失踪都已经一个月了，录像虽然也调取了，但是也没什么用。近半个月，都没有一个人来找过李某。

　　什么样的人会杀死李某呢？白松分析最大可能就是为了财。李某因为目前暂不掌握的情况，有高额的收入，这里的收入不排除她从事了违法犯罪行为，而且她的手里，很可能掌握了数十万乃至数百万的现金，但是目前这笔钱下落不明。而李某接触的这些人，如果单纯从钱这个角度来考虑，都有作案可能。因为这些人没有一个人能达到无视上百万现金的层次。而且，从钱的角度讲，作案人员的划定，可不是仅仅这十一人，这个范围可就太大了。

　　围着小区转了几圈，白松分析了一下小区的格局。这个小区的安保还不错，白松想进来都是给华东打了电话，辖区内派出所给说了一下，才进来的。但是这里的安保也存在一个问题，很多保安都是十七八岁的男孩，人员流动十分频繁，很多人干一个月就辞职了。以至于昨天公安部门过来调查的时候，没有从保安这里获得任何有价值的线索。

　　白松目前的思路是，先要调查清楚，李某到底是做什么的，她到底因为什么有这个收入。当然，警方一直也在调查这个事情，但是进度缓慢。李某的经济来源，目前还是个谜。

　　实在是想不通，白松离开了这里，看了看时间，还早呢，就给王亮打了电话。王亮周五值班，昨天又忙了一上午，今天休息。接到白松的电话，王亮那边正忙着推塔呢，报了个地点就挂了电话。

第二十二章　追！

王亮所在的网吧，还是上次两人一起去的那一家，距离三林路派出所和九河桥派出所都很近。

"快来快来快来！"王亮招呼道，"白松你看我这把这装备！你看！"

白松过去一看，啥啊这是。两路高地被破，对方一换四，这边只有王亮一人还活着，玩了个美杜莎，六十五分钟了，终于六神装合出了圣剑。飞行信使缓缓飞了过来，一把金黄的圣剑直接插入了美杜莎的背包。对方四人抱团，三人状态不太好，美杜莎一夫当关，站在第三路的高地之上，如闲庭信步一般，有条不紊地射击着，对方一个没大招的幽鬼外加三个散兵游勇，五六秒下去就倒了三个，只剩下一个风行者见势不妙，仓皇逃窜。

王亮志得意满，快步追了出去，恨不能掏出一把跳刀。风行者抓住机会，一支箭拴住了林肯法球正在冷却中的美杜莎，紧接着开始疯狂输出。奈何六神装加身，蝴蝶在手的美杜莎实在是强大无匹，束缚一结束，两支长箭飞出，大炮暴击，风行者应声倒地，王亮的耳机里也传来了一声"ultra kill（四杀）"。

沾沾自喜的王亮没有注意到队友在疯狂打字，哼，此时不用看，肯定是一大堆之前没说什么好话，现在出来夸"666"的马屁精！

"兵线啊，兵线！"白松看不下去了，提醒道。

王亮这才反应过来，慢悠悠地向高地走去。奈何两路超级兵实在是奋勇，生命之树倒下了。

"哈哈哈……四杀，帅不帅。"王亮兴奋地说。

"帅毛线啊，基地都被推了。"白松无语了。

"那没有关系，帅就行了！四杀啊，我上次拿四杀还是上大三那年！"王亮手舞足蹈，"输赢无所谓，反正我经常赢。"

白松扶额，他此时深深地怀疑，自己来找王亮到底是不是正确的。

"你先等我，一会儿再开，我先去趟卫生间。"白松已经一上午没去厕所了。

进了洗手间，还是熟悉的满墙的画，几乎没什么变化。白松还特地看了一圈，感觉确实也挺有趣的，算个乐。

洗完手，叫了两份盖饭，白松给王亮拿了一份，午饭将就一下就得了，晚饭去吃火锅已经定好了，大家都发了工资了，这次算是小聚，就白松、孙杰、王亮还有王华东。

王亮属于典型的被坑还不自知的，也就是白松无所谓，反正游戏就是放松，不输房子不输地的，输了也没啥不开心的。天梯分数从1900掉到现在的1400也无所谓，至少低分段还好打了一点啊。但是即便以这种心态，一下午又经历了五连败，白松还是觉得他需要静静，让王亮自己去玩，他开始随便浏览起了网页。

"走了，下机去吃饭了。"王亮自己玩倒是一波三连胜，舒服地伸了伸懒腰，拍了拍白松的后背，"你在网吧看论文？"

白松懒得搭理王亮，关掉了自己正在查的资料："我去趟洗手间，去完咱俩就走。"

"哎，我也去！"

两人一前一后，进了厕所。刚刚推门进去，迎面走过来一个穿得流里流气的小子，身高也就一米七左右，穿着花哨的长袖衣服，脏兮兮的，领口都是灰，袖子更是脏得看不出颜色了，左手掐着香烟，右手拿着一个黑色的管状物。

白松属于个子高又比较壮的，王亮大约有一米七八的样子，体态中等，两个人一起进门，里面这哥们就在门口被堵死了，根本出不去。

这哥们本来是一脸的不服，暂时退了一步以后，用嘴叼上了烟，左手架在了腰上，抬头瞬间的表情，极度不忿。然后定睛看了一下这两位壮汉，表情瞬间就变得随和起来，无处安放的右手抬了起来，转了转手里的笔。

　　本来白松还以为这个男的右手拿着什么不好的东西呢，看了看，是一支水笔而已，也就没多想，侧了侧身子，给这个哥们放了出去。

　　"啥啊这么牛，搞半天就是个画小广告的。"那个人出去以后，王亮轻蔑地说了一句。

　　小广告！白松一惊，直接扭头看了一眼，墙上赫然写着："卖枪，请联系13××××××××7……"

　　一瞬间，白松浑身的汗毛都停止了分泌汗液，肾上腺素飙升，完全没有任何征兆地转身往外跑去。

　　"喂喂喂！啥事啊这是？"王亮一看这个情况，立刻跟着白松跑了出去，拉链都没拉好。

　　"别废话！"白松说着，已经跑到了网吧的大堂中间。

　　刚刚那个男的这时候已经走出了网吧，不知道是不是因为心虚，他往后看了一眼，直接就看到了迅速跑过来的白松，吓了一大跳，立刻就朝着一个方向蹿了出去。

　　这种情况怎么能被他跑掉？如果他真的跑掉了，白松这能在警校参加运动会拿名次的体格就白费了！

　　出了门就是大马路，这哥们也是倒霉，仅仅跑了一百多米，速度就降了下来，白松只需要再来一个冲刺，就能追上去。

　　白松敏锐地看到，这人把笔和烟都扔掉了，但是边跑边频频回头，胳膊还在往衣服里面伸。白松放慢了速度，他并不莽撞，自己赤手空拳，对方如果真的有个棍子什么的还好说，要是有把刀就危险了。一旦那个小子真的有一把枪，那危险系数就太高了。

　　白松吊着那个男子，距离十五米左右，这个距离，说实话，在跑得很累的情况下，即便是白松自己，拿着标准的制式武器，也不敢说能命中目标。

所以这个距离很安全。

白松跟了三四百米之后,王亮也跟了上来,跑的这个哥们看到这个情况,面露惧色,但是还是一直坚持着在跑。

天色渐晚,这个男的估计也是看着天色将黑,想找机会逃脱,可是天黑也不是一瞬间的事情,他越跑越没有力气,就现在三人之间的这个距离,哪怕是钻进了小巷,他也很难摆脱白松和王亮。

第二十三章 抓获

如果说刚刚追出来的时候，白松的心情是比较激动的，后来看到这个男子把手伸入衣服里的时候有些紧张，那么现在这会儿，根本就是安逸好不好。这算啥？锻炼身体？跑五公里？

穿着花哨衣服的男子的速度逐渐已经接近快走了，白松还有机会去路边捡了一根棍子，接着回来追。终于，男子实在是坚持不住了。

"你们从哪出来的？"男子一屁股坐在了地上，整个人已经累瘫了。

白松持着棍子，缓缓靠近，距离这个男子七八米的时候，他喊道："把你手举起来！伸出来，伸过头顶！"

王亮此时越过白松，准备上前制伏这个男的。白松一把拉住王亮的胳膊，让王亮站到了自己的身后。王亮此时还不知道这个男子是可能带枪的，所以没那么谨慎。

男子和白松僵持了起来，短短三十秒，就围过来了几十上百人。

随着对峙的继续，男子心理崩溃了，他哪有枪啊！对天发誓，他怎么会随身带着枪？

他只不过是以为，后面这两人是个热心群众啥的，被吓唬一下就会离开，或者真的是民警，但是投鼠忌器，他有机会逃跑。谁承想，这两人不仅体力好得吓人，自己都不行了对方还不带喘的，而且还这么谨慎，这肯定是警察无疑了。定了定神，选择了投降，警察能拿自己怎么办呢？

想到这里，男子把双手伸了出来，举过了头顶。然后累瘫了的他直接仰面躺在了地上。

白松掏出自己的手机，递给了王亮："拿我手机给我们所里值班室打电话。然后拿你的手机录像。"一般来说，还是两个人去抓一个人比较合适，但是这种情况白松自认为没啥问题。说完，白松一步一步走上前去。这个时候，男子一动不动，他是真的放弃抵抗了，此时让他跑他也跑不动了。

离男子距离还有两三米时白松疾步向前，一下子把男子按住了，随即熟练地翻身擒拿，直接把男子半压在了身下。

要说这个男的也会跑，他要是再跑五分钟，都不用报警了。白松分析他跑的路线，看样子是想跑进前面的这片彩钢房区域，而实际上，这片彩钢房旁边就是九河桥派出所。

王亮直接打开白松的手机通讯录给所里打了电话，不到两分钟，警车就到了。今天值班的是二组，来的不是别人，正是刘峰和王旭，还带了两名辅警。他俩一下车，就立刻拨开人群，进来帮助白松把人铐了起来。

"怎么回事？"刘峰问道。

"回去再说。"白松看了看周围的群众，没有多说。

刘峰和王旭了然，确认了这个男子身上没有爆炸物等危险物品后，把他押上了车。因为王亮打电话的时候已经说了是他和白松抓了一个嫌疑人，所以刘峰开来的是一辆八人座的国产神车，一行七人上了车，就踏上了归程。

围观的好事者中也有人录了小视频，大家都以为警察抓了个逃犯，人群中居然响起了掌声。

回到单位，值班的王所和已经准备下班的李教导员、魏所、小王所都到了办案区，问起了案件情况。白松大体讲了一下事情的始末，王所立刻安排王旭带着一名辅警前往网吧查看。

这个男子此时已经缓过来一点，再次恢复了之前流里流气的样子。

"干啥啊？当街抓我，凭什么啊?!"男子刚刚有了点气力，就开始叫嚣起来。他此时也不怕了，第一，警察有什么证据证明自己写东西了？第二，就算是自己写的，也是写着玩，警察能怎么着？

正在他梗着脖子不服的时候，王亮从口袋里拿出了一支笔，轻轻地放在

第二十三章 抓获 | 081

了桌上。白松深深地看了王亮一眼,王亮都被看得心里发毛了,随即道:"哈,你以为我跑那么慢啊?我可是风一样的男子。"看到这支笔,男子不说话了。

审讯有时候并不是一件难事,尤其是在掌握了这么充分的证据的情况下。而且,墙上被擦掉的部分,就是这个男的用袖子擦的。根本就不用担心会审不出来。

短短二十分钟,这男的就全招了。

而且最关键的是,这个男的还是一名网上逃犯。他在一年多以前在南方某省因为诈骗被网上追逃了,涉案金额足足几十万,后逃窜至天华市,伪装成小混混。

搞了半天,这个男的居然是个骗子!哪能有什么真枪?他根本就是一个打着幌子的骗子,以假乱真,用模型和仿真枪来糊弄人,然后通过各种手段牟取利益。

当然,这些都是他自己供述的,实际上如何,还要彻底地查。毕竟有的仿真枪同样具有很强的杀伤力,但是这个就不用白松掺和了,二组现在手里没什么案子,这案子就直接由二组来忙了。

从办案区出来,白松给孙杰发了个信息,告诉他们先去,自己和王亮差不多7点多才能过去。王亮此时也和白松一样兴奋,当警察,当然是这样去抓人最爽啊!

第二十四章　会跑的三等功

刚刚走出办案区，李教导员就从外面匆匆走了进来。

"李教导员，我们先走了啊。"白松看到李教导员就上前打了招呼。

"等会儿，等会儿，电视台的来了，你俩得去一趟，接受一下采访。"李教导员说道。

"啥？电视台？电视台怎么来了？"白松震惊了，这怎么还惊动了电视台呢！白松想都没想，就说道："教导员您去帮忙应付一下吧，我警服都没穿。"

"谁知道呢。据说现在的电视台，你打电话提供时事线索还有200元奖金呢。你们刚刚当街抓逃犯，估计有人就拍了视频报电视台了，话说这些人来得也够快的。"李教导员也有些诧异，"你俩跟我出去接见一下，也就是一分钟，你俩少说就行。对了，这个小伙子，你叫什么名字？"

王亮也有些震惊，连忙报了一下自己的名字和单位。李教导员满意地点点头，好事传千里的情况可不多见。

白松和王亮跟着李教导员走了出去，值班大厅里此时已经有四五个人正在等候，一个女记者拿着一个采访用的话筒，后面跟着一台摄像机，还有两个人拿着不知名的设备，四个人脖子上都挂着天华市电视台的证件，直接向一行三人这边靠拢。

"现在从屋子里走出来的，就是刚刚主持人播放的小视频里，智勇擒歹徒的两位民警。我们看到，这两名民警都是非常年轻，站在他们前面的，就是九河桥派出所的教导员。根据我们刚刚得到的消息，被擒获的这名犯罪嫌疑人，是一名被网上追逃的逃犯。让我们采访一下几位警官，听听他们怎么说。"

年轻的女记者对着镜头说完，直接转身把话筒对准了站在最前面的李教导员。

"是这样。经过我们的仔细调查，这名被擒获的犯罪嫌疑人，确实是正被网上追逃的人员，而且，还是一名公安部 B 级通缉犯。"李教导员面露微笑。

"竟然还是通缉犯，那看样子两位警官可真是火眼金睛，做事果决。那么，我们想采访一下两位警官，可以说说这个通缉犯是如何被你们发现并抓获的吗？"记者把话筒向李教导员身后的白松和王亮方向探了几厘米。

"是这样的，案件我们正在查办中。我们会尽快发一份警方通告，目前因办案需要暂时不方便透露相关信息。"李教导员的笑容依然标准。

"嗯，好的，我相信观众朋友们一定会理解。那，感谢几位警官为了人民与歹徒英勇斗争，也感谢几位在百忙之中抽出时间接受这个采访。"女记者说完，转身对着镜头，"现场的情况就是这样，主持人。"

李教导员一看就是经历过很多次这种事的行家，丝毫不怯场，甚至就像他平时跟普通人聊天一样严谨和随和。正如他所说，这种现场采访也就是三十秒到一分钟，很可能在晚间或者早间新闻里插播一条，也就这样了，并不会有什么后续采访或者后续的专访。

最迟明天晚上，公安部门就会以天华市公安局九河分局的名义发一封白字蓝底的通告，向公众说明这个案件的部分非涉密情况。

记者来得快，走得也快。这是非常辛苦的一个行业，尤其是做现场采访的，一天从早到晚都是在路上，东跑西颠，还必须在镜头前保持最良好的状态，这可不容易。

"你叫王亮对吧？"李教导员拍拍王亮的肩膀，"好小子，你俩抓了这个人，确实是立了大功，不仅仅是给九河桥派出所长了面子，也给九河分局和天华市长脸。加油吧！我看好你们。"

说完，李教导员给了白松一个鼓励的笑容，就离开了前台。

"傻笑啥，给你个好脸色至于这么激动吗？"王亮拍了一下白松的肩膀。

"噢，噢。"白松缓过神来，"我跟你说，咱俩这事情肯定是能再得一个嘉奖！"

"真的假的？不就抓个通缉犯吗？"王亮也有些激动，但是还是沉住气道，"你说的又得一次是什么意思？你得过一次了？"

"没，我没得过，就是上周找到一只保护动物，我听说能给一次嘉奖，但是到底有没有，这个真不敢说。"说起那一次，白松其实有些不好意思，毕竟那次自己啥也没做，纯粹是跟着出去白捡了一个功劳。

"行啊，这事情你都没跟我说。"

两人聊着，大厅里的110接警台的孙大伟师傅发话了："你俩啊，这事处置得很不错。你俩也别猜了，刚刚教导员不都说了嘛，给你俩一人请一个三等功。"孙师傅左手持茶杯杯盖，轻轻抚了抚水面，浅品了一口茶。

"真的假的？"王亮这时候比白松都激动，两步就到了孙师傅身边，"师傅您好，您给讲讲呗。"

"你们哪，不了解教导员这个人，李教这么多年，说话从来都是不打折扣的。他不是跟你们说你俩这事能拿三等功吗？"孙大伟语气平淡。

"说了吗？"王亮挠了挠头。

"你们以为满大街都是逃犯和通缉犯啊？咱们有多少警察一辈子也没在下班的时候像你们这样抓过人，这事啊，够你俩吹几年的。"孙大伟哈哈一笑，"被你们抓住的那个倒霉蛋，他就是个会跑的三等功啊！"

无论是当警察，还是当兵，立功受嘉奖授勋受表彰，那都不是目的，但是却没有人不梦寐以求。"男儿何不带吴钩，收取关山五十州？"

白松和王亮正幻想着，李教导员换了便服，从楼里走了出来。他本来半个多小时前就该下班了，因为白松这个事又加了会儿班。

"你俩去哪？顺路的话，我送你们啊。"教导员跟白松、王亮打了个招呼。

第二十四章　会跑的三等功 | 085

"不用了，教导，我们一会儿打车走。"白松连忙摆摆手。

"走吧，实在是方向不同，我给你们放到桥边，那边好打车，咱们所门口这块哪有车啊。"李教导挥了挥手，示意两人跟上。

第二十五章　再遇

教导员的车子,是一辆接近十年车龄的德系车,虽然老旧,但是很干净,坐垫也很舒服。白松个子高,就只能坐到前排。

"怎么样,借调的这几天,还习惯吗?"李教问道。

"习惯,队里的领导对我特别好。"白松点点头。

"嗯,那就好,你们那个案子,估计短时间完成不了。如果没啥正儿八经的事,过一段时间你就回来。虽然基层辛苦,但是不在基层锻炼两年,总是个缺憾。"

"嗯,教导员我听您的。"

"好,你们那边的事我也不多问,你也别乱说,保密你可得记住了。不过今天这个事情你做得不错,今天晚上就算了,明天给我这边写个报告,把发现的过程和你的想法都写下来,通过公安网给我发个邮件。怎么样,没问题吧?"

白松一听要写东西,还真的有些发怵。本想像上次一样婉拒,但是一想到这次还有王亮在,自己不写的话,王亮的功劳就会消弭很多,于是点点头:"教导,我写得不好,您别说我啊,还有就是,您能不能帮我改改啊?"

"好说。"

车子停在了九河桥边,白松和王亮一起下了车。

其实他俩的路程与李教导员的行程有百分之八九十重叠,约定的吃饭的地方距离李教导的家也不远,但还是没麻烦教导员,二人打车去了约定的地方。

到了饭店，这会儿已经是 7 点半了，孙杰和华东都已经一人喝了一杯酒了，白松和王亮才姗姗来迟。这个地方距离刑侦支队也不算远，从这里吃完饭，白松走路就能回去。

这里是附近比较大的一家烧烤涮店，非露天式的，能烧烤能涮火锅，如果是夏天来，根本都订不到桌子。现在人气也很旺，一大半的桌子都有食客。

"你俩干啥了来这么晚？搞得神秘兮兮的？不行，必须各罚三杯。"王华东看到两人，立刻就拿出了两个准备好的杯子，二锅头就整上了。

"啥时候说今天喝酒了啊？明天还上班呢！"白松摆摆手，"不喝不喝。"

"喊喊喊，我还不知道你，鲁省人，就你这人高马大的，今天喝酒明天啥事情也没有。再说了，刚分到巡警队的时候聚会，我记得你可没少喝。"王华东把两个杯子推给了白松和王亮。

"行吧，白松，你和杰哥在专案组，也够辛苦的，刚刚也跑了半天，今天就喝点了。"王亮一屁股先坐下，拿起一大根羊肉串，两口就吃掉了一串，边吃边说，"上回被白松害得去的那个巨难受的现场，我都好几天没咋吃东西了！今天必须补回来！"

明天也没啥具体的事，最近这段时间确实也是累了，再加上今天这个事，白松端起酒杯，先抿了一口。一桌的菜，荤素九一分，四个年轻人，几壶小酒，铜锅氤氲，有涮有烤，真的是美美的啊！

半杯下了肚，话匣子打开，孙杰和王华东都好奇白松他俩刚刚干啥了，而王亮其实是最好奇的，他到现在都没彻底明白，白松是因为啥就突然追了出去。

孙杰选的这个地方是个角落，周围人不多，在饭店这个闹腾的环境下，倒是也不怕别人听到啥。碎尸案是保密案子不能说，这个案子倒没什么规定，就开始讲了起来。

两次去网吧，去了三次厕所，外加诸多巧合，白松跟几个好哥们把事情从头到尾讲了一遍。听到白松追这个犯罪嫌疑人足足追了一公里还多，孙杰和华东都哈哈大笑起来,这小子也真是够倒霉的。

"你们这是要立功受奖的节奏啊,来来来,干一杯,干一杯。"华东举杯,四人在欢笑中一饮而尽。

几人聊着天,饭店里进来了三位啤酒小妹和一名啤酒小哥。

一些比较热闹的饭店和大排档有时候会接受啤酒厂商的活动,允许啤酒厂商进入饭店推销新款的啤酒。这种情况并不多,尤其是这个季节,但是如果厂商这个季节恰好推出了一款自认为不错的啤酒,花上几千万全国宣传一下还是很愿意的。

一般做这个推销的,并不是真的要卖多少酒,虽然这个提成很重要,但是主要还是因为厂商给的薪酬也不算低,一般都是在校大学生会做这种兼职。

别的都好说,问题是,白松看了一眼四个推销的啤酒小妹和小哥,其中一个女孩,正好就是今天上午在外面给健身房发传单的。

这确实是有点巧了,不过想一想,这两人估计都是附近大学的,找了几份周末的兼职。

"喂,这几个小姑娘挺漂亮啊。"王华东毫不吝啬地赞赏了几句,接着说,"就是这个啤酒厂让他们穿绿色的衣服,真的有点难看啊,这服装设计师估计吃盒饭都没有鸡腿了。"

"确实都挺好看的,应该是附近的大学生。"王亮也评价了一番,接着看向白松,"喂,咋了,看上那个扎马尾的了?"

"扯什么呢,这个女孩,我上午去健身的时候见过一次,她在那里发传单,就是觉得有点巧。"白松把头转了回来,夹了一大块肉。

"估计就是附近大学生做兼职,你上大学的时候不也做过兼职吗?"王亮道。

"嗯,估计是兼职。"白松蘸了蘸酱料,一口把肉吃了下去。抬头才发现,王华东还在看呢。

"好看,就去要个电话啊。"孙杰打趣道。

第二十五章 再遇 | 089

"不是,我就是有点奇怪。"王华东指了指白松说的那个女孩,"你们说,家里条件很好的女孩,为啥要出来做两份兼职?"

"家庭条件很好?"白松纳闷。

"嗯,隔得有点远我也不太确定。但是如果我没看错,她手上戴的那块表,可不是一般人买得起的。"王华东眯眼看去,还是没有看得太清楚,"这么说吧,如果是我猜的那块表,换辆入门版奔驰没问题。"

"切,奔驰?还法拉利呢!"王亮不以为然,"肯定是山寨的呗。"

"大亮,你不了解山寨这个行业。"王华东娓娓道来。

第二十六章 冲突

"市场是促进生产力最直接的因素。没有市场,就没必要有生产。所以这里就存在两个问题,做假货的人,他们想把假货卖给谁?或者,谁想买这个假货?"王华东讲了起来,"我们举个例子,对于大学生来说,都知道耐克阿迪是好衣服,所以如果大学生买这些运动品牌的假衣服,那么是可以理解的,为了能让别人认得出这个品牌,看着有面子呗。当然,也有那种装得太厉害的,本来家里没啥钱,偏要穿着仿冒奢侈品的衣服,这样的也有。但是,大学里面,基本上不会有人去买假的小众品牌的东西。比如说你花2000块钱,买一个某国非常小众非常昂贵的品牌的假货,你会买吗?大学生呢?会买吗?当然不会!

"买假货,是为了让别人能看得出来这是名牌。这个女的戴的这块表,如果是真的,那价值不低于三十万,但是品牌很小众!就算是山寨,也不会太便宜,你说她如果戴假的,给谁看?"

白松点点头,这方面他也必须佩服华东,比他懂得多得多,而且华东说得也对。这就好像回农村,开着奔驰肯定比开着柯尼塞格有面子。

如果要买做工还不错的假货,那么肯定是买周围人能够认得的品牌的假货,否则买了有什么意义?反过来说,如果这个女孩戴的真的是那个小众品牌的假表,而且她的圈子也是可以认得出这块表的圈子,那么她肯定也没有必要做这些。

"行了行了,分析这些没用的,华东你这喝这么多了,这么远还能看出来牌子?"孙杰道,"说不定人家富二代体验生活呢,关你们啥事。来,喝一杯。"

刚刚碰完杯,大家都喝了一口,发现几米外的一桌,就闹起了矛盾。

"来、来、别走啊,你们这尝鲜的小杯怎么够喝的啊?"这一桌有个穿着汗衫,身上有文身,挂着金链子的肥胖光头中年男子打趣道,"给我拿十箱你们现在推荐的啤酒,你们坐在这里,陪我们把酒喝完。"

这个桌上一共有六个人,五男一女,看着都有点社会人的那个造型,白松进来的时候就已经发现了,但是理都没理,毕竟没有哪条法律规定不允许文身,也不是说文了身就不是好人。

不过,这会儿的状态,想不出点纠纷,是不太现实了。

推广啤酒的小哥是个伶俐人,连忙站在了三个女孩和这群人中间,嬉笑着说道:"几位大哥,实在抱歉啊,我们没有那么多啤酒,我们就是厂家免费给大家品尝,你要是觉得小杯不过瘾,这两瓶都送您了。"

小哥说完,就示意几个女生走。但是这时候中年男子却不干了:"啥意思啊,是不是觉得老子喝不起你的酒?我跟你们说,买你们的酒,是给你们面子!就算是现在老板站这里,他也得给我面子!"

说完,男子就站了起来。老板和几个服务员看到这一幕,纷纷靠了过来,开始打起了圆场。酒厂和饭店是有合作的,要真是让几个女孩在这里被欺负,不说别的,就是哪怕被逼着喝了一瓶啤酒,老板和啤酒厂的合作基本上就到此为止了。

"咋了,大强,我就找人陪我喝个酒,我还买他们的酒,一分钱不少,就陪我喝喝酒,你不给我这面子?"中年男子直接把手指头指到了老板的头上。

被唤作大强的老板此时有苦说不出,这边这几位他还真的不愿意招惹,这几位虽然不是什么真正的黑社会,但是想把自己折腾一顿是太简单不过了。

"别、别、别,没这个意思。"老板赔笑道,"二哥你有所不知,他们啊,确实不是卖酒的,就是分享新品的。"老板看这几个人确实还没有卖出去酒，而且也确实没有随身带着大量的酒，就说道，"您哪，今天在咱这里吃得不开心了，这单算我的！"

"大强啊大强！"被唤作二哥的这个中年男子面目狰狞，用手轻轻拍打着老板的脸，"你是不是觉得，我付不起钱？还是觉得我傻我不懂！""二哥"怒目圆睁，大吼道，"我告诉你大强！这酒还有你这饭，我都不差你的钱！别给我整这个！"

这一声实在是太大了，整个饭店人的目光都被吸引了过来。

老板苦不堪言，连忙叫服务员过来，趴耳朵边跟服务员说了一句让服务员安抚一下客人，今天全部打八折。虽然被轻轻打了脸，但是丢人已经不是最关键的了。

开门做生意的，一步一步走到这个规模的老板，有一个算一个，都吃过常人难以想象的苦，个中酸楚只有自己知道。也因此，老板身子后撤，有点低头的意思了。

三个啤酒小妹作势欲走，却被"二哥"这一桌的一个瘦子挡在了门口。

"这就过分了。"白松直接站了起来，走到瘦子的旁边。

"干吗？"瘦子瞪大了眼睛，看了白松一眼。

白松没理他，一把抓住了瘦子扶在门框上的手："放他们走，你如果不想给自己找麻烦的话！"此时此刻，王亮、孙杰、王华东也站在了白松的身后。

"这又是谁多管闲事？""二哥"站了起来，走到了白松的面前。

不得不说，"二哥"个子也挺高，有一米八左右，体重估计奔着二百五十斤去了。他一站起来，后面三个男的就站了起来，剩下一个女的坐在那里看热闹。

"要打架吗？"王亮表示自己有点激动。王亮有个毛病，喝了酒容易兴奋，这会儿就有点状态了。

"呵，硬茬子啊？瞎管闲事啊？你警察啊！""二哥"后面的一个男子夸张地说道。

白松看着王亮这有点喝多了，状态不太对，就把他拉到自己身后，用眼神盯住了"二哥"。白松酒量还算不错，这会儿也很清醒，知道什么该做，什么不该做。

第二十七章　出差

他虽然是警察，但是警察是一个职业，并不是一个永恒的身份，他也不具备高人一等的执法权，这种时候，对方的这种骚扰行为，如果想要直接定罪量刑是绝对不现实的。

"我是不是警察跟你们没关系，但是你们再无理取闹，我就报警了。"孙杰接上了话。作为四个人里岁数最大的一位，他自认为有必要站在前面。

"呵，这么点小事，叫警察？就这点本事装什么？""二哥"双手叉腰，"来，告诉我，你是干什么的？我今天就交给你管，你管，你管给我看看！"

"你确定你想让我管？"孙杰脸色突然变得怪异起来。

"对，我让你管，我看看你怎么管。你是干啥的？""二哥"看着孙杰的表情，感觉有点不妙。

"你要是真的把自己交给我管，这事情反倒是简单了。"孙杰下巴轻抬，"我是法医。"

全饭店都安静了下来，紧接着，三个啤酒小妹里有一个姑娘竟然扑哧一声笑了出来，紧接着，整个饭店的人都开始大笑起来。有时候，人是吹牛还是说实话，真的难以分辨，此时的孙杰就是这样，虽然他说的这个情况真的让人匪夷所思，但是此时吃饭的人们，有相当一部分都信了，笑得比谁都欢实。

"二哥"憋得够呛，这时候，他身后一个看样子喝酒喝得不多的男子附在"二哥"的耳边说了句什么，"二哥"打量了一下四人，哼唧了两声，手一挥，示意大家撤。再待下去，就真的成笑话了，打起来也不见得占优。

几人灰头土脸，陆续跟着"二哥"就要离开。

"把账结了。"王华东淡淡地说道，"如果，你有钱的话。"

"二哥"刚要发作，听到后面这句话，重重地哼了一声，从包里拿出差不多十张百元钞票，放在了桌上，灰溜溜地走了。

一场冲突，以白松四人大获全胜告终，四人相视一笑，继续回到桌上吃喝。

老板一看问题解决了，而且"二哥"等人完全没理由再来折腾他，他打心底里感谢白松等人，这几张百元钞是小事，影响了以后的生意就是大事了。

法治社会，这种事报警能不能解决？当然能。但是值班警察来了，就一定能处理得更好吗？其实也不见得。这几个社会人的所作所为如果说构成了违法犯罪，也有些牵强了。警察来了也就是批评教育，最多带回所里查查身份，训诫一通。这样不可避免地对饭店以后的生意有所影响。看到白松他们这次出头，老板直接从柜台里拿了两瓶正儿八经的老窖，过来感谢。好几桌食客看到，给老板叫好。毕竟这年头不懂感恩的实在是太多了。

孙杰也不拦着，把酒就直接放在了桌上，白松有些不解，咋还真收下了？

和老板客套了几句，老板离开，孙杰道："面子上的事而已，先放这里，走的时候还给人家留这里，以后你们就懂了。"

白松和王亮等三人恍然，纷纷拿酒敬孙杰，多读几年书还是有用啊。

孙杰一番话，别人没听到，这四个啤酒公司的广告员听了个满耳，虽然他们几个人没受什么实质的伤害，但还是很感激白松等四人的帮忙，提了几瓶啤酒过来给四人敬酒。

这个倒是没必要推托，接过酒杯，八个人一起干了一杯。

"对了，问一句啊。"三个女孩里唯一留短发的女孩对着孙杰问道，"你真是法医啊？"

"是啊，如假包换。"华东先接了话，"我们孙法医，可是正经的医科大学研究生，单身哦。"

"去去去，用你说！"孙杰拿手赶着王华东。

"哇，那好厉害啊！"短发女孩的眼睛里冒着金星，"那你一定去过很多好玩的现场！"

白松瞪大了眼睛，心想这个世界上还真是什么人都有，居然还有女孩有这个癖好？太可怕了。

"还好吧，也不是很多。"孙杰摇摇头。

几个人都是年轻人，最大的孙杰也不过二十五岁，聊天倒是有挺多的共同语言。这个桌子太小，白松他们也陪着这四人一起站着，大家聊了聊酒水和今天的事，又喝了一杯啤酒，就此别过。

短发的女孩叫严晓宇，是附近工业大学的学生，走的时候，主动找孙杰要了QQ号码。

"行啊，厉害厉害……"王亮轻轻鼓掌。

三女一男走了之后，白松等几个人也算是喝得差不多了，就准备结账走人，这次就不AA制了，孙杰请客，这样慢慢轮着请就是了。结账的时候，服务员还给打了七折。

孙杰和王亮走在前面，华东和白松走在后面。快要下楼梯的时候，王华东不知道想起了什么，附在白松耳边说了一句悄悄话。

"那个长马尾的小姑娘不错，家里肯定有钱，她那块表是真的。"

"跟我有毛线关系啊。"白松再次无语了。

"你没感觉啊？"王华东一脸不屑，"我看你看了她好几眼了。"

"我就是觉得有一点眼熟而已。"白松解释道。

"喊，我信你？"王华东一脸鄙视。

回到刑警队，白松和孙杰都洗了个澡，洗漱完白松早早睡去了。

第二天，早起专案组开会。专案组成立已经整整一周了，案子的形势逐渐有了起色，但是还没走到关键性的一步。

办理一起刑事案件，或者说一切重大案件，到底哪里难？这个可以参考治病。治病,是诊断病因难,还是治疗更难?这个就很难说了,有的病太罕见,难在找到病因,一旦知道到底是什么病了,或者到底是什么中毒,那么对症下药就容易很多;而有的病,一化验就知道病因,比如癌症或者艾滋病,但是治疗难度非常高。

这个同样可以用在办案上,确定嫌疑人难,还是抓住嫌疑人难呢?有的案子一旦知道了嫌疑人是谁,想抓住这个人简单至极。有的很轻松就确定了嫌疑人,但是人已经跑得无影无踪了,抓起来就困难了。

而这个案子,到底难在哪?目前来说,都难。

第二十八章　安排

早上的会议，由九河分局刑侦支队马支队主持，市刑侦局一支队二大队大队长也在，除此之外，白松等二十多名专案组成员都在。

会议内容简单明了，先是表扬了几位现场勘查和网络技术人员以及全体专案组成员一周的努力，还重点表扬了一下白松发现的水刀切割机的情况，目前已经确定了犯罪嫌疑人使用的水刀磨料。

这种磨料与钱老板提供的磨料差距不大，也是一种进口货，不过进口的量有些大，国内目前也有了同样材质的磨料，这条线基本上是没有可行性了。会议简单地讲了一下目前案件进展，对下一步的工作也安排了一下。

马支队指出，这个案件目前没有发现其他同类案件，不存在串案的可能性，而且时间原因，也不存在请专家的必要性，近几日工作依然以基础性工作为主。

白松、刑侦局的一名同志以及刑侦支队的一名副大队长和一名刑警，四人被安排出差。这倒是让白松没有想到。

南疆省茶城市，是著名的产茶基地，这里是我国最好、最主要的普洱茶产区，下辖一区九自治县，环境极为优美。

白松大学的时候，曾经去过南疆省，但是只去过昆、大、丽等几个城市，南线确实没去过，最南端的景纳市也没去过，听到领导会上安排自己去出差，他倒是有些诧异。自己就是一个连人民警察证都没有的见习民警，怎么会安排他出差？不过既然已经安排了，白松也没多想。会议结束后，白松就准备先回宿舍收拾一下东西，如果要走随时出发。

刚刚离开会议室，就有一名专案组的刑警过来找白松，告诉白松，马支队找他，然后就离开了。

马支队的办公室就在专案组楼上，白松倒是也知道在哪，就不急着回宿舍了，径直来到了马支队办公室。

敲门。

马支队刚刚回到办公室，说了声请进，白松轻轻推门而进，把门随手带上，站在了门口。

"别站那么远，过来一点。"马支队招手道。马支队今年四十岁，在九河分局算是较年轻的副处级领导之一了，但是履历可是一点不含糊，主持参与和破获过多起大案，而他最令人称道的是，看人极准，据说只要是他挑选的苗子，不出三年，都在所在领域表现出不俗的能力。

"是这样，今天晚上的飞机，你们这一次路途太远，而且专案也比较急，局里的意思是，早点让你们过去，你今天晚上就出发，没什么问题吧？"马支队说话比较直接，"其他的同志我都问过了，你算是我临时安排的，我也没有你的电话，就先给你安排上了。"

"我没问题，马支队，我的时间您随意安排。"白松点点头，"但是，马支队，我现在还……"

"这个你不用担心，回头我让值班室的内勤去分局政治处给你开一个在职证明，你带着这个，出去就有了身份。就是记住了，无论什么事，你都得听周队的，可不能擅自行动。听清楚了吗？"马支队表情严肃。

"听清楚了！"白松声音有些洪亮。

"好，既然这样，我就给你说一下你们去的具体任务。这次去主要是调查死者的父母。"马支队拿出一张户籍信息表，"你也看到了，死者信息我们已经掌握了一些，但是她父母的信息没有，这个就有点不寻常了。我们给茶城市那边的同行发了协查函，至今也没有回应。我不认为这是茶城那边不帮忙，而是确实有困难了。咱们这次去，周大队和那边的同志有对接，去了以后，想办法把死者父母联系上，顺便我们对死者也多一些了解，就这样。"

"是！"白松答道。

"哈，别那么拘束。"马支队坚毅的面庞上露出一丝笑容，"你知道为啥我安排你过去吗？"

"不知道。"白松老老实实地说。

"昨天晚上，你们所的老李给我打电话，想找我把你要回所里，我一听这哪行，咱们专案队现在正是用人之际，就没答应他。"马支队笑骂道，"你们李教导员这个人啊，太聪明了，他这么快就打电话要人，我就觉得不对劲，挂了电话，我问了你们所的小王才知道，你昨天可是破了一起不小的案子啊，而且破案也没用什么技术手段，没用什么人力物力，就单纯靠细心观察和大胆求证，就抓了一个B级通缉犯，还顺藤摸瓜扣了几支仿真枪，真有你的。"

说到这里，马支队不禁为自己的聪明感到高兴："这次去那边，你也跟着好好看看好好学学，咱们刑警啊，少不了出差。我发现你平时好钻研，脑子快也活，你跟着他们几个，说不定比单纯派他们去要好一些。但是你不能骄傲，去了一定要听周队的。"马支队再三强调。

白松听完，频频点头，心里有些激动。

其实马支队还有两件事没说，一是白松是国字头院校毕业的人，全国各地都有同学，出省有时候说不定就会有不一样的人脉；二也是怕李教导员烦他，早点把白松派出去，省得李教导员惦记。后来，就因为这事，马支队被李教导说了好几年的鸡贼。

这次出差，在专案组里也没啥需要保密的，谁都知道他们是到死者的户籍地去了，白松收拾了一下东西，脑袋就有点疼了。

不为别的，昨天答应了李教导员要写一份稿子。天哪，想想教导员说的1500字左右，他就真的抬头望天泪满颊了。

第二十八章 安排

第二十九章 茶城

10月31日晚10点55分的飞机，白松安顿好了一切，一行四人由刑侦支队的同事开车送到了机场。

刑侦局的民警叫徐涛，比白松大三岁，是个刚刚工作两年的刑警，刑侦支队的两名民警分别是周林武副大队长以及一名叫魏子祥的中年警察。都是白松的前辈，因为有这几位，虽然是第一次出差，但白松心里很踏实。

航班有点晚，因而机票只要800多元，加上要经停南疆省昆市，到达茶城将是明天早上。这趟出差可不是什么好差事，单看这个行程安排就知道了。

上了飞机，周队让大家尽量去休息，能睡着的话尽量睡。这一晚上，白松除了飞机经停的时候在昆市机场的候机厅睡了两三个小时，基本上就一直处于迷迷糊糊的状态。以白松的身高，经济舱座位确实是不够大，腿部空间也不太够。

第二天早上8点多，飞机准时降落在茶城的机场，周队带领大家先去了入住的宾馆把东西放下，预定了三天的时间，接着就到了茶城市公安局与这边联络过的同志进行了对接。

茶城并不大，但是充满了活力，世界旅游组织曾经称这里是"一个诗情的城市，一个连空气都充满着诗意的地方"。清新到有些甜味的空气，让习惯了沙尘和雾霾的白松精神一振，状态相当不错。

茶城作为国内的边境城市之一，南邻景纳市，东南邻老挝和越南，森林密布，动植物资源极为丰富，这里与天华市不同，森林公安在这个地方的地位很高，也很常见。

与周队对接的是这边刑侦支队的同志，大家简单交流了一下，了解了基本情况。

2011年是国家二代身份证更换的年份，2010年人口大普查之后，茶城就一直在推进这项工作，却远不如天华市这类地区推进得容易，原因就在于这里地形复杂、民族众多、道路不畅。

就在两个月以前，茶城的大洱自治县某地发生了泥石流自然灾害，虽然没什么大的人员伤亡，却严重影响了交通。每年6月到9月是这里的雨季，两个月之前的这场雨持续时间过长，雨量还不小，大洱自治县倒是能与外界交通，但是下辖的几个地区就不行了，基本上对外断了联系。李某的父母就在这些地区中的一个。

既然目前交通已经有所恢复，事不宜迟，周队从租车行租了一辆长城SUV，一天80块钱，去宾馆退了房，带上东西，买了一份最全的茶城地图，就奔向大洱自治县。这一路上没有高速，而且路途遥远，周林武和魏子翔换着开了三四个小时，才到达大洱自治县，一路上悬崖峭壁，四五次见到小塌方导致的石头堆土堆，以及正在清理路面的装载机和铲车，谁也没有睡觉的心思，都保持精神高度集中，下午时分到达大洱自治县。

这里是边境，没有想象中的落魄，这里的服务业和市场还是很热闹的。四人去了趟当地的公安局了解了情况，接着吃了点当地的特色炖鸡，天色就暗了下来。要去的地区，距离县城可不近，开车一个小时，接着转牛车一个小时或者步行三个小时。据说摩托车也能上去，但是敢骑的不多。这还不是村里，勉强算是镇吧。而真正要到目的地，只有牛马等牲畜以及人的双腿可以走上去，机动车基本上都没戏。

晚上大家早早就休息了，第二天早上6点出发，7点多就到了汽车停靠点。这里有一片平地，有几百平方米的样子，停着两辆老旧的中巴车、几辆国产或者进口的越野车，还有十几辆摩托车。再好的越野车到了这里，也只能望路生叹，这根本不是路况好不好的问题，最窄的地方路只有一米左右宽，啥越野车有办法？

白松这算是时隔十几年，再次看到了牛车。他小的时候，在村里长大，那时候村里就有这种牛车，一辆可以拉三四个人，除此之外还有一个赶牛的。

几个当地老哥过来用不太标准的普通话问四人要不要坐摩托车进去，四十分钟就能到，被周队婉拒了，太快了他也不放心。这里山路太难走，牛车最多只能拉两个人，四人等了近半个小时，才等到两辆牛车，一人一次5块钱，四个人20块钱就能拉进去。

颠簸了整整一个半小时，才终于进入了镇子，与其说是镇，也就一两百户人家，三两家小商店，镇上铺着石头路，来来往往的只有人、牲畜以及摩托车。

这一路，屁股都要颠烂了。一路上和牛车的主人聊天才知道，几人要去寻找的村子，从镇上出发，还要走上六七个小时才能到，这条路牛车也走不了，当地人主要是骑马，有一段路还是传说中的茶马古道。差不多要骑三四个小时，这种地方马需要休息，而且马走路的速度根本也不够快。

镇上的信号很差，周大队在断断续续的信号中，和马支队反映了这个情况，最终还是决定租赁马匹和雇向导前往村子。一旦离开镇子，信号是保证一点都不会有，水电也就不用想了。

四人去了这里的警务室，警务室锁门没人，只留了一个电话，这会却没有电话信号，怎么也打不出去。无奈之下，根据老乡的指示，找到了当地的邮政点。到了这里，四人发现了重要线索。这里的邮政员老马，平均二十天左右去一趟那个村子，由于前一段时间路毁了一部分，刚刚修复得差不多，已经有两个月没去了。但是老马每隔几个月，都会收到县里的邮件和汇款，他就会去那个村子，把汇款送到一户人家手里，四人一合计，这大概率是李某通过他人给父母汇款。

最关键的是，前几天还收到了一笔汇款，2000元。老马正打算着明天早上去送一趟。

2011年这会儿火车刚刚开始推行实名制，银行汇款的实名制虽然更早，但是一代身份证的实名信息做得还是远远不行，说白了就是塑料壳包着纸，因而这汇款单上面的"王芳"应该也不是真名。

第三十章 森林警察

老马前往那个村子,一般都是早早地就出发了,然后赶在晚上之前回来。这会儿已经 10 点多了,现在出发,回来就天黑了。这些地方的夜晚,可并不像想象中那么安全,就连老马,这么多年了,也是一直带着防身的刀和一些药。

现在做什么?回到自治县,重新查一下汇款的情况?这当然没什么必要。

周林武和老马商量了一下,打算以加酬劳的方式让老马跟着走一趟,老马拒绝了,他是一个很负责的邮政员,不可能收周队的钱,也不打算变更他的行程安排。但是老马还是给周队介绍了一个当地的小伙子,可以做向导,一天 50 元钱。

周队对老马很信任,就同意了。

公务员出差是有补贴标准的,一般情况下,他们四人都是坐火车,但是情况特殊,比如这次案子急、路途远可以申请坐飞机。除此之外,还有每天固定的餐补和住宿补贴。这些钱紧着点花刚好够,而且租车的费用是不给报销的。好在这边的物价确实很低,住宿费都只要几十元,吃饭也很便宜,因而每个人估计能节余几百元,这些钱就用于租车和现在租马、雇向导上了。

滇马是一种耐力不错、身材矮小、负重尚可的南方马,用于赛马基本上能赔得裤子都不剩,但是踏实肯干、皮糙肉厚,是这里交通和运输的主力。最主要的就是,这种体重只有六七百斤,身高不到一米六的马极为温顺,速度不快,四人都是新手照样可以骑。

老马介绍的当地的小伙子是少数民族人，汉族名叫马志远。不得不说，当地人起汉族名的时候，姓马的倒是很多。

小马今年二十四岁，初中毕业后就一直在这边做点小生意，同时也当向导，汉语说得还算不错。

附近的村庄多是战争时期来避难的人自发形成的，汉族人很多，白松他们要去的村子，就是汉族人居住为主。

马志远的意思是早点吃完午饭就出发，晚上住在村子里，他在那边有认识的村民，可以在村民家借宿一夜。也只有这个办法了，周队并不想再耽误一天的时间。

马志远这次去，带了八匹马，其中两匹马还带了货物，六匹马用于骑行，虽然只有五人，但是还是多带了一匹。四人也都有自己的背包，带了一些昨晚在县里准备的食物和森林药品，都穿着长袖长裤，饱餐一顿，周队又找了个有信号的地方，给支队打了个电话，就出发了。

一路上，并不像之前想的那样荒无人烟，地面也并不泥泞，而更像是由压过的路面和石板路组成，而且走一段距离就会看到几匹马或者几个人。

骑马比起坐牛车，颠簸要轻一点，但还是让人腰酸背痛，不熟悉马性的四人在过一些狭窄路段的时候简直要吓死了，只能听小马的话，压低身体，让马通过。走了差不多两个小时，马队在一片宽敞的空地休整一下。

正休息着，前面传来喊闹声，声音由远及近，一分钟后，一行三人三马从小路里走了出来——两名警察，一名嫌疑人。

估计全国各地，也只有这里有这种特色了，抓人配马，而且警察没办法和嫌疑人共骑一匹马，因为滇马实在不够大。嫌疑人戴着手铐，双手握着缰绳，马技明显比白松等人高超很多，手被铐住依然能够骑得平稳。两名警察一前一后，把嫌疑人骑的马夹在中间，后面的民警还在嫌疑人的马上绑了绳子，不给他逃脱的机会。

前后两匹马上，马屁股两侧共驮了四个笼子，有两个是空的，剩下两个盖着布，看样子里面有什么东西。

第三十章　森林警察　｜　107

警察看到这里有五个人,也是紧张了一下,接着看到了马志远,就安心了。这附近的村民和居民太少了,少到基本上所有的人都认识,自然也认识跑来跑去的小马。

"刘哥、孙哥,又抓到偷猎的了吗?"马志远主动去打了招呼。

"嗯。"被唤作孙哥的警察点了点头,没有多说,这里有外人,他不想节外生枝。

周队一个人走向前,拿出自己的警官证给刘警官看了一下,并简单说明了来意。孙警官看居然是同行,天底下警察是一家人,自己人当然放心,再说白松他们四人一看就有一种警察的气质,他和被唤作刘哥的警察一起下了马,跟大家打起了招呼,聊了起来。

孙毅是这片地方的警务室民警,刘天华是辅警,他俩还都不是常见的治安派出所的警察,而是森林公安,今天追一个偷猎的人,早早出发,这会儿才回来。

"这小子,不学好,从小就不干啥正经事。"孙毅把偷猎的小伙子也从马上拖了下来,"你这小子,你当着这么多警察的面,我再说你几句,你这次抓这两个动物,在这卖也就卖个千儿八百的,能进去好几年,你值得吗?"

被抓的小伙子头压得很低,他是和马志远一起长大的,他比马志远还大一岁,在一起上的初中,彼此都熟悉,犯了事被马志远看到,他更难受了。

"让你们笑话了。"孙毅转身对周队说,"我们这边人少,不比大城市,有时候抓来抓去,就是这几拨人,不知悔改的傻小子,啥时候挨枪子了算是结束了。"

"都一样,我们那边也是。在押人员的培训,任重而道远啊。"周队感慨道。

第三十一章　意料之外

　　孙毅等人对这片地方十分熟悉,他告诉周队,要是去了村子里没地方安排,提他的名字,就一定有好几户可以借宿,周队连连感谢。

　　因为好奇,四人还看了一下两个笼子里的小动物,是两只鸟。一只是白色毛发的猫头鹰,另一只看样子也像猫头鹰,但是头有点像……有点像一只猴子……

　　"这个,是……猴头鹰?"白松吐槽道。

　　"哈哈,小兄弟你差点说对了,这个叫猴面鹰,是国家二级保护动物。这只翼展开有足足50厘米,属于成年猴面鹰了,被这小子抓的时候受了点伤,我们回去给它治疗好再放生。"孙毅看着猴面鹰的目光略显柔和,铁汉柔情,这也算是孙毅的另一面了。

　　"对了。"白松突然想到了什么,"孙警官,问您一下,咱们这里,有人抓野生穿山甲吗?"

　　"穿山甲?怎么问这个?"孙警官想了一下,"有,这片森林里就有。而且有马来穿山甲、印度穿山甲、中华穿山甲等几个不同的品种,这也是我听当地居民说的,具体的,我就看到过一次马来穿山甲,还是走私过来的。"

　　"嗯,没事,我就是问问,我曾经在天华市发现了一只这东西,也不知道是从哪里运过来的。"白松说道。

　　"哦?中华穿山甲吗?那可真的不多见了,我估计,按照这个吃法,用不了十年,中华穿山甲就算不灭绝,也基本上功能性灭绝了。唉……"孙毅叹了口气,"你们说这些野生动物有什么好吃的?病从口入不知道吗?也不怕得什么病。"

"唉……"周队等人也唏嘘，要说他们办的案子确实也很多，但是这方面的经验却没法和森警比。

孙毅提到这个有些伤感："这么多年，先辈们抛头颅、洒热血，有不少在和盗猎者的斗争中牺牲，身死荒漠，才勉强有了今天。"他又瞪了盗猎的小子一眼，"这次出来，你要是还干这个，你看我不先把你扔回你们部族，让你们族里的老人把你腿打断了！"

大家休息得差不多了，便互相留了联系方式，继续上路。天下公安是一家，有了联系方式，就更没了距离。

马志远带着四人，在一个路过的村子里卸了一点货物。下午5点，到达了村子。这是一个汉族村落，一共有七八十户人家，房子大都很老旧，以木质和土灰为主，村子里的路也仅能过马，这里的人们世代以耕作为生，近些年才有人出去打工。马志远带的东西，基本上都是这里需要的东西，在这里马志远可是很受欢迎的，除了以钱作为交易方式，他还支持以物换物。而这里，也是重要的普洱茶产区，别看偏远，茶叶品质可是相当不错的。

几番打听，终于找到了李某的家。这是一栋看着不错的房子，虽然依然是土墙木质结构，但是看着很新，与周围的房子形成明显对比。

马志远带着四个外人来到村子，村里的人也见怪不怪了。这几年，国内兴起了徒步、穿越、探险的热潮，这些偏远的村落会有游客们来追寻。

这一户人家马志远是有印象的，之前不知道是因为没法和周队等人说的对上，来到村里打听了之后，马志远也有了印象，这家人这几年没少托他买东西，甚至托他买过缝纫机这样的大件，运进来还需要拆卸。马志远跟周队等人说，这家人并不好惹。

敲门，开门的是一个满脸狐疑神色的中年妇女，戴着一身的银饰，虽是汉人，比起一些少数民族的装饰也不遑多让，见到马志远，她说："最近没找你定什么东西吧？"

"没，我就是过来……"

马志远还没有说完，妇女插话道："路通了好几天了，你有没有看到马老头？他啥时候过来？"

"最近附近的路都不太好，他还在收拾东西，应该明天过来。"马志远知道她问的是邮政员老马。

"行，明天，还行吧，"妇女说完，就要关门，"那明天再说，你回头帮我留两袋盐巴，明天我给你钱。"

"哎，等会儿，这几位有事要找你。"马志远拦住关门的妇女。

"谁？我这里不住外人。"妇女蛮横地摆摆手。

"请问一下，这里是李某的家吗？"周队上前一步问道。

妇女一愣，过了几秒，才想到："哦，你说的是大芳。找她有啥事？她不在家。"

妇女的做派让魏子祥很是不爽，他直接走到门口，拿出警察证："我们是天华市的警察，你们家的这位李某遇害了，我们来调查一下。"

"遇害关我……"女子愣了一下，"死了？"

四人此时松了一口气，不知道为啥，总感觉这个有可能是李某母亲的人有点太漠然了，过了一会儿，妇女的表现让四人更无语了。

"被害了也好，省得给我丢人，对了，"妇女看向四人，"政府，有多少钱？"

四人都没理解妇女的意思，还是马志远讲了一下，敢情这妇女是以为李某死了政府会赔钱？

"没钱？没钱来干吗？"妇女眼珠子一转，"小马，老马说了大芳汇了多少钱过来吗？"

"两千。"白松面无表情地说了出来。

"要死的玩意，死了才记得寄这么点钱。她弟弟下个月娶亲……"妇女嘟囔着，咣的一声把木门关上了。

第三十一章　意料之外

第三十二章　劝君更尽一杯酒

来之前，周队受到马支队的嘱托，和被害人家属接触的时候，一定要注意方式方法，对于李某的死因，要学会使用春秋笔法，不能太直接，不能让家属接受不了。

周队提前也把这个事情跟大家说了，谁也没有想到是这个结果，这妇女居然只关心钱，而对于李某完全没有任何的关心，这就好像蓄力一拳打在棉花上一般。

天色逐渐有些晚，这也回不去了，合计了一下，先安顿，顺便在村里想办法打听一下，明天早上再来一趟吧。

找了村支书，马志远带着四人去了一家农户的家里，这家有两间房，只能给四人腾出一间土炕房间，土炕大约有一米八长，二米五宽，四个人睡一起。

也只有这个条件了。20块钱一晚上，有四床被子，洗漱只能用河水了。

马志远安顿好了四人，就抓紧时间出去卖货了。村子很小，大家都非常欢迎马志远的到来，不到半个小时，马志远就回到了周队这里，讲了一下晚饭的情况。

劳累了一天，能吃点肉自然是好的，住的这家农户本身也做接待，一只鸡、一只鸭、两条鱼、素菜四五个，米饭不限量，100块钱。除此之外，当地自酿的米酒也不限量。之所以准备这么多，是因为周队打算请村主任一起吃个饭，侧面了解一下李某的情况。

马志远回来，还带来了一个消息，村子里刚刚又来了一拨人，看样子是两个徒步旅行者。这两人带着很专业的徒步设备，带着马匹，从村子里买了一些草料和水，就在村子边支起了帐篷。马志远说，帐篷上的字母都是英文，来的是两个男的，都很年轻，马匹也不是租赁的本地马，明显比本地马要高大一些，看样子是准备很充分的旅行者。

是的，这地方就这么点大，像马志远这样的人，不仅仅认识这附近几乎所有的人，马匹……差不多也能认全了……

这村里啥也没有，白松和徐涛无聊，顺着村子转了一圈，开饭还要一个小时呢。村子太小，没走几步就看到了马志远说的帐篷。两个本科毕业的大学生研究了半天，也没看懂那个帐篷上的英文字母是啥意思……估计是个国外品牌。对于品牌这种东西，白松基本上就是白痴，如果把王华东放这里，说不定还能好一点。

隔着几十米看去，这两个男的肤色是健康的小麦色，体形健硕，一看就没少在健身房和户外待。两人穿着十分考究，衣服的品牌是……嗯，看不清。估计就算看清了也不认识……

两名旅行者在帐篷旁支起了速热锅，用的是固体燃料，这身行头，自然不会是什么盗猎的了。"仓廪实而知礼节"不是瞎说的，这么有钱了，来做盗猎的活，纯粹是脑子有坑。

转悠了20分钟，基本上每个人看到白松都要盯着看很久，可能很少有这么高个子的人过来。白松心想，要是换成王亮，他肯定觉得一定是他太帅了。

回到住的地方，空气中已经弥漫着柴火燃烧的味道，六七个人已经落座。除了借宿的这家主人、周队和魏子祥以及马志远以外，还有三位村里的男人，大家就着当地特色的泉水豆腐，已经喝了起来。

"快来快来。"周队热情地招呼白松，"你可是鲁省大汉，今天就靠你了。"

白松知道，这可真不是客气的话。周队已经吩咐好了，今天白松的任务就是陪着几位老乡，多喝点。

第三十二章　劝君更尽一杯酒　| 113

在此之前，周队也问过借宿的这户人家，他们都对李某家里的事情讳莫如深，不知道是不是有什么隐情。而有时候，无论人距离多远，酒到位了，就什么都好办了。在这远离城市，连一点点信号都没有的地方，难不成还有更好的办法？

这顿算是周队请客，周队提前和借宿的人家说好了，如果钱不够，第二天会补上，但是晚上的吃喝不能断了。实际上，在这个偏远的地方，100元钱的购买力是相当可观的，房主还怕招待不周对不起这100块钱呢。

当地的老乡们对当地的米酒实在是太熟悉了，低度的酒碗碗见底，这些只有不到20度的白酒，不消一个小时，每个人都喝进去一斤有余。徐涛率先放弃了战斗，被白松拖回了屋子。

晚上8点多，白松为周队挡了至少四碗酒，一碗有足足三两，自己已经开始打转，大家也终于聊开了。

白松强打起精神，借着出去上厕所的工夫吐了个昏天黑地，然后去了距离村子只有百十米的小河洗了把脸。

村子里一旦天黑，基本上就没什么亮光了，之前喝酒的时候点的也是煤油灯。这里有白松许多年没有见过的漂亮星空，真的是零污染。

基本上吃的喝的全吐出去了，好好洗了把脸，冰凉的河水让白松精神一振，酒意被驱散了三两成。

回去的路上，白松走的时间感觉更长一些。有时候，人喝多了，几百米甚至上千米的距离，感觉一瞬间就走过去了，因为这时候对身体和时间的感觉会变得很差，这会儿精神好了一点，反而感觉路有点长了。

今天是农历十月初七，月光略暗却足以指路，白松还是很快到了村子附近。

全村都没什么灯光，来露营的两名旅行者帐篷的灯就有些显眼了。看到这处帐篷，白松停下来多看了几眼，也许仅仅是因为这是全村看起来最现代化的地方，再或许是因为好奇。白松站在一处房子的边上，看了一会儿，看着帐篷里的灯光，也不知道这两位是睡了还是如何。看着，想着，就看到这两位，刚刚不知道去干吗了，这会儿才从外面回来，一前一后进入了帐篷。

去方便有必要穿这么整齐吗……白松脑海里不由得蹦出这个想法，心中哈哈一笑，晃晃悠悠地回到了住处，看到周队侃得正欢，心中大定，躺到炕上就沉沉地睡了过去。

第三十三章　以逸待劳

早上6点半，天还没亮，白松就起床了。因为昨天吃的喝的大部分都吐出去了，一觉醒来，白松倒是没什么宿醉的感觉，此时周队已经醒了，不知道去了哪里。

白松穿上衣服，收拾了一下东西，到了院子里，此时天已经开始有了亮光。

周队正坐在门口，端着一碗粥，和房主聊天呢，这起得是真的够早的。

看到白松来了，周队起身，给白松盛了一碗米粥，关切道："昨天喝得不少，没事吧？"

"没事没事。"白松双手接过周队递过来的米粥，"谢谢周队。"

"嗯，你要是洗漱就去河边，他们都是去那边取水。"周队指了指蒙蒙亮的远方。

"好。"白松还是有一点迷糊，把粥放在木桌上，打了声招呼，就拿着装有洗漱用具的背包往河边走去。

帐篷已经没了。这村子里没啥可以注意的东西，帐篷不在了就比较显眼。

这会儿天还没有彻底亮起来，也就是说，这两人在天还黑着的时候就已经拔营出发了，这事情透着点异常的气息。

洗漱完，河水清澈见底。村里人世代在这条河里取水喝、用水，但是因为人太少了，也没有什么化工物品，对河流的污染基本上可以忽略。回到住处，房东已经走了，魏子祥和徐涛也起床了，四人在一起讨论了起来。

事情是这样的，李某是这一家的长女，从小学习就不错，但是因为有两个弟弟，家里一直不同意她上学。20世纪90年代初期，正好是义务教育推进和扫盲的关键时期，在村里和县教委的支持下，家里才同意她上学。

一直到初中，李某的学习成绩都很不错。她想继续读高中，结果家里不愿意出钱，自作主张把给她许给了隔壁村的一户人家。李某就跑了。在外的这段时间，李某上了高中，但是没有读完，就辍学打工了。

逃婚这个事情对这户人家来说十分丢人，但是谁也找不到李某，只能作罢。几年前，这家人收到了李某的500元汇款。500元在2005年前后，基本上是这里一户人家半年的收入了，但是这家的父母依然瞧不起李某。后来，李某汇款越来越多，直到差不多三年前，她以为自己已经还清了当年逃跑所亏欠父母的，就带着几个人回来了。

这一次回来，李某带了一万元的现金和不少值钱的东西，结果死板的父亲却只想把她留下履行十年前的婚约。纵然那个男的已经结婚了，也要把李某许给那家的弟弟。这种事情在李某和她的几个朋友看来是不可理喻的，于是双方打了起来。

李某父亲这边人多势众，最终李某在几个朋友的帮忙下，再加上金钱起了作用，才逃掉。从这以后，村里的风言风语逐渐多了起来，都说李某在外面做不干净的工作。

这事情其实也不怪村里的居民，纯粹是李某爸妈的错，拿着闺女的钱的时候花得比谁都直接痛快，为了所谓的规矩，去逼迫孩子结婚。而且最关键的是，李某在外面做的工作不干净这件事，就是从李某母亲嘴里说出来的，这也怪不得村民议论了。

其实李某是从事特殊服务这种可能，专案组早就考虑了，毕竟一个没什么学历、没什么人际关系的女孩收入过于可观确实有疑点，但是专案组就此调查也没发现什么线索。

四人边吃边讨论了差不多二十分钟，基本上就这些线索了，考虑到死者父母叫李某"大芳"这个称呼，汇款单上的名字应该就是死者本名。

吃完不久，天已经全亮了，马志远也来了，他昨天睡在另外一个老乡家里。看得出来马志远酒量很好，昨天他喝得一点也不少，这里可没有酒后禁止骑马的规定，小伙子们酒量都不错。

几人一起收拾东西，准备再去李某的家一趟，要是没有收获，就打算撤了。按理说，李某的亲属应该去收尸，但是如果明确告知了，亲属就是不去，政府也有其他的方式处置。

收拾着东西，白松聊了几句关于两个住帐篷的旅行者的事情，聊到这里，却听马志远说道，他昨晚住的那家主人晚上和他一起喝完酒回去的时候，看到帐篷，说了一句，这两个男的有点像当初大芳回来的时候带的人。

马志远的话轻飘飘的，但四人一听就像是耳边响起了炸雷，周队立刻就要往外走，白松一把拦住了周队，并告诉他半小时前这两个人就已经走掉了。

这一闹腾，给马志远搞得有点不好意思，他不是警察，没把这个事当回事。这事情当然也不能怪马志远，周队还是道了谢，几个人讨论接下来该怎么办。

"这个村子往外，人能走的路有好几条，但是马能走的路只有三条，一条是进村子的路，一条是上茶山的路，还有一条是通向另一个村子的路，他们昨天是从外面进来的，那么肯定是前往另一个村子了。"马志远比画道。

"好，我建议，赌一把，出发，去第三条路，看看能不能追上。"周队毫不迟疑。

"马哥，你说的那个村庄，有多少条路？能前往哪里？从你说的那个地方，有能去县里或者镇上的路吗？"白松连忙问道。

"那个村子有三四条路，我去得少，记不太清，但是我肯定的是，这里的这条路，是通往镇上的必经之路。"马志远肯定地说道。

"嗯。"周队听到这话，也迟疑了一下，"大家有什么意见？"

"周队，咱们这么去追，分岔路太多，很容易追丢，我觉得我们不如在这里以逸待劳，等他们回来。"白松说道。

"那他们要是很久才回来呢?"徐涛问道。

"白松说得有道理。"魏子祥说道,"我们派一个人去一趟镇上,和支队领导汇报一下这个情况,得做好长期在这里的准备,除此之外还得买一些生活用品。剩下的人就在这里等着。"

第三十四章　整合情报

"嗯，可行。对方是两个人，我估计今天不一定能回来，既然只有一条路，咱们就在这里以逸待劳。"周队说道，"白松，你今天跟着小马一起去一趟镇上，机灵点，打听一下，如果这两个人回镇上了，多少会有人知道。顺利的话，晚上你就能回来。"周队转身对马志远说道："小马，你再陪白松一天，钱我们不会少给你。"

"周队，这你不必担心，最多到中午，你就知道这两人有没有去镇上了。"白松面露笑容。

"嗯？"周队愣了一下，想了想，这才反应过来，邮政员老马今天中午就回到村里了。到时候问一下他路上遇到了谁就行了。

白松如果遇到了老马，确定了人已经回到乡里了，那白松就直接返回，和周队他们一起走就是，顺便还能跟着老马去李某家里一趟。反之，如果老马没有遇到这两个人，那么在这里等两人回来，准是没错。

想到这里，周队很高兴，之前他还觉得马支队安排个见习民警来出差是有什么猫腻，现在才感慨，马支队眼光好真是名不虚传。

马志远有句话没说，他昨天以50元每天的价格收费，是因为他要来这边卖货。如果放弃生意专门做向导，这山里的向导可不是这个价格了。但是对于充满正义感的他来说，这不是问题。

白松简单收拾了背包，就和马志远出发了。因为晚上还得回来，马志远把多的马留了下来，也没啥货需要拉，两人骑着两匹马就出发了。

一路上很顺利，上午9点多，就遇到了老马。在没有信号的地方，很多事情其实也并不难，大家都有所约定然后遵守约定，就 OK 了。和老马聊了几句，确定上午没人往外走，白松就给老马留了电话号码，约定了一下，如果以后还有这个汇款的情况出现，一定给白松发个短信，老马欣然答应。

回到镇上是上午 11 点，白松下了马，好好活动了一下身子骨，和马志远约定了一点在这里碰面，就把马交给了马志远。

开机，那一格的信号，意味着白松又来到了现代社会。找了个老马说的信号还不错的山坡，白松拨通了电话。

"有什么情况？"马支队接到电话后，言语依旧简洁。

白松一五一十地把这两天的所见所闻和发现的情况以及周队和大家的打算跟马支队做了汇报。

"你说的那两个人，携带武器了吗？"马支队问道。

白松怎么也没想到马支队会先问这个，但还是老实回答道："我们不清楚。"

"胡闹。"马支队此时明白为什么周队会让白松出来联系，留在那里，三人等两人，谁敢说没有危险性？这种情况，老民警爱护新警……

本来四人就是来查户籍的，千里迢迢坐飞机，谁也没有做好携带武器或者本次任务有危险的打算。

"这样，你联系一下你所在乡的警务室，让他们帮忙出两个人，带上必要装备，下午就跟你去一趟你说的村里。"马支队说道，"我会尽快找市局给那边发协助函。你见到周队的时候，转达我的话，你们的安全是第一位的。花销方面的问题，不需要你们考虑，有必要的花销，无论多少，都不用担心。你见到你说的邮递员老马以后，跟他说一声，如果以后还有这种汇款，务必通知咱们一声。"

"好的马支队，我知道了。您说的这个对老马的嘱咐，我已经跟他说过了。"白松记住了马支队的话，"您还有什么指示吗？"

"指示没有。"马支队说道，"你们走的这几天，根据昨天你们提供的汇款单的线索和假名，我们在银行里发现了李某的不记名保险箱，在里面发现

第三十四章　整合情报　｜　121

了两块品相不错的翡翠和十万越南盾的现金。没有找到她的汇款记录，可能是在别的银行，这边还在查，就这些情报线索，你也跟周队说一下。"

"十万越南盾？很多钱吗？"白松问了一句，这会不会就是李某想用来买房的钱？

"人民币一元钱能换好几千，这十万，估计也就能买一箱矿泉水。"马支队也挺搞不懂的。两块翡翠都是未加工的原石，找专业人士估值说值几十万，但是这里面的十万越南盾是啥意思，真的没有搞懂。

白松无语了，这啥钱啊这么不值钱……

"马支队，我有个不成熟的想法。"白松斟酌了几秒。

"别这么客气，有话直说就可以。"马支队大度地说道。

"嗯，是这样，我还是在考虑，您说的这两块翡翠，是原石，那么，是不是有这么一种可能，李某自己或者她的朋友那里就有一台水刀切割机，而且从事翡翠原石切割工作？如果是这样，我们不仅仅要从这两块翡翠去查，还应该关注一下近期的各大珠宝商场的翡翠货源。"白松说道，"我印象里，翡翠的主要产区是缅甸，和缅甸接壤的恰好是南疆省，李某几年前回家带的人，也就是怀疑是现在村里的那两个人，就有可能是翡翠商人，或者干脆就是走私的。"

白松对水刀切割机念念不忘，一口气把心中所想全部说了出去。

"你小子，接着说。"马支队没有评价，反而鼓励道。

"啊？"白松受宠若惊，他本来还怕领导说他自作聪明，这些早就查完了之类的话。

"啊什么，你说得有点意思，接着说，我听着。"

"如果是这个情况，那么杀人的有没有可能是为了某一块翡翠？我听说翡翠有的非常值钱，会不会是因为切翡翠原石的时候，发现了特别值钱的翡翠，和李某一起的朋友杀人吃独食？"白松说道，"如果是这样的话，近期哪里出现特别贵品相特别好的翡翠，就可能有问题，还有就是，村子里的那两个人，本身就有作案嫌疑。"

"你的分析有道理。这样,你去乡警务所的时候,多说一句,让他们留意接应一下。我给你们派几名增援,下午坐飞机,连夜赶往大洱县,最快明天下午,就能到你们那里。"马支队说完就挂了电话。

第三十五章　险境

万幸，警务室有人，但是就刘刚自己在，也就是昨天遇到的孙毅带的辅警。这个勉强算是镇的地方就这个情况，也是没有办法。

听白松说明了来意，刘刚给孙毅打了电话，孙毅听到这情况，很快就从家里赶了过来，带上警务室仅有的一把手枪和几件警用装备，找到马志远，就准备出发了。镇上可以买到的东西非常少，白松花了几十块钱就没啥地方可以花钱了，买了一大包的东西，出发。

这个警务室一共只有一名警察和三名辅警，那两位辅警早上前往县局押解刚刚抓的偷猎者，这已经是警务室的全部警力了。路上，白松给孙毅讲了讲具体的情况，孙毅则表示这两个人有可能就是走私原石的。这些年翡翠价格居高不下，作为主要产区的缅甸对于原石的外流把控得越来越厉害。谁都知道，越是原石，附加值越低，对买家来说性价比越高，但是对于缅甸官方，这些外流的原石就意味着资源和税收的流失，走私也因此出现。

天华市也是口岸城市，但是走私一般都是海关部门管辖，白松对这类案件丝毫不了解。

"走私罪是重罪，最高是可以枪毙的，但是走私这些东西，还算好一点的，如果是枪支和毒品，就有些麻烦了。"孙毅解释道，"翡翠价值太大，一旦抓住就十年起步了。所以干这行的，身上多多少少有点家伙，等到了村里，咱们得好好研究一下。"

回村子的路上，遇到了折返的老马，老马告诉白松，他去村子里以后，周队等人已经不在村里了，马也不在。老马去送邮件倒是顺利，至于周队等人去了哪里,他就不清楚了。

马被带走了,马志远有点着急,这几匹马可是他的命根子,白松立刻安抚了一下马志远,并表示不会有任何问题。孙毅也安慰了几句,说这都是警察,绝对不会有问题,万一把马弄丢了一两匹,一定也会想办法给找几匹好点的马,马志远这才好了一点,但是神态还是不安。

白松自然更急了,他估计,一定是那两个人出现了,然后周队等人去追了,想到这个,白松御马速度不由得快了起来。

现在的一行四人,也就属白松骑马骑得最慢了,白松稍微提了提速度,三人都很轻松地跟上来。主要也是白松有点重,他体重差不多有170斤。山路险峻,本来马术就极差的白松心急之下,驭马能力就更是不行了,马匹也被搞得疲惫不堪。

过休息区的时候四人也没休息,继续前进,一个转弯的地方,马一脚踏空,白松重心不稳,立刻就偏倒出去。这里是一处有着50度左右倾角的山坡,路是直接从山坡附近开凿出来的,山坡往下十几米,就是悬崖峭壁。从路面上看不到悬崖,在整个去村里的路上,这已经属于看着平稳的路了,因而白松就有些放松。

也许是马也放松了,白松立刻就摔了下来。经历了不少训练的白松,在这种情况下,习惯性地做出了前滚翻的动作。但是侧面的坡度十分大,手刚刚一探地,他就觉得有些失控,如果放任身体完成这个动作,基本上再想刹住车就难了。白松立刻身体强行扭了一下,一把抓住了几根树枝。这里的树木以松树为主,除此之外大部分是高原草甸,这一把抓上去,树枝直接就断了,根本就支撑不住他的体重。

反应最快的是马志远。论起对这里的路的熟悉程度,就连孙毅这个警察都不如马志远。从小天天走这些路线的马志远遇到过的这类情况实在是太多了。

整匹马坠下悬崖,带着货物消失得无影无踪这种事情,马志远都遇到过两次,但是只要人在,一切都好说。马志远随身都带着一盘绳子,就挂在马

第三十五章 险境 | 125

鞍的右侧，只见他双手扶着马背撑起一跃，就从马身上跳了下来，手里的绳子就好像长了眼一样地向白松飞了过去。

此时白松骑的马也已经摔倒在坡上，这个斜坡太陡了，而且有大量的草，马尝试站起来，但是都失败了，它的身体逐渐往下滑。

如果此时，马志远的绳子套在了马的头上，那么这匹马是一定可以得救的，但是马志远根本没有考虑那么多，绳子直接扔给了白松。白松没有抓住树枝和草，但是身体方向已经正了一些，他拼命地想要抓住一些石头和草叶，但是都不够结实。

没有经历过这种情况的人，永远难以想象那种绝望和肾上腺素疯狂分泌的感觉。

绳索下落的速度很快，此时的状态下，似乎除了白松的下滑，其他都很慢。他奋力地向斜后方推地面，腿部用力，身体向上弹起去抓绳索。如果不成功，在短短的0.5秒之后，白松会以更大的动能向下滑去，不会有丝毫的生存可能。抓住了！结实的尼龙绳给了白松无尽的喜悦，所谓抓住救命稻草，大概也就是这个意思了。白松身体落地，绳子很快就被抻直，孙毅和刘刚此时也下马来救，但是还是晚了一步。

马志远的体重和力量，完全是拉不住这个下坠速度的白松的，因为这里可以借力的地方实在太少，但凡有一棵碗口粗的树都不至于这么被动。

马志远毫不迟疑地用一只手拉住了自己的马。马是一种很容易被牵着走的生物，尤其在面对主人的情况下。马志远的这一匹马充满了灵性，它直接双膝跪地，一下子趴在了地上，给了马志远一个稳定的基座。

马志远单手拖着白松，眼见就要坚持不住了，孙毅和刘刚也赶紧拉住了绳子。

第三十六章　惊遇

三人合力，白松有了着力点，很快就拉着绳子站了起来，保持着向前的姿势，爬了上来。但是白松骑的马就没那么幸运了，它越是扑腾，越是维持不住稳定，越滑越快。等白松上来的时候，马已经过了坡的中间部分。白松立刻就要拉着绳子回身救马，马志远给拦住了。

"人没事就好，这马太重，这个速度救不了了。"马志远看了一眼马匹，就没有再看。马扑腾了六七秒，终于哀号一声，从视野中消失，过了六七秒，崖底传来了马坠地的声音。

白松无力地坐在了地上，心跳飞快，身体剧烈颤抖。

"谢谢各位。"白松平复了一下情绪，坐在地上给三位鞠了躬。

"别客气，你没事就好，不用谢我们，谢谢小马就行了。"孙毅摆摆手。

"马哥，"白松撑着地站了起来，抱住了马志远，"实在是对不起，害你损失了一匹好马，我、我一定赔偿。"

"说这干吗，我是你的向导，我在这怎么能让你出事。"马志远笑了，"一匹马而已，没什么大不了的。"

白松没有多说什么，他心中已经有了打算，拍了拍马志远的肩膀，这才稍微好了一点。刚刚这从头到尾也不过二十秒的事情，如果没有马志远，白松真的不敢想是什么后果。真的可惜了这匹好马。

缓了一会儿，白松才发现自己的裤子上有几处都磨破了，小腿外侧有一大片擦伤，肌肉层都隐隐外现。不仅是白松，马志远也受了伤，刚刚单手拽住白松和马匹的时候，胳膊也拉伤了，好在时间短，伤得不重。

抹了点常见的药物，白松道："咱们距离村子也不算太远，抓紧时间过去吧。"

"你这腿受伤了，你骑我的马，我走路就行。"刘刚把缰绳递了过来。

"别，谢谢了。"白松这会儿对于马匹已经有阴影了，"我走路没什么问题。"

几人也理解白松的状态，孙毅再次看了看白松的伤，说道："你这个情况，伤口还是容易感染，这样，你跟着小马回镇上，我和小刘能解决问题。这里我们更熟悉一点。"

"不，你们先走就行了，这路我走了几次了，也就一条路，我慢慢地能走过去。"白松摇摇头，"我没事，你们骑马，早点过去，我走路没问题。"

在白松的坚持下，孙毅和刘刚先出发了，马志远就陪着白松了。马的膝盖有点擦伤，也不适合载人，马志远的胳膊受伤骑马也不方便，两人互相扶着，一点一点地走着。

走了差不多二十分钟，白松的心率才恢复正常，谁承想这么平稳的路也有这么大的危险。

"真的不知道怎么谢谢你。"白松单手捶了捶自己的胸口，"以后你要是到首都或者天华市，一定不要忘了通知我，我全程负责。"

"好啊。"马志远的笑容很淳朴，"我妹妹明年就高考了，她要是能考上首都的大学，我就送她去。"

这是马志远第一次和白松提到妹妹，令白松很诧异："你还有妹妹？之前怎么没听你说？"

"我给你们当向导，我提这个干吗？"马志远白了白松一眼，"我自己没读什么书，但是我得让我妹妹上个好学校，我爸妈他们也不太支持女孩读书，所以我来负责就好了。不过，听说大城市东西都很贵，所以我哪都去，什么活都接。"

"你妹妹有你真幸福。"白松感慨着，接着问道，"你们这里一匹马要多少钱？"

"问这个干吗?"马志远很快就反应了过来,"没事,这马我没花钱买,掉下去的那一只,是以前的一匹马生的,才两岁。"

"啊?你说的那一匹,是哪一匹?"白松惭愧道。

"那一匹也掉下山崖了。"马志远有些无奈。

白松无语了,接着问道:"那到底一匹马值多少钱呢?"

"没多少钱。"马志远岔开话题,"你走路慢一点,我胳膊受伤不影响走路,你看着路,你再踏空了我可不一定能拉住你了。"

白松心想,等回头问问孙毅或者老马,无论如何也要赔上这笔钱。

两人聊着天,互相讲着一些有趣的事情,倒是也不算累。走了两个多小时,距离村子已经不远,白松听到前方树林里传来了沙沙声。

马志远突然眼神一凝,他知道,这个声音很不对劲。这附近只有这一条路,旁边都是悬崖峭壁或者树林,一路上偶尔遇到骑马的也算正常,但是从树林里传来这个声音,绝对不正常。

"怎么了?"白松站住了,询问马志远。

"不知道。"马志远从马后背的背包里拿出来一把半尺来长的刀。行走于这些地方,刀是很常见的防身工具,"你拿着这根绳子,如果是狼之类的,我们吓唬它一下,它看着咱们两个人有武器,就会跑掉。如果是好几匹狼,必须想办法弄死一只!马可以放弃,但是人不能被咬了。"

"那如果不是狼呢?"白松此时居然有点小兴奋。

"不是狼的话,"马志远轻声道,"这么大动静,要么是人,要么就是孟加拉虎。"

"真的假的?"白松吓了一跳,虎,那可不是闹着玩的生物。虽然孟加拉虎没有东北虎那么雄壮,但也不是两个没什么好武器还受了伤的人能够轻易对付的,"你把刀给我吧,你胳膊受伤了,使不上劲,我站前面。"

"没用过刀的人用不好的。"马志远说道,"我觉得你们警察应该不用刀吧。"

"而且,"马志远心疼地看了一眼自己的马,"如果是虎,我就杀马。"

第三十六章 惊遇 | 129

白松正想说话，那边树林里的"东西"露面了。走出来的，不是老虎也不是狼，而是两个人。

白松看到是人，刚刚要放松，却发现这两个人就是那两个搭帐篷的男子！

确认过眼神，双方都没有动弹。对视了一眼，他俩看白松的眼神就知道，白松一定见过或者知道他们。

第三十七章 搏斗

从这片茂密的森林里钻出来的这两个人，之所以出现在这里，就是因为他们被人追了。

早上5点多，两个人就出发前往边境线了。在那里，有和他们进行交易的境外商人，两人带了大量的现金，与对方交易了几块品相上佳的翡翠，其中的一块，更是达到了玻璃种的品相。

交易进行得很快，一切顺利，没有被发现，但是上午11点左右，返回路过村子的时候，他们却遇到了周队等人。

秉承着贼不与官斗的原则，两人撒腿就跑，而且因为他俩的马更加神骏，一时半会儿周队等人倒是没有追上。可是这种外地马非常不适应这种长期的山上行动，逐渐就爬不动了，两人仗着身上的衣服和装备优良，各背了一个背包，就弃了马，直接钻进了树林。

因为有先进的定位系统，两人在山上穿行了五六个小时，才到达这里，结果刚刚从林子里出来，就遇到了白松二人。白松此时腿上的伤已无大碍，他知道，对方穿行了很久的树林，此时是体力最差的时候，不能给他们时间休息。于是他拿着绳子，立刻就向前走去。

两个男子岁数都不算大，其中一个胳膊上有文身，另一个穿着长袖。有文身的这个，看到白松上前，立刻喊道："小子，我不管你是谁，少管闲事！"

说话间，白松已经距离二人只有十米左右。这两个男的身材都算是不错，但是身高不算高，白松以一对二丝毫不怵，就在他准备上前的时候，穿着长袖的男子掏出了一把弩，主体材质竟然是钢材。

白松见过弩，在学校的时候，他进行过常见枪支的训练，对于特种枪支和弩，虽然没有学习和练习过，但是老师都拿出来作过讲解，长袖男手持的这把弩虽然不是军用的高级货，但是这么近的距离，命中要害的话，白松性命堪忧。

"不管你们是做什么的，我们无意害命。"长袖男的声音比文身男更有磁性，听起来也让人更容易信服，"你俩把武器扔在地上，趴在地上，把马留下，等我们过去了，就可以走了。"

白松停住了脚步，迅速地分析起来。这个男子的胳膊并不是十分有力，体力应该已经透支了，但是这个距离威胁系数还是很大的，直接冒进不行，他立刻说道："行，我认栽。"说完就缓缓放下绳子。

白松往前进的时候，马志远也跟了上来，这会儿在白松后面四五米的位置。

刚刚跟白松聊天，他也知道白松大体是一个什么样的人，他也缓缓放下刀，配合白松。其实，到了马志远这个位置，弩想命中就有难度了，他就是想看看白松打算怎么做。白松缓缓蹲下放绳子，长袖男子倒是没有松懈，弩的箭头缓缓下移，始终对着白松。

这是一把不大的弩，但是这样双手平举依然不是什么轻松的事，长袖男很快就觉得有点累，白松看到他松懈的一瞬间，立刻向旁边的树木侧翻了过去。前冲是不明智的，他这一侧翻，手持弩的男子立刻就按了击发，对准的是白松的前方。他没有想到，白松并没有上前，而是先做了侧翻。

侧翻起身并不难，更何况这是白松十分熟悉的动作，当他听到弩机发射的声音，而自己又没有中箭的时候，他再也没有迟疑，两三步就冲到了两人面前。弩威力不错，但是上弦太慢，长袖男子看到白松冲过来，立刻把弩砸向白松，顺势掏出了刀。

一个经过训练的警察，能不能赤手空拳打过两名歹徒，这尚且是未知数,更何况歹徒持械或者持刀,那就非常危险了,别说是白松,就是换一个特种兵,也是有危险的。白松避也不避,直接伸手去抓男子扔过来的弩。弩的形状很特殊,白松抓住弩的尾部,却被弩身砸到了胳膊,胳膊上立刻出来几道血痕。

弩是钢材主体,白松自然没打算扔掉,直接拿着弩把,向着持刀过来的歹徒挥舞了过去。男子一看挥舞过来的弩架,也伸手抓住了弩,白松一用力,男子单手立刻要被扭,这种距离刀也够不到,他直接扔下了刀,双手和白松角力起来。文身男看到两人正在角力,立刻弯腰拾起长袖男扔掉的刀。白松虽然拿的是弩把,但是弩的结构导致弩把这里扭矩很小,反而是弩的前面更适合做扭动。

顺着长袖男子扭动的方向,白松直接跳起,飞身一脚踹到了长袖男子的胸上。这一下借用了对方的力量,一脚就把长袖男子蹬出去几米。就在这时,文身男拿刀直愣愣地捅了过来,白松刚刚落地,灵巧一躲,直接掐住了文身男的胳膊。

在擒拿课程里面,很多动作的第一步,就是控制对方的胳膊或者腿,此时白松双手抓住了对方的胳膊或者腿,接下来的动作就十分简单,白松握住他的胳膊,直接做了一个 270 度的回转,然后一拉一绊一扭身,就把对方压在了身下。这一下力量使得很大,文身男吃痛,惨叫一声,胳膊传来脱臼的声音。

长袖男站定,准备冲过来把白松推开,这时马志远也过来了,半尺多长的刀直接伸到了对方面前。白松知道,此时依然不能给对方任何机会,直接对着马志远说:"我控制的这个人胳膊已经脱臼了,你拿刀看着他,他要是乱动就捅一刀。"

白松说完就站了起来,倒地的男子胳膊剧痛,老老实实地一动不动。白松站起来和长袖男空手一对一,长袖男本来还想找机会跑,一看到白松比他高一头,也只能放弃了抵抗。

第三十七章 搏斗 | 133

白松抓住长袖男的手,反身一扣,接着拽住另外一只手,从后面把他两只胳膊向背部翻折,双臂打了十字。

　　白松押着长袖男,往前走了几步,到了扔掉绳子的位置,他捡起绳子把长袖男捆了起来。

第三十八章　制伏

　　白松上大学的时候，拳击、武术都选修过，而擒拿和散打则是必修，尤其是擒拿，这是所有警察必须掌握的一门技能。警察更追求控制性，但是这里所说的控制并不是软绵绵的，有时候为了控制住，像使人脱臼这种也是必修科目，而且还要学如何接上。这个在学校的时候老师只演示过一次，白松根本不会接，只会卸。

　　从后面绑好了长袖男，白松把他的绳子系在了马身上，然后和马志远一起把脱臼了的文身男抬到了马身上，其间，文身男哀号不断。

　　"兄弟，我不知道你是谁，你现在应该也不知道我是谁，行个方便，你放我俩走，我包里还有六万人民币和一万美元，都送你们。"长袖男扭头看了白松一眼，"我就这些钱了。"

　　白松不为所动，扭头看了马志远一眼。

　　"看我干啥？我可不想我妹妹上学用的是这种钱。"马志远翻了翻白眼。

　　白松笑了，踹了一脚长袖男的屁股："哪那么多废话，快走。"

　　"别别别啊哥。"长袖男眼珠一转，"哥，我跟您说，我包里还有一块翡翠，您拿走，随便去找个大城市的典当行卖了，换一百万现金没问题，喜欢，您就拿走，放了我们哥俩吧，抓了我们回去你们单位能给多少钱啊？"

　　一百万，白松呼吸一窒。一百万，按照白松现在的工资标准，需要工作二十五年。一百万，可以在首都买一套郊区的小房子，也可以在天华市买一套不错的房子了。

　　长袖男见有戏，立刻道："您放心，您一看就是警察，您放我走，在这里谁也不知道,我以后多一百个胆子也不敢和您作对。"

白松彻底缓过神来,一百万,意味着这个男的,有可能被判无期徒刑。这样的重刑犯铤而走险的概率远大于小偷小摸,听完长袖男子的话,白松给他的绳子又紧了一圈,把脱臼的男子也绑了一圈,这才放心。

长袖男本来看着白松过来动绳子,还有些激动,但是……这人不按照套路出牌啊!两名犯罪嫌疑人垂头丧气,四人一行,差不多走了二十分钟,终于到了村子里了。

所有人都出去了,周队和孙毅他们都不在。白松直接把人带到了村主任那里。很快的,就有一堆村民围到了这里。对于平静的小山村来说,这已经算是很有趣的事情了。

白松找村主任叫来了村里的一名会一点医术的老人,把文身男的胳膊接上,然后带着两人进了一个屋子。一直到晚上7点多,天黑了,周队等人才回来了,听说了白松的事情,几人迅速赶了过来。人都到齐了,白松才彻底松了一口气。他到底还是年轻人,与上次和王亮以二对一不同,这次他一个人在陌生的地方盯着两个人,需要精神紧绷。

马志远的胳膊经过简单的敷药,已经没什么大碍,但是白松的腿部有感染的趋向。这里没有什么抗生素,连夜出去也不现实,白松就敷上了当地的一种草药,也不知道好不好用。但是好在明天就可以回去了,也没什么太大的问题。

晚上,周队和白松等人,对两个男子进行了分开审讯。

本来两个走私犯还以为是走漏了风声,白松等人应该是海关的缉私警,搞了半天,他俩才明白过来,这些警察根本就不是为了他们走私的事情来的。问的都是李某的事情。

长袖男名叫庹大旺,姓氏比较古怪,是贵省人,白松讯问的就是他。经过两个多小时的讯问,和周队他们那一组对了一下,基本上事情搞清楚了。李某确实和他们认识,但是并不是同案犯。庹大旺告诉白松,李某是他们的翡翠买家。

一般来说，庾大旺他们会选择把翡翠带到北方的大城市，一个是为了卖个好价钱；还有一个原因是，人犯了罪，总想跑得远一点。一个偶然的机会，经人介绍，他们认识了李某。李某出手直接且阔绰，每次出价都能达到他们的预期心理价位，一来二去，就成了好伙伴。而且，李某特别钟爱翡翠制品，不仅爱还十分懂，因此交易起来也很直接，不磨叽。

实际上，走私这种犯罪，尤其是翡翠这种硬通货，利润没有想象的那么丰厚，而且和庾大旺一起的其他人，穿越国境线被击毙或者被抓的不计其数，最关键的是，货物出手十分困难。因此有了李某这么一个稳定的收货方，两人自然要讨好。

李某几年前来村里的那次，他们就陪着"金主"李某来了。也正是从那之后，双方的几次合作都十分不错。据两人说，李某交易一向都是用现金，而且李某看起来非常有钱，但是他俩从不多问。最关键的是，这次他俩出来，带了这些年赚的老底子，换的这些翡翠，也都和李某商量好了，商量的时间居然是一周之前。

当然，他们没有看到李某，是有人在他们住处放了纸条。以往双方也这么联系过，因此二人未曾迟疑，紧赶慢赶，却遇到了白松一行人。这次被抓，人赃俱获，两人也都知道翻身可能不大，因而该说的基本上都说了，争取坦白从宽。

晚上，周队说什么也要让白松好好睡觉，他们几个轮流看着两个犯罪嫌疑人。白松领了情，早早地睡了过去。这一天实在是经历了太多，白松知道，如果不好好睡一觉，明天出去，只会给大家增添负担。

第二天早上，一行九人就出发了。周队等人已经做好了李某母亲不管李某后事的准备，回去以后就可以把李某的情况呈报政府，待案件结束后，从太平间取出火化，尘归尘，土归土。

马匹还是足够的，这两人的马昨天晚上就自己慢慢跑回来了，加上之前马志远运货的马，还富余一匹。

白松实在是有了阴影，这一路上都是战战兢兢，就好像刚刚撞过车的新

第三十八章 制伏

手一般紧张。嫌疑人的两匹马比较高大，白松骑了一匹，这马力量大，走路也更稳，但是白松一路上还是非常小心。

第三十九章　归途（1）

到了镇上，所有人都迫不及待地拿出了手机，开始联系。

关于庹大旺和文身男的走私问题，白松等人是不具备管辖权的，因而众人第一时间就联系了当地公安局和当地海关部门。这里说到海关，不得不说一下国内警察的分类。首先，警察和公安，是不一样的概念。警察的概念要大于公安，也可以说包含公安。公安就是公安部下属的部门，主要负责的就是社会安全与稳定，我们常见的公安局和派出所警察都是这类警察。

除此之外，海关部门有缉私警察，隶属于海关总署；监狱有狱警，隶属于司法部；法院有法警，隶属于最高人民法院；森林警察隶属于林业部，铁路警察隶属于铁道部（2011年新颁布）。还有不少分布在诸如民航与水利等不同部门的警察，大家分工不同，但只要是警察，就都会坚决打击违法犯罪的行为！

有危难，找警察！

当地的海关部门听到这个消息后，立即派人做好了在大洱县交接的准备。而马支队派来的支援，此刻也抵达了镇上，和白松等四人会合。支援的队伍也是四人，其中就有李汉，除此之外的三人，白松都不认识。但是从身材上看这三位都称得上健壮，与之相比，李汉就好像迷你的小人。

"房队？马支队怎么把您几位给请来了？"周队立刻上去握手。

"这么远的地方，出点什么差错都不好。"房队的声音有些粗犷，指着同行的一人说道，"周队我给你介绍一下，这位是我的老战友，战永强队长，当年和我一起当兵的，现在在茶城公安局刑侦大队担任中队长，这次来亏了他帮忙啊。"

　　几人寒暄了一番，房队一眼看到，白松的腿上和胳膊上还绑着布条，神色一紧："咱们的人受伤了？怎么样？"

　　白松立刻摆摆手，说不碍事。

　　"房队，这个是咱们专案组新抽来的小白，今年才二十一岁，警官大学毕业的高才生，别看他小，咱们抓的这两个嫌疑人，可都是他一个人制伏的，而且这两人还有弩有刀。"周队盛赞了一番白松。

　　"哦？"房队有些惊讶，拍了拍白松的肩膀，看了看白松胳膊上的划伤，随即蹲下，检查起白松腿上的伤口来。

　　"嗯，这草药有点用，没感染，一会儿去县里，再做个清创。"房队站了起来，用力拍了白松肩膀一下，"你小子不错，回头老马那边不要你，我找你们局长要你来我们队。"

　　白松愣了一下，周队立刻用胳膊拐了白松一下："还不谢谢房大队长？这位，可是市特警总队驻九河区支队的神枪手，人家可是正儿八经的市局编制。"

　　白松这才细细地打量起了房队长，房队的身高有一米八左右，没有白松这么高，但是小臂、大臂的维度真的有些惊人，充满着爆发性的力量，胸肌也很有型，黝黑的皮肤上显示着岁月磨炼的痕迹。房队看起来有三十多岁，但是实际年龄应该在四十岁左右，虽然身上没有携带什么武器，但是腰间鼓囊的那里，白松断定一定是枪支。而像房队这样的神枪手，手枪可以在五十米内命中目标。

　　"哎，小周，不提这个。"房大队长摆摆手，"咱们人没事就好，既然事情已经解决得差不多，咱们抓紧回去。"

　　收拾了一会儿，吃了午饭，暂时把两名嫌疑人关押在警务室的笼子房里，周队和房队安排起了行程。

　　白松本来还想过，这犯罪嫌疑人的两匹马，如果他们不要了，就送给马志远，结果跟周队说了这件事以后，周队又给白松普了法，对于为方便犯罪而使用的犯罪嫌疑人、被告人所有的交通工具，依法应当予以没收。这两匹马自然属于交通工具，应该交给海关处置。上班仅仅不到一个月，白松就不止一次地发现自己在学校的时候法律课确实没学好，看来回去以后，必须得补一补了。

警务室去大洱县的两位协警已经回来了，孙毅表示要去县城一趟，算是汇报一下近日的工作，顺便也方便白松等人交接。

马志远到了镇上以后，和白松互相加了QQ，马志远说他去的地方经常没有信号，联系主要还是靠QQ留言，毕竟短信是要花钱的。加完QQ以后就离开了，他还有很多事情要去忙。他这几天跟着白松，有些地方的生意没有做，还得早点去收拾和安排。

白松想赔偿马志远的马，孙毅告诉他，现在一匹马应该要好几千块，具体的价值他也不太清楚。白松点点头，明白了这个情况。

白松敏锐地观察到一个细节，庹大旺和文身男到镇上看到了房队等人以后，情绪明显地低落了很多。白松虽然不懂那么多人情世故，但是他的犯罪心理学可一直满学分，他明白，这种情况意味着这两个走私犯还有其他问题。

之所以看到房队等人情绪低落，只有一种可能，就是在房队他们来之前，这两人还对某些事抱有希望，而能让他们抱有希望的事情，大概率就是他们还有同伙，有救他们的可能。这个地方虽然是镇子，但也还处于深山老林，白松他们什么武器都没有，孙毅那里有一把枪。这两人应该也不知道这个情况，如果他俩真的有同伙，而且还有类似于枪支之类的武器，还真有可能把他俩救走。

白松心里明白，这种分析是十分没有依据性的，他总爱思考，也不怕被笑话，他就把这个发现跟周队和房队偷偷说了。两位经验丰富的队长对于白松的分析丝毫没有小觑，立刻将包括孙毅在内的警察聚集到一起，临时开了个小会。

房队等三人从天华市过来的时候，因为也是乘坐的飞机，即便是警察，也没办法携带枪支，甚至一些武器装备都没法携带，马支队就给他们带了七件防刺衣。

第四十章　归途（2）

防刺衣是一种比防弹衣要轻很多的软衣，直接穿在外套里面就可以。能够应对刀具和弓弩等利器，同时对于一些仿真枪、土制霰弹枪也有防护作用，现在普通人在网上也可以买得到。这种装备孙毅和战永强这里也有，房队的意思是，大家都要穿上。

枪支目前有四支，都是手枪，战队那边带了三支枪过来，战队自己一支、房队一支、房队手下的特警一支，再就是孙毅自己有一支。除此之外，战队长还带来了一些手铐、警棍、电棍等警械。不得不说马支队和房队想得十分周全，在这种地方，这种配置极为稳妥了。

周队特意嘱咐了孙毅，即使一会儿去县城的路上什么危险都没有遇到，孙毅也应当向县里要一些增援，近期如果还有走私犯的话，对于孙毅等人的安全也是很有隐患的，孙毅点头称是。

准备完毕，一行十一人，牵着两匹马，给庹大旺和文身男上了手铐，就徒步出发了。以几人的速度，从这里到停车的地方，也就是两三个小时的事。

庹飞是庹大旺的侄子，这些年也跟着庹大旺等人一起做起了走私的买卖。他们这个队伍，一共有七人。

庹大旺是老大，也是掌握情报的首领，他掌握了对外交流的线路和国内的销路，在团伙里地位最高。文身男是庹大旺最早的同伙，也知道这些情报信息，所以每次去边境交易都是他俩去，其他的人没资格去。这样做一是能在团伙内部保持自己的权威，二是防止这些小不点知道了太多就单干了，三也是防止人太多走漏风声。

人少有人少的好处，人多自然就有人多的好处。这几个团伙里的年轻小伙子，胆子很大，好勇斗狠，打起架来可是不含糊，庹大旺曾经遇到过一次黑吃黑，就是庹飞带着人把对方打跑了。

这次庹飞的任务是接应，接应的地方就在小镇。庹飞在小镇与村子连接的路上等了两天，一直在暗处等待着，终于今天才看到了庹大旺等人骑马出来，但是却被捆住了。用绳子捆？呵呵，肯定又是黑吃黑了，庹飞等几人的马匹走过去以后，立刻顺着小路回到了镇上，集结了镇上的其他两人，带上了所有的家伙，又通知了在县城接应的两人，在去县城的路上，做好了埋伏。他上次帮助叔叔打跑了五六个人，不仅黑掉了对方的钱，还得到了叔叔的重视，在团队里的排名和文身男已经不相上下，最主要的是，庹大旺给了他10万元作为奖励。在老家，这些钱都可以娶个好媳妇了！这次如果再救一次叔叔，哼，那个文身男就该下位了！自己就可以了解那些最前沿的情报，以后等叔叔退下来了，自己也当老大！

白松他们回县城的路上一共遇到了三拨人，都是当地人，一看眼神里那种纯粹好奇的样子，就没什么问题，但是众人依然没有放松警惕。

"前面有一片树林，是这段路最后一个适合埋伏的地方。"孙毅跟众人小声说道，"一会儿大家注意点。"

庹大旺的眼神，此时已经充满了绝望。他知道，他的侄子和他的手下，一定会在前面埋伏，但是这种形势下，别说救他，能跑掉一个，都算这帮小子有本事！而这些人被抓，一群没见过世面的臭小子，还不得什么都说出来！

所谓囚徒理论，就是如此，大家都怕自己不坦白，同伙坦白了，同伙减刑而自己加刑，而同伙越多，这种情况越明显。有多少人宁可自己被枪毙也要保住同伙？几乎是没有。

庹大旺很想喊一声，但是他不能。

要说打仗，一定不能打无准备的仗，而一旦做好了准备，事情就简单了很多。这里的路，差不多有一米宽，房队等三人以三角形队形走在最前面，孙毅和白松等人在最后面，手里都没有拿什么武器。

刚刚进入树林不久，就听到沙沙声，前三后二，五个人很快从树林里钻了出来，对着白松一行人持包围状态，而且，人手一把弩，和庹大旺使用的一模一样。

"都不许动！不管你们是什么人，敢抓我们老大，不要命了是吗？我数三个数，都乖乖给我趴在地上，否则，别怪我刀剑无眼！"庹飞大喊道。二十多岁的小伙子，正是血气方刚之时。房队等人直视弓弩，完全没有畏惧，几乎是一瞬间，经过严格训练的他，就掏出了手枪，对准了喊话的庹飞。紧接着，三把枪、几根警棍和电击棍也被众人掏了出来。

这世间，如果说面对黑洞洞的枪口都丝毫不畏惧的人，一种是真勇敢的烈士，另一种就是傻子。很明显，庹飞都不是，那四个同伙也都不是。

房队夸张的肌肉、锐利的眼神、英勇的气质、稳定的丝毫不颤的持枪动作，给庹飞的冲击极大。这种感觉真的不是闹着玩，而是一种真正被死神扼住了喉咙的极大恐惧。

11月份的茶城，天气微凉，但是庹飞的后背，很快就被汗浸透了。他鼓起勇气，看了一眼房队身后的叔叔，庹大旺的眼神里也是一种绝望和惨然。看到这一幕，庹飞明白了，这绝对是真枪！

"放下武器，我们是警察。"房队开口了，他的声音并不大，但是即便队伍后面的两个走私犯，都听得极为清楚，而房队在说这些话的时候，手臂依然稳如磐石，谁也不会怀疑，这个枪口里出来的子弹，在这个距离里，想打眉心，就绝对不会打到眼睛。"五秒，不放下武器，我立即射击。"房队的声音还是那么粗犷。

庹飞等人，瞬间把手里的弩摔到了地上，仿佛这弓弩被火烧得烫手。

第四十章 归途（2） | 145

第四十一章 归途（3）

比想象中还要轻松，本来房队都做好了鸣枪示警的准备，看来也不需要了，再僵持一会儿，这五个家伙还不得尿了裤子软了腿？难不成还得把他们背回去？

白松等人人迅速向前，把五人轻松地铐了起来，把弓弩等凶器都挂在了马背上，然后拿警绳把七名嫌疑人连在了一起。

庞大旺看到这一幕，心里还是叹了一口气。虽然他知道，即便是把自己放在庞飞的位置，也不会有什么好办法，但是还是有些失望。但是一想到自己遥遥无期的刑期，再想这些也没什么用了。

小镇上虽然有信号，但是这条路上没有，九名警察押解着七名嫌疑人，缓缓地走出了这片树林。再往前走几百米就到停车的地方了，这片地方是不可能还有什么埋伏了，大家也就没那么紧张了。房队长把白松叫到了队伍前面，跟白松聊起了家常。

房队长军人出身，他很好奇白松是如何空手制伏两个持械的人的，就让白松给他讲一讲。白松哪好意思说自己的笨样？就草草应付了几句，说自己运气好，而且不是一个人对付两个人，马志远还拿着刀帮了很大的忙等。房队长听了点点头，也就没再多问。

有人说，特种兵、武术名家一个可以打十个，这个绝对是不现实的，大家都是普通人，哪有那么大差距？小混混、坏人可都是好勇斗狠的成年人，只要有一个人掰住了一只手，一群人围上来，任谁也得被控制住。电影里"我这一拳二十年的功力""一拳头打断一棵树"这种情况都是虚构的，现实社会中谁有这种力量，建议去参加奥运会。

事实上，再牛的特种兵，举重不可能比举重运动员强，跑步不可能比长跑运动员厉害，神经反应速度也不会比乒乓球运动员快。他们是一些战术水平优秀、枪法神准、战斗素养和生存能力强、格斗能力优秀的人，如果只论徒手格斗，他们真的打不过类似 UFC 这类职业格斗的人。

因此，以少打多是格斗大忌，更何况以空手对刀棍。房队明白，即便是他，对付三四个空手的小混混没啥问题，但是面对持械的，以一对二还是很危险的，有时候真的看运气。

房队和白松聊了几句，接着跟周队商量待会出去开车的事情。目前他们就两辆车子，肯定不够，只能等到了停车场再打电话让县里面来接了。但是，谁也没有想到，几人快要到停车场的时候，就已经有不少人来接了。

为首的是大洱县的一把手——马书记。

大洱县是一个普通的边境县，虽然大力发展边境贸易，但是依然算是比较贫困的地区。县委书记是正处级领导，公安局长是正科级，与房大队长是平级，比马支队还要低半级。县里的海关缉私力量很弱，因而很多还是要依靠公安。当房队和周队通知县里这个事情以后，县公安局高度重视，就向县委县政府打了报告。

走私翡翠，走私金额在一百万元左右，同时还缴获了数万元人民币和上万美元的赃款，这绝对不能算是小案子了，而且这还是外地大城市的民警来办其他案件顺便抓的，这个必须要感谢、欢迎。也正因为如此，书记、县公安局带着县电视台的人都来了，包括干警在内的，一共有三十多人，几辆大车。

在马书记和房大队握手的那一刻，镁光灯闪耀，留下了美好的瞬间。寒暄了几句，房队还特地介绍了一番白松，说这个团伙的两名匪首都是白松一人制伏的。县委书记闻言也露出惊讶之色，上前几步和白松握手，白松有些惊讶，但是还算不卑不亢。毕竟那边记者还拍着照呢，白松怎么说也是见识过一次记者的人了，要注意形象！

房队介绍完白松，才依次介绍了战永强中队长和周林武副大队长以及相关民警。大家上前依次和书记握了手，接着又和当地的分局局长握了手。

房队长没有接受电视台的采访，和马书记还有大洱县公安局长简单地交谈了几句，众人就驱车回城了。具体情况，到了县里再说。两匹马交给了现场的两名当地警察，他们负责把马骑回去，这事情就不用白松他们费心了。

回到县里，几名嫌疑人被当地警察带走后，众人第一件事就是带白松去医院治疗伤口。白松的伤其实不重，但是房队等人还是十分重视，给白松清完创伤，抹了药，重新打好了绷带，几人才前往公安局了解案件情况。茶城市海关人员此时也到达了大洱县，接管了主要工作，县公安局对此事高度重视。白松等人还配合着海关部门录了笔录，把现场的情况仔细说了一遍。

经过审讯，基本上跟庹大旺等人说的出入不大，但是也得到了新的情报：一是他们几人在天华市的具体窝点的房间号有了，周队立刻给马支队做了汇报；二是查处这个团伙其他的走私情况，这个与白松等人关系不大。

天色渐晚，晚上也走不了，在大洱县休整一下，明天再回去。白松也没参与审讯，就单独把李汉叫了出来。

"借钱？"李汉一愣，他没想到白松把他喊出来居然是为了这个事。

第四十二章 归途（4）

"嗯，李哥，我跟你算是最熟的，我需要一点钱，明天早上就得要，你能借我吗？"白松诚恳地说，"回了天华市，三天内我就还给您。"

"行，那都好说，你借多少？"李汉掏出了钱包。

"3000。"白松认真地说道。

"3000？"李汉吓了一跳，把自己的钱包收了回去，"你要干吗？该不是被谁忽悠了要买什么特产吧。"

白松也没避讳，仔细讲了一下马志远为了救自己导致一匹马掉下了山崖的事情。马志远在那一刻可是救了白松的命的，无论是赔偿马匹还是感谢，怎么着也得给马志远一些补偿。而他自己卡里只有7000块钱，他想给马志远一万，只能找李汉来借了。

"还有这档子事？"李汉瞪大了眼睛。

这事情白松跟周队等人说了，跟房队这一行四人还未曾细聊。

"嗯。"白松肯定地点了点头，"我现在也没啥钱，给多了我也怕马志远到天华市把钱给我退回来。我给他一万，我心里能好受一点。"

李汉点点头，心道白松这孩子也是有情有义，就答应了明天早上去邮局的时候给白松取出来，白松顺便在邮局办个汇款。

忙完了，当地的分局长要请大家吃饭，房队长也没拒绝。这次可是多亏了战队长了，战队长和大洱县的郝局长其实也是见过几次的，于情于理这顿饭也该吃。吃的都是当地的特色小菜，很家常，酒倒是郝局长自己珍藏的好酒，当然白松也不懂好赖，在他看来，这东西就是辣嗓子的。大家明天都要早起，而且还有事，喝得都不是很多，早早回到住处，踏踏实实地睡了一觉。

第二天一大早，八人开着两辆车，就先去了邮局，查询了一番李某的几笔汇款的事情，也没发现什么有用的线索。接着白松和李汉取了钱，交了手续费，把钱给马志远汇了过去。房队和周队看到的时候，白松已经把钱汇完了，也没说啥。

今天是11月5日，还有五天就发工资了，白松现在工资还是两千四左右，他打算回去先找王亮借钱给李汉补上，然后分两个月或者三个月再慢慢还给王亮。

两辆车一起出发，中午时分到了茶城，和战队长一起吃了个便餐，几人把车子归还，然后办理了手续，就踏上了回家之路。机票是下午5点多的，因为还要换乘，到天华市的时间是11月6日早上。

想想这几天遇到的事情，白松感觉就像是做梦一般。这几天基本上都在路上奔波了。一路上，白松的心情相当不错，在车上聊了一路案子。上了飞机就不能讨论案子的事情了，白松和李汉聊起了历史，聊得不亦乐乎，虽然一路没怎么睡好，但还算是很充实。

白松很好奇庹大旺的这几个同伙小弟会怎么判，周队告诉他，基本能判到十五年以上。一是因为他们也是这一起大金额走私案的同案犯，虽然全程他们都不知道走私的东西到底值多少钱，但是只要参与了，就按照总金额算；二是因为他们都参与了其他的几起案件；三是他们暴力抗法、妨害公务、企图袭击警察，这都能算在一起。

回到天华市，马支队带着支队政委，一起到机场迎接了七人。这回没有记者，也没有人拍照，马支队亲切地和大家握了握手，大家乘坐一辆中巴车，回到了刑警队。回队后，马支队让众人先休息，下午再开个会，随后把房队和周队叫到了办公室。

白松踏踏实实地睡了一上午，起床的时候，都已经到了午饭时间。去食堂吃了点午饭回到宿舍，孙杰找到了白松，通知他去马支队办公室一趟。

"您找我？"敲门进入后，白松问道。

"坐。"马支队指了指一张椅子，"怎么样？伤好了吗？"

"没什么大碍。"白松转了转胳膊，表示没事。

"嗯，"马支队沉思片刻，"你小子，很有钱吗？"

白松有些糊涂了，这句话啥意思？他只能老老实实地回答道："没有啊，怎么回事？"

"哦，没钱。没钱你自己去给那个南疆省的小伙子汇款干吗？这钱，用得着你去补偿吗？"马支队说道。

"啊？"白松解释道，"人家可是为了救我，才把马害死了，我……"

"你什么你？"马支队脸色不善，"你这眼里还有我这个队长吗？还有集体吗？我问你，那几个坏蛋，身上有那么多钱，你自己抓的，这钱，你能拿走吗？"

"不能，绝对不能。"白松快速地摇头。

"是，你给公家办事，抓了坏人，缴获的钱你不能拿，结果弄死一匹马，你反倒是自己掏钱去赔，你把组织放哪里去了？亏你还是个党员！"马支队声音有些重。

"马支队，我错了。"白松这会儿还觉得有些冤枉，为啥自己掏钱还有错了？但是还是认了错。

"错啥？你没错，你这脸上哪里写着有错了？"马支队说道，"你这事，我特地嘱咐了周队他们别外传，不然别人都该追着夸你高风亮节了！好家伙，你一个新警，冒着生命危险出差，差点掉下悬崖摔死，结果执行公务期间害死了一匹马，你还自费去处理，你让我和于政委的脸往哪里放？你高风亮节，倒是显着咱们的集体不懂事了。再说了，这种事你自己解决，别人以后遇到这种事是不是也要自己解决？"

"啊？不是不是。"白松这才明白自己做得不对，这种事情确实应该跟集体说。

"嗯，你是新来的，我也不多说你。那个李汉也脑子不好使，天天看历

第四十二章　归途（4）　|　151

史看多了,回头我得开会批评他。"马支队依旧面色铁青。

"别啊,马支队,这事是我的问题,跟李师傅没有任何关系!"白松都快急哭了。

第四十三章　表彰会议

白松怎么说也是七尺男儿，追捕那个可能有枪支的骗子时他没有害怕，面对手持弓弩的歹徒时他没有绝望，面对摔下山崖的危险时他没有放弃，但是此时他真的有些不知所措了。

自己有错，就是被开除了，他也无话可说，但是李汉啥错也没有，因为自己，导致李汉被公开批评，那白松真的会特别难受。

"那你说，你哪里错了？"马支队刚刚还说了这事情不许周队等人外传，怎么可能在会上公开批评李汉？其实他已经单独把李汉叫到办公室说了这个事了，并请示分局把李汉出的 3000 块钱给补上了。他看白松真的是一块璞玉，必须要好好雕琢一番。

"我……我不应该自作主张，这个事情我应该跟周队商量。"白松握着的双拳垂于小腹两侧，牙齿紧咬，神色低沉地说道。

"就这些？"

"还有……还有，我应该……应该向您请示汇报。"

"白松啊白松！我看你履历，你高中就住校了对吧？加上大学四年，你也是过了七八年集体生活的，怎么这点道理都不懂？"马支队还是决定自己把事情说开了，"集体，是一荣俱荣、一损俱损的。往大了说，咱们分局、咱们市局，往小了说，就咱们专案组，因为工作，谁出了问题，怎么办？假如谁出了事就申请离开，这个集体也就没什么必要存在了！以后谁还敢放开手脚去工作？你这次是因为工作，不得已，害死了一匹马，那你要是害死十匹马，你还去让你爸卖房子吗？"

马支队接着给白松讲了《吕氏春秋》里的故事。子贡赎人而不肯要按照法律应得的奖金。孔子知道后说，唉，从此不会再有人替鲁国人赎身了。子路救人后欣然接受了别人送给他的牛，孔子知道后很高兴，说，从此这样的救人的事情会更多。

"很多事情并不是按照你所想，你高风亮节就对了。你更应该考虑你这么做，是为集体提供向心力还是离心力。"马支队道，"当然，作为公职人员，你也不能像子路那样收百姓的赠品，但是你要知道，到底什么是集体，什么是团结。最关键的是，你以后如果担任领导，你的手下如果出了这种事，你怎么办？"

"我肯定不能让他……"白松这才明白过来，随即说道，"这是因公导致的，我会跟领导汇报，这个事情由组织来处理。"

"嗯。"马支队满意地点了点头。白松的这些事，他从周队和房队那里都了解过了，一方面他对白松的表现很高兴，另一方面他觉得自己也有责任。去那么偏远的地区，自己怎么着也该多派几个人过去。这次虽然没人出事，但是作为领导，还是有责任的。

倒是房程那小子……马支队暗道，还想和自己要人，想得美！就是换成他们支队长，哼，也没戏！不过想到这里，马支队也是暗道房程的运气真不错，这次去茶城一趟，亲手带队抓获了五名犯罪嫌疑人，与大洱县书记的照片在网络平台传播得很火，受到网民热捧，都说肌肉惊人的房程是什么最帅特警队长。

马支队跟白松聊了聊具体的情况，表达了关心，并让白松去找会计把7000块钱领了。上午马支队向局领导汇报了这件事，已经通过了。

白松离开了马支队的屋子，还有些恍惚。他第一次明白集体到底是什么意思。

这个世界上，那么多高智商犯罪，有的甚至是好几个高智商罪犯合伙，但是终究会落网，归根结底，还是警察更为团结。

荀子曰："人，力不若牛，走不若马，而牛马为用，何也？曰：人能群,彼不能群也。"那些一个侦探破获各大奇案的传说,也只能出现在文学作品里。个人还是必须依靠集体的。

下午的会议以表彰为主。南疆省海关给天华市海关写了一封感谢信,盛赞天华市公安干警的英勇与机智,一举抓获了整个犯罪团伙。

九河区公安分局田副局长主持会议,带来了市公安局及九河区委区政府、公安分局局长的鼓励和问候,并指出,这一次出差的干警,打出了九河分局的威风,维护了天华市公安的良好形象,促进了社会和谐……最后他表示,对于参加这次行动的同志们,分局将申请相关奖励。

会后,白松听李汉讲了讲,乐得合不拢嘴,这又是一个三等功啊。什么时候三等功这么好拿了?白松都感觉有些梦幻了。很多民警工作一辈子也拿不到一次三等功,但是他才上班二十天,这已经是第二个三等功了。

李汉说,这事给白松一个二等功都可以。那两个歹徒可是都架上弓弩了,白松那是拼了命的!如果白松负了轻伤,这次准能立二等功。白松摸了摸自己的胳膊和肚子,表示立功虽好,还是身体健全才能为祖国做更多更大的贡献。白松摸自己的样子惹得李汉哈哈大笑。

会后专案组又开了个会,主要是通报近期案件进展的情况。

首先是根据李某的线索,进一步扩大了李某的相关人员群体。一共有三十多人被叫来做了笔录。除此之外,专案组还做了很多细致的工作,没在会上讲。看得出来,这段时间大家都没闲着,案件的信息也越来越多。

工作会开完以后,白松找来案卷,开始仔细地研究这周的案件进展,阅读每一份笔录。一直到晚上8点多,白松看得差不多了,才想起自己还没有吃饭。

第四十四章　同学

食堂没饭了，白松出去吃了点东西，脑子里还在回想今天看的这部分笔录和证据。

躺在床上，白松一点也不困，因为他已经睡了一上午。他打开手机，发现QQ里有很多未读信息。虽然白松用的不是智能手机，但是还是有手机QQ的，他本来以为是马志远发来的，结果打开以后才知道，班级QQ群里竟然有上百条信息。

白松上线了，QQ群里立刻一堆人找他聊天。他翻了翻聊天记录，才发现，自己在大洱县和当地领导握手的照片竟然上了新闻，而且还是热门新闻，在各大论坛都有转发。之所以能火，是因为房队长的那张照片实在是太帅了，但是新闻里也着重强调了白松空手制伏两名带着武器的歹徒，引发网上的一些评论。

其实，这新闻只是在警察圈子里很火。而白松的大学同学，现在基本上都是警察，大家看到了这条新闻，在群里转发一下，实属正常。

"行啊，你小子，这下子要出名了啊。"宿舍的几个哥们调侃道。

白松好几天没在群里和大家聊天了，同窗四年，一朝毕业，各奔东西，但是大家的感情都非常好。身处南疆省昆市的同学在群里大肆"指责"白松，来了南疆省居然不找他。白松看着大家的关心和调侃，还真的有些感动。

有几个关系不错的，还和白松单独聊了几句，询问了一下安全情况，白松说完，大家也都放心了。

一个熟悉的头像亮了起来："怎么样，最近？"

白松点开QQ，沉默了一会儿。

赵欣桥，白松的大学同班同学。与白松相同的是，她也是个思维敏捷的人，在学校的推理社团里，白松和赵欣桥都是高手，毕业后，社团里还流传着他俩的传说。与白松不同的是，赵欣桥是杭城人，家境十分优越，目前就读于华清大学研究生院，是一名刑法系研一学生。

"还好。"白松回复道。

"嗯，是你想要的生活吗？"过了差不多三十秒，赵欣桥打字问道。

"也许吧。"白松静静地靠在墙上，思绪纷飞。

"我一直想问，你当初没考研，选择去天华市，是为了你父亲的那件事吗？"

"也许是因为我不那么爱读书吧。"白松没有正面回答，问道，"你过得怎么样？是你想要的生活吗？"

"华清与咱们本科大学不同，学习氛围很浓，别的活动少了一些。"

"那，你加油。"白松鼓励了一句，就放下了手机。

过了十几分钟，白松的电话响了，是大学同学周璇。周璇，人如其名。

"白松你什么意思啊？"

"啊？"

"听说你受伤了，同学们关心你，你怎么这样啊？"

"啥？"

"你以前不这样啊，白松你变了。"

"没有。"

"你就是变了，你不能这样。"

白松醉了："姐，我错了，有话您请直说，别绕圈子了。"

"哼，我刚刚和欣桥在一起呢，你怎么惹她不开心了？"周璇气鼓鼓地问道。

"没，我哪敢惹她不开心？对了，你没事去人家学校干吗？"

第四十四章 同学

"哟哟哟,有些人不敢去,还不许我去了?"周璇想了想,还是说道,"白松你变了。"

又来了,白松脑仁儿疼。他大学同班同学里只有五个女生,其中只有周璇是上京市的,毕业后也留在了上京,但是没有当警察,也不知道她现在干吗,总之每天都很闲的样子。

"对了,不逗你了,反正我们家欣桥最近在华清的研究生院可是追求者众多啊,你以后别后悔。"

白松只得回答道:"姐,求求你别操心了,没有影儿的事情啊。你别乱讲话。"

"好了好了,那些我不管了,我就是问一下,你这次去南疆是不是超级刺激?"周璇话语里满是好奇。

"刺激谈不上,倒是遇到了几次危险,还好我命大。"白松简单地说了一下。

"喊,不想说我还懒得问。我就是想知道,新闻上说的那个走私的玻璃种的翡翠,是不是特别好看?我妈说最近要给我买个镯子,但是感觉都不好看啊。"周璇这脑子也不知道怎么长的,想到啥就问啥。

"嗯,挺好看的,但是我不懂这些东西。翡翠,不就是石头吗?"白松倒是没什么感觉。

"你懂啥啊?我看网上那些漂亮的翡翠照片,超好看的好吧!而且这东西好一点的,贵得可没边儿了。"周璇一副嫌弃白松土包子的语气。

"反正我觉得黄金是好东西,就算是带着穿越回古代也能换口饭吃,翡翠有啥用?"白松继续发挥直男思维。

"跟你说这个你也不懂。黄金那玩意多俗!有钱人谁戴那玩意?有钱人、有品位的,都是翡翠、玉石、手表、文玩,你说说你,在上京读这么多年大学,这你都不懂。"周璇接着道,"不过幸好你不懂,你要是懂,那么大的翡翠,不得让你犯错误啊!"

"黄金……"白松想到了什么,却始终感觉差那么一点。突然,白松一下子想起了一件事，直接从床上滚了下来，手忙脚乱地把穿上衣服，扣子都没有系顺，就噔噔噔地上了楼，敲门。也许是心里有点激动，虽然这会儿已经很晚了，但是白松敲门的声音没控制住，还是有点大。

"请进！"马支队的声音传了出来。今天有一些东西要写，明天又要去分局开会，马支队还没休息。

白松推门进了屋子。

"是你啊白松，怎么了？有什么事？"马支队放下了笔。

第四十五章　刑事传唤

"马支队，我要汇报一个……"白松想了想，说道，"个人猜想。"

"哦？快说说！"马支队面露期待之色。

"嗯，是这样的马支队，咱们这个案子的所有案卷，我都翻了两遍。其中有一些笔录是我参与取证的。我清楚地记得，有一个叫王千意的人，他是一家金店的老板，他在笔录里说，李某曾经在他店里定制了一款230多克的黄金首饰。"白松顿了一下，"以李某的财力，购买这样的首饰倒是不难，但是首先，我们可以排除她近日要结婚的情况，毕竟我们没有任何这方面的线索；其次，我认为正常人也不会选择这么大的定制首饰去送人，这还不如送一根投资金条；最主要的是，根据我们近日掌握的线索，李某十分喜欢翡翠首饰，而不喜欢黄金首饰。"

"嗯？"马支队沉思片刻，"你去把王千意的笔录拿过来。"

白松立刻转身跑下了楼，找人拿了钥匙，把案卷抱了过来。

马支队拿着案卷笔录，看了几分钟，说道："你的意思是，这个王千意，是有问题的？"

"是这样，我认为李某不可能去定制这样的金首饰，因而王千意的话，可能是假的。"

马支队翻了翻案卷，点了点头："你去通知今天值班在岗的所有人，到我办公室开会。"

指令很明确，连夜传唤王千意。传唤、询问、传讯、提讯……这些词对于公安部门来说，是必须精准掌握的，绝对不能用错，使用的文书手续也完全不同。就拿传唤来说，分为治安传唤和刑事传唤两种。这两种传唤表面上区分不大，最多都只能传唤二十四小时，实际上性质却完全不同。

六人的队伍，直接奔赴王千意的家。

王千意不在家，经查，正在外面饮酒吃饭。专案组用了不少手段，天亮的时候，王千意被带到了专案组，酒意未醒，脖子上还有好几个口红印。等待王千意清醒的时间里，专案组开了个会，这一个晚上整理和收集到的王千意的信息都摆在了桌子上。

经营金店，可不像经营饭店、超市这么简单。能经营起来的，都是很有本事的人，而王千意也就是这样的一个人。从资料里得知，他曾经是个穷小子，后来跟人合伙搞过房地产，经历过股市大牛市，在几次投资中都收获颇丰，现在在鲁省烟威市还有一个矿业集团的0.3%的股份，价值在一千万元左右，在天华市经营一家金店。

大家看着王千意的情况介绍，简直无语了。这是小说主角吗？这一辈子也太顺了吧。家庭情况，王千意家庭幸福，妻子在首都一所大学担任副教授，女儿在天华市的大学读大二。按照这个情况，王千意是杀人凶手的可能性并不大。

中午时分，几名经验丰富的刑警开始了对王千意的审讯，白松和孙杰、李汉一组，前往银行调查账务问题。这套手续白松和孙杰都不会，跟着李汉就是去学习。

"李哥，你说，这个王千意是凶手的可能性有多大？"孙杰问道。

"这个谁也不敢说啊，案子这东西，不到法院判决，谁也不能说我们抓的人有罪。"李汉说道，"我倒是感觉，他那种人干吗要杀人？你这法医做的时间还是短，时间长了就会发现，但凡是命案，除了失手打死，都是有着很深的仇怨才引发的杀人。多大的仇需要害命呢？"

"反正也不是什么好人，早上把他带回来的时候，你看那个样子，家庭这么幸福，还在外面瞎搞，真不知道他老婆知道了会怎么想。"孙杰撇撇嘴。

"哈哈……这小子，怎么也想不到，咱们这么大一个专案组，居然去查

第四十五章 刑事传唤 | 161

他的生活作风问题!"李汉有些好笑,王千意在外面包养小三这个事情,估计他家人都不知道,这家伙躲的,专案组都找了他一晚上!

要知道,这个专案组可是市局组建的,各个技术部门的人员都抽调了不少,就这样,找一个王千意都找了一晚上,可想而知他的"地下工作"开展得多么"专业"了!大家差点都以为他是杀人凶手且已经畏罪潜逃了!

"是啊,"白松也有些无语,他也差点以为王千意跑了,结果忙活了一晚上是这个结果,"你们说,这男人有了钱是不是都这样?"

"这话题不讨论。"李汉摆摆手,"你还是年轻啊,这么不明白呢?"

"怎么了?"孙杰好奇地凑了过来。

"当警察啊,这辈子也别想有钱了!"李汉道,"瞎想那么多有啥用?"

银行的事情忙完,回到专案组已经是中午时分。

专案组的会议室里,此时正坐着七八个人。

一方是专案组的周队等三四个人,另一方是两男一女三人。其中一个一身正装,十分考究,里面穿着衬衣,头发丝毫不乱,看样子很像律师。另外两人,白松打眼一看,都眼熟。

怎么会都眼熟?这个女孩,白松可以说认识,就是曾经在健身房门口和饭店都见过的那个女孩。但是男的,白松怎么也想不起来是谁,在哪里见过了。

白松这才想起来,为什么第一眼看到女孩面熟,原因很简单,她是王千意的女儿,长得和其父有七八分相似。看来真如王华东所说,这姑娘是有钱人家孩子出来体验大学生活。但是新的疑惑再次萦绕在白松的脑海:这个男的是谁?为什么会眼熟?

白松的记忆力一向很好,虽然说达不到某些侦探电影里那种能过目不忘的境界,但是基本上看到的人或者东西一定会有印象,对细节的记忆尤其深刻。

第四十六章　王若依

白松等人进了会议室，直接坐在了周队附近，和对方三人面对面。白松没看对方，低着头想着事情，想了一会儿没有收获——这会儿两边人正说着话，白松没法集中精力。他抬起头来，一下和这姑娘对视了。

周队和对方律师的交流并没有达成一致意见。律师确实比普通人有一些特殊的权利，比如说能够和正羁押在看守所的嫌疑人进行面对面交谈，而家属则不行。家属一般只能和已经判决了的罪犯在监狱里会面。

拘留所是执行治安拘留的地方，最多只能关押二十天；看守所是对刑事案件当事人进行刑事拘留、逮捕、拘役等暂时羁押的地方。但是传唤，则只是叫到派出所或者警队短期询问的行为，这段时间最长不超过二十四小时，律师是无权探视的，家属亦然。

当犯罪嫌疑人被刑事拘留后，如果不是国家安全犯罪或者恐怖主义犯罪，那么律师可以申请见当事人。办案机关和看守所必须要在四十八小时内同意接见。

对方律师想跟周队了解案情，周队只字不提，对方希望会见，周队也暂时没允许，只是告知对方律师，如果王千意需要找律师，会通过警方联系他过来签委托合同。并且周队表示：第一，刑事传唤的时间，一定不会超过二十四小时；第二，如果执行了刑事拘留，一定会在二十四小时内通知家属。

现场的家属就是这个姑娘，叫王若依，今年十九岁，是王千意的独女。王若依看了白松好几眼，她可没想到，那天晚上在饭店喝酒的这位，居然是警察，怪不得那天底气那么足。

王若依这一方主事的人是王千意的这一家金店的店长，律师就是他请来的。最终双方还是达成一个共识——三位先回去等消息。

三位离开后不久，周队等人也就撤了，白松准备回宿舍休息，出了会议室却发现王若依没走。

"你居然是警察？"王若依就等着跟白松说这句话呢。

"嗯，是。"白松倒是没觉得啥，"你咋还没走啊？"

"家里出这么大事，我也不急着走啊。"王若依大眼睛眨了眨，"我爸他到底犯了啥罪啊？"

"保密。"白松脸色一板，虽然姑娘漂亮，但是原则性问题必须保密。

"行，没事。他昨晚没回家，警察来找他也没找到，但是早上找到了，估计晚上又出去鬼混了，哼。"王若依鼓起了腮帮，气鼓鼓地说道。

"呃，你就别瞎想了。"白松无奈地摇了摇头，看王若依的表情不太对劲，这是想套他的话啊，随即挥手告别，"我先走了，以后有机会再见。"

别说两人还不算熟悉，就算是好朋友，这种事也必须回避啊。

"被我猜中了吗？"王若依看着白松的背影，站了几秒，扭头带着两个男子就离开了。

王千意被传唤来了以后，极不配合。这次跟上次不同，上次还是很配合的，这次一直闹腾，称这次把他传唤过来是非法的，影响了他的生意，有可能造成极大的损失。而实际上，他就一家金店，他还不参与具体业务。对警察讯问的问题，他基本上只字不提。民警对其讯问，之前提供的李某购买金首饰的单据是否为造假，王千意也不说话。这东西还挺难鉴定真假，因为李某确实一向使用现金。

下午，专案组获得重要线索。王千意拥有的一家首饰加工厂，曾经购买过高压水刀切割机。得到这个消息，专案组所有人都神情一振！大家纷纷看向白松，心想，这个年轻的小伙子又一次猜中了？

然而事情没这么简单，这家首饰加工厂，王千意是拥有一定股份的，但是并不控股，控股方是本市一家有着7家连锁金店的大企业。这里的水刀切割机早在八九年前就买了，主要是用于加工和田玉、青海玉、翡翠等原石。这家加工厂的员工有数十名，有几位还是雕工大师级人物，持股的几方都不是普通人，为了这个水刀切割机而大张旗鼓地把所有人叫来询问，也是不现实的。

切割不同材质的玉石和材料，需要的磨料不同，水压不同，就连水刀的直径也不同。这是一台多功能的高压水刀机器，造价极为高昂，基本上每天都会使用。马支队派人对一些磨料进行了取样，也没多做什么。

讯问和查证一直持续到了晚上。水刀切割机那里的调查，有了小小的进展。

如果说王千意中午时的表现可以归结于酒没醒，这会儿再什么都不说，老侦查员们都觉得他有问题。加上有了一点证据可以佐证，马支队报分局，申请对王千意进行刑事拘留。

刑事拘留，是公安局和检察院都可以使用的一种强制手段。公安局这边，一般情况下最多可以刑拘七天，如果犯罪嫌疑人有流窜、结伙、多次犯罪的可能，那么可以延至三十天。若刑拘期间没有任何进展，那么不仅要释放王千意，如果王千意申请，公安局还得进行国家赔偿。

现在这种情况，分局领导开了会，决定先进行刑事拘留。

马支队压力非常大，一旦七天内任何进展都没有，王千意必须要释放，而这一旦释放，再想找什么线索，案件侦办的难度就会再次增大。

第二天一大早，王若依带着律师和金店店长就到了支队，律师申请见王千意，看守所那边定的时间是明天下午，三人表示同意，就离开了。

三人来的时候，白松也在。王若依今天穿着一件灰色的冲锋衣，戴着围巾，靓丽可人，她一直频频看向白松，白松却只能装作不认识她。白松可不想因为和王若依见过几次，把自己回避出专案组。也正因为如此，白松的眼神一直在金店店长身上。昨天看他眼熟，今天却没那种感觉了，细细打量一番，这人只能算是个大众脸的中年人。

第四十六章　王若依

第四十七章　想哭的华东

白松注意到，这个金店店长也戴了一块很不错的手表，颇有些成功人士的样子，但是隔得比较远，白松也不懂好坏，心想此时王华东要是在就好了。

王若侬等人在这里只待了几分钟，交谈就结束了。白松有点心事，还是最后一个走，结果出门的时候，王若侬果然还在等他。其实这也是人之常情，如果我们有家属被公安局带走了，肯定也想找个勉强算是熟悉的人，多了解一些情况。

如果这是某个派出所，以这几位的人脉，怎么也能知道一点事，但是这次的专案组都是精挑细选的人，很多都不是本区的人，再加上保密守则摆在那里，因而这三位到现在还不知道是啥事。

"别走啊哥哥，"王若侬看到白松要走，立刻上前问了一句，"你知道我的名字了，我还不知道你的名字呢。"

"对不起啊各位，有什么需要的，明天让律师去会见吧！"白松看向律师，"请遵守律师的守则。"

"这一点，警官你可以放心。"律师伸手和白松握了握，"你们的情况，我可以理解，这事情一定是个误会，以后，我们还有很多合作的地方。"说完，律师给白松递了一张名片，白松婉拒了。

接着，白松又和金店店长握了握手，王若侬也伸手过来，白松迟疑了一下，轻轻握了一下，就告别了。

白松迅速回到会议室找出一张白纸，唰唰唰地画了起来。

"白松，"周队长的声音传来，"忙什么呢?"

"没事。"白松画完了，纸上跟鬼画符一样难看，"周队，您有什么事?"

"我也没啥事，就是问问，这个王千意的女儿，你认识?"

"哦，以前见过两次，一次是……"白松也不避讳，直接就把事情给周队说了一下，并把这两次的会面也说了一下。

"嗯，没事，我就是问问。"周队和白松也接触了一段时间了，还一起出过差，就怕白松年轻，遇到漂亮小姑娘把不该说的说了。

"周队您放心，保密条例我背得很熟。"白松笑得很轻松。

"嗯，你不错，还得继续努力。"周队说完也放心了。

"周队，我一会儿要出去一趟，我去找朋友。"白松拿出自己手里的A4纸，"我去一趟三木大街派出所。"

"去吧。"周队也懒得问，直接就准了。

白松应了一声，去找李汉借了电动自行车，骑着去了三木大街派出所。

"这是啥?"王华东看着白松拿来的A4纸，一脸无语。

"别问那么多，我就问你，这是我今天看到的一块手表的样式和品牌的样子，你跟我说，这表是啥牌子的? 能值多少钱?"白松画的，是刚刚和金店店长握手的时候，看到的对方的表盘。

"你这……"王华东皱眉，"你这画画的水平，这是让我纯靠猜吗?"

"你看，就这里，"白松指了指画的标志，"这里是个挺漂亮的十字，挺奇怪的，就好像，好像核武器防辐射那个三个瓣，变成了四个，而且每一个的尾巴还往里面缩，还有就是这个表盘，就是这里应该有两层……"

"早这么说不就完了，你画什么啊?"王华东无语了，"你说的那个，叫江诗丹顿。"

"值钱吗?"白松呼了一口气，自己的表达能力真是不错啊。

"怎么说呢，他们家的表，价格一般都在六七位数。"王华东说道，"你在哪看到的? 我跟你说，这个表其实并不是很小众，因为品牌十分有名，造

第四十七章 想哭的华东 | 167

假的可是如过江之鲫，你一般看到的99%是假的。"

"假的？"白松迟疑道，这个真假，说实话他完全分辨不出来。

"是啊，这虽然是顶级品牌，但是假表太多，尤其是他们家的表，有的表盘上没有品牌标志。表盘上标志的那部分，那可是造假的重灾区。"

"要这么说，我就没办法判断了。"白松有些失望。

第四十八章　父亲的经历

白松骑着电动车回去，心里十分高兴，兄弟就是兄弟啊，看来以后还是得常来……

回到刑警队院里，停好车子，手机响了起来。

徐纺。

迟疑了几秒，白松接起了电话。

"忙什么呢？大警官。"徐纺开口问道。

"忙倒是不忙。有什么事吗？"

白松这才想到，王旭曾经安排自己给徐纺打电话通知她来所里取笔录，没想到徐纺还把电话存下了。

"不好意思打扰你了。但是我身边也没别的警察朋友，只能问问你了。"徐纺有些不好意思地说道，"是这样的，我和我朋友在讨论一个东西，现在我们存在争议，麻烦你帮忙判断一下。"

白松无语了，这姐姐是什么情商，咱们之间有那么好的关系吗？怎么这点事能想起来给自己打电话……倒也不好意思拒绝，白松说道："我不一定懂，你问吧！"

"嗯，是这样的，就是说，假如张三在机场待着，手机没电了，他就把手机放在机场的手机充电台上面充电。机场那个充电台你见过吧，就是上面有一堆充电接口那个。他放在那里充电，坐在距离充电台几米的地方，就一直盯着手机。结果这时候，李四过来，看到上面有个手机，直接拔下手机就跑。张三看到了就开始追李四，没追上。后来李四被抓。"徐纺问道，"你说，

第四十八章　父亲的经历　| 169

这个李四是盗窃还是抢劫或者抢夺?"

"当然是……"白松刚要说抢夺,还是忍住了。这个故事里面李四的行为能算是抢吗?白松愣了愣神,这啥啊,喂,我已经毕业了啊,不考试了。

"你没事问这个干吗啊?啥事都没有怎么想起来问我这个了……"

"不好意思啊大警官,我朋友里没有懂得啊,我表姐和我都快吵起来啦!你帮我们裁决一下,啥时候你来爱荷花园这边,我请你吃饭。"徐纺说道。

"等我一会儿给你打过去啊,一会儿再说,我这边有事。"白松找了个话头,就把电话挂了。

真是的,咱们有这么熟悉吗?白松在心里吐槽。

但这题,不会答……这种情况,到底是盗窃还是抢夺?抢劫肯定是不可能。如果说是盗窃,那么这是光明正大地拿啊。如果说是抢夺,连一点身体接触也没,怎么能算是抢夺呢?

这就触及知识盲区了……问谁?问谁都不合适啊。白松有些惭愧,大学的时候,兴趣爱好发展了不少,法律学得还真的不是很深刻。

问老爸吧,反正他也是老警察了。

"喂……"白松拨通了父亲的电话,把这些说给父亲听。

"这个里面有抢的过程吗?"白玉龙问道。

"没有吧。"白松想了想,说道。

"什么叫没有吧,就是没有。"

"嗯,没有。"

"没有,不是盗窃是什么?"

"可是,可是……"

"没有那么多可是。你对盗窃罪的理解不正确,盗窃罪从来没有规定必须是秘密窃取,所谓窃取,是指小偷违反被害人的意愿,把被害人的东西转移到自己手里的过程。"

"是吗?不必须是秘密窃取吗?"

"你自己去翻法律书去。你这咋学的?"白玉龙吐槽起自己儿子了。

"嗯,有空了,我得好好学一学了。"白松点点头,"谢谢老爸,还是你懂得多。"

"喊,少捧我。你上次出差回来,这几天怎么样了?"

"挺好的。"

"你之前跟我说你调到专案组了,怎么样?案子有头绪了吗?什么时候结束?"白玉龙有些担心。白松前几天出差的事情他知道,新闻也看到了,只是他没问。白松一个人制伏两人,外人看着只会说好棒,父母看着就不是那么回事了,更何况白玉龙又不是不懂这里面的凶险。

"还那样呗,爸,我们这是保密案件,你不能问的。"

"臭小子,你爸我见过多少案子,我才懒得管你在办什么案子呢。"白玉龙沉默了一会儿,"只是,一定要注意安全。"

"知道了爸,你别担心了。"白松不知道为何今天老爸的话比以前要多很多。

"你们这个专案啊,我也能估计个八九不离十。你不用回答我,我知道,肯定是命案,而且要么是死了不止一人,要么是碎尸案,总之都不是什么简单的案子。这种案子,我跟你说,一定要细心,还要小心谨慎,你听明白了吗?"白玉龙教导道。

"爸,这个你放心,我无论办什么案子,都会这样的。"白松保证道。

"行啊,套不出话,不错不错。"白玉龙说道,"就着这个电话,我想说的倒不是这些。你既然也走了这条路,这案子也算是你参与的第一起大案子了,我想说的是,一定要做好失败的准备。"

"失败的准备?"白松一愣,他还真的没有想过父亲要说这个。

"嗯,是这样。我听你说你之前抓了个穿山甲,又抓了个通缉犯,前几天去一趟南疆省还立了功,倒是有你爹我当年一半的风采……"白玉龙也不脸红,白松在南疆省的事情,虽然危险,好在没出什么事,他身边的不少同事都知道了这件事,有不少人和他打招呼的时候提到这个事,露脸啊!顿了一会儿，他接着说道："但是你一定要记住，这天底下，虽然没有什么犯罪是完美没有漏洞的，但是一定有很多案子会真的成为悬案，这个是受客观规律制约的。也许几百个聪明人合伙犯的一起案子，最终轻松告破，而一个人把另一个人推下山崖就成了悬案，你明白吗？"

"爸……"白松挠挠头，"我觉得天底下的所有案子，都有一大堆的线索有迹可循吧？只要警力足够，用心去办理，所有案子都能破获的。"

"是，你有这个心态自然是好的，对待任何案子都不能灰心。"白玉龙道，"给你讲一个我的经历吧。"

第四十九章　白玉龙的历史

翻开新时代的卷宗，放眼全国，这么多案子中，有那么几起案子，历经数十载，都没有什么明确的进展，至今还要投入大量的人力物力。

某大的这个案子，白玉龙算是比较了解，但是有些东西依然涉密，他不能跟儿子表述清楚，只是那起案子的失利，直接导致他的自信心受挫。越是自信和有能力的人，有时候在擅长领域受到巨大打击，越是耿耿于怀。

"爸，你还参与过这个案子？天哪，你没跟我说过！"白松有些震惊，这案子实在是太有名了。当时上大学的时候，老师曾经在课堂放过一些照片的幻灯片，有的同学看到照片都吐了，可想而知，那场景简直是人间炼狱！

"没捉到人，有什么可值得说的。"白玉龙哼了一声，他后来出了点事情，离开了刑警队，跟这起碎尸案的失利不无关系。

"那也很厉害啊。爸，你说，这个杀人犯得多厉害啊！"白松好奇地说道。

"那倒不一定，杀人的我估计大概率是普通人。"白玉龙嘱咐道，"记住，不要小看任何人，哪怕是一个人畜无害的小孩子，也不要轻易灰心丧气。"

"爸，你放心吧。"白松拍拍胸脯保证道。

白松和父亲打了一会儿电话后心里踏实了很多。警察是一批拥有专业素养的群体，简而言之，还是脱离不了人这个范畴，除非拥有小说里的那些超能力，否则办案就是仔细研究、大胆求证的过程。

对这些事情了然于胸后，白松给徐纺回了电话，说明了这个情况。徐纺很高兴，看样子和她的观点相近。

"大警官，你看样子最近好忙哦。"徐纺道。

"嗯，很忙，没办法，工作嘛。"

"嗯，前几天，我去了一趟你们所里，所里的人说你被借调走了，是不是忙什么大案子呢？"徐纺不知道为何好奇心爆棚。

"保密，别问，谢谢。"白松突然想到什么，"你去所里干吗去了？"白松的印象里，这个徐纺还是有点宅的，跟派出所有什么交集呢？

"行行行，肯定是有大案子了呗，以后如果有什么不涉密的案子，记得给我讲讲，我对这些可是超级感兴趣的。"徐纺虽然胆子不大，但是对于各种案子有着很浓厚的兴趣，当初想养穿山甲做宠物，这就不是一般人会有的想法，徐纺道，"去所里，签立案告知书呗。你们上次来带走的那个可爱的小穿山甲，你们所里的一个帅帅的民警跟我说，已经立案侦查了，这案子没什么被害人，但我是报警的当事人，于是立案了，就跟我告知一下。"

"立案了？什么案由？"白松心道自己怎么不知道这个案子居然立案了。

"好像是非法买卖野生动物。"徐纺道，"我听说你们所里有个民警前一段时间去了南疆省呢，在那边遇到了一个盗猎野生动物的团伙，结果这只小穿山甲和那边一个盗猎的人的口供对上了，所以就立案侦查咯。"

白松想到，估计是第一次去村里的时候遇到的那个孙毅等人抓的人，难道是他自己供出来的？真的如马志远所说，他想改过自新了吗？

这也太巧了吧？很多事情，巧到了一定程度，就有问题了啊……

和徐纺聊了几句，徐纺说了声感谢，要请白松吃饭之类的话，就挂了电话。

白松拿着车钥匙，走进了大楼，到了会议室附近，他一下子想起来在哪里见过金店店长了。穿山甲那个案子，监控录像。对，就是他。金店店长，是爱荷花园的住户！

这就有问题了，爱荷花园在九河桥派出所辖区内属于不错的房子，但是在九河区就算很一般的了，在天华市更是不入流。一个戴得起江诗丹顿的人，会住在爱荷花园吗？还有一个问题，一个金店的店长，即便他有这家金店的一点点股份，收入又能有多高呢？

巨额财产来源不明罪，是一个只能处罚国家工作人员的罪名，对于金店老板不能套用这个罪名。这个白松还是知道的，因此他准备时刻关注这个人。

回到宿舍，孙杰正在收拾东西。

"干吗呢？用我帮忙吗？"白松问道。

"不用，来这里带的东西不多，一个背包而已，我自己能收拾。"孙杰道。

"啥意思啊杰哥？你要走了？"白松有些疑惑。

"是啊，专案组要裁员，我是被裁掉的那一批人，当然要走啊。"孙杰无所谓地说道。

"裁员？为什么要裁掉你？孙哥，我觉得你很厉害很专业啊。"白松十分不解，"是马支队让你走的吗，还是市局的那几个法医？"

第四十九章　白玉龙的历史

第五十章　人事变动

"想什么呢？"孙杰无语了，怎么还搞得跟要分手了似的，"市局的法医也要撤了啊。案子到了现在，专案组进度并不是很好。有的路已经穷尽了，有些部门的人已经完全帮不上忙了，最明显的就是我们这一批人，留在专案组意义不大。能对尸体做的工作已经很少了。各种尸检报告、现场痕迹报告等都已经弄完了，剩下的工作我们完全插不上手啊。"

白松这才点点头，他听说孙杰要走，刚开始还真的有点吃惊，听孙杰这么一说，确实也是这么个道理。公安局又不是只有这一起案子，现在专案组的情况，确实不需要法医了。

"除了你们还有谁要走吗？"白松问道。

"嗯，我听说要裁减差不多一半的人。现在基础工作也没那么多了，你估计也待不了多久吧？"孙杰收拾完了东西，试了试分量。

白松此时想起了父亲说的事情。在白松眼里，父亲就是一个无所不能的人，也许树立这种形象是一个合格父亲应该做的事情。当年父亲被借调到那个全国闻名的大案子里几个月，最终没有什么突破性的进展，还是回到了老家，由当地的民警继续侦查。这种办案难度很高的案子，有时候会有这样的结局。

"走就走呗，这也是没办法的事情。"白松也想明白了，"晚上一起吃饭啊。"

"行啊，你小子请客。去了一趟南疆省，破了那么大的案子，还没庆祝庆祝呢。"孙杰拍拍白松的肩膀。

"好。那晚上见。"

白松帮孙杰拿着包,两人朝着停车场走去。

"对了,我昨天晚上做了个梦。"孙杰突然说道。

"什么?"

"也够有意思的,我做梦梦到李某了,她跟我说她是被一个男人始乱终弃的,说她怀孕了,等等。然后我也没理她,早上醒了才想起来还有这么个梦。"孙杰打趣道。

白松无语了,法医就可以真的这么神经大条吗?这难道不是噩梦吗?难道不应该半夜惊醒吗?没理她是什么意思!

"那然后呢?"白松接着问道。

"然后我早起又看了一遍尸检报告呗,我可以很负责任地说,死者李某绝对没有妊娠现象。"孙杰对自己的专业素养很有信心。

"所以你想跟我说什么?"白松没听懂。

"也没啥,就是悟出来一个小道理,跟你分享一下,"孙杰打开了车门,坐了进去,"这天下啊,终究是人组成的,什么鬼啊神啊的,都是扯淡,最可怕的永远是人,也只能是人。我跟你说,"孙杰启动了车子,认真地说道,"白松,我们法医都是无神论者,为什么我们不怕尸体,因为尸体是最安全的,远远比活人要安全。"说完,孙杰开车绝尘而去。

昨天,有的派出所实在是太忙,已经把借调的同志要了回去,马支队和市局的同志们开了个小会,大体定了基调,明天开始专案组的人员将裁减四成,法医等借调人员暂时回到原先的工作岗位,其他人员继续展开相关工作。

公安局不是只有这一起案子,就连九河分局刑侦支队,也不仅仅就这一个专案组。"10·22"专案组成立至今也十几天了,一直是三四十人的配置,确实给其他的工作开展造成了一定的影响,暂时裁减一部分也是必要的。

除此之外,相关技术人员和借调的派出所的同志们,工作量也逐渐减少，目前也只能这样了。

白松暂时还没有离开办案队，而与他比较熟悉的人都已经撤了，李汉也撤了，剩下的基本上是刑警队的人了。知道自己没有被撤回，白松还特地给所里的同事打了电话，询问了一下穿山甲案子的情况。

事情果然不出自己所料，确实是马志远的那个发小，供出了自己还卖过别的野生动物，其中一只穿山甲被卖到了天华市，这只穿山甲的下腹部有伤。经过比对，果然是这个情况，因此所里就此事正式立案。

专案组人员裁撤之后依然是马支队做组长，但是市局的领导同志已经回去接手别的案子了，只留下三四名办案人员。

"现在我们开个会。"马支队主持专案组的会议说道，留下的十五六个人都是对案件比较了解的同志，马支队对现在留下的队员都比较熟悉，"案件的情况我不多做介绍，现在王千意已经被刑拘了，还有六天的时间，如果没有确凿的证据就要释放，这个大家也都明白。这次开会呢，大家有什么想法都可以谈谈，集思广益。"

刑警的做事风格比较直接，大家有想法的都直接说了出来。有的提出，可以根据那台水刀切割机的相关证据，给检察院提交提请批捕意见书，对王千意进行逮捕，把羁押期限延长至两个月；有的提出使用一些技术手段，了解更多的证据；还有人提出要对王千意的家进行搜查。

搜查这一条马支队等领导同志表示认可，大家都把该说的说完了，白松四顾，也说了自己的想法——对金店店长进行传唤，并且签发他家的搜查令。

此言一出，大家议论纷纷，有几个人直接就表示白松这样扩大办案范围，对案件开展不利，如果过几天把王千意释放了，公安局容易被提起行政诉讼。虽然公安局不怕这个，但是对于专案组来说总不是好事情。

"说说你的想法。"马支队对白松十分看好，抬手让大家安静一下。

"是这样的，昨天和今天我和这个金店店长见过两次，实际上，我以前还见过他一次。"白松语出惊人，"10月18日那天，我在九河桥派出所出警，在一户居民家发现一只穿山甲，后来我们没有什么其他线索，案子暂时搁置。现在，这个案子已经立案调查，立案原因是这一次我去南疆省，和我同行的孙毅警官抓到一个偷猎的嫌疑人自供其罪。"

第五十一章　搜查与抓捕

对于老民警而言，白松这样的见习民警其实十分稚嫩，但是这段时间他的所作所为，又让人不能小觑，因此白松讲起这段事情的时候，大家都认真在听。

"这个盗猎的人自述曾经盗猎过一只穿山甲，有特殊伤痕标记，与我们出警遇到的是同一只，因此已经立案。当时，我调取了出警现场周围二十四小时的录像，结果在录像里，我曾经见过这个金店店长。当时我查过他的信息，他就住在爱荷花园，我就没有多想。但是，后面的两次见面，我觉得不太正常，他只是一个金店的店长，但是戴着一块价格相当昂贵的手表，价格保守估计六位数，这个与他的身份不符。"

白松看了看大家，有几名老刑警已经若有所思，他鼓足了勇气继续说道："我觉得，我去那么远的地方，在南疆省茶城市大洱县下面的镇乡遇到的一个嫌疑人，恰好和天华市九河区有关联，这实在是太巧合。我个人认为，房队、周队带领我们抓的那七个人，不仅仅从事非法走私翡翠制品，在他们与李某的交易过程中，大概率还存在非法买卖野生动物这种情况。如果我这个猜想没错，那么那个盗猎者就是通过庹大旺等人进行销售，将珍稀野生动植物运输到天华市的。而且，还卖到了跟李某有关联的人手里。如果这么说，就彻底说得通了。

"从这个角度来说，从事非法生意的金店店长，他就有足够的财力购买奢侈品，或者购买走私的奢侈品。我听说这样的名表，走私过来价格会低很多。"

大家都陷入了沉思，过了一会儿，周队问道："白松，你说的这些，能证明这个金店店长是犯罪嫌疑人，还是想证明王千意是杀人凶手呢？"

"都不是。"白松道，"我的想法是曲线救国，先对金店店长进行搜查，如果发现了买卖野生动植物的违法问题，不仅仅能对他进行刑事拘留，相关证据足以对他进行逮捕。这个店长做事不够周全，又喜好名表，我个人认为从他身上突破是不难的。他的个人关系，明显远远不如王千意，很多渠道估计都是王千意的，如果王千意真的涉嫌买卖野生动物，那么，我们可以以这个案由，对王千意进行呈请批捕。这样不就多出了很多办案时间？"

"大家还有什么好的主意吗？"马支队望向专案组众人，没人搭话。

"我倒是觉得白松说得很好。"马支队见没人说话，对此表示了肯定。这个案子成立至今，白松屡建奇功，虽然也有很多人员在调查身份、验明正身、查询关系人、技术研究等方面有着不俗的表现，但是每个关键的节点、线索最匮乏的时候，白松总能有着不一样的想法。他接着说道："那就赶早吧，周队，你带上四个人，带一份搜查令，去金店店长那里，对房屋进行彻底的搜查，带上警犬；张队，你带上三个人，今天晚上天黑之前，我要在咱们支队里，见到这个金店店长。老孙……"马支队迅速安排起工作来，除了白松，其他人基本上被安排了出去。看到白松的特殊待遇，有不少人颇为羡慕，但是这种事，不佩服不行啊。很多人不得不承认，即便把自己放在白松的位置，经历了同样的事情，如果不那么细心，不那么认真，也不会有白松的这些推理。

很快地，整个屋子里的人就走光了。

"白松，"马支队脸上含着笑，"在专案组这段时间，过得惯吗？"

"过得很好，谢谢马支队关心。"白松回答道。他现在虽然还听不懂领导这些话里有什么意思，但是他已经知道了，领导说这些话，一定是有什么更深的含义的。

"嗯，前两天啊，你们单位的李教导员，又给我打电话了，说所里人手不足，让你回去。你说，你觉得所里和刑警队哪个好呢？"马支队问道。

第五十一章　搜查与抓捕　　│　181

"我听领导安排。"这是送分题啊……白松心想,哪边也不能得罪啊。

"你呀,从哪里学的这些?"马支队笑骂道。

还不是被你们逼的……这句话白松没敢说出来。这个事情他其实还和父亲商量过,父亲的建议是,刑警队固然是职业的大案要案侦破部门,但是还是应该有一点基层工作经验,两到三年为佳。

公安工作是一个全面的工作,并不是只有大案要案,接触群众、治安案件、社区管理、户口信息等,都是一名合格警察应该懂的事情。派出所工作虽然又累又杂,但是能在派出所待得住的人,都不是一般人。

但是这句话可不能跟马支队说,这一说就感觉自己不懂事了,白松只好闭口不言。

"我听说,你父亲也是警察?"马支队自然不会随便许诺什么,换了话题问道。

"嗯,是的,我爸当了二十多年警察了。"白松点点头。

"老警察啊,"马支队点点头,"那你父亲是什么警种呢?"

"户籍警。"白松老老实实地回答。父亲当户籍警已经有些年头了。

"户籍警……"这个答案倒是让马支队始料不及啊,他本还以为,白松的父亲一定是刑警,还想说一下传承啊什么的,只能点头说道,"户籍警也不容易,这工作得能坐得住,很考验耐心。"

说白了,人事调动可不是马支队说了算的,这是分局领导和政治处的管辖范围,如果白松想留在刑警队,马支队就可以长期把白松借在这里,等白松见习民警的"见习"二字摘掉的时候,找局长把白松要过来就是。毕竟白松的工作能力,是有目共睹的。但是白松好像不是很感冒,这个就有些麻烦了。一想到李教导员得逞的那个样子,马支队微微有些烦。

"你去找一趟张队,今天跟着他,去抓人。"马支队挥挥手。

"是!"

第五十二章　追捕

　　马支队之所以这么重视白松，主要还是因为，白松是比较少见的指挥型人才，白松擅长整合线索、探索细节，挖掘新的线索。其实这个比起一些专业性很强的部门人才还要少见。

　　比如说法医，想培养一名优秀的法医，至少要本科五年、研究生三年，外加几年实践。但是想培养一名优秀的指挥型人才呢？也许培养几十个人，也只有几人可堪大用。

　　白松出去的时候，张队正准备出发，白松连忙跟了过去，说明了情况，张队表示欢迎，一行五人，开着一辆大车就出发了。

　　"你老家是哪里的来着？"张队问道。

　　白松十分客气地回答完，和张队聊了几句家常。张队和周队一样，都是刑侦支队二大队的副队长，今年已经四十多岁了，经验十分丰富。

　　"一会儿去抓的这个人，就直接去金店堵他。我、你还有小刘，咱们三个走前门，老李和小孙堵后门，难度应该不大。"张队语气很轻松。

　　"嗯，没问题张队。"白松点了点头。

　　"事情不难处理，这个诸葛勇还不知道我们要传唤他，你进去别说话，看我眼色行事。"

　　"没问题。"众人都表示同意。

　　这家金店地处一家商场的一楼，装修相当不错，人流量也算是可以。张队带着白松和小刘一起进入金店的时候，三人都舒了一口气，店长诸葛勇正在忙活呢。张队走在前面，直接走向了诸葛勇。诸葛勇一抬头，心中咯噔一下。他这几天去了两次公安局，也丝毫没有什么担心的，但是现在警察来找自己，怎么回事？王千意那个杀千刀的把自己供出来了？不然，为什么几个警察气势汹汹地向自己走来？完了，一定是了，那个地方还有……

诸葛勇给了一个员工一个眼神，装作没看到几人，缓缓地离开了柜台。

这个商场的地形比较怪，电梯、扶梯相互搭配，除此之外，有多达四处的楼梯，也就是四条消防通道，这也是为了消防验收容易一些。而这个金店里恰好就有一个小门通往消防通道。

张队看到诸葛勇有跑的意思，而且身后的一处小门并不是老李和小孙堵的那个门，暗道一声"糟糕"，急忙向前走去。

诸葛勇撒腿就跑，白松和小刘看到诸葛勇的动作，一下子就冲了过去。一米多的柜台，白松借着助跑，一个翻滚，后背接触柜台，直接就进入了柜台里，而小刘也是很快地进入了柜台里。

诸葛勇平日养尊处优，怎么能跑得过两名年轻的干警？大约半分钟，白松和小刘就把诸葛勇从消防通道里押了出来。

"通知一下你们的小老板，过来接管一下你们的店，这两个人我们带走了。"张队指着诸葛勇以及他的员工。

顾客被刚才的一幕吓得够呛，但是好奇的人更多，很快，金店就被围了好几层。

张队倒是很高兴，这还抓了俩，意外之喜啊。他不由得对白松的分析有些佩服，这个诸葛勇，百分之一万有问题。从人群中把两个垂头丧气的男子押了出去，群众纷纷叫好。

这种情况，实在是太过于明显了，明晃晃的手铐外加认罪伏法的两人，无不彰显出正义与邪恶的天生对立。

押解着诸葛勇去他家的路上，诸葛勇如丧考妣。很难想象，昨天衣着考究、精神焕发的他这一刻的心里在想着什么。一路上，车里非常安静，没有一个人说话，诸葛勇的心里，却无比恐惧。

诸葛勇和王千意早在十几年前，就做起了走私的买卖。20世纪90年代末期的走私市场，比现在要猖獗得多。据说90年代初期北部的一个大国解体的时候，某些行业飞速发展。到了王千意开始进入这个行当的时候，很多市场已经被划分得利润极为稀薄了。

诸葛勇其实是王千意的前辈级人物了，但是他远不如王千意胆大、脸皮厚、心狠。但是诸葛勇并不傻，他认识王千意的时候，就知道这个人以后能成大事，反过来帮着王千意完成了几票大的，然后成功上岸转型，开始做合法生意。其实这些年经济还算是不错，但是合法收入自然远不如非法收入来钱快，有门路有销路的诸葛勇自然不会放过一些额外的快钱。

王千意心狠，对诸葛勇亦然。金店店长，一个月工资才5000块钱，够谁花？这些年，利用金店店长的门路，诸葛勇主动扩展了不少"业务"，也赚到了不少钱。但是王千意确实是神通广大，很多事情做得天衣无缝，这么多年了也没被发现，诸葛勇虽然苦于被抽血，也只能老老实实地跟着王千意。

王千意招了？干违法生意的，即便是拜了把子，也没什么可信的，该出卖的时候，比卖菜都熟练。即便诸葛勇再相信王千意，此时，他也知道这次的事情谁也保不住了。

车子到了爱荷花园，张队安排老李、小刘、小孙都留下，看守那个店员，和早就到了这里的周队等人会合，一起上了楼。一行六七人，浩浩荡荡，全程录像，进入了诸葛勇的这处房子。

诸葛勇此时有些缓过神来了。怎么来的这里？不是基地吗？看来王千意没有彻底供出来？现在家里什么动物、什么东西都没有啊。想到这里，诸葛勇恢复了点神色，脸色重新有了点狠色。

开门，进入。

并没有想象的那些笼子等东西，这看着就像是一处没有人居住的房子。

"几位警官，您是不是搞错了？"诸葛勇谄媚地笑道。

如果诸葛勇之前不跑,张队还真以为白松的猜想存疑,但是之前诸葛勇跑的那一幕,傻子都能看出来有问题。想到这里,张队把周队叫到一旁,附在周队的耳旁,把自己的想法和周队交流了一番。

第五十三章　供述

"上警犬。"周队和跟来的一个民警说道，跟来的民警立刻出去打了电话。

不多时，有两个警察从电梯里走了出来，后面跟着两只黑白相间的史宾格犬。这是一种中型运动犬，源于英格兰，赤胆忠心、嗅觉灵敏，理论上，它们可以闻得到被稀释了一千万亿倍以上的血液气味。是的，一千万亿倍，就是说把一滴血滴入一个游泳池，它们都能分辨出来。

诸葛勇明显对整个屋子都做过细致打扫，甚至还有可能有消毒等处理，但是完全没有用，很快地，两只史宾格犬就闻到了刚刚它们的主人给它们闻过的穿山甲的味道。桌子后面的墙缝里，有穿山甲的挠痕。

诸葛勇此时还没看明白这是什么意思，但是两只警犬安静地等待奖赏的表现让他心悸。

"诸葛勇，"张队笑道，"你认识这狗吗？"

"不认识。"诸葛勇强作镇静，"警官你这是什么意思？"

"不认识不要紧，我给你介绍一下，这种狗，是一种即便你把这套房子刷一遍油漆再抹一遍灰也能闻得出来房子里有穿山甲气味的优秀警犬。咱们啊，都是成年人了，别让我瞧不起你，说那些没有营养的话没有意义。难不成还得我取下这里的挠痕，取出里面的细胞组织做个 DNA 比对，你才死心吗？呵呵，那就没意思了！"

诸葛勇眼睛瞪得很大，他明白了，跑掉的那只穿山甲出事了！警察是怎么把它和自己联系上的？这不可能啊！这都多少天了？想着想着，诸葛勇就感觉有些血糖不足，身子有些轻飘……

接下来的工作就变得简单了起来，九河桥派出所的案子被专案组拿了过来，并案处理。对诸葛勇和店员进行了分开审讯。

白松坐在提讯室里，听着老刑警们专业的审讯，认真地听，努力地分析与学习。

手机突然收到了一条信息："厉害哦大警官，那只穿山甲的案子，被你们破了吧，人抓到了吧？棒！"

是徐纺。这么多人在她家楼下转悠了半天，又抓了人走，还有警犬，以徐纺这爱推理的性格，能猜出来也是正常。

"保密保密，任何事情，不要外传。"白松想了想还是回了一条信息。

"没问题，你先忙，忙完了记得跟我加我微信。我的微信号是……"

微信是什么？白松没明白，是一种新的联系方式吗？

他听说过QQ、人人网、微博……这是什么？一听名字，感觉很小众啊……白松的手机也不支持下载这些乱七八糟的软件，他也没多想，就继续参与审讯了。

这个诸葛勇和店员，经过审讯，坦白了很多违法犯罪行为。

王千意、诸葛勇参与了数起走私野生动物、非法买卖野生动物、走私翡翠、走私黄金的案子。店员则是近日诸葛勇发展的小弟，也参与了两起案子。

除了审讯这些问题，最关键的问题就是李某的事情。这一点，店员一无所知，诸葛勇则是供述，李某是他们的合作伙伴。

李某出现的时间不长，只有短短几年。这个时候，王千意已经是团伙的绝对领导，金店也开了起来。李某是王千意介绍给诸葛勇认识的，她一出现就深受王千意信任，他们之间一起从事过几起走私翡翠的违法行为，除此之外，李某和诸葛勇之间的交集并不深。李某的出现，从一定意义上来说，影响了诸葛勇的收入，因此，诸葛勇对其一向是有些厌烦的。

"李某有哪些密切联系的人呢？"审讯员问道。

"这一点我不太清楚,李某和我的联系并不多,她主要是和王千意比较熟悉,看着她我就烦。说起来,有日子没见她了。"诸葛勇好像突然想到了什么,"是她!把我供出来了对不对?我就知道!我跟王千意说过,这人不行,他不听!"

敢情诸葛勇还不知道李某死了?

诸葛勇的话不能全信,但是也不像是作伪。前一段时间,警察大量找人来询问。诸葛勇和李某之间没有什么联系,倒是没有找诸葛勇问过,而王千意不知道出于什么原因,也未曾和诸葛勇提过这个事情。

诸葛勇供述的几起犯罪行为,有好几起和王千意有关,这一点和被抓店员的供述基本相符。接下来通过这些来寻找案子的其他线索进行定罪量刑,难度就小了很多,因此王千意是肯定要面临数年以上徒刑的处罚,对于这起专案的办理有了很大的帮助。

这倒是让马支队不知是喜是忧。喜的是,通过专案组侦查,一起跨省的走私案浮出水面,涉及国家珍稀野生动植物和相关矿产,怎么说也是明晃晃的成绩了。但是李某被故意杀害这起案件依旧没什么突破。

专案组人手并不多,现在有一半的人在办理诸葛勇的这些案件上,已经解救了几十只野生动物,其中包括一只国家三级保护动物,还有价值十几万的翡翠原石也被证实和王千意、诸葛勇等人有关。除此之外,其他的案件有的较为久远,佐证还需要一定的时间。

11月14日,王千意等人的刑事案件拘留期限被延长至30日。因为多了诸葛勇这一同案犯,刑拘的时间延长了,就目前案件的进展来说,月底左右逮捕,也不过是时间问题了。

整个周六周日,大家也都没闲着,周一周二两天,白松获得了两天的休息时间。

第五十四章　大学舍友

白松已经忙了快一个月了，从上班到现在，除了第一个周末休息了，就没有再连续休息过两天的时候。话说，即便是第一个周末，还经历了李某的那个现场……

之前约好了请大家吃饭，前几天忙案子也没时间，白松就约了 15 日晚上吃饭，也就是明天晚上。这两天，他和马支队以及李教导员都请了假，还去分局批了假条，要去一趟上京市。

今天是 11 月 14 日，大学舍友郑朝沛的生日。

当初毕业的时候，全班只有白松一个人选择了天华市，其他人则大部分去了超一线城市或者家乡。奉鸿鹄之志，义无反顾，天涯四海仗剑行。弹指四年，一群共和国的预备警官，如潜龙归隐，回归家乡，保一方安宁。

毕业至今已近半年，白松再次回到上京市，心中莫名有些小激动。

白松宿舍有六人，有两个上京本地人，留在了上京市。一个是郑朝沛，这哥们家里非常有钱，有钱到什么程度呢？他在大学宿舍的柜子里，都有自己放钱的保险柜；他担任学生会主席的时候，学生会的花销都是他个人承担。另一个叫李正，老上京人，酷爱恐怖片、悬疑片，却是一个什么事都喜欢抱怨的人。

郑朝沛毕业当了巡警，每天的工作都不忙，也没什么太大的追求，每天按时上班执勤。当然，郑朝沛可不是什么傻瓜富二代，这哥们的投资理念非常强，对国际金融和国内的一些经济形势眼光都很独到，上大学的时候，家里给了一些钱，他却用这些钱赚到了三四倍的钱，在学校里也十分有名。在传说中男女比例七比一的警校，还能被不少人倒追，也算是厉害了。警官大学的同学们都十分低调，这种情况下，郑朝沛能达到这个水平，确实是厉害。

白松一直觉得，郑朝沛这样，毕业了也不会当警察，就算当了警察也是一周就辞职，实在没有想到，他还真的踏踏实实当了几个月警察。

下了高铁以后，换地铁，七八站地，二十多分钟就到了郑朝沛家。这会儿是上午10点，白松到的时候，郑朝沛刚刚起床洗漱完。

"好久不见啊，松哥。"郑朝沛高兴地接过来白松手里的箱子，"难得啊，你这是给我带生日礼物了？我去，还挺沉。"

"哈哈……"白松捶了郑朝沛一拳，"你想多了，打开看看吧。"

"哈哈……这个好。"郑朝沛看着一箱子大红富士苹果乐了，白松老家烟威市盛产苹果，往常每年这个季节都会成箱地给大家带。白松带这个来，礼轻……好吧，也不轻。

"最近我看你风头挺盛啊，"郑朝沛道，"我听老林他们说你上次去南疆省的那个案子，还一起侦破了你们天华市的一个犯罪集团？你这有二等功了吧？"

"哪有二等功，多大点事啊。话说老林怎么知道的？这么大领导还有空关注我这等小民？"白松说的老林，是大学的区队长林雨。警校的班级一般是叫区队，说林雨区队长也行，班长也可以。林雨也是上京人，为人很低调，毕业后直接去了公安部，确实也是厉害。

"松哥你不留上京市真的可惜了，以你的能力，在上京市，我敢说，二十年，不，十五年你就能穿上白衬衣！"

"行了，咱们两人就别贫了。你以为我是你们啊？上京市这个房价，啧啧，留下了我租房都租不起。"白松摆摆手，"你这有啥吃的？我还没吃早饭。"

郑朝沛的家位于三环附近，一百七十多平方米，地理位置非常好，装修得非常简约。事实上，白松这也是第一次来，不过他知道这里只有郑朝沛自己住，倒是丝毫不拘束，直接就去厨房找吃的了。

"急啥？"郑朝沛道，"我妈好几天没来了，我这没现成的，我叫点外卖，我也吃点。"郑朝沛掏出了手机。

"叫啥外卖，你这冰箱里啥都有，随便做一点不就成了？"白松问道，"你家菜刀在哪？"

郑朝沛应了一声，直接过去给白松帮起了忙。

几个简单的小菜，白松倒是得心应手，很快就做出来了。

"行啊，看样子还是单身一个人。"郑朝沛调侃道。

"喊，还说我，你呢？"白松可是知道，郑朝沛大学四年也是单身。

"哼哼。"

"不对。"白松看到了郑朝沛的眼神，"有了？"

"没，怎么可能？我要想找，早就找了。"郑朝沛摇摇头。

"当我第一天认识你？行啊，这么快就有了。"白松想了想，"你一直待在警队不辞职，是不是因为你们那里有个你喜欢的小姐姐？"

"我去？你行啊你！松哥，你果然是当刑警的料啊！"郑朝沛算是默认了，吃了一大口虾米炒鸡蛋，"嗯，当厨师也行。"

"可以，有前途。"白松竖了竖大拇指。

"得了，别说我，你和那谁怎么样？"

"你咋跟周璇一样了？这玩笑可别开了。我现在的目标啊，就是四五年之内想办法在天华市凑个小房子首付，安家立业再说吧。"

"松哥，这可不像你的作风。钱这种东西，是最没用的……"

"是，我也不是一个爱钱的人。"白松笑道，"不然今年初有几个公司来咱们这里招保安主管我就去了，据说年薪15万？但是现在啊，还是得考虑基础的生活设施不是？"

"嗯，也有道理。"郑朝沛道，"要不这样，你回头有钱了，放我这里，我给你做理财，保证年利20%以上，嗯，不，30%以上。"郑朝沛拍拍胸脯。

第五十五章　相聚

白松力气很大，与鱼做了不到一分钟的拔河，就顺着鱼挣扎的方向，把鱼拖出了水面。

"哇，好大！"周璇有些惊讶，这鱼少说也有五斤了。

兴凯湖鲌，又叫翘嘴白鱼，是一种体长侧扁的凶猛淡水鱼，肉质极为细嫩味美，这一条，足足有五六斤了。

"行，算你厉害。"周璇举了大拇指。

"哈哈，可以可以。"郑朝沛很高兴，让服务员把鱼带走，一会儿做成主菜，"拿面团都能钓上这种鱼，你这是什么运气啊？这鱼是吃肉的吧？"

"运气运气。"白松笑得很开心。

再次下竿，白松虽然激动，但是脾气已经稳了很多。刚刚大家都不上鱼，也许就是因为这条兴凯湖鲌在附近，鱼儿都跑得差不多了。沉下心来，钓鱼才有乐趣，否则，就纯粹在浪费时间。

钓鱼看运气吗？当然。即便是最好的钓手，有时候也要承认，运气很重要。钓鱼有时候和办理案件相似，都是靠时间和技术来提高完成结果的概率。把这个心态放在工作上，白松又开始想案子了。

有鱼，白松一愣神，提了竿。没咬上，刚刚走神了，错过了最佳的抬竿时间。

不多时，林雨、李正等人都来了，大家都是在上京市上班，这几个月也聚过几次了，所以看到远道而来的白松，都十分高兴，纷纷上前拥抱。

来了差不多一半的人了，白松等人也不钓鱼了，看到这些老同学，白松开始说起自己刚刚钓上一条大鱼的"丰功伟绩",大家其乐融融。

除了郑朝沛的几个同事,来的人白松基本上都认识,都是年轻人,没那么多讲究,好好一个中式的聚会,大家一高兴,搞得不伦不类的,西餐洋酒都上了。

郑朝沛的同事里,有一个很漂亮的女警察,姓杨,叫杨美乐,警花级人物,白松瞅了郑朝沛一眼,心里哼哼了两声,就明白了。看着郑朝沛现在过得不错,听听林雨吹吹牛,再听听李正发发牢骚,周璇瞎聊会儿天……仿佛又回到了学生时代。

白松这次来上京,除了参加这个聚会,他还打算明天回一趟学校。他问过师弟了,明天正好有一节李教授的课,在阶梯教室上课,他打算去听。白松不是犯罪学专业的学生,但是上学时,只要是课程不冲突,李教授的犯罪心理学课程他一定会去,现在毕业了,有机会回来,还是要回一趟学校,听听这个课。

聚会很开心,不一一细表,晚上白松自己找了地方住,没有去郑朝沛那里。本来郑朝沛让白松过去,但是大家都喝酒了,白松不想麻烦同学,就自己找了个离学校很近的小宾馆,沉沉睡去。

第二天一大早,白松在学校附近的一家快餐店吃了早点。这里是白松待过四年的地方,一草一木都很熟悉,他站在学校门口,望着校门有些出神。

"你果然在这里。"白松的身后,传来一个女孩的声音。

白松心脏一颤,他不必回头,就知道是谁。

"怎么今天有空来这里?"白松转身,微笑道。

"没课,来听李教授的课。"赵欣桥的话倒是让人挑不出毛病。

"好巧,一起吧。"白松邀请道。

"嗯,一起。"

跟以前的队长说了一声,两人就进入了校门。警官大学还是很严格的,外人想进入并不容易。走在校园里,白松也不知道说些什么,一直到了阶梯教室,都没人说一句话。

"还有半小时才开课呢。"白松看了看表，嘟囔了一句。

"走啊，校园里转转。"赵欣桥嫣然一笑。

"好啊。"

志同道合之辈总是有共同语言，白松和赵欣桥就是如此。但是白松比较喜欢动，喜欢全国各地穷游；赵欣桥则喜欢安静，她最喜欢的，莫过于在图书馆一待就是一天，在警校这种环境下，实属少有。白松对于各类案子、犯罪行为有着很强的钻研能力，而赵欣桥更多的是一种求知欲。

"最近忙什么案子呢？"

"嗯，有一起碎尸案。"白松答道。这个案子目前具体的侦办情况是涉密的，但是并不是说整个案子都涉密，事实上，案子一发现，公安局就做了警情通报，只是影响力没那么大，知道的人并不是很多，毕竟这会儿自媒体还没那么发达。

"哦？就是你出差的那个专案吗？听起来很有趣的样子。"赵欣桥饶有兴趣地说道。

"嗯。"白松明白，赵欣桥这种兴趣，并非好奇，于是把一些已经公开的、不涉密的情况跟她聊了聊。

"照你这么说，这也是一起严重暴力犯罪了。"赵欣桥沉思了一会儿，"别的我不懂，但是，如果从犯罪心理学上来说，这种手段残忍的严重暴力犯罪，让我给杀人犯做一个犯罪心理画像，那么这个人的残忍手段很可能来自早年的心理创伤……"

白松饶有兴趣地和赵欣桥聊了起来，赵欣桥虽然没什么办案经验，但是聪慧异常，见解也很独到。不一会儿，半小时就过去了。

在警校上学的时候，所有的课，学生都是身穿制服，这个季节是春秋常服，因此教室后面几个穿便装的人颇为显眼，但是李教授的课就是这样，旁听的总是有的，这也是常态了。

赵欣桥经常来，而李教授也是认识白松的。白松上学的时候，总是站起来提问，给老师留下了深刻印象。倒是很多师弟，此时心里不是滋味。赵欣桥可是师弟们公认的女神,每次来这里,可都是一个人……

警校禁止留长发,赵欣桥的头发毕业后未曾剪短过,现在已经垂肩。如果说一个人美,皮肤、轮廓、身段等,都是衡量标准,但什么也比不上一双望穿秋水的双眼。如秋水,如宝珠,如一捧挑遍了银河才找到的星碎,吻在了她的双眸之上……

第五十六章　犯罪心理学

李教授站到了讲台之上，向大家微笑，点了点头："同学们好！"

所有学生异口同声："老师好！"

前排站起来一个学生，向老师敬礼，老师回礼。

"报告老师，犯罪情报学系与公安情报学系、公安管理学系2009级学生，应到213人，实到213人，报告完毕，请指示。"

"上课吧！"李教授优雅地笑了一下，汇报的学生随即坐下。

李教授今年已经五十多岁了，慈祥、安静，因学识沉淀的气质显得格外典雅。

若有气质藏于身，岁月从不败美人。所谓身着三尺金，不及腹中玉。腹有诗书气自华，不外如是。

白松不由得看了一眼赵欣桥，再过三十年，也许她也是这个样子吧。赵欣桥抬起头，看了一眼白松，浅笑了一下，似乎看出了他心中所想，歪了一下头，又正了回来，拿着笔唰唰地记起了笔记。

"我们今天的课，主要是讲高智商与高学历人员的犯罪心理学问题。"李教授语速极其平稳，娓娓道来。

"这些年，随着素质教育的开展，本科生入学率已经很高，而硕士研究生和博士研究生在应届毕业生里也已经不在少数。我们却心痛地看到，很多接受了高等教育的天之骄子，他们并没有处在不好的社会环境，没有什么过大的家庭压力，亦没有必须犯罪的生活压力，但是实实在在地在他们身上发生了一些骇人听闻的恶性犯罪案件。

"马某、药某杀人案,在网上一度引起轩然大波,这些案件引发了社会的极大关注,甚至让人无法理解。

"药某,大学生,开车撞到一个无辜女孩之后,他带着刀下了车,用刀把一个无力说话的女孩给杀了。

"人,有的时候出现的一瞬间的反应,这种一念的现象,我们可以称为观念。观念的'观'就是感知,在感知的同时,会出现一些想法或者看法。很多接受了高等教育的人,他们在成长时期,父母灌输的思想永远是,成绩第一,成绩好等于能力好,成绩差意味着大棒加拳头。

"我们看到,有的时候,一个人做一件事,真的是不需要思考。比如说有个孩子掉入了河里,有人想都没想,就跳了下去把孩子救了上来。在这一刻,他并不会也没时间去权衡利弊,他脑子里只有一个观念——我要救人。

"为什么有的人会在那一刻出现救人的观念?而其他会游泳的人不会呢?这就是一种观念。

"人之初,我们没有什么观念。观念的产出和发展,是自身一切价值观的体现。孩童时期,不知道什么叫脏,后来父母教育,脏了要洗,脏的不好,孩子就逐渐养成了不喜欢脏的观念。很多孩子看到的、听到的东西,成了他在发生事情、产生观念的最主要影响力。

"一些高学历的人,一直在做着正确的事情,从小就受到父母不断灌输的、不断矫正的价值观。他们一旦在一瞬间做错了一件事,该如何处理?他们不知道,也不知道错事中,正确的观念应该是什么。

"药某这起案件,已经撞了人,当年他供述的是,他怕这个女子会给他带来麻烦。"

心理学,从不是什么新兴的学科,自有了社会的那一天起,这就是研究热门。李教授的这节课,白松大学期间是上过的,此时此刻再来听,与学生相比,别有一番触动。严重暴力犯罪、系列连环杀人、杀亲案、情杀案、图财、激情杀人、高智商犯罪、未成年人犯罪……研究这些本身,对降低犯罪率没有直接作用,但是通过研究、分析案件,不仅有助于办案,其实也应该推广于整个社会的教育。

当老师讲的东西是你愿意听的那部分内容,时间就会很快,一共一个半小时的两节大课,一转眼就结束了。

白松收拾了一下笔记,这会儿已经 11 点半了。

"去食堂吃饭吗?"白松问道,虽然学校伙食在大学的时候吃得有点腻了,但是好久没来还是有些怀念。

"不去了。"赵欣桥看着师弟们大跨步地离开阶梯教室跑向食堂的身影,双眼微微眯起,嘴角略微上扬。怀念的警校生活呀。

白松也笑了,确实是这个时间的食堂人太多了。

"那,门口快餐店?"

"好。"

白松和赵欣桥是好朋友,这一点毋庸置疑,但是男女之间的友情,被人误解就太正常了,尤其是周璇这个大嘴巴,天天说,搞得白松都很不好意思,有时候不得不故意躲着点,反倒是让人觉得他不爷们了。

一份怀念已久的土豆牛肉盖饭,白松吃得很香。这家小饭店,虽然不大,但是味道相当不错,人也很多,有些闹腾,却又十分干净。赵欣桥当年也常来这里,一碗面吃得津津有味。

太闹了,两人根本聊不上什么话,饭后,白松送赵欣桥去坐公交车。

"我今天听了这个课,感受与以前上学的时候确实不同。"白松憋了半天,说了句废话。

"你是想说,这就是你不继续上学的理由吗?"赵欣桥眨了眨眼。

"你要这么理解,也可以。"白松对这个问题并不执着。

"嗯,当然。你现在在一线,接触社会,肯定有一些感触。"赵欣桥拿出了自己一直抱得很紧的笔记本,递给白松,"这个,送给你。希望对你有帮助。"

白松看了一眼赵欣桥,欣然接了过来,珍而重之地收下了。

"等我这个案子破了,如果有功勋章,我送给你。"白松想了想,说道。

碧波般清澈的眼神里,难得出现了一丝惊异,赵欣桥笑容里嵌着梨涡,微微抿嘴:"这东西怎么能送人,你当警察当傻了?"

第五十七章　4vs12

赵欣桥的字迹，娟秀有力，字如其人。笔记本上的东西，少部分是这几个月来听李教授的课所记，大部分还是刑法学的东西。白松明白，她是希望自己继续学习。

刑法有什么难的？不就是犯罪了要惩罚吗？

坐在回天华市的高铁上，白松打开了笔记本，随便地看了几个词："想象竞合？""行为人以一个主观故意实施一种犯罪行为，触犯两个以上罪名，择一重罪处罚。"

"啊？"白松抬头看了看窗外飞逝的风景开始怀疑自己大学到底学没学刑法。

白松翻着赵欣桥的笔记，每个字都能看懂，每句话的意思也都明白，但是合在一起……现在开始，有空就要读书了！先从啃下这本笔记开始！白松暗下决心。

回到天华市，白松先去了刑警队，把笔记本放好，洗了个澡。案件比之昨天，没有什么推进，照这个样子，最多下周，专案组还得裁撤一部分人。有的案子受到客观原因的影响，就是找不到头绪，这也是无奈之举。

还是上次聚餐的四人，还是上次聚餐的地点。这个岁数的男人，还是对肉类比较着迷啊。

"你的意思是，你们也可能走咯？"大家到了以后，孙杰和白松大体聊了几句，问道。

"有可能，但是没信呢。案子现在有些僵住了。"白松道。

"我感觉马支队肯定会把你留下的,案子走到这一步,你居功至伟啊。"孙杰感慨道。

"别,杰哥你别捧杀我了。我就一个办案人员,见习民警,我懂啥啊。"白松拿起啤酒,和大家碰了一个,"行了,为了案子顺利,走一个。"

王亮和王华东虽然没去过专案组,但是这个案子他们也陆续听说了一些东西,也能理解白松的处境,都给了白松一些鼓励。

饭吃了一半,每个人也就是喝了差不多两瓶啤酒,白松心情很好,这两天去上京本就开心,回来还能有三五知己可以闲叙一番,这已经是难得的惬意了。

白松伸了伸懒腰,四望一番,看到了一个肥胖的身影。定睛看去,可不就是上次闹别扭的那个"二哥"吗!上次回去以后,白松就出差了,都快把这个事情给忘了。没想到这次又看到了"二哥",这次他那边只有两个人。

白松盯着"二哥"看,"二哥"也转头瞥了白松一眼,看那架势,早就发现白松了。孙杰、华东等人看到白松的样子,纷纷向白松看去的方向望了过去。

"这哥们还有脸来这个饭店啊?"王亮有些无语。

"谁知道呢。"孙杰道,"遇到他准没好事,少喝点,一会儿还不知道有啥事呢。"

四人有一搭没一搭地聊着,该吃吃该喝喝,但是都把酒换成了饮料。

差不多半个小时,四人酒足饭饱,这时候"二哥"那边的人,已经从两人变成了六人。

这个事情有点不简单了,虽然四人都是警察,白松还是给今天值班的周队编辑了一条短信,随时可以发出。这附近白松他们来过好几次了,周围还比较繁华,如果"二哥"等人想找麻烦,地方其实不多,而最好的地方,就是楼下的一条胡同。但是这条胡同并不是出去的必经之路,实际上,食客们基本上都会从主楼梯下去,根本不会路过那个胡同。难道这几个人想在大街上堵人?

一个服务员慢慢走到白松这一桌，给他们收拾起了桌上的垃圾，小声地说道："老板让我过来跟你们说一声，你们先不要结账了，那个二哥找了七八个人，好像是要堵你们，你们直接从楼梯那里走就行。"

"谢谢了，你还是先算一下账。"白松掏出了钱包。

结了账，白松等人起身离开。走到楼梯那里，"二哥"一下子堵在了楼梯口。今天不是周末，人并不多，楼梯口这里也不怎么被关注。

"别走了哥几个，""二哥"看了看手表，"这么晚了，一起再找个地方吃点饭啊。"

白松把手机短信点了发送，面无表情地看了一眼"二哥"："我劝你不要给自己添麻烦。"

"哈，搞笑！""二哥"脸上的肥肉抖了抖，看向孙杰，"上回就你小子，说什么你是法医？法医了不起吗？给我看看啊！"

说完，两个身材强壮的男子从后面站了出来，一把抓住了孙杰，就要往另一条路拽。白松等人立刻上前，但是"二哥"那边人多，纷纷上来拦住了三人。

孙杰双臂被控制，很快被拉着走出了几米，白松立刻推开身前的人，冲了上去。

这条是安全通道，并不是很窄，但是十几个人挤在这里，白松一时半会儿也没办法冲过去。大意了，白松心里有些着急，这个"二哥"叫来的人有点多。也就是半分钟的事情，几人就到了那条胡同里。

一共 12 个人，都是男子。

"你又没洗澡就来了！臭死了！""二哥"朝着自己那一边的一个衣着邋遢男子的后脖子来了一巴掌。

孙杰此时也不被控制了，四个人就在那里站着，感觉有些怪怪的。

人确实挺多，但是除了控制孙杰的两个人看着像个打手什么的，其他的……老弱病残？这社会混得不咋样啊……

但是白松很快就严肃了起来，对方十二人，都有武器——铁棍。

第五十七章　4vs12

第五十八章 负伤

这些铁棍并不是标准的圆柱棍子，而更像是建筑工地的废旧螺纹钢，前面有切割痕，很是锋利。别看这些人不像是专业打手，但是遇到愣的，也是很可怕的。

"你想干什么？"孙杰朝着"二哥"说道。

"也没别的意思，上次没机会一起吃饭，搞得我很是不爽。""二哥"举起了手，"我也不为难你们，给我拿5万块钱，我请大家伙吃两顿好的，这事就算翻篇了。"

"二哥，你这是抢劫啊，你不是说吓唬吓唬吗？"那个衣着褴褛的男子说道，"这个我不干。"说完，就把棍子扔到了地上。

"是啊，二哥，您给那点钱，这个活我们可不接。"人群里三五人应和道。

白松心道，他还没说话呢，这几个人就开始内讧了？

"什么玩意？""二哥"火了，这什么东西，太丢人了，"你们在跟我开玩笑吗？"

"好了，不要钱了，把他给我打一顿！""二哥"被猪队友激起了怒火，直接拿着棍子就朝着孙杰打了过去。

白松一把抓住了铁棍，也不顾手心火辣辣的疼痛，顺着棍子一拽，一绊脚一转身，"二哥"肥硕的身躯轰然倒地。

"都给我上，谁打倒一个，我给5000块钱！""二哥"哀号道。

功夫再高，在这种环境也会怕，尤其是这里光线很不好。白松大喊一声:"拿铁棍把人打坏了,是要蹲监狱的!"这话真的够傻的,平时说这个话,指定会被人误以为是傻子,但是还真的有一小半的人迟疑了……

冲上来的有六个人,白松直接对上了两人。白松快速躲过一根铁棍,却被另外一根刮破了衣服,他迅速闪身,趁着挥棒的人动作的间隙,果断挥拳,一拳打在了那人的胸口,接着抓住那人的胳膊一拧,把那人推到了一边,却被另外一个人一脚踹到了腿上。白松一个站立不稳,踹白松的人立刻把棍子挥舞了过来。

这会儿王华东已经夺下了他对付的那个人的棍子,看白松这边情急,直接把他对付的那个人向着袭击白松的人这里推了过去。

那人被撞得踉跄,白松缓了过来,拽住了那个人的棒子,直接就给他来了一个肘击。

就在此时,白松身后突然传来了孙杰的惨叫。对付孙杰的,正是那两个强壮的打手,两人很快地就压制住了孙杰,其中一人找准了机会,一棒子就抡在了孙杰的腿上。这一棍子,势大力沉,孙杰一下子就扑倒在了地上。白松一脚踹开眼前的人,立刻向着孙杰跑去。王华东和王亮也抄起了棍子,气势汹汹地朝着两个打手挥舞了过去。

三打二,两个打手直接就扛不住了,剩下的人基本上没什么战斗力,也没人给他俩提供什么帮助,打手就准备先走,谅那个"二哥"回头也不敢不结账。

"王亮,你叫120,看着孙哥,"白松看着两个人准备要跑,"华东,别让他俩跑了!"

外围没有动手的五六人到底还是"二哥"那边的人,两个打手越过他们的时候,直接放行,白松和王华东要追的时候,这几个人就准备上前拦截。两人跑得飞快,眨眼间就到了胡同口,白松也冲了过去,后背挨了一棍子,火辣辣地疼,奔跑的速度受到了严重影响。正当白松感觉要追不上的时候,外面传来了周队的喊声:"不许动!"

来得真是时候!白松这才放下心来。不一会儿,周队带着几个人就进了

第五十八章 负伤 | 205

胡同，跑的那两个打手，应该已经被控制了。

"房队？您怎么也来了？"白松惊喜地上前握手，结果扯到了后背，火辣辣地疼。

"我来不可以吗？我们是常备力量啊。"房队上前，看了看白松的伤，已经有了明显创口，几厘米的划痕已经透过真皮层，深度达三毫米左右："还有人受伤了吗？"

"有，法医队的孙杰。"白松连忙折返，六七名警察跟着他跑了进去。

"应该是骨裂了。"房队长检查了一下孙杰的伤情，道，"不要动他，一会儿救护车来了再说。"

自从房队长和周队长等人一进来，包括"二哥"在内的所有人都噤若寒蝉，什么也不敢说，一点也不敢动。

白松给周队发的短信内容就是，遇到了一伙社会人，大约有10人，可能要对他们不利等等。

今天支队里值班的民警不多，周队收到信息以后，就给房队打了电话，还叫上了辖区派出所的民警，几分钟就赶到了这里。这也就是白松他们胆子大，一般人，在看到二哥叫人的时候，就应该先报个警。白松此时也有些后悔，如果早点报警，孙杰也不会受伤。

不一会儿，120的人来了，把孙杰抬上了救护车，白松等人也跟着去了。这12个嫌疑人被房队等人带走，一会儿直接送到刑侦支队。到了医院，医生先给白松做了清创，接着打了破伤风疫苗。孙杰的X光片显示，孙杰确实骨裂了，而且有严重开放性伤口，留在医院住院。白松说服华东和王亮在这里照顾一下孙杰，他打算回去，好好审讯一下这几个人。

这个案子非常简单，"二哥"的行为可以算上寻衅滋事，而且聚众斗殴。

聚众斗殴这个罪名，关键点不全在"众"上面，"聚"的过程也十分重要，"二哥"摇人来的时候，就属于"聚"的过程。聚众斗殴罪的首要分子和积极参与者罪过比较重，其他的一般参与者处罚略轻。

首要分子当然是"二哥",两个打手和几个动手比较狠的,属于积极参与者。后边良心发现的小混混、看热闹的这些人,可能就不会入刑。当然,这是白松的推论,具体的情况,还要看分局法制部门怎么定,更要看法院如何判决。

事实上,很多吹得很厉害的所谓社会人,并没什么了不起的水平,"二哥"到了公安局吓得啥也不敢说,倒是那两个打手,是两名有前科劣迹的人员,现在为了这么点钱又铤而走险,到了公安局就老老实实地坦白了。

打架用的铁棍,都是来自穿着邋遢的那个人手里,他是做废品回收的小贩。

废品回收……白松突然想到了什么。

第五十九章　重要线索

回到刑警队，白松身上的伤还很疼。从警一个月，受伤两次了……

聚众斗殴案，一般都是派出所直接管辖，这里是新庄派出所管辖范围内，确切地说，刑侦支队所在的区域，也是新庄派出所管辖范围内。

所里的办案区没有这么大，几个小喽啰到了所里，在刑侦支队的这几个都算是主犯，派出所也派人过来进行讯问，白松了解了这个情况以后，跟周队说了一声，就去了新庄派出所。

这起单独的聚众斗殴案件，白松等人属于受害人，是不能参与案件办理的，需要回避。从这个角度来说，九河桥派出所也需要回避，孙杰、王华东、王亮所在的三个单位，都需要回避。

有人不理解，这种情况为什么不属于袭警行为呢？

当然不是。警察是一个职业，是国家的象征，警察不是一个终身性的身份。民警并不比普通人高一等。高一等的是国家、国徽、警徽、制服。袭警为什么比打普通人处罚重？因为你打的不仅仅是一个人，更是国家的代表。

所以说，警察在不执行公务，在下班以后，就没有这个特殊的身份，如果此时被人袭击，那么对方并不算是妨害公务，也不算是袭警，只能算作殴打他人或者故意伤害。当然，即便是下了班，民警发现违法犯罪情况，上前阻止，亮明警察身份，如果还有人过来打警察，那么依然算是袭警、妨害公务或者阻碍执行职务。但是，这里有个需要解释的事情，如何算是亮明警察身份？一般来说，一是穿制服，只要身穿警察制服，就可以算是亮明身份；二是出示人民警察证。

问题就在这里：白松等四人，都是见习民警，都没有人民警察证……人民警察证必须是结束一年见习期才会有，孙杰这种研究生也一样。

因此这种情况，自称是警察没用的，人家根本不会信。再者说，我国即便是目前，依旧没有袭警这个罪名。但随着刑法修正案对警察权益的保护，只要是动手了，就是触犯刑法，能构成妨害公务罪。而辱骂警察，也构成阻碍执行职务罪，可以治安拘留，也就是行政拘留。

白松之所以要来所里一趟，第一就是要配合派出所民警做笔录。白松是本案的受害人，需要配合做笔录。第二是白松想顺便问问这个做废品回收的人一些事情。

现在的人，都是多一事不如少一事，平时警察去问这些人一些事情，肯定都是摇头不知道。但是现在被抓了，有些话就可能说得很痛快了。

穿着邋遢的这个人，叫王刚，是九河区郊区的一家废品收购的老板。其实，做废品收购的人并不是没钱，相反，王刚的收入比起白松应该都差不了太多。但是王刚胆子很小，认识了"二哥"以后，平时大事小情唯"二哥"马首是瞻。这次也是被"二哥"拉来凑人数，但是说到要抢钱、打人，他可是万万不敢。

如果有一天，有人叫你去帮忙打架，不用你动手，仅仅是站脚助威，你去不去？当然不能去！如果这些人把人打死了，站脚助威的，一样要判刑。所以不该凑的热闹不要去凑，长辈的话可不是说着玩的。

王刚第一次进公安局，都快吓死了，警察问什么就说什么。这也难怪，他连"二哥"那种不入流的货色都能那么惧怕，犯了错看到警察，他没尿裤子就算不错了。

白松有些话要问王刚，但是必须回避，这是规定。做完笔录以后，白松还是决定给周队打了电话。

白松的想法很简单，这些收废品的，其实也有着自己的圈子和人脉。现在城市社会，并不像农村，收废品的去家家户户收，很多收废品的，他们都有一大堆朋友。这些朋友，有的是纯粹拾荒者，有的是在各个小区流动收废品的人，也有的是一些大的超市、工厂、工地的人员。

这次白松等人被打，很大一部分原因，就是王刚提供的这些建筑用地的螺纹钢。因此，王刚的错还是很大的。但是白松从不小觑任何人，王刚的人脉和信息，并不一定就比警察要差。他的这些四面八方送破烂过来的朋友，都是一些小广播，平时最爱干的就是把一些有趣的、玄幻的、扯淡的事情到处分享。因此，可以理解为，一个区域的废品收购站的老大，基本上对这个区域的了解程度都很高。

白松跟周队说明了这个情况，目前王刚肯定想立功，想够减轻自己的罪过，一定会知无不言。此时不从他身上掏点有用的或者道听途说的情报，更待何时？

周队听了白松的话，立刻带着人过来了，和白松做了个简单的交流，就开始了对王刚的反复询问。很多事，道听途说，就变味道了，一个事情，传个三四个人，就彻底失去了原貌，但是周队是老刑警，甄别这点信息，易如反掌。

王刚真的是吓坏了，警察告诉他，他提供了案发工具，责任重大。当王刚听到周队说，把一些他听过的近期发生的一些不寻常的事情说出来，如果能根据线索破获案件、抓到或者打击了违法犯罪嫌疑人，就算是立功，立功能减轻或者减免处罚。王刚就像抓住了救命稻草，一股脑地把近日听过的有趣的没趣的、有意思的没意思的、有营养的没营养都说了出来。

白松无心插柳的一件事，这次真的出现了一个重大的进展。

王刚听说，他旁边的收废品的那个哥们，两个多月前，有人开着高档商务车找他买了两个铁桶。因为车子高档，所以被一些收废品的人广泛聊到。毕竟，人都是无聊的。当你在街上看到很不常见的限量版超跑，你也会跟朋友说这个事，这是一个道理。

第六十章　废品收购站

一个多月以前？铁桶？豪华商务车？

周队的心脏一下子像是被揪住，但是极高的职业素养让他依然平静地问完了王刚，随即就拿着本子从讯问室里出来了。

看到周队嘴角的笑容，白松知道一定是有什么线索了，不由得喜形于色。

"你小子，脑子转得真快，这个要是能查实，你功劳就大了！"周队直接把情况给白松讲了一下。

白松本来有点困了，毕竟已经晚上 12 点了，而且还喝了酒、受了伤，听到周队的话，一下子像打了鸡血一样："我们快去问问那家老板！"

"不急，这都晚上十二点了，先回队，给马支队汇报一下。"周队说完，带着白松上了车子。

马支队今天不值班。

当警察吧，就这点不好，即便是不值班，晚上十二点了，遇到事情也要处置，尤其是当领导的，这是没有办法的事情。接到电话的马支队并没有丝毫不悦，认真地听完了周队的汇报。

"周队，你从二大队值班的人里抽两个人，再带上白松，携带必要警用装备，去一趟这个废品收购站。连夜把这个事情搞明白，有线索了及时跟我汇报。"马支队声音逐渐稳定，困意渐无，"无论什么时间，有了重要线索，都尽快给我打电话。"

"马支队，就问个收废品的，我带着白松去就行了。"

"别,大半夜的,人多一点好。"马支队想得比较周全,"尽早去,快去快回。"

周队挂了电话,带上了两名刑警和白松,迅速地开车前往王刚所说的这家废品收购站。

案子到了今天,其实已经发现了很多线索。并不是只有白松这么聪明,也不是只有白松发现了一些线索,而是专案组对诸多线索排查至今,也没有太多是有用的。办案是一个极其考验耐心的过程,为了办案要付出非常多的精力,这个已经远远超过了上班本身。

白松想到的事情,周队问出来的这条线索,并不一定有用,但是大家都抱着极高的热忱,大半夜地前往废品收购站。

这里是一片平房,有一处院子,十分破败,两扇很老的大铁门中间缠着一段铁链和一把大锁就算大门了。周围几十米都是平房,这个时间段已经没了任何灯光。

铁链在铁门里面,说明收废品的这户人家就住在收购站里面。

敲了敲门,里面传来狼狗的叫声,不多时,两条狼狗跑了出来,在门口附近一直汪汪大叫,周队不管不顾,继续敲门。

天气已经很凉了。白松后背有伤,刚刚回队里的时候,他都已经换上了薄薄的羽绒服,其他人也穿上了厚外套。五六分钟以后,院子里面的房间门打开了,一道手电筒的光透着铁门的栏杆,打在了四人身上。

刑警一般很少穿制服办案,四人都穿着便装,废品收购站里的人看到了这个情况,似乎感觉来者不善,回了屋子,拿了根棍子,这才出来。

"你们来干吗的?大晚上的,不收东西,也不卖东西!"男子喊道。

"警察。"周队和两名刑警亮出了自己的警官证。

警官证上的金色警徽在手电筒的照耀下闪闪发光,男子定睛看了看,立刻扔下棍子,拿着钥匙打开了门。

"哎呀,这么大半夜的,几位领导过来有什么事情?"男子一脚踹开还在大叫的一只狗,打开了大门。另一只狗看到这个架势,马上转身跑了,没有给男子踹自己的机会。

"进去，找个坐的地方，有事要问你。"周队面无表情。

男子心里咯噔一声，头脑飞转，怎么回事？前几天收的那两根铜线是有人偷的？上个月在废品里发现的几十块第四版人民币有人要追回去了？最近又有什么人在这个院里做坏事了……

这里的屋子不大，就是三间平房，就男子一个人住。进了屋子，男子很快地打开了烧水壶的开关，拿了几个一次性杯子出来，给四人搬了椅子，四人纷纷坐下。

"豪华商务车？铁桶？"男子想了想民警的话，"我没印象了。我这里每天收的和卖的废品都挺多，我记不清了。"

"你叫什么名字？"周队的声音很平静。

"我叫赵国峰。"男子给各个杯子里放了点茶叶，也不知道是什么茶，接着说道，"各位等一会儿，水一会儿就开。"

周队没有理会男子的话，接着问道："你的身份证号码说一下。"

"1305……"

"哦，冀北省人。"周队语气不变，"赵国峰，我们大半夜来，不是想听你说胡话的，我建议你，去洗把脸，清醒一下。要不然，耽误你今年回家过年了，可就不是什么好事情了。"

周队眼睛微微眯起，双臂抱胸，右手抬起，用大拇指的指头和食指的第三关节托住了下巴："再想想，有些事跟你没关系，没必要包庇，你说对吧？"

有着几十年社会浪荡经验的人，一般都很不愿意给自己增加麻烦。这些人很明白平时如何应对各种情况。但是此时，赵国峰看了看周队的眼光，他明白了，如果接下来自己的话有一句话是错的，都不可能瞒得过这几个警察的眼睛，索性一五一十地说了。

"也不是什么豪华车，是我跟别人吹的牛。"赵国峰把事情的经过讲了一下。

　　差不多两个月以前，或者两个半月、三个月，具体记不清了。一天上午，一个年轻男子开了一辆白色的商务车来了，品牌是某合资品牌，车子价值二十多万，车牌号码记不清了。这个男子很年轻，看样子也就是二十岁左右，来了以后，找赵国峰买两个铁桶。天北区一家化工厂重组，大量的铁桶被一些人通过低价购买到，也有一部分被小偷偷走，卖到了各个废品收购站。

　　这家收购站，就收购了数十个铁桶。

第六十一章　人面画像

化工厂卖掉的和丢失的铁桶数量有上千个,但是各个废品收购站也就各收到了几十个。

正常的需要这些铁桶的,要么就是工地的人,要么就是一些工厂的人,当然也有人买几个回去,用四个铁桶和木板搭船的……但是无论如何,年轻男子开着不错的 MPV 车子去废品收购站买铁桶,都是一件有些蹊跷的事情。当然也正因为蹊跷,所以才值得跟朋友们说一说,聊一聊。但是这样直接说,没什么意思,不具有震撼性,因此传出去的就成了开着百万豪车来买铁桶。此事给王刚留下深刻的印象。

赵国峰对买桶的人身份存疑,就说自己这里没有对方需要的东西。于是乎,对方给赵国峰看了一眼学生证,告诉赵国峰,他们打算办一个户外的 BBQ,需要一个铁桶,而且要竖着切开三面,用来制作国外视频里的那种烤架。切开三面的意思就是,把桶的纵向横截面看作一个矩形,切开其中的两条横线和一条纵线。

赵国峰看了一眼学生证,也就是走个过场,反正卖给谁都是赚钱。就以高于市场的价格卖给了这个人两个桶,这个男子欣然同意。之后,赵国峰提出要帮这个人把桶切开,收取一定的费用,结果这个人说他有办法,赵国峰没有自讨没趣,用托盘车拖过来两个铁桶,接过了钱,就没管这件事。

车子的情况难以追寻,事实上,二十多万的车子非常多了,天华市这样的车子可以找出来上千辆。

周队听到了这个情况,极为重视。一个完全不应该买这东西的大学生买了两个铁桶，用于烧烤，倒不是不可能，也能说得通。但是，既然不差钱，既然大学生都能开得起二十多万的车子，肯定是家境优越之人，切割铁桶可不是什么简单的工作啊。花上一点钱，让卖废品的给切开，又简单又安全，何乐而不为呢？除非他有能够轻松对铁桶进行切割的工具！或者，他并不打算切割铁桶！

无论是哪一点，都让周队对这个人的兴趣度增大了很多。跟白松等人做了个手势，他先走了出去，打了个电话。

大约过了十分钟，周队走进了屋子，指了指赵国峰："你，跟我们走一趟。"

赵国峰脸色发白，他觉得自己遇到事情了，但还是点了点头，表示配合。"警官，我们去多久啊？如果，如果明天回不来的话，能不能让我在门口贴个'有事外出，休息两天'的告示？"赵国峰缓了缓脸色，脸上堆起了笑容。

"顺利的话，两个小时之后你就能回来了。"周队说完，就一言不发。

赵国峰没敢再问，乖乖地上了车。

法医那边也属于刑侦支队的一部分，但是因为现场勘查的部门人数也比较多，所以并不和支队在一个地方办公，周队开车，直接去了刑侦支队的四大队，也就是法医和现场勘查部门所在的队里。

白松也不问，几个人下了车，周队去值班室说了一声，就把赵国峰带进了屋子里。

"配合好民警询问，好好回想一下，不要说一句假话，半个小时，你就可以回去了。"周队说完，屋子的门开了，进来的是上次给那个入室盗窃案做过现场侦查的郝镇宇。

"郝师傅？是您。"白松立刻打了招呼。

"白松？对吧。"郝镇宇哈哈一笑，跟周队、白松握了握手，接着道，"小周，你说的就是这个人是吧？"

"是的郝伯，您受累帮个忙。"周队极为客气。

"没问题,马支队那边跟我说完了。"郝镇宇从柜子里拿出了一块木板,还有一些笔纸,对着周队和白松说道,"你俩先出去一下。"

"好的好的,麻烦您了郝伯。"周队说完,就拉着白松出了屋子。

"周队,这是啥情况?"白松好奇地问道。

"制作人像素描,"周队道,"咱们运气不错,今天郝师傅正好在。不然就得等明天。对了,你也认识郝师傅?"

"嗯,"白松点点头,"上次我们所里有个入室盗窃的,郝师傅来了现场,帮了我们很大的忙。周队我问您一下,郝师傅他这个人像素描,是不是跟现场勘查的水平一样高超啊,他好厉害啊!"

"那倒没有,郝师傅的人像素描算是不错,也是进修过的,只是算不上顶尖。但是他的现场痕迹检验技术,那可是公认的专业。好几次被公安部借调走,参与别的省市的一些案子。"周队感慨道,"估计,用不了多久,他就该评上公安部特邀专家了。"

白松惊得嘴巴都合不拢了,这也太牛了吧。正式的有公安部认可的专家级人物,与享受国务院特殊津贴的那一批专家相比已经是不遑多让。在科学研究、高校等领域,享受特殊津贴的专家、学者、技术人员还是比较多的,而公安部门内部,每一个专家的地位,都举足轻重。

大约二十分钟以后,郝镇宇带着赵国峰走了出来,和周队与白松打了招呼,就直接离开了。周队示意大家进屋,拿起了桌子上的素描纸,向着赵国峰问道:"这个,是你见过的那个人吗?"

"是,"赵国峰老老实实地回答,"刚刚那个警察跟我对了几遍了。就是这个人,不会有错。"

"好。"周队继续询问了一番,给赵国峰取了一份询问笔录,问了问学生证、车子的事情,就让赵国峰走了。

"出去以后不要大嘴巴,不然泄密多了,我可保不了你。"周队道。

"明白明白,领导您放心,杀了我,我也什么都不知道。"赵国峰笑得谄媚,一路小跑就走了。

周队也不担心，这个赵国峰别看是个小人物，但是精着呢，小人物自然也有小人物的生存智慧。赵国峰走了以后，周队现场和大家分析了一下，给马支队做了个汇报。

第六十二章　重点嫌疑

白松给孙杰打了电话，确定了没什么大碍，跟着周队回到队里。一起团伙性质的案子，从犯罪嫌疑人被公安局抓住那一刻起，才算是真正办案的开始。白松等人还算是睡了一个好觉，新庄派出所的十几名警察，彻夜未眠。

从案发到把犯罪嫌疑人抓到，只是案件的最开始。如何把犯罪嫌疑人成功逮捕，进入检察院程序，接着不断补充证据和材料，移送检察院公诉科，进而进入法院诉讼程序，将犯罪嫌疑人判决，才算是一起案件的结束。很多人说警察累，主要就体现在这个地方。

昨晚的聚众斗殴案，十二个犯罪嫌疑人被刑事传唤，传唤的时间只有二十四个小时，必须在这期间，将十二人全部送入看守所执行刑事拘留，否则就是违反了法律规定。而刑事拘留可不是一份笔录就可以搞定，需要的手续和证据，同样能订上厚厚的一大卷。

一大早，"二哥"的家人就去了派出所，签了字。"二哥"家里条件其实还不错，就是从小到大看某些电影看多了，崇拜社会大哥，一天到晚不务正业，这回终于是把自己送进了局子，而且还是把警察给打了。"二哥"家属听说这事以后，差点给民警跪下，之后，家属跟民警表示，愿意承担一切治疗费用，赔偿损失和各项费用，希望达成和解。

一些比较轻的治安案件，诸如两人互殴、辱骂及故意损毁财物，是可以调解的，一旦双方调解达成合意，那么公安机关就不会对违法行为人进行处罚。但是盗窃、诈骗、赌博、嫖娼类的治安案件以及其他类别的刑事案件，都是不能被调解的。

原因很简单，你不仅伤害的了受害人，还破坏了社会的公序良俗。

但是白松这种案子，是可以达成和解的，也就是原谅。如果白松等四人对"二哥"等人的加害行为表示谅解，那么这份谅解书，很可能会影响检察院、法院的强制措施以及最终判决，诸如逮捕措施变更为取保候审，实刑变为缓刑。

此事暂且不表，今天的早会，专案组的绝大部分成员都参加了。

之前那个走私和非法买卖野生动物的案子还没结案，有几个民警至今还在和海关、林业局共同办案，一直也没彻底忙完，剩下的人都在这里了。

画像里的这个男子，长相普通，十分清瘦。根据画像及卖废品的这个人的描述，这个男子差不多二十岁，身高一米八左右，体重一百二十斤左右，面部无明显特征，据说略有疲色。除此之外，这个男子的学生证是红色的。如果他上的确实是天华市的大学，那么完全可以进行排查。

中午时分，马支队亲自带的那支队伍，在九河区的天华传媒大学，将该男子找到了。白松此时正和周队等人一起在某个大学进行排查，收到支队的消息后，几人迅速回队。路上，白松不由得佩服，马支队等人这速度太快了吧……

等白松等人回到队里的时候，嫌疑男子、MPV商务车、两个铁桶，全部出现在刑侦支队，马支队在会议室里，神色阴沉。

是的，两个铁桶。其中的一个已经被切开了，切割面非常光滑，马支队几乎可以肯定，这就是水刀切割机所为。以前接触得不多，但是因为这个案子接触了几次，基本上一看切口就能看出来了。

这个铁桶已经被切开三面，整个就像一个被打开的贝壳，铁桶内壁有明显的被炭火灼烧的痕迹。与铁桶一起带来的，还有一些烧烤架之类的东西，看样子已经有一段时间没用过了。另一个铁桶并没有被打开，据男子交代，当时打算搞个大的聚会，但是后来来的人并不多，一个就够用了，暂时就没动那个铁桶。

男孩名叫张左，经过简单的询问，马支队心里已经把这个男孩的杀人嫌疑给降低了大半。张左这个学生，明显就是个花花公子，在学校里和两三个女孩关系不清不楚，开房记录能打印几张 A4 纸。

张左的爸妈都是商人，家境优越，但是并不是本地人。父母怕张左在学校里到处泡妞，没给儿子买什么豪车，而是买了一辆中档次的 MPV，但是看情况，这并不影响他泡妞……

2011 年的大学生，有几个开得起二十多万的车子的？

这辆 MPV，后面的座子放倒，最大程度上只允许放两个铁桶。因此，赵国峰所述，倒应该也没什么问题。

张左现在正在接受具体的询问，白松等人回队以后，马支队正在会议室里和大家聊这些事情。把张左带回来的途中，基本情况，马支队已经了解了。

这个铁桶的切割，确实是水刀切割机所为，切割的地方，就在王千意有股份的那家玉石加工厂。张左说，他爸爸和王千意有生意往来，他来天华市读书，他父亲还曾嘱咐王千意对他多加照顾。张左花钱大手大脚，常去王千意的店里买些玉石送女孩，因此他与王千意以及加工厂的人都十分熟络。玉石这东西价格很不透明，张左能从王千意这里拿到很低的价格，出去一说都是几千几万的货，很是吸引人。

这事情能说明什么？王千意有作案嫌疑？

目前王千意虽然在押，但是没有明确的证据指向，要不是有别的案子拖着，现在人都已经放了。但是众人好像都有了一个目标，王千意一定有很多事情还瞒着警察，存在重大作案嫌疑！

对于张左，目前是没有任何线索和证据可以拘留的，一会儿做个具体的询问就放了，但是铁桶暂时扣押。张左直言，警察要是需要，直接送给警察了……

而白松，自打回到队里，就眉头紧锁。

第六十二章　重点嫌疑

第六十三章　王千意的家

　　这个张左，他存放铁桶的地方，是天北区的一个小仓库，他用几千块一年的价格租下来的。仓库说小，也差不多有200平方米，里面有台球桌、沙发和两间小屋，除此之外还能放下两辆车，算是张左的"据点"，他和他的一些朋友经常来这里玩。仓库的地面近日还被装修了一下，铺了地板。

　　白松特地来了一趟这里，两间小屋中有一间大一点，里面是桌球、沙发之类的，还能唱歌，有一台冰箱和一套嗨歌的设备，另一间则有点厉害了……白松看了一眼，脸都红了……这里面，一张大床，一堆不堪入目的图画、各种用途不明的道具……

　　这么说来，与李某接触的那几个男的，最令白松不能理解的那个饭店服务员，该不会就是李某的入幕之宾？要这么说，就说得通了。李某的条件不错，有钱，接触的其他人都很正常，但是接触一个年轻帅气的饭店服务员干吗？

　　说真的，这个想法，其他的老民警都有过，而且笔录里也有这方面的询问记录，但是白松当时都没理解……不得不说，白松这样的人，不单身都算是邪门。

　　前文提到过，单纯从谋财这个角度来说，嫌疑人太多了。李某有钱，而且估计有大量现金，单身女性，独居，基本上把易受侵害人群的特征占齐了。

　　白松回到队里，抱着一个大的本子，静静地坐在无人的会议室里面沉思。

李某和王千意之间是什么关系呢？是他的情妇？很有可能。商业伙伴？也有可能。会不会是王千意和李某在一起的时候，因琐事发生纠纷，然后出现了什么事，让王千意不得不杀人灭口？

白松的脑子里，几百条线索到处流转，想要拼接出一个逻辑上自洽的猜想。

分尸案，属于严重暴力犯罪，手段极为恶劣……白松喃喃地分析这些事，突然想到了赵欣桥的一句话："严重暴力犯罪的行为人的残忍手段很可能来自早年的心理创伤。"

早年的心理创伤导致的扭曲状态吗？这个白松也学过，而且很多案例都证明了这一点。一个心理健康的人，即便是失手杀了人，也很难接受去做分尸处理这样一件事。

想到这里，白松又找到了案卷的卷宗，开始翻看相关材料了。现在的案卷已经足以装下一个柜子，很多有用的、无用的、可能有用的材料和线索都已经被收集到这里，白松好久没有彻底看一遍案卷了。

一个好的侦查员，必须要有耐心。在公安干警所办案件里，不乏对一个案子关注了十年最后抓到犯罪嫌疑人的案例，耐心这个优点，自打上初中的时候白松就养成了。父亲成为户籍警以后性格大变，也导致白松变得比以前稳了一些，也坐得住了。

一晃又是几天时间过去，日子过得飞快，跟张左有关的线索也逐渐完善。

11月20日，周日。周六白松休息了一天，周日也没什么事，白松骑着自行车，打算出去转转。

王千意的家位于三木大街派出所辖区内，是一个有着差不多二十年历史的老小区。这个小区叫金鼎花园，是九河区最早建成的小区之一。

三十年前，天华市并没有今天的规模，九河区的大半区域还是稻田和麦田地，随着城市发展才逐渐建起了楼盘。金鼎花园当年算是九河区最好的小区之一，小区内有几十幢独栋别墅，还有一些跃层建筑和普通楼房。王千意

第六十三章　王千意的家　｜　223

是十几年前在这里购买的别墅建筑。老小区还是不如新小区，物业工作也很一般，白松进了小区，转了半天，也没人拦他。

白松心想，如果想了解王千意的过去，还是得去他的老家，而不是这里。在王千意家门口驻足了一段时间，这幢别墅看样子有些老旧了，应该多年没有翻修过了，别墅的门是个普通的铁栏杆门，野猫可以自由穿行。院子里，三五只不同花色的猫在一个小盆那里吃猫粮，应该是来自王若依或者她妈妈的爱心。

白松之前也来过这里，是办案需要，他从未仔细观察过这个房子，现在看看，确实是有些破败。铁门上的锈迹已经很明显，院子里也有很多地方长了杂草，停车的地方没有车子也没有车辙。

吱嘎！别墅里面的小门打开，门轴发出轻微的摩擦声。白松看去，是一个四十多岁的妇人。妇人透过铁门看了白松一眼，就移开了目光，手里的小盆晃了晃，四五只野猫迅速围了过去。紧接着，围墙里，又不知道从哪里蹿来了四五只猫，不同花色，都跑到了妇人的身边。

这个妇人是王千意的妻子孙晓若，白松看过她的照片。事实上，别的警察也找她取过笔录，内容白松也看过。孙晓若是大学老师，知识分子，也不知道怎么看上王千意这个人。她的眉宇间与王若依有七八分相似，淡淡的愁容始终挥之不去。

白松看到孙晓若出来，就缓缓走开。这时，一辆老款的黑色奥迪A6汽车开了过来，嚣张地堵住了铁门。白松停住了脚步，在距别墅门口不远的健身园的椅子上坐了下来。

第六十四章 情深

来者不善,直接就拿手砸门。铁门大响,院子里的孙晓若看到这个情况,也不惊慌,缓步走到了门口,询问起了情况。

白松距离大门不远,基本上他们说的话都听得清楚。三个男子,每一个都算是虎背熊腰,比前几天和白松打架的那两个打手要魁梧得多。这三人来不为别的事,就为了找王千意要钱。

王千意做生意,总是有欠他钱的,也有他欠别人钱的情况。王千意这一进去这么多天,来要钱的已经好几拨了。加起来几十万,虽然不多,但是王千意的资产大部分被冻结,家里能用的钱真的不多了。前面几拨,孙晓若已经用家里的钱把该垫上的垫上了。这一拨人,昨天来过一次,孙晓若没有钱了,双方闹得很不愉快,今天则来了三个人。

"今天无论如何也要还钱,不然我们哥儿三个,就打算在这里住下了。"

孙晓若有些手足无措,她一介老师,如何面对得了这种情况?以前王千意在的时候,虽然两人不是总在一起,但是感情还是很好,这么多年,她从来没有为了钱这种事情而恼火过、烦恼过。她喜欢安静、稳定的生活,但是此刻生活不再那么简单。

孙晓若不知道该怎么办了。她老公刚刚因为犯罪被抓了,报警的话,警察来了能帮她吗?而且欠条都是真的。一共就几十万,要是以前,这种事也不用她操一点心,但是此刻,拿出来几十万就这么难?

"开门开门!"几个男子闹得很凶。

这也没有办法,现在王千意进去了,天知道他在外面到底有多少流水债，据说资产也冻结了，来晚了就什么也要不回来了。昨天来了一次没要到钱，说明已经没钱了！

"我们几方的欠条都在这了，一共二十八万，老王在里面待着呢，别说兄弟几个不给他面子，利息我们一分都不要，就二十八万。给我钱，我撕了欠条就走人；不给钱，我们就住在这里不走了。"

孙晓若也不开门，也不说话，她无话可说。

白松看着这个情况，也不说话，就静静地看着，从他这个角度看门口没问题，那边看他就比较困难，因此也没人注意到他。正当白松好奇这个事情该怎么收场的时候，别墅里面的门打开了，王若依拿着一个袋子出来了。

"把欠条给我，这是钱，你们拿着钱，给我滚。"王若依的声音十分冷漠，没有什么情感。说完，她打开了袋子，那是一袋子现金，看样子有三十万元左右。

"依依，你哪来的钱？"孙晓若十分吃惊。

"昨天把表卖了，还卖了一些乱七八糟的东西。"王若依扬了扬光滑的手腕。

"你怎么……"孙晓若没多说什么，叹了口气。

王若依倒是很淡定，一摞一摞地把钱数好，仔细地核实了一下三人手中的欠条，数出来钱，给了三个男子。数完以后，包里的钱也只剩下一万元了。

王千意可一直都是厉害人物，这三人能拿到这些钱，也就没有了继续闹的想法，也不造次，道了句"两清，各不相欠"，就转身离开。

"等会走。"王若依把包里最后的一沓钱拿了出来，一万元整，在手里晃了晃，接着拿出来一张纸，"谁能告诉我，这张欠条上面的这个人是谁？住在哪里？"

三名男子看了看欠条，又看了看王若依手里的钱，三人中的一人附在王若依的耳边说了几句话，接着把钱接了过来，转身就走，上了车以后，车子一转眼就离开了小区。白松也没有多逗留，记住了车牌号，起身直接离开。

王若依这个人不简单啊，这算是虎父无犬"女"吗？王千意的主要公司、账户、房产，包括这套别墅，都被查封冻结了。因为他的金店收入等都属于合法收入，王若依等人的这些东西和财产倒是可以自由处置的。

虽然这些天有这么多人来找王千意家里人要钱，但是看得出来都算是克制，也没有人狮子大开口，说明王千意之前还是有一些社会威望的。

但是，这恰恰也说明了王千意确实不是什么好人。此时，白松脑海中的信息如一幅幅画像，飞速闪过。

他最近见到了太多的东西，很多东西给他留下了深刻的印象，但是自打进了专案组，每次想这些图像，最终总会停在李某的尸检报告那些照片上。也许每个人都是如此，给自己冲击最大的图像，是很难忘却的。但是这次不一样，白松想着近日发生的种种，脑海里最终停下的那张的影像……是张左的仓库里的小房子……

说真的，白松也是上过大学的人，有些东西没碰过，但是总归见过同学分享的……但是，贴满了女性照片，健康的不健康的都有，屋子里又充满着淫乱气息带来的不良视觉冲击力，对白松的影响还是很大的，此时此刻，甚至盖过了李某的那些照片。

白松并不胆小，李某的那些照片，一般人天天看都疯了，白松每次想到这里，都会认真地分析一番，久而久之，那些照片也没什么冲击力了，不然也不会被这个取代。因此，白松红着脸，回忆起这个房屋的影像来，总觉得这个屋子里有点地方有些熟悉……

白松走在回单位的路上，悚然惊醒，站在马路上一动不动。这些女性的照片，很多都是性感、裸露的，但是，有几张就是普通女孩子的照片，而其中一张，上面的女子赫然就是王若依。

张左喜欢王若依？白松冷静下来，想了想，这也不奇怪，张左和王千意认识，没道理不认识王若依。像他这样的花花公子，以王若依的这个颜值，

第六十四章 情深 | 227

张左看上了她没什么大惊小怪的。但是,很可能的现实就是,王若依根本看不上张左。毕竟,张左的那些手段,似乎没有一个能被王若依看得上。如果是这样,他在墙上放了一张王若依的大头照,也是可以理解的。

第六十五章　推理

想了想这些事情，白松没着急回单位，按照他了解的有关张左的资料，继续深入调查。

张左常去的一些地方，无非就是附近的大学、酒吧、歌厅、酒店、户外用品商店、超市和自己的小仓库。

其实，张左的生活给了白松很大的震撼。白松从小到大一直学习不错，上了大学以后，虽然同学里富二代很多，比如郑朝沛那样的，几百万的跑车都开得起，但是他从未见过张左这样的生活方式。唯一能让白松认可的，也就是张左还热爱户外运动了，动手能力还算是不错，经常参加一些户外的活动，在这方面也花了不少钱。除此之外，纯粹就是渣男。

白松不是一个死脑筋的人，他开始把精力转移。这起案子里，估计还会有其他的水刀切割机，那才是真正的分尸工具。目前王千意是嫌疑最大的人，假设他就是犯罪嫌疑人，那么，他不在这里分尸，会在哪里呢？

王千意的家距离刑侦支队有几公里，白松边思考边走，不知不觉已经到了支队里。白松心里似乎已经有了什么想法，但是他一直想不明白具体的情况，越想头越疼，暂时不想了。

翌日，周一早会，专案组全体成员都到了。

今天是11月21日，"10·22"案件发生整整一个月了。

一个月来，所有的专案组成员，包括目前已经调离专案组的人员，都始终没有懈怠。马支队在会上对大家的工作予以了肯定，并且对接下来的工作进行了大体的指导，之后，大家畅所欲言，可以就此事说出自己的分析。

白松此时却失神了。一个月来，白松把所有精力都放在了这个案子上。他没有在意出差茶城被袭击那件事，对白松而言，那只是一个插曲。前几天与"二哥"等人的冲突，他后来也没有过问，这事情交给孙杰去处理就好。

前面曾说过，案件就像是一片迷雾，一个个证据、线索、推论，或明或暗，随机地散布在了这片迷雾中。有的时候，指向性很强，一瞬间就找到了出口，但是也有时候，点亮了无数的光，依然没有发现最终的那一个。而所谓推理，就是要连接目前所有的光，即便也许有的光点并没有那么明亮。

一个月了。

"大家还有什么想说的吗？"周队的话打断了白松的回想。

刚刚大家的发言，白松也在听，基本上与目前掌握的线索没什么太大的出入，很多东西，白松基本上张口就可以说出来。

没人说话，马支队看了一眼白松。到了马支队这个级别，虽然是专案组的领导，却无法全心全意地办理这一起案子。他的工作太多，挂名的专案都有四五个，除此之外，案件之外的工作和其他安排占据了他大部分的时间。若不是精力充沛、博闻强记、心思缜密，这个刑侦支队的支队长的位置，他根本坐不住。

在专案组所有的人里，马支队最看好的就是白松。倒不是别人不好，而是白松的确是好苗子啊。马支队想到，即便白松要回到派出所里工作也无妨，遇到大的专案还可以调过来锻炼。在所里好好工作两年，雕琢一番，嗯，不错。

看着一言不发的白松，马支队越看越满意。谦逊谨慎也是好习惯嘛……

"我有个想法。"白松突然从座位上站了起来。

所有人都被白松吓了一跳，以至于不少人都腹诽，这孩子这是咋了？

"有什么想法，坐着说就行。"马支队按了按手。

"嗯。"白松坐下了，理了理思路开口道，"'10·22'碎尸案，目前嫌疑最大的人是王千意，但是我找不到王千意的犯罪动机。我经过这么长时间的调查，发现王千意是一个做事非常谨慎、社会威望很好，又很有钱的人，以他和李某的关系，杀死李某完全没有道理。当然，在我看来，即便因为特殊原因，他杀死了李某，以王千意的渠道和人脉，也不会选择这样抛尸的低级手段。经我们了解，王千意和李某之间并不存在巨大仇恨，那么分尸这样的手段，就更让人难以理解了。"

"问题是，能够操作那台水刀切割机，而且能不让他人知道，目前也只有他可以做到。他既然能帮张左切开铁桶，分尸更是毫无困难。"一个警察道。

"问题就在这里。"白松道，"前两天我和犬队的师傅去诸葛勇家里，我知道了警犬有多么厉害。而接触了几次咱们支队的郝师傅，我也知道了现场勘查部门有多么专业。我觉得，我们总是把目光放到玉石加工厂的那台水刀切割机上是错的。这个案子里，应该还有一台真正用于分尸的机器，但是并不是这一台。"

"那你觉得，王千意没有杀人嫌疑了吗？"周队问道。

"是的，我相信他不是杀人犯。一个人能做出什么行为，一定和他的经历有关。王千意这个人，人如其名，我们和诸葛勇聊过几次，王千意在走私界是后起之辈，却后来者居上，这可不是什么容易的事情。事实上，时至今日，除了诸葛勇供述并已核实的一些情况，我们基本上没有从王千意这里得到或者查出来什么别的问题。我不认为他没有其他犯罪行为，有可能的只能是，他太谨慎了。这种人，也许在十五年前，为了占领市场，可能会采取一些极端的手段，如果十五年前有一起命案，我会怀疑是王千意做的。但现在，他妻女双全，收入颇丰，又极度理智，我不相信他会是杀人犯。"白松强调，"他的理智，能让他在遇到一些事情的时候，保持极度的镇静，这个我想大家都有感触。所以，他不会给自己惹这么大的麻烦。"

"有道理。"张副队长点点头，"杀人这种事，除了变态，一般都是无奈之举。而且王千意和李某之间，我更相信，是一种情人关系。"

第六十六章 猜想

"如果这么说的话，"马支队眼睛略向上看去，双肘压在胸前的桌上，双手放于脸颊下方，抱拳交叉起了拇指，"嗯，有杀人动机的，应该是王若依。"

白松双眼露出精光，目光灼灼："对，就是王若依！"

白松语出惊人，屋里的警察们瞬间议论纷纷。

"怎么会是她？我宁可相信凶手是张左。"

"是啊，那几个服务员、房产销售也有作案动机啊……"

"她一个大学生，哪里来的作案动机，而且这么残忍？"

"犯罪心理学的课程告诉我……"白松低声，大家逐渐安静了下来，毕竟这个提议是马支队说的，谁也没有再议论，而是要听听白松怎么说。

"极端恶性的犯罪行为，很多作案者年幼时的成长经历，都是黑暗的，在年幼时就形成了错误的价值观。这一点，我查遍了整个卷宗里所有的嫌疑人，其中只有王若依满足这一条件，因为在她童年时，她父亲王千意可并不是一个合格的父亲。昨天，我去了一趟王千意所住的金鼎花园，虽然是一处很大的别墅，但是年久失修，说明王千意对家庭的关心远远不足。而且我还遇到了几个人去王千意家要账，碰巧看到了王若依出来还账，她的表现十分冷静，做事老到，根本就不是一个十八九岁的小姑娘应该表现出来的状态。"

"昨天你去王千意家了？"马支队饶有兴趣地问道，"昨天你不是休班吗？"

"嗯……"白松不好意思地挠挠头，"我就是顺路……嗯，我接着说，王若依一直和她的母亲相依为命，但是她也关心她的父亲，可是，如果有一天，她了解到李某和王千意之间的关系的时候，她就忍不住了。

"王若依还是太年轻了，她并不知道，她父亲这几年对家庭不负责，并不是李某的问题，而是她父亲本身的问题，没有李某，还会有王某、张某……但是王若依不会这么想，她认为，杀死李某，她的家庭就会好起来，她有明显的犯罪动机。

"除此之外，王若依昨天还钱的时候，拿出了近30万的现金。之前我在想，这个王千意够舍得给女儿花钱的，一块手表和一些二手货，昨天一天，居然能换到近30万的现金。但是，我的一个同学曾经跟我说过，一些奢侈品，着急出手的话，可能只能卖到原价的两到三成的价格。王若依竟能短时间内拿出来这么多的现金，我很怀疑，她是从李某那里顺手拿回去的。

"第一，能制造李某死于财杀的状态；第二，出于人的报复心理，她觉得这些钱都是她爸爸的，她拿回去很正常。"

"那证据呢？"有人问道。白松说了这么多，也是猜测。

"我相信，这世界上存在很多巧合。比如说，每一期彩票，都会有人中奖。但是，我很难相信，这世界上有连续的巧合。当我看到张左购买的铁桶的时候，我心里几乎就认定了，这个张左购买的铁桶，一定与案件有关！"白松挺直了身子。

"问题是这两个铁桶？"周队面露疑惑。

"是的，两个铁桶。"白松道，"我们很多人都去过张左的仓库，虽然面积不是很大，但是很干净整洁，一点乱七八糟的东西都没有。张左这个富二代，其实还算是有点品位，也很爱干净。他购买两个铁桶，加起来才花了400块钱，他肯定想搞一场盛大的烧烤，但是只用掉了一个，另一个干脆都没切开。那么，如果我们是张左，我们会怎么处置那个铁桶？"

"当然是放在那里咯。"有人随口答道。

"我也曾经这么想过。"白松道，"但是，张左是个富二代。一个富二代的家，如果没什么乱七八糟的东西，整齐简洁，要么是他父母在身边，要么就是他会定期扔东西,在经济条件允许的前提下,定期扔掉一些不需要的、价值低的东西,提升生活品质。如果是张左,他很可能就把没用的铁桶扔掉了。因为在这个仓库里,长期摆放的这个铁桶,只会是一件垃圾。所以,张左一直有两个铁桶,就有问题了。"

"我给张左取过笔录。"一个老民警道,"如你所说,他是个富二代,胆子很小,如果按照你的怀疑,王若依是杀人犯,张左不可能也不敢给她做伪证或者包庇她吧?"

"是的,通常情况下肯定是这样,这些人很多都是无情无义之辈。"白松道,"但是,这个张左,在自己的小屋子里摆着一张王若依的大头贴,虽然不是很大,但是比较显眼,由此可见,虽然他十分滥情,但是对王若依一定是情有独钟,而且很可能是情根深种。这里我是最为怀疑的。我分析过王若依这个人,她和我说过几次话,我感觉她并不是个小孩子的状态,相反,她非常成熟稳重,做事目的性很强。而大头贴这样的照片,我曾经翻查过王若依的QQ空间,她不仅没有发过大头贴,而且根本就没有发自己照片的习惯。那么,张左的这张照片从哪里来的?只可能是王若依给的。从这个角度来说,以王若依的水平,把张左搞得团团转不是问题。"

"可是,两个……"

"老李你咋回事?"周队打断了之前这位质疑的民警,"如果张左在撒谎,那么用掉一个桶,后来再买一个补上,完全没什么难度。"

"是的,是这样。"几个民警附和道。

"那这个王若依,她动手杀死李某的证据,在哪里呢?"张副队长从头听到尾,对白松的这一套分析表示认可,但是并没有什么实质的证据。

"有这个猜想就已经足够了。"周队说道,"我觉得小白的说法有道理,从情理上说得通。既然有了方向,问题就好办了,我们有了针对性,就张左那样的,我能把他从第一次尿床开始的事情都问清楚了。"

"您说得对,但是证据,我想,应该是有的。"白松站了起来。

第六十七章　追寻历史和预测未来

追寻历史与预测未来，哪个更难呢？

这一点，众说纷纭。有人认为，历史是发生了的事情，只要找到了相应的资料、文献、口述等，就能还原出来。而未来，谁都没有经历过，怎么预测也是不可能准确的。

但是也有人认为，未来虽然不可能准确预测，但是可以判断具体的方向，并且未来将如何，我们可以看到，可以有机会亲身经历。但是历史，一旦出现了偏差与作伪，谁也不可能穿越回去看一下到底怎么回事，更不可能有再次经历的机会。

"我个人认为，张左并没有那么大的胆子。"白松走向了白板，会议室里有两三张白板，白松拿起黑色的水笔，说道，"张左这个人，他也许有勇气为王若依掩盖什么事情，但是我想，其中并不包括分尸这么恐怖的事情。那么，张左对于王若依来说，就一定只是一个工具了。而王若依让他隐瞒的东西，无非就是一些小事，这里面少不了一些欺骗。"

白松拿起笔画了起来。

"我们现在对大量的地方都进行了彻底的搜查，但是有一个地方没查，就是张左的仓库。为什么？这个我也没有想过，但是，昨天晚上我分析这个案子，想到一个事情，张左的仓库里最近新铺了地板。"白松画起了一些线条，"当我们假设王若依就是凶手的时候，我们必须要考虑，她在哪里进行分尸的？现在想想，排除掉一切不可能的地点，这个仓库恐怕就是最终答案。现在我们没有在这里发现水刀切割机，并不代表曾经没有过。我想，一台小型的水刀切割机,张左的那台MPV足以拖动。因此,我有足够的理由怀疑,张左仓库的地板之下,有什么痕迹。虽然可能不明显,但是细致查探,就一定有。这世界上,没有人能够彻底消除历史的痕迹,有时候在消除的过程中往往还会制造更深的痕迹。"

"还有一个很关键的问题,"白松说道,"我最近一直在查阅关于水刀切割机的资料,目前的国内市场还很不统一,各类磨料非常多,本案中的水刀切割机磨料,与钱老板提供的样品比较相似。我们查了这么多的使用水刀的地方,甚至,在发现了王千意的这一处基地之后,我们又花费了很大的人力物力去查水刀切割机,但是依然一无所获。那么,我们可不可以猜测,其实,这是一台并没有在使用的切割机?也就是说,是租赁的。这样分析的话,很多疑问就迎刃而解。第一就是为什么我们找不到这台作案工具,恐怕只是因为,这台水刀切割机目前还存在哪个租赁公司的仓库里;第二就是为什么王若依会想到用水刀切割机这么偏门的工具,那么原因就是,那家她爸爸持有股份的加工厂里有这个切割机,她不仅见过,而且应该还会用。如果不是她家里有,我们最开始都想不到这种工具,她如何能想到呢?"

白松画的张左的仓库以及一条条线索线,就跟前几天给王华东画表一样不专业,但是此刻没有一个人敢嘲笑他。这个无关年龄、无关经验,也无关智商,而是对于白松的这种态度,这种下了班还自己去寻找线索的精神,有些叹服。更何况,白松提出的这些假设,确实是很经得起推敲的。

"有道理。"马支队双手交叉,"在座的各位,应该都对王千意有过不止一次的审讯。王千意这么聪明的人,被我们抓了以后,却极为反常地什么都不说,这可不是个正常现象。甚至对于他知道的、一定会被我们查实的线索都不坦白,这可不是聪明人会做的事,这会大概率增加刑期。那么,为什么他什么都不说呢?我一直也怀疑,白松,你这一说,我眼前如云散天开,你说得有道理啊。"

马支队这么一说,众人都明白了。

按理说,王千意怎么也该供述一下自己的一些违法犯罪行为,从减轻刑罚。王千意一直闭口不说，那就一定是有比给他加重刑罚还要严重得多的事情，那就是，他知道李某的死与他女儿有关，他担心坦白一些事情，会言多必失，因而才冒着被多判几年的风险，守口如瓶。

在此之前，所有人都怀疑是王千意杀的人，他越是不说话，越说明他心里有鬼。但是，如果排除了他的犯罪动机，排除了王千意的杀人可能，他为什么不坦白？

答案呼之欲出——他想保护一个更重要的人。那可能，也只可能，是他的女儿。

会议室的气氛再一次热闹了起来，大家交头接耳，你一言我一语，讨论着白松刚刚说的种种可能性，发表着自己的观点，但是短短三分钟后，大家形成了统一意见。

第六十八章 守得云开见月明

再次刑事传唤张左，对王若依采取刑事传唤措施，提讯王千意，调查张左的仓库，调查包括钱老板在内的售卖水刀切割机的仓库，以及这些仓库近期卖出去的水刀切割机。

出发。

一个月来，整个专案组一直保持一种积极向上的态度，勤勤恳恳，但是从未像今天这般充满干劲，甚至有些着急。马支队安排了具体的任务后，专案组成员放下手里其他所有工作，去执行相应任务。查询水刀切割机的事情，马支队还调配了刑侦支队一大队、二大队和三大队的同志一起来做。

大家都出发了，马支队、周队、白松等六人前往天华市工业大学，亲自传唤王若依。周队看到白松，不由得伸出了大拇指，把白松搞得有些不好意思了。因为要传唤女性，所以带两名女民警很是必要，马支队通知了其他大队的两名女警察配合，让她俩直接在支队院里等他们。

"走吧，加油。"马支队拍拍白松的肩膀，什么也没多说，就走出了会议室。

后面三人连忙跟上。

白松也没说话，只是感觉肩膀更重了些。

今天是星期一，一上午的课，阴天。

也许这种气氛只适合阴天吧，王若依心里这般想道。不知为何，王若依心里有些莫名的烦躁。柔顺的长发萦绕在手指上，低侧着头的她早已经看到右后方两三个男生的目光频频看向她。

王若依现在谈不上过得好,也谈不上不好。父亲被抓的时候,她曾经觉得很担忧,但是她知道了父亲被抓前的那个晚上在做什么以后,她不再悲伤。那能怎么办?那是从小很疼自己,现在也疼自己的爸爸……

好吧,关他几年,把他的钱都拿走,也许他就会天天在家睡觉,陪着妈妈了。一想到母亲,王若依脸上有了笑容。母亲,是天底下最好最好的人了!

王若依的笑容,让几个看着她的男孩近乎痴了。

咚咚咚!门口传来了敲门声。

恐怕是迟到的吧。大二了,旷课的都那么多,又何况是迟到呢?

寻常的声音,却令王若依莫名心悸。一般来说,学生敲两下门就进来了,然后跟老师说句话,或者也不说,就直接坐到自己座位上了。

但是今天敲门的这个并没有进来,老师不得不去主动把门打开了。

王若依被带走了。马支队和白松他们照例没有穿警服,只是到了学校,先去了班级,确定了王若依在,然后派人知会了一声学校学生处,敲了敲门,进来就把王若依带走了。

同学们议论纷纷,谁也不知道到底发生了什么事情。一路上,两名女警察一左一右把王若依夹在了中间,一行六名警察,把王若依带回了刑侦支队。

一路无言。

"叫我来这里,是什么事情?"王若依坐在椅子上,有些好奇地看着众人。

马支队和周队也不说话,马支队看了一眼白松。白松看了一眼马支队,有些无奈,看样子马支队想锻炼他的审讯能力?

白松和王若依对视了一眼,心情瞬间就平静了下来。门没有关上,整栋楼现在就只有这个屋子里的这些人,其他所有人都在外面忙。芙蓉不及美人妆,水殿风来珠翠香,任谁看到此时端坐在桌子旁,穿着讲究的王若依,都

第六十八章 守得云开见月明 | 239

会道一声美。

白松也不例外，十九岁啊，若论芳华，时光在这一刻，又算得了什么呢？可惜了。

白松的表情感染了王若依，从白松的眼神里，她似乎已经明白了什么。

"你的手表呢？"白松心情无比平静，问道。

"没戴。"王若依抬头说道，似乎要从白松的眼神里，看出来什么额外的东西。

"哦，看来，我需要问一问孙晓若了。"白松看着王若依，提到了她的母亲。

王若依心里一颤。

"再或者，我需要去你家里把这块表找出来吗？"白松颇为自信地说道。

如果是女儿随父亲多一些，那么王若依算是典型了。当她听到白松说这个的时候，她就已经明白了，自己终究是藏不住了。

后悔吗？也谈不上。杀死李某的那一刻，无比后悔，后来的所作所为，有什么资格谈后悔。

"这位警察哥哥，我还不知道你叫什么名字。"王若依睁着大眼睛说道。

"我叫白松。"白松说出了自己的名字。

"谢谢你。"王若依笑了。她早已想过后果，无非就是一颗子弹而已，但是能在这一刻，被尊重也是很幸福的一件事吧。

王若依的笑，白松没有任何回应。现场的警察也都没有说话。事情到了这一步，基本上可以说已经结案了。

白松没有再说话，直接离开了屋子，到了院子里。白松不是一个矫情的人，有时候还缺乏感性。但是此刻，他却只想坐在院子里静一静。

11月21日，后天，就是二十四节气里的小雪了。

阴天，略有压抑。都说北方人会看天，白松知道，这天下不起来雪，也没什么风，远处雾蒙蒙的无非就是雾霾罢了。

"白松。"

"马支队。"白松从台阶上站了起来。

"嗯,案子到了这一步,已经算是要结束了。虽然后续的程序很多,但是专案组也该撤了。估计最后留下十个人左右,一直到把案子办理到起诉阶段。怎么样,你有兴趣学一下这套程序吗?"

"谢谢马支队了。我不想。"白松直截了当地拒绝了。

"嗯,也是,这案子你搞得有点压抑了。不过我看你还算是适应得不错,情绪上没有太大的事情。"马支队道,"这一个月,你加班也很多,按照支队的补休原则,理应安排你休息。这样吧,你们所孙所长那边我帮你说一声,我做主,给你安排四天的休息,明天开始到周五,顺便加上周六日,就是六天。你老家是外地的,估计也很久没有回家了,回去看看父母,尽尽孝心。但是,假条还是要写的哦……"

第六十九章　回家

不给手下安排休息的不一定是坏领导，但是想办法给手下多安排休息时间的一定是好领导。

白松听到这个，心中一喜。

警察并不是没有休息时间，而是休息时间很碎片化，一天两天的休息不难，但是长时间的就很少有了。白松实习三个月，正式工作一个月，已经四个月没有回家了。

距离见习期结束，还有八个月，待到正式转正了，一年才有5天的干休假。所以马支队的这个安排，真的让白松开心坏了。

"谢谢马支队，"白松心中的一丝阴霾烟消云散，"今天我还不放假，我要继续参与案件办理！"

"好啊。"

经过半天的调查，案件的证据如打开了开关的线灯，一瞬间亮起了一大排。

水刀切割机找到了，目前还在某个经营商的仓库里，用于出租。运输水刀切割机的车子并不是白松预料的那辆MPV，而是这个经营商自己的小货车。这是一种C1驾照就可以开的车子，据经营商描述，当时就是一个男孩来租的水刀切割机，还顺便开走了车子。这一点与张左的供述还是对上了。

而对张左的重新审讯，正如周队所说，张左什么都说了。

阴霾的天色仍然没有散去的迹象，自打白松从这个房屋里走出去，王若依的眼神就变得像普通人一样平淡。面对周队等几个人的讯问，她的回答精准而机械。

其实她也曾想过咬死不说，至少警察还没有拿出来她杀人的铁证，但是其实没有必要的不是吗？被带来的这一刻，其他的也只是时间问题了。

听说，从检察院到法院，从一审到二审，再到死刑复核，需要长达一年的时间。太长了，王若依如此想到，也许今天可以睡个好觉了吧。

白松回到了屋子里，王若依看了他一眼，暂停了和周队的交流，向着白松说道："白松哥哥，我想麻烦你一件事。"

"嗯，你说。"白松点了点头。

"李某的日记本，我看过，后来被我烧掉了。但是我的日记本里记了几个名字，一个地址，好像是李某父母的名字和家庭地址。她死了，我也不怨她，现在想想，她也没那么坏，至少我从她的字里行间，还有汇款记录里，她是个孝顺的孩子。过几天，你见到我妈妈，你可以跟她说，让她给李姐姐的家里，再继续汇点钱吧。"王若依略低下头，"我不是个孝顺的孩子，希望她能算一个吧。"

白松点点头，没有说什么。

他没有告诉王若依李某家里的具体情况。很多事情，哪有那么多对与错呢？

王若依说完，浅浅一笑，继续和周队讲述自己的犯罪行为。王若依先是告诉张左，准备举行一个大的户外烧烤派对，张左去买了两个铁桶，但是来的人并不多，张左就找王千意切开了一个桶。

这次烧烤做得比较成功，张左被王若依迷得有些忘乎所以，因此约定过几天举行一次大一点的聚会。张左本来想把这个铁桶带到王千意那里切开，但是王若依表示她对这个东西很好奇，想动手操作。这并没有难倒张左，于是他为了讨王若依欢心，就去找王千意借机器，但是首饰加工厂的水刀切割机可是三轴切割机，又大又昂贵，张左无奈就去找了个小型的，然后租赁了下来。

送到仓库的第二天早上，王若依"受伤"了，原因是她不小心被铁桶

第六十九章　回家　| 　243

的边缘划伤了,铁桶也被"切坏扔掉"了。这可把张左给心疼坏了,聚会延迟,再买一个桶,不用这个切割机了,再买的桶还是等着去王千意那里切吧。

但是时至今天,第二次的烧烤聚会也没有举行。几个简单的谎言和一些嘱咐,就成了现在的结果。

那个晚上,王若依找到李某,趁其不备对其进行了袭击,之后砸后脑勺将其致死,后拉至仓库进行后续的……

其实,当警察找到了张左的时候,王若依就已经感觉事情要败露了,只是没想到这么快。

王若依进了讯问室,又是几个小时,白松一直在旁听,从头到尾,一句话也没说。

讯问结束,已经是下午了。白松直接离开了讯问室,拿着兜里的假条,抓紧时间,送到了分局的政治处。白松特地跟马支队说了一声,提前一会儿走,马支队同意了。

从天华市到烟威市的火车,是下午5点上车,第二天早上到。白松背上了一点换洗衣服,就到了火车站。

四个月没有回家了。白松的心情还是无比激动。火车启动,硬卧。要回家了,在外的游子,谁在回家的路上不是一种激动的心态呢?

白松的票是个下铺,这会儿没有节假日,还是周一,火车上的人不算多,订票也不困难,白松躺在了铺位上,才想起来,自己回家啥也没有给爸妈带……

只能回去以后,找认识的朋友买点酒了,白松如是想到。一路上,他看了看欣桥的笔记,玩了会儿手机,沉沉睡去。早晨7点钟,白松准时起床,火车到站了。由于烟威市是终点站,白松也不着急,收拾好了东西就下了车。站台上,很多接站的家属、出租车早已在此等候,白松回家这个事情没有跟爸妈说,所以他直接穿越了外站台,离开了火车站,打车去了朋友那里。

白松的这个朋友叫张伟，是他小学和初中的同学，高中肄业后就开始在社会上打拼，卖过车卖过房，开过出租当过服务员，基本上啥事都干过，这几年终于有点资金，在郊区地段不错的地方，开了一家小烟酒店。

第七十章 盗窃案

张伟和白松少说也有十几年交情,听说白松要回来,早起就去了海鲜市场,买了一些新鲜的海鲜,白松 8 点钟到这里的时候,张伟已经在店铺里炖了一锅了。

"行,终于回来了,还不错,知道先来看看我。"张伟看了看白松,又往白松后面看了一眼,"怎么一个人回来的啊?我还以为你来找我,还带了嫂子呢。得,我这一大锅的海鲜白煮了,早知道就你自己回来,煮点粥就OK了。"

"去你的,我才多大,急什么。"白松笑骂道,"说我干吗?就好像你有对象似的。"

"你以为谁都像你,跑那么远去上班,也不知道图什么,对象?哦,忘了跟你说,你嫂子出去买早点了。这大早上的,总不能干嚼海鲜啊。"张伟得意扬扬。

"行,你牛,一会儿我可得好好瞅瞅。"白松服了,这才几个月就找到对象了?这人哪,开了店了就是不一样。

白松很开心,回家的感觉真好。

不一会儿,一个二十多岁的年轻女孩掀开门帘走了进来,画着淡淡的妆,身材姣好,想必就是张伟的对象,白松连忙打了招呼,女孩也很高兴,把一堆早餐放在了桌子上,坐下和两人一起吃了起来。

"怎么样,这次回来,能在家待几天?"张伟问道。

"六天吧,周日我就得回单位了。一会儿我得先回老家,你最近回去过吗?"白松将一个大扇贝的瑶柱扔到了嘴里,剥起了扇贝边。

"半个多月没回去了,我一会儿跟你一起回去。"张伟道,"店里最近也不咋忙,我也回家待几天。"

"啊?带嫂子吗?"白松有些惊喜,虽然老家大牟区距离这里不远,只有三十公里,但是张伟能和他一起回去,白松还是很高兴。

"不了,你们去吧,我帮他看店。"张伟的女友孙静说道。

"不用看店了,我也休息几天,前几天的事搞得闹心。"张伟和孙静刚刚谈了不久,还没到带回家的程度,他也不好意思让孙静帮他看店,就说把店门先关几天。

"啥事闹心啊?怎么了?"白松问道。

"没啥事。就是前几天招贼了,偷了我三十几条烟走。"张伟抽出一根烟,递给白松,"当了几个月警察,学会抽烟了吗?"

"没。"白松推了出去。

张伟直接将烟叨到了嘴里,给自己点上了。

"你这店被偷了?"白松站了起来,环绕四周,可不是嘛,酒一瓶没少,烟柜子里的烟则寥寥无几,两扇玻璃门都不是一个款式,看样子是被砸烂了一扇玻璃门。烟柜子里的烟估计这也是刚刚补货补上来的。

"是啊,运气不好,被人惦记了。主要也是我自己不小心,没舍得安装摄像头。过几天钱缓过来,我无论如何也要安一套。"

"你咋没跟我说这事?"

"跟你说干吗?你那么远。当初让你回老家,你不回,你要是在烟威市当警察,我肯定找你。现在我跟你说干吗,难不成找你借钱啊?"

"嗯……你缺钱跟我说。"白松认真地说。

"喊,你能有多少钱?不过还好,损失也就一万多块钱,还顶得住。"张伟摆摆手。

"行吧。"白松几口吃掉了一个酱肉大包,家乡的包子,比起天华市那赫赫有名的包子好吃多了!白松拿了一张纸巾擦了擦手:"先不回老家了,

第七十章 盗窃案 | 247

反正也不远。一会儿咱们去趟派出所，看看你这个案子。"

"厉害啊。"张伟凑了过来，"你咋没跟我说过，这边派出所你还有认识的人呢？"

"你想多了。"白松吐槽道，"我就是帮你看看案子。"

"人家不给看吧？"张伟一听这个，顿时泄了气。

"嗯……"白松一想也确实是这么回事，自己连警官证都没有，是有点麻烦，不过还是要去看看的。

说好了要出去，三人也都吃饱了，一起收拾了一下东西，孙静说有事先行离开了，张伟开着他的二手国产汽车带着白松去了派出所。

张伟这家店位于烟威市的郊区，从地理位置上，不属于市辖区大罘区内的管界，而是属于大莱区。大莱区的大莱镇派出所。白松和张伟到了这里以后，说明了情况，所里很快就出来了两个人接待，都是辅警。

白松一问，这个所里只有6位正式的民警，除了所长等领导，剩下的三位都临近退休，具体工作的开展基本上都是由三十多名辅警进行的。

"你们这个案子，我们都报给刑警队了，你们就等消息就行。"一名年纪较大的辅警说道。

"嗯，我们能看一眼案卷吗？"白松问道。

"这个不行，我们的案子都是保密的。"

"嗯，那就把他的笔录和一些不保密的东西给我看一下可以吗？"

几个辅警本想说什么，看到白松坚定而自信的眼神，终是没有拒绝，拿了出来。

案子成卷以后，基本上都是不能对外公开的，但是张伟是报警人，他自己提供的一些东西还是没问题的。几经商量，白松还是看到了一部分材料。

看完以后，白松心里有了点想法，张伟回到了店里。

"你的这个店，除了你还有谁有钥匙？"白松问道。

"就我自己有啊。"张伟扬了扬手里的钥匙。

白松拿过来钥匙，看了看："你这锁不错啊，是最新的B级锁芯啊。"

"那肯定啊,虽然没装监控,但是这点安全意识还是有的。虽然什么级别我不懂,但是我都是找我的朋友买的,没问题。"张伟略有得意,打开卷帘门,接着打开玻璃门上的锁,带着白松进了店里。

"那你之前被打开的那个锁,也是这种锁芯吗?"白松再次看了看四周,走到了玻璃门那里,开关了几次,问道。

第七十一章　家

"是，之前的也是这家的。被人技术开锁了，警察是这么说的。我后来问了半天，还是这种锁可以，所以还换的这种锁。"张伟指了指天花板，"还是得安装监控才管用，回头我门口也装两个，看谁还敢进来。"

"你之前的锁钥匙还在吗？"白松问道。

"在。"张伟从抽屉里拿出了一把钥匙。

"你这个钥匙，丢过还是被配过？"白松端详起这把钥匙来。

"都没有啊。一共四把钥匙，另外三把我搁在老家了。"

"嗯……问你个事情，你这个对象，你咋认识的？"白松看向了张伟。

"朋友介绍的啊。"

"你俩感情怎么样？"

"还不错吧，进展得很顺利，就差最后一步了。"张伟得意扬扬。

"行吧，看样子认识没多久。"白松点点头，"那我说了你别难过，你这店里的烟，如果我没猜错，应该就是你这个新女友偷的。"

"真的假的？"张伟眼睛瞪得比铜铃还大。

"你这个外面的卷帘门，用的锁可以说是很先进的了，目前我可没听说谁能轻松地技术开锁。有这个技术的，没必要进这个玻璃门还得破门。你这把钥匙，有明显被人配过的痕迹，钥匙的每一个齿，应该在开门的时候，由于力矩的不同，受力和磨损都不同。但是这个钥匙上有明显的一条等高磨损线，这说明被配过钥匙。你现在身边的人也只有你这个对象了吧？"白松道，"而且我感觉人家对你可不是什么真心实意，本来都说要给你看几天店，说明她最近不忙，但是一说要去派出所了，她突然就有事不跟着你去了，我才不信呢。"

"啊？真的假的？"张伟有些接受不了，"要是她偷的，里面的玻璃门干吗要砸碎了？配钥匙一起配了不就行了？"

"欲盖弥彰呗。你这个门是钢化玻璃，只要有一处碎点就会整扇碎成碎末。所以无论是从里面往外砸还是从外面往里砸，只有砸的点是向前喷出去的，剩下的会原地碎成末，里外都是。而你这个，我看你拍的照片，玻璃末大部分都在屋里，说明是玻璃门已经打开了，打开了以后才被砸烂的，这不是欲盖弥彰是什么？你里面的钥匙，我都不用看，肯定也被配过了。"白松摇摇头，"你这个对象啊……你自己看着办吧。"

"还是你厉害。"张伟点点头，"行，我明白了，我心里有数，这事我来办就行了。一会儿你自己回去吧，开我的这个车。"

"你可别冲动去打人啊，我跟你说，就算是她违法了，你打人也是犯法的，你直接找警察处理就行。"白松道，"还有，你还得用车啊，我开你的车你用啥？"

"你放心。"张伟表情还是很淡然，他在社会上打拼了这么多年，吃这点亏还不至于让他承受不了，"我还有一个车，是个拉货的二手面包，你就别管了。再说了，一会儿你回去给我大伯拿点酒，用手搬多累。"

"行。"白松也不矫情，挑了一箱不错的酒，市场价差不多1000块钱，搬到了车上。对于处理这个事情，他对张伟还是比较放心的，在外面这么多年了，别看张伟岁数也不大，论起社会经验，白松给他提鞋子都不一定配。

白松搬完，从包里拿出了1000块钱。他一般都随身带这么多钱。张伟也没拒绝，把钱都收了过来。接着从柜子下面拿出了两瓶五粮液，放到了车上："帮我给我大伯问好。"

"这好几百一瓶吧？"白松表示不能要，张伟现在正困难着呢。

"进货价没那么贵。"张伟硬是给塞到了车上，"你跟我矫情啥？你再矫情你的酒钱我也不收了。再说，虽然哥们现在困难点，你放心，过了今天，我能收回来不少。"

白松点点头，表示明白，和张伟告了别，开车就出发了。从烟威市郊区到大牟区，仅仅只有三十公里的路程，走着沿海的公路，四十分钟足以到达。

老旧的汽车暖气很足却略有漏风，但是这丝毫不影响白松的心情。张伟那边的事情好说，白松太了解张伟这个人了，这点小事没得问题。

小时候，张伟的父亲曾因工作失误，负债几十万。20世纪90年代末的几十万可不是闹着玩的，但是这些年张伟家里也都挺过来了，也因此养成了张伟无论处于什么环境下都能吃饱饭的生活技能。

车停到了小区门口。这里是一处比较旧的小区，但是环境还是很不错的，白松家所在的小区地理位置也不错，在县城还算是好地方，只是楼房年头比较长，也没有电梯。抱着一箱酒，手里还提着两瓶酒，白松上了三楼。

"嘭嘭嘭！"白松直接用脚轻轻踢门。

门开了。

"妈！"白松大喊一声。

"哎！儿子你回来了！"开门的是母亲周丽，看到白松，连忙把扫把扔到了一边，把酒接了过来，然后帮白松把一箱酒也放在了门口，"你这孩子，回来了怎么不提前跟家里说？再说你回家拿什么东西啊。你爸还上班呢，我给他打个电话，让他请个假回来。松啊你这次回来，能在家待几天？"

"不用不用，他请什么假啊。我的一个案子忙完了，我们领导给我安排了几天休息，昨天才跟我说让我休息，我就没和你们说。这次回来还好，能待好几天，我周末再走。"

第七十二章　最香的酒

"真是的,哎呀几个月没见,儿子你怎么瘦了这么多,那边习惯吗?领导对你好吗?工作忙不忙?你爸当警察,忙几十年了,你怎么样?没有什么危险的工作吧?"母亲过来摸了摸白松的脸,"这才几个月,我儿子长成大人人了。"

周丽数了数手指头:"今天周二,周三、四、五、六、日,怎么才待六天?"

"妈……你把扫把给我,我来扫地。"白松也不搭话,上前去捡母亲放在地上的扫把。

"不用不用,回来一趟给你累坏了,你快换上拖鞋,在沙发上坐会儿,我一会儿出去买菜。对了,你早上吃饭了吗?现在10点多,你是不是还没吃早饭?我跟你说了很多次了,出门在外,一定不能忘了吃早饭。锅里还有热的包子,你快去拿两个吃,我先出去买菜了,你在家待着。"周丽连忙把手套摘了下来,转身去卧室准备换出门的衣服,刚刚到了卧室门口,突然想起来了什么,转身说道,"我可跟你说,今天晚上哪也不能去,就在家里待着,要出去找同学,等过两天。"

"妈你放心吧,我都多大了,肯定吃早饭啊,我刚刚回来的时候,先去的张伟那里,和他一起吃的早饭。"白松换上了拖鞋,拿起扫把扫了起来。

也就是半分钟,周丽就穿好了外套,换上了鞋子,打开卧室门出来,看到白松在扫地,也就任白松扫,接着说道:"对了,我可是听说,张伟人家最近找对象了?听说小姑娘挺漂亮的,儿子你要是有对象了,可得先跟妈说一声,我给你参谋参谋。"

"行了行了,妈,你操哪门子的心,我才21啊。"白松吐槽道。

"好好不着急。"周丽打开了门,"在家待着啊。"说完就挎着菜篮子出门了。

中午,父亲那边有事忙,周一周二户籍科算是比较忙的时候,中午还得加班。母亲给白松买了几只螃蟹,和白松一起吃的午饭,下午母亲还得重新出去买菜。白松饭后要刷碗,母亲不让,他只得躺在了床上,好好地睡了个午觉。他已经好几个月,没有睡过这么踏实的午觉了。

晚上6点多,老爹回来了,一辆车坐了五个人,都是看着白松从小长到大的叔叔和伯伯,也都是父亲的同事。

"行啊,"白玉龙端详起白松带回来的酒,"你这才赚了几毛钱就这么横了,都买五粮液了?你这不是受贿的吧?"

"没,这两瓶是张伟孝敬您的。"白松抱出了个箱子,"这才是我买的。"

"张伟该不会犯了啥事找我帮忙吧?"白玉龙也认识张伟好多年了,"这小子天天不务正业的,你可别答应他啥事啊。"

"你想啥呢爸,人家现在自己开了一家烟酒店,还是在市里开的,生意好极了,您就把心放肚子里。"白松把张伟夸了一顿。

"嗯,行。那就放起来,今天都是咱们自己家的朋友,你也都认识,不喝他的酒,喝你带的这个就不错。"白玉龙打开了箱子,"以后少花钱,回来看你爸我用不着这么好的酒,这一箱酒你半个月工资都快没了。"

白松就嘿嘿地笑了笑,然后跑到厨房帮母亲做饭了。母亲买了很多菜,荤素搭配,当然有一大半是海鲜,白松知道,这都是自己爱吃的。

"晚上少喝点酒,我给你包鲅鱼馅饺子。"母亲的眼睛眯成了一道缝。

"我帮你给鱼放血。"白松上前,帮母亲把鲅鱼做了清理。

大部分海鲜,尤其是海边人吃海鲜,都是可以直接蒸煮的,非常简单。但是鲅鱼馅饺子,就很考验水平了,其中第一步,就是给鲅鱼放血。新鲜的鲅鱼放血,第一步要去掉头和内脏,接着要把脊柱两侧的血液放掉洗净,然后就可以使用了。白松拾掇完鲅鱼,就开始剁精肉馅,鲅鱼馅和精肉馅的比例一般是5∶3,但是口味不同可以换别的比例,搭上姜末,就可以调了,向着一个方向拌上劲就好了。不一会儿，白松调好了馅，一大锅的海鲜也蒸熟了，母亲的一个热菜四个凉菜也做完了。

"行了不用你了，"周丽把白松推出了厨房，"快把菜都端过去，陪你爸他们喝酒去。"

看着白松离开厨房的背影，周丽心里十分开心，孩子大了就是不一样了，得上桌喝酒，不能一直待后厨了。

白松端了两三个来回，把一大盆海鲜、炒蛤蜊和四个凉菜端了上桌。

"来来来！"白玉龙给白松搬了把椅子，"让你妈拾掇吧，过来给你王伯他们敬个酒。"

转身，白玉龙又说道："家里不成器的小子，给大伙带的酒，都尝尝都尝尝，满上满上！"

一瓶酒，斟了四杯半，又开了一瓶，才打满了一圈。

"怎么说？这杯酒，有什么节目吗？"王伯先发话了，"听说你在南疆省那次，立了个三等功，这么年轻，不容易，你爸可是不经意间提过好几次了，来，说几句。"

"王伯您可别拿我开涮了，别说三等功，就是二等功您都有一次，我这算啥啊？不过真的感谢大家能来，我敬各位伯伯叔叔一杯，要是您几位有机会去天华市，一定跟我说，我保证安排得妥妥当当。"白松举起了杯子，一一跟大家碰杯。

真正喝酒的人基本上都不咋吃东西，白松当然到不了那个水平，但是这杯酒也是被老爹给架上来的，他啥也没吃，就一口干了。

"行啊，出去没少喝吧，还学会一口了。"白玉龙咳嗽一声，"你爸我像你这么大的时候，也没问题。咱们哥几个别干了，三口，三口一杯，来来来。"

白松辣得都快没法呼吸了，五十多度的白酒在胃里烧得热热的，嗓子也烧得有些辣，白松一看大家也都喝了一大口，连忙坐下，示意大家快点动筷子。

第七十二章　最香的酒　｜　255

第七十三章 叮嘱

第二天早上 6 点半,白松被白玉龙从床上叫了起来。

可怜的白松昨天晚上从第二杯开始,就已经有些蒙了,喝得太快了,但是他记得,昨天晚上喝的酒,很香很踏实,还记得鲅鱼饺子真香!后面的事情,就记不太清了。白松晃晃头,哦,好像是老妈给自己扶上了床……

白松喝得并不算特别多,但是还是醉了,喝快了没有办法。父亲叫白松起床的时候,白松已经清醒了大半。家里已经供暖了,所以十分暖和,但是外面竟然下起了小雪。今天是二十四节气里的小雪,这天气还真是应景。

"走,换衣服,跟我出去走走。"父亲说道。

"好。"白松起了身。

白松起床洗漱了一番,穿上了棉衣,跟在父亲身后出了门。

天还没亮,下在地面上的小雪很快就融化了,路灯还亮着,但是县城已经开始有了一些晨练的气息和一些车流。

"冷吧。"父亲问道。

"还行,没风不算冷。"白松说道。

"嗯,我每天早上都起来散散步,7 点多再回家吃饭。这习惯养了十年了,你妈已经退休了,偶尔也跟我出来走走,但是这天气一旦下雨下雪,她就不出来了。"

"这点雪没事,爸要是下雨刮风你也别出来啊,多受罪。"白松道,"要不我给你买个跑步机吧,你可以在家走一走。"

"用不着,哪有外面空气好?我就是想出来转转,单纯的走路就没意思了。"

"就咱们这附近,你都转了多少遍了?"

"多少遍不是问题,每天走都有不一样的景色。"白玉龙用手掐了掐白松的大臂,"儿子啊,你长大了,比你爸我年轻的时候还高,还壮实,也有文化,不过我得跟你说个事情。"

"爸,什么事您说,我听着呢。"白松靠近了父亲。

"你一个人在外面,你妈她总是不放心,一天天地跟我说要去看你,我都给拦着了。大小伙子,出去混总比在家里强,以后我退休了,我和你妈可以搬到天华市去,听说那边的气候和咱们这里没什么区别。"父亲唠叨了几句,接着说道,"你现在在天华市那边,经常喝酒吗?"

"不经常喝,一周一次差不多吧。"白松回答道。

"嗯,你爸我给你个建议,你可以听,也可以不听。"

"爸,你说,我听!"

"我建议你少喝点酒。"

"好。"白松点点头。

"回答这么痛快?不听听为什么?"

"爸你肯定是为我好,是不是我昨天晚上喝酒喝多了,说了不该说的了。"

"你呀,头脑清晰的时候,脑子比谁都快,这一喝酒,还是差点,昨天晚上你倒是没泄密,我听你的意思,你这大专案又破了,能拿个二等功回来?这牛皮都吹天上去了,拿不到,回来我咋跟朋友们说话?"

"啊?我说这个了?这个就是我们一个副队长跟我提了一嘴,并不是真的有什么二等功。"白松连忙摆摆手。

"嗯,也不是不让你喝酒,你这个岁数,还不到喜欢喝酒的时候,啥时候你懂点事,知道什么场合喝多少酒再说。"白玉龙道,"估计要等你结婚成家,长大一点就明白了。"

"没事,爸,你说得对,我不喜欢喝这东西,自己一个人我从来也没喝

第七十三章 叮嘱 | 257

过。以后我就戒了,有时候喝多了确实也难受。"白松听到父亲的话,表示坚决听话。

"好,也别太极端,你自己琢磨,其实你在家喝多点没事,喝完睡觉就行了,但是出门在外要是喝酒,千万不能随便喝醉了。"白玉龙有些欣慰,接着道,"你那个案子破了?"

"嗯,目前来说算是破了,嫌疑人也抓到了,基本上证据链衔接上了。"白松点点头。

"是你破的案子啊?你个毛头小子,怎么这次当探长了?"白玉龙有些好奇。

"没有,就是我一直在跟这个案子,然后提出了一些猜想,领导采纳了,然后就把人抓了。"白松挠挠头。

"这不错,要真照你说的意思,你这功劳还不小,来,案子不涉密了吧?跟我聊聊。"

"没,有的还不让说呢。"白松想了想,还是跟老爸聊了会,聊到一些地方,白玉龙的脸上洋溢着幸福的笑容。

这初冬的小雪,还是很应景呢。和老爸走了半个多小时,两人回到了家,母亲已经熬好了一大锅粥。米粥,昨晚剩下的饺子和剩菜,现拌的洋葱,构成了丰盛的早餐。

"真好吃。"昨晚没咋吃东西,早上又出去溜达了半天,白松胃口很好,有时候喝酒喝多了,吃的东西再好也没什么用,现在虽然很多都是剩下的,但是白松还是感觉这是人间美味。

"慢点吃,多着呢。"母亲一脸慈爱。

白松感觉自己很幸福,从小到大,他父母连吵架都没吵过,更别提动手打架,对白松的教育也很讲究三观的培养,因此白松从小三观就很正。

吃完早点,白松昨晚的宿醉状态彻底消失,准备继续睡个回笼觉。

白玉龙去上班了,白松接到了张伟的电话。

事情处理得很顺利。这是张伟的原话,具体怎么处理的,白松就不问了，问了干吗呢？

"下午我就回去了，你今天有事吗？没事晚上我叫上哥几个聚一聚了。"张伟道。

"没问题，就是不喝酒了啊，昨天喝得我现在还难受。"白松已经开始践行对父亲的承诺了。

"行，不喝就不喝，我虽然卖酒，反正我不爱喝这玩意，这么多年也一样办成了不少事。"张伟天天开车到处跑，所以倒也没有喝酒的习惯，"不过他们估计都喝酒，咱俩当个司机就好了。"

"行行行，没问题。"

第七十四章　回所报到

在家的时间就是很快，四五天的时间，快得让人难以相信。

11月28日，白松回到了九河桥派出所。没有开会，也没有专门的介绍，白松自然而然地参加了早点名，穿上了许久没有穿的冬季执勤警服。嗯，应该说是白松第一次穿。在学校的时候穿的是常服和多功能服，上班了才开始穿执勤服，之前在刑警那里一直都是便服为主。

白松今天很开心。穿上了崭新的制服，27号，也就是昨天，是白松他们组值班，今天组里的同事们都休息了，听说昨天晚上又没闲着，忙了一晚上。白松没事做，给师傅孙唐打了个电话，去了自己组里的办公室，打扫了卫生，收拾了一下东西，白松就开始看卷。

派出所的案卷都在档案室，李教导员周六值班，今天也休息了，所以一整天也没人找白松说话，他就在档案室待了一天。

很多不懂警察的人，就感觉特警比刑警牛，刑警比派出所牛，派出所治安民警比社区民警牛，其实这是很不正确的。特警是吃年轻饭的，很多特警在特警队待个十几年，就会去别的岗位，比如派出所或者刑警队。而派出所的治安民警，也会处理一些刑事案件。又或者说社区民警，很多老社区民警可能以上的警种都做过。职业分工不同罢了，等级和工作没什么太大的区别。相比较而言，派出所作为最基层的警种，算是又累又危险的岗位了。

派出所危险？是的。除了排爆警察和边防地区的禁毒警察以外，派出所可以说是最危险的警种之一。牺牲的警察数字能占整个警察牺牲人数的一半以上，不仅仅是因为劳累，更是因为出警的不确定性。这一点，交警也是如此。

白松看到的一本本的案卷，这都是一个个也许和蔼可亲，也许威严肃穆的民警的心血，白松从中也学到了不少工作技巧。

周二周三两天，组里都在忙最近新发的两起打架的案子，白松对这些流程也不怎么了解，跟着冯宝跑了两天，给被打的做了鉴定，等鉴定结果下来以后，就可以对打人的一方执行治安拘留。

周四，值班。对于新警来说，值班是一个痛并快乐着的事情，而对于老民警来说，更多的是一种坚持与习惯。

一大早110就响个不停。

白松和冯宝出警。

"啥事啊宝哥？"白松穿戴好了单警装备。

"电动车电瓶被盗了。一会儿去了别忘了执法记录仪。"

"好的没问题。"白松点点头。

这是一处老旧的小区，没有摄像头，也没有停车棚。被盗的是一个二手电动车的电瓶，车主说今年丢过一次了，又换了一个在修车店以200块钱买来的旧电瓶，平时都拿回家充电，这次晚上喝酒喝多了，把这个事情忘了，早起就发现电瓶没了。

做了登记，现场做了简单的侦查、拍照，带着报警人回所取了笔录，受理了治安案件，报警人先行离开。这种笔录非常简单，时间、地点、人物，发生了什么事，就好像小学生作文一般，白松现在已经可以自己取这种笔录了，比起刚毕业的时候，算是进步了不少。取笔录这种事情，警校是不教的，工作了慢慢就会了。

取完笔录，白松准备调取一下这附近小区或者路口的录像。这个情况就比较难办了，因为丢的不是电动车，而是电瓶，这个小区又至少有十几个出口，能查到的概率很低了。白松知道，这种治安案件，不可能像之前的专案组那样，配合着大量的专业警力穷尽式地寻找证据，目前能做的也就是这些了。

"行了,先别去调录像了,跟我出警。"白松刚刚准备出去调录像,就被冯宝叫住了,"调录像等后天再说吧,今天没时间去。这有个警,你先跟我去一趟,你师父他们已经出警了。"

"好,啥事?"

"不知道。"

"啥?不知道?"

"嗯,你拿着出警单,跟我走一趟。"冯宝走在了白松前面。

白松拿起出警单,这么狠的吗?

"大光里小区附近的平房院子里有一个外星人,有一米多高,来回走动。"

白松仔细地看了两三遍接警单,一字不差。

"外星人?"白松几乎是喊了出来。

"是呗,走吧,去看看。"冯宝有些无奈,这一天天的啊。

六七分钟以后,两人到达了现场。这附近的平房面积有些大,但是基本上都是废弃的,马上要拆迁,并没有人住,报警人是旁边小区大光里的居民。

联系报警人,报警人说不知道在哪了,从楼上看不到了。两人无奈,直接进入了这片平房。

刚进入这片区域不久,两人就听到了声音,循声而去,是一个衣衫褴褛的男子,身高只有一米二左右,他似乎是住在这里。

"干吗的?"冯宝大喊一声。

男子转身,冷漠地看了两人一眼,继续回过头去,收拾起他的东西。冯宝上前,找男子要身份证,男子拿出了一张皱巴巴的一代身份证,外面的塑料壳已经不见踪影,身份证上的字都快看不清楚了。

冯宝给所里打了电话,查了一下这个人的信息。很普通的外地务农人员。

"这里是危房,很不安全。你是做什么的?"冯宝询问了两句。

"我没事。"男子应了一声。

又嘱咐了几句,这个确实也管不了什么,冯宝没有多说话,带着白松回到了车上。

第七十五章　吵架

回到车上，冯宝跟所里汇报了这个情况，接着所里又给分配了一个警情。至于这个矮个子男人，冯宝把这个事情给这里的社区民警说了一下，就暂时不管了，还是抓紧去下一个报警点了。

出警就像吃一盒混合饼干，你永远不知道下一个是什么味道的。

男子报警，自称被打。

地点位于贤玉里，这里算是一个老小区，但是治安不错，两人到了以后，只见一名男子在小区门口，穿着睡衣，等警察。一看到警察来了，这个大兄弟立刻凑了过来，瑟瑟发抖地说道："警察叔叔您可来了，快救救我吧。"

"上车上车说。"冯宝停下了车子，把暖气开到最大。

供暖都快半个月了，今天是12月1日，这大清早的，气温基本上在零度上下，就连刚才的那个个子不高的人都知道穿上棉衣毛衣的，这哥们算是闹哪出？

"咋回事啊？"冯宝问道。

"警察叔叔，哦不，大哥，我求您帮我个忙，我媳妇打我，我实在是扛不住了。"男子撩开了睡衣。

一条条伤痕触目惊心啊……冯宝和白松倒吸了一口气，这哥们的媳妇，是练UFC（终极格斗冠军赛）综合格斗的吗？

"你报警，是想让我们处理你老婆对你的殴打行为吗？"冯宝问道。

"不、不、不……不是不是。警察大哥，我就是想让你们陪我回趟家，我回去穿点衣服就行,我回我妈家里住几天就行。我自己不敢回家。"男子哆嗦着说道。

"就这个诉求?"冯宝再次问道。

"嗯……如果可以的话,我能不能再把我的几个核桃拿走……"男子的声音越来越小。

"行吧,你家在哪,我们去看看。"冯宝把车子开进了小区内。

到了楼下,锁好了车子,三人鱼贯而入,男子走在了最后面。

二楼,冯宝敲了敲门,门很快就开了。

"行啊,能耐了,都学会报警了。"屋子里的女子说道。

要说起来,这男人的老婆并不是想象中五大三粗的样子,看着还是挺顺眼的,但是脾气是真的大。

"媳妇我错了,你别动手,我错了我错了,我穿个衣服就走。"男子低眉顺眼地说道。

"你休想!我告诉你,王磊,你爱去哪里去哪里,就是不许回家。"女子瞪大了眼睛。

"你到底怎么惹你老婆了?"白松对着男子问道。

"我就买了一对核桃……"

"还好意思说!一对核桃1000多块钱,你都多少核桃了还玩!"

"老婆我错了,我跟你说了,我真的不是为了玩,这一对儿,闷尖儿!我打算卖掉,我这可是捡便宜了!"

"每回你都这么说!从来没见你把钱拿回来过!"女子作势又要动手。

"这回是真的!"王磊躲到了白松后面,"老婆我错了,你就让我穿上衣服,我走还不行吗?"

"你休想!"女子绕开白松,就要打王磊。

"警察来了还敢动手?真当我不敢拘留你?!"冯宝平时嘻嘻哈哈的一个人,凶起来也挺吓人,一句话就把女子吓了回去。

冯宝一句话,女子瞬间就停下了动作:"呜呜,王磊,你个没良心的,你找警察来,你还想把我拘留了,你好狠的心。"说完,女子的眼睛里就腾起了水雾。

"老婆你听我解释啊,我就想……"

"你就是变了,你一天天地只知道解释,这个家我待不下去了,我要走。"

"不要啊老婆。我错了。"男子从白松的后面钻了出来,上前抱住了媳妇。

这一幕,冯宝和白松都无语了。俗话说,清官难断家务事,古人诚不欺我!

"王磊是吧,怎么着,还需要我们吗?"冯宝问道。

"不用了不用了,谢谢民警谢谢!"王磊抱住了老婆就不肯放手了。

白松看了看这家里,桌子都被砸烂了一张,桌面的玻璃碎了一地,花瓶碎了好几个,满地的衣服和土……这跟战争现场一样的屋子里,两人竟然抱在一起了。

"女人真的太可怕了。"冯宝离开屋子下了楼以后,心有余悸地说道。

"宝哥你不是孩子都两岁了吗……"白松心有戚戚,"嫂子人是不是特好?"

"嗯,你嫂子要是这样,早就过不下去了。这女的这样谁受得了啊。看那个男的居然任由这个女的这么打,天哪,这日子怎么过啊……"冯宝说道。

"咱们怎么什么人都能遇到啊,太奇葩了。"

"也还好,运气不错,要是个打架的警情,又得忙活好几天,这个这样的,就很不错了。"冯宝倒是没什么感觉了,这个虽然奇葩,但是奇葩年年有,从来也不缺。

"嗯,咱们一会儿干吗去?"白松问道。

"先回所里吧,把这个警情回去报一下就行。"

"好。"

出完这个警，所里的110少了一些，一直到中午也没有需要出的警，11点半，两人一起去了食堂吃饭。值班的时候，如果是没什么事情，到了吃饭的时间就一定不要拖，否则根本不知道一会儿有什么奇葩事情。

　　白松和冯宝一起吃完饭，师傅孙唐和副警长马希也回来了。

　　孙唐和马希去处理了一起家庭纠纷，也是夫妻打架的，不过是男的打女的。两人忙活了一上午，女方不要求处理男方，但是要求离婚，孙唐二人帮助女方把东西搬了出来，送到了女方母亲家里。

　　白松一听，这次不是女的打男的了，是男的打女的，这个有点过分。但是仔细一问才知道，这个女的偷偷跑到澳门赌了好几次了，家里已经负债累累了，怎么都管不住。

　　金银细软，谁都想要，但是很多人对于钱财的追求程度已经远远超过了他们的实际赚钱能力，铤而走险，还发展出了很多不同方式的财产犯罪，令人唏嘘。

第七十六章　跳楼

"有警,"食堂的门被推开了,前台值班的孙爱民在门口喊了一声,"朝阳公馆有人要跳楼,通知王所了,他马上下来。"

"咱俩先去,"冯宝立刻站了起来,白松也顾不上刷碗,跟着冯宝一起离开了食堂。

白松刚刚出门不久,孙唐和马希也跟着出来了。得,饭先别吃了。王所此时也从办公楼里走了出来,带上了包括三米在内的三名辅警,一行八人,两辆警车,闪起了警灯和警笛,呼啸而出。除了白松和冯宝,其他六人还都没吃午饭,此时也顾不上了,两辆车子迅速向目的地奔去。

朝阳公馆与爱荷花园,是九河桥派出所辖区内最好的小区,爱荷花园更加僻静、环境好,朝阳公馆地段好一点,现在门口正在修地铁站,而且小区是电梯房小高层,刚建好两年,能住在这里的家里条件应该也都不错了。

接报警,小区7号楼11层楼道窗户边,有个女子坐在上面,报警人是对面楼的。朝阳公馆的后面,就是白松上午去的那处要拆迁的平房,再旁边就是大光里。两辆警车到的时候,消防车也刚刚到,消防的武警战士和警察一起跑到了7号楼楼下。

抬头望去,整个楼梯口的窗户,只有11层的窗户是开着的,一个年轻的女子坐在窗户边上,双腿耷拉在外面。

"王所。"消防部门的一名武警军官看到王培,过来和王所伸手握了个手。

"李队。"王培握了手,"我们先拉个警戒带,驱散一下围观群众,然后派两个人跟你们一起上去。"

"好!"李队很简洁地点了点头,立刻带着队伍跑着离开了。

来了三辆消防车,其中一辆车上五六位武警战士拉出来一个巨大的充气气垫,迅速地拉到了李队指定的位置,开始了安装。好在这个小区人不是很多,而且小区里,外人不能随便进,围观人数倒是不多。王所迅速指挥大家拉起了隔离带,规劝附近的围观群众不要靠得太近也不要大声喊话。

"老孙,你在下面负责,我带着白松和三米上去。"王所环视一圈,指了指白松和三米,接着就转身上了楼。

孙唐开始布置楼下的工作,三人则迅速跑到了电梯口。

李队他们已经上去了,三人等了半分钟,电梯才到,然后很快地到达了11楼。

"你们不要过来,让我一个人在这里静一静!"刚刚下了电梯,就听到了一个年轻女子的声音。

"我们不过去,你要冷静!"李队声音不大,看了看表。

大型的气垫是需要五六个消防员安装的,如果在安装好之前,女孩跳下去了,那必死无疑。当然实际上,有这个气垫,基本上也是九死一生。正常来说,消防气垫的使用高度不得超过十六米,而且必须是无替代办法的时候才能使用,因为有时候垫上了气垫以后,就会有可能诱导跳楼者跳下。

此时,11层楼道的高度已经达到了三十米,但是李队来之前就请示过了,气垫还是要放,能不能起作用,尽人事听天命。

"现在什么情况?"王所和李队问道。

"是个年轻女孩,她现在的位置很危险,一碰就会掉下去,我们的同志没法接近。自动绳套也无法使用。"

"请问一下,看到附近有其他人吗?"

"没有。"

"辛苦了李队,我过去看看。"王培越过了几个消防员。

房型是两梯四户,有两条分别独立的楼梯道,这个女子位于电梯右手一

第七十六章 跳楼 | 269

侧，楼道为"之"字形，女子位于楼道中间，坐在打开的窗户上。这个确实麻烦，上下都不能靠近，后面就是墙，要是冲过去，女子被惊吓掉了下去就麻烦了。

"这样，我一会儿去试试聊几句。"王培从楼道里撤了出来，先和李队交流了起来，"这上面就是顶楼，不行就得从上面想办法。"

"嗯，我们这么考虑过，已经找人去拿顶楼钥匙了，破拆声音太大，还是得用钥匙。我一会儿安排一个同志从上面试试能不能下去。"李队看了一眼白松，"这个小伙子挺壮实的，一会儿也上去帮忙拉一条绳，没问题吧？"

王所看了一眼白松，道："没问题。"

也就是说话间，一名消防队员上了电梯，带来了顶楼钥匙，一共五名消防战士和白松一起上了天台。天台风很大，刮得呼呼作响，跟着白松上来的，有一个是副中队长，姓平，另外四人都是很年轻的新兵，比白松都要小上两三岁。

"一会儿我下去。"平队看了看天台的构造，非常空旷，没什么可以捆绑绳子的地方，找了半天，就只有电梯间的设备是非常牢固的，但是距离天台的距离有些远。

高空垂降，一般需要两条绳索，一条承力绳，一条安全绳，但是安全起见的话，多一条安全绳也是可以的，如果女子一会儿看到了消防员要跳，消防员抓住女子的那一瞬间，受力还是比较大的。当然，消防员的这些绳子，一吨的力量都拉不断。

"平队，我下去吧。"一个年轻的消防员上前拿住了绳子往自己身上套。

"我轻，我下去。"

"我下去，你们没人比我灵活。"

四个消防员都要上前取代平队的位置，平队一瞪眼："小点声。我下去，你们给我控制好绳子。"说完，平队又非常平静地说道，"这是命令。"

四名消防员立刻就蔫了，迅速地开始帮平队安装垂降绳。

一根安全绳计算好了距离，打了死扣，绑在了平队和电梯的结构柱上。

这个结构柱可以承受几吨的力量都不会有任何变形。两名身材瘦小的消防员负责安全绳，白松和另外两名消防员使用一组滑轮负责承力绳。

如果时间允许，其实没这么麻烦，也不用这么多人，有一棵树或者一个合适的着力点，再安装好必要设备，平队自己垂降都没问题，但是目前这个情况还是直接靠人力更快一点。

第七十七章　余悸

从天台上向下望去，女子所在的楼梯口距离天台边上有五米左右的落差，好在人在这种环境下很少向上看，所以平队的位置倒是不容易被女子发现。

做好了准备，平队的电台耳机里传来了李队的方案，垂降营救。有条件的情况下，将女子紧紧抱住，从窗户里回去。如果条件允许，可以将女子踢进去。如果女子出现挣扎或者要跳楼，那么就有麻烦，这个就看平队现场随机处置了。

下面的充气气垫已经准备完毕，周围几十米之内也已经没有任何的群众，李队也得到了指挥部的指令，行动！

平队在绳子上做好了标记，到了一定的距离以后，如果平队拉安全绳，就代表速降一米，如果拉两下，就意味着速降两米。这个情况，前者意味着女子未发现，后者意味着女子已经尝试跳楼，要去扑救了。

滑轮组就一个动滑轮，绳子的一端固定在电梯房，另一端三个人拽着，三人站在天台防护栏的内侧地面往下放绳子，这里的天台防护栏，就是建楼用的钢筋混凝土，上面有一根很细的铁栏杆。坚固程度看起来还是不错的，但是几个人都没有把安全寄托在这根防护栏之上，绳子是从铁栏杆下面穿过去，直接受力点就是防护墙。

滑轮组是普通的动滑轮，下降一米要放两米绳子，平队加上装备有八十公斤重，有滑轮的缘故只需要承担一半重量，安全绳那里也能承受一定的重量，白松这里的三人，需要承担差不多三十公斤的分量，这对于三名男子来说，目前压力很小。

平队开始缓缓下降，天台还是很大的，五人都在按照匀速缓缓地松绳子。大约半分钟以后，平队就下降了四米左右，他现在弯着腿，贴在墙壁上，距离女子的距离只有一米多。女子好像是听到了平队的声音，本来空洞向前的眼神，缓缓向上看了一眼。

女子到了现在，一句话都不肯说，看到了平队的身影，她似乎想通了什么，纵身就要跳下。

平队迅速拉了两下安全绳，上面的五个人立刻就开始迅速放绳子，白松这里需要放下四米的绳子，他也没有手套，绳子下滑的过程手被磨得生疼。平队迅速下滑，一把抓住了女子的胳膊。

从白松这个角度，什么都看不到，但是迅速止住下降的趋势以后，手上猛地一沉，大家都知道是平队抱住了跳楼女子。几人仿佛被向前拉了一下，但是稳住还是没问题。就在这个时候，阳台的防护墙晃了。

高楼的建设标准，都是钢筋混凝土为主，以钢筋为主结构，构筑承受力量的主体，然后混以混凝土和砖，增加楼的结构刚性。但是这个楼的天台防护栏，却没有使用钢筋，仅仅就是砖砌的砖墙，刷了层水泥。

一瞬间的受力，卡着绳子那里的几块空心砖立刻有了晃动，两侧的水泥有了晃动，水泥和主防护栏的墙有了明显的脱落迹象。

这可不是闹着玩的，这里的空心砖可不是我们常见的五斤一块的红砖，每一块都有差不多 40×20×20（cm）这么大，这一列是五块，如果整个塌下去，虽然绳子没问题，平队会下坠一米，但是这五块砖有一块砸到平队或者女子，都将是致命的。

此时下面的绳子并不安稳，不知道是不是女子正在挣扎，平队完全控制不住绳索，眼见着这一列的空心砖直接脱离了防护墙，一整列地坍塌了。受绳子力量的影响，最上面的一块和下面的两块往天台方向掉落，上面的第二块第三块却一起向外掉落。

白松没有多想，拉着绳子向前两步，在空心砖倒塌的那一刻，一脚踹

第七十七章　余悸

到了要向下掉落的两块砖上面。下面几十米内都没人，踢出去就安全了！白松这一脚，自己根本收不住力，拉了一把绳子，本身白松是向后拉绳子的，这下他为了用力就要反方向拉，后面的两个消防员使出了吃奶的劲，死死地拉住了绳子，就连拉安全绳的两个战士，也用力拉紧了绳子。

安全绳并不在这一列砖上卡着，这一列砖，只有动滑轮的两股绳子，此时直接下坠。白松踢飞了两块砖，但是还是有一块掉了下去，白松立刻又向前，要踢飞这一块，但是已经来不及，砖头还是掉了下去。

"小心！"白松喊完，却发现自己的身体状态已经不对，身体的前冲趋势已经止不住了。前面，就是四十米的高空！

白松此时真的顾不上那块砖了，他一把抓住了两股绳子里的系在电梯上的那一根，但是还是有些晚，身子重心探出了大楼。孙唐和冯宝等人在下面看着，此时的人群已经发出惊呼声。

本来绳子如果还是在这个一米多高的防护墙上面，白松很容易用力，一把抓住了就能把自己拽回去。但是由于几块砖的下落，绳子的高度此时只有一块砖的高度——二十厘米，白松的身体重心就完全不对了，整个人一下子滑了下去。

白松死死地拽住了消防绳，身体还是向下滑了几十厘米才算停下。此时，白松的耳边完全听不到任何声音，他全身所有的气力，都在这根绳子之上。幸好白松拉的是固定端的绳子，如果是两个消防员拽住的那一根，两名消防员根本就拉不住他。

白松此时的心情无比平静，当抓紧了绳子的那一刻起，白松就已经踏实了。之所以如此，不是因为别的，而是这一刻，白松想起了马志远抛来的那根绳子。抓住绳子的那一瞬间，就好像抓住了一个靠谱的伙伴。

白松没有向下看，用力蹬墙，向上攀爬了两步，上面两个消防员的手伸了下来，是增援。

第七十八章　电信诈骗（1）

终于，白松以及要跳楼的女孩都被救了上来。

白松算是运气好，没受伤。平队倒是因为那块砖头避让困难，肩膀被砸中了，此时已经送到了医院。在救援最后的几分钟里，平队的一条胳膊已经完全使不上力气，但是还是坚持着把女孩救了上来。而且，女孩还咬了平队。

此时天台上已经不是原来的那些人了，孙所已经到了。看到白松平安无事，孙所长也是舒了一口气，因为这个女的跳楼，搭进去个警察，那就太亏了。

"小伙子，感谢！"李队走了过来，对白松说道，"要不是你踢开了那两块砖，砸到平队头上就麻烦大了。"

"应该的应该的。"白松就怕别人夸，这一夸就不知道该怎么说话了。

"走吧，咱们也先下去。"孙所开始指挥大家撤离。

救上来的这个姑娘，看着也就十七八岁，长相普通，但是从衣着来看，家境应该还是不错的。被救上来以后，女孩就一直一言不发，默默地被警察带回了派出所。到了所里以后，白松换了一身衣服，刚刚穿的那一套衣服已经很脏了。

"没事吧，白松？"孙唐问道。组里的几个同事先后来问候了白松一趟，确定白松没什么事情，大家也才真正放心。刚刚白松在上面吊着那一刻，真的把大家都吓坏了。

"我没事，师傅您放心。"白松说道。

"你怎么上天台了？干吗让你上去？"孙唐让白松把外套脱了，看看白松到底有没有受伤。

"消防员人手不够，王所让我上去，我就上去了。本来我是负责拉绳子的……"白松大体讲了一下。

"王培他凭啥让你上去，他怎么不上去，你这幸好反应快，要是你反应慢点，就麻烦了。我在下面听消防员说了，那个气垫在这个高度，也就是能起个心理安慰罢了，根本保不住命。"孙唐说着有些来气，他把白松掉下去的事情归咎于王培副所长，越想越气，直接就要上楼和王培理论。

"别别别啊师父，我没事不就好了？"白松连忙拉住了怒气冲冲的师父。

别看王培是副所长，但是孙唐这种工作了二十多年的老民警有时候完全可以不买王培的账，更何况王培才三十多岁，即便是身处领导岗位，也一样是个晚辈，孙唐要真的说他一顿，他也只能听着。

白松知道师父的好意，拉着师父去了前台的调解室，了解了一下这个女孩的情况。

女孩叫陈敏，今年十一长假期间，她为了一个兼职，在网上找了一个网络平台刷单，结果被诈骗了4000多块钱。后来陈敏为了把钱取出来，又被骗子忽悠，把自己多年的压岁钱也投了进去，两万多元直接打了水漂。

这应该是一种新兴的诈骗手段了，现在网购已经开始步入千家万户，而事实上，任何新生事物的产生，都很可能带来新兴的犯罪。从2000年之后，电信诈骗就开始逐渐出现在大江南北，并且有了燎原之势。

差不多半个小时后，陈敏的父母都来了。陈敏一家就住在这栋楼的四楼，今天都在上班，只有女儿一个人在家。10月份的时候，陈敏被骗，开始她不打算告诉父母，想着自己把钱赚出来，结果越套越多，不仅自己的钱全进去了，她还找朋友借了几千块钱。

事发后，陈敏碍于面子没有跟父母说，后来实在扛不住了，告诉了父母。其实两万多元对于陈敏的家庭不算多，但是经商的父亲对此感觉十分丢人，给陈敏还上了钱之后把她批评了一顿。

钱被骗了，有时候比钱被偷了要难受得多，因为被骗意味着自己的智商被碾压了。陈敏本身就已经十分难过了，被父亲这么一说，就有些扛不住了，这一段时间一直茶不思饭不想。陈敏的男朋友多次开导她，结果越开导越出问题，再加上持续的负面情绪，最终两人闹了分手。有时候，家境不错的孩子，遇到了挫折，更加难以接受，所以越想越极端，造成了这个后果。

今天大家还要值班，孙唐带着三米、马希和冯宝，一共四人分两组又出去出警去了，好在刚刚回来的时候抽空吃了点饭。白松就负责在单位陪着陈敏，别让陈敏在派出所再有什么过激举动。

陈敏见到白松进来了，此时也缓过来了一点，刚刚虽然真的想死，但是又不是真的活不下去，却差点害到一名消防员和一名警察，陈敏也有些愧疚。

"对不起。"陈敏看到白松后说道。

这倒是让白松有些吃惊，听到陈敏道歉，说明她已经有了正常人该有的思维，不再极端。"没事，我这不是啥也没少吗？"白松回答。

"救我的消防员怎么样了？"

"刚刚打电话问了一下，肩胛骨骨裂，需要休养一段时间了。"

"这么严重？"陈敏面露忧色，"我好像还咬了他……"

白松其实心里还是有些生气的，本想批评教育陈敏一番，但是还是忍住了，这个年岁的姑娘，有些事不能完全怪她。

"他没什么大问题，倒是你，怎么样？"

"我，我，我没什么事了。"陈敏低下了头。

过了几分钟，白松一直没有说话，陈敏似乎鼓起了勇气，抬头弱弱地问了一句："警察叔叔，你说，我是不是很笨？"说着，陈敏的眼里又泛起了泪花。

"我有这么老吗，我最多比你大三岁，怎么就成叔叔了。"白松其实也不懂该怎么安慰陈敏，只能调节一下气氛。

"啊，对不起。"陈敏有些敏感，没有领会白松的玩笑。

第七十八章 电信诈骗（1）

"没,我跟你说,这不算什么事。我还被人骗过呢!何况你一个小姑娘。"白松说瞎话没眨眼。

"真的吗?"陈敏的眼睛里充满了好奇。

第七十九章　电信诈骗（2）

这倒让白松骑虎难下了，怎么说？说其实我没有被骗过？这个技能没学过啊……想了想，白松开始编了，讲自己曾经在大学的时候，因为要出去租房子，结果被黑中介给骗走了 2000 元钱的故事……白松听过这种骗术，所以代入感还是比较强的。

简而言之，就是把一处不错的房子以略低于市场价的价格发布出去，去签合同的时候，要求交定金。交完定金之后才签合同，但是合同里有什么一年的治安管理费、一年的卫生费、一年的网费等，这些费用虽然都不高，但是很多想短期租房子的人前期根本拿不出这些费用，而且一旦加上了这个费用，实际上房租已经比正常房租还要高一点。很多学生党或者参加工作不久的人只能自认倒霉，定金就不要了。

"你们警察也会被骗吗？"陈敏的眼睛里有了丝神采。

"是啊，上学的时候没有社会经验，这不是什么大问题，吃一堑长一智，人这辈子哪有一点亏不吃的。"

"可是……"陈敏还是有些难过，"你这个只有 2000 块钱，而且就一次，我这是连续好几次，总共被骗走了差不多三万块钱，唉……"

"三万元是不少，但是再多钱，也买不了命啊。再说了，我家可没你们这条件，那会儿 2000 块钱，对我来说很多了，差不多两个月生活费。"

不得不说，陈敏经济头脑还是不错的："你两个月生活费 2000 块钱，干吗要去租这么贵的房子？"

果然，说谎是没有前途的……

"当时想租房打暑假工的,合租合租。"白松给了个解释。

陈敏没有继续问下去,沉默了一会儿:"警察叔叔,你说,我父母会不会对我很失望?我刚刚听到我爸的声音了,他好像很生气。"

"不会的。"白松没有对陈敏讲,她爸爸已经被她母亲打得抬不起头了。

"嗯,警察叔叔,我再问你两个问题可以吗?"

"可以,几个都可以。"

"你说,我被骗的钱,有没有机会拿回来呢?我真的好恨这个骗子,我和她在一起玩网游,认识了半年多了,所以她给我介绍的,我就没有多想……"

"你报警了吗?"

"报了,也立案了,但是后续有什么进展我都没有收到……我听说,这些骗子都在国外。"

"嗯……你要相信警察,他们会努力的。"白松也不知道怎么回答。这个女孩的学校就在九河区,如果说立案了,案子要么就在三木大街派出所,要么就在刑侦支队三大队。三大队是专司盗窃、诈骗这类侵犯财产权利的犯罪的部门。

"嗯,知道了。"陈敏听出了白松的意思,实际上,这一个多月的时间里,她听了很多人的话,都说这个基本上不用想追回来了,陈敏很是难过。

"那,还有一个问题呢?"白松看到陈敏情绪还是很差,主动问道。

"嗯……"陈敏声音细若游丝,"没有了。"

"没关系,你问吧,我肯定知无不言。"白松安慰起陈敏来。

"那……嗯,警察叔叔,我问一下,你说,我是不是真的是一个特别贪婪的人?"陈敏低着头说道。

"贪婪?"白松有些疑惑,"为什么这么说自己?"

"我听到有人背后说过我,说我被骗纯粹是活该,是纯粹的贪婪,说被骗的人都是因为贪心。可是,我不是真的就喜欢那些钱,刚开始的时候,我就是想给爸妈减少一些负担,想证明一下自己……"陈敏声音越来越小。

"结果对自己更加失望了是吗?"白松开始有些理解陈敏了。

"是的,感觉自己特别无能为力,什么忙都帮不上,还总是添乱。"

"你啊,是个好孩子,只是这个世界,没有你想的那么简单。"白松决定多说几句,"你以前没有赚过钱,因此你不知道赚钱是什么概念,你也不知道你自己的能力,到底价值几何。举个最简单的例子,一个展销会,如果一个明星出场,可能有十万、几十万出场费。但是如果有人跟你说,让你去当两天礼仪,给你多少钱,你觉得合适呢?"

"200?"陈敏有些不肯定地说道。

"是啊,差不多就这个价格,如果再多几百也有可能,但是如果有人说一天几千块钱,你就要警醒了,这是不可能的,这只能是骗子。所以如果给的钱太多,反而不能去。"

"嗯,"陈敏点头,"你说得对,多大本事赚多大的钱,我爸其实跟我说过。他说有的工程,他去能赚好几万,但是一些能赚几百万的项目,有的看着美好,他的实力去了就完蛋,全部家底还不够交一些违约金。警察叔叔,你说,我其实就是没有自知之明,是吗?"

"嗯,也不能这么说……"白松抚额。

"没事的,我想明白了。我死都没怕,还怕你说我几句吗?我确实是没有自知之明,我的能力还不支持我达到这个收益水平,所以肯定都是骗子哄我上当。"陈敏闭上了眼,"我爸说得真的很对,人,贵有自知之明。"

"是啊。你爸爸说得对……"白松点点头,陈建伟这个人能赚到钱也不是没有道理。

"谢谢你陪我聊这些,也不怪我。"陈敏问道,"我爸妈呢?您让他们进来吧,怎么说我我也认了。我想开了。"

白松仔细看了看陈敏,发现她的情绪确实稳定了不少,就打开门喊了一声,让前台的警察把陈敏的父母带进来。

第八十章　电信诈骗（3）

陈敏的母亲抱着陈敏就开始大哭起来，陈建伟在旁边细声安慰起来。

看样子没事了，白松离开了这个屋子，走到了大厅里。不多时，陈建伟从里面走了出来，脸上青一块紫一块的，看着就疼啊。

"您好。"陈建伟过来和白松握了握手，"你就是救了我女儿的警官吧？"

"不是不是，下去救你女儿的是一名消防员，不是我。"白松摇了摇头。

"消防员我知道，我回头得过去好好感谢一下人家。但是，我听说，你们单位有个警察，为了救我女儿差点从楼上掉下去，整个身子都挂到楼外面了，我能问一下是哪一位吗？"陈建伟诚恳地问道。

"啊？"白松不好意思地说道，"如果你说的是这个的话……应该就是我了。"

"就是您！警官，真的是太抱歉了。"陈建伟立刻就弯下了膝盖。

这可把白松吓了一大跳，立刻向前扶住了陈建伟的胳膊，没让他跪下去。真没想到，陈建伟这么个好面子的人，女儿犯了错就要骂的人，此时居然要给白松下跪。

"陈……先生，这个可使不得。"白松用力拉住了陈建伟的胳膊，任他怎么努力也没让他跪下。

"小女不听话，给你们添麻烦不说，还给你们造成这么大的危险，我这个做父亲的，管教无方。"陈建伟一脸羞愧，只是他脸还有些肿，愧色不显。

"您可别这么说，我这是应该的。"

"我能问一下您的名字吗？陈敏她不懂事，但是您也是她的救命恩人，以后无论如何也不能忘了这份恩情。"

陈建伟是一个很讲究原则的人，知恩图报是他的准则，搞得白松很不好意思，一直到现在，白松也没觉得自己这是做了什么了不起的事情。说实话，他去踹掉那两块砖，纯粹是为了救平队长，跟陈敏基本上没有太大的关系。

"我叫白松。"白松微笑，"您不用这么客气。"

"好，我知道了。"陈建伟起身，再次握了握白松的手，"谢谢！"

白松坦然接受："我跟你说陈先生，以后你的女儿，你要多去尝试理解她，她还太小了。"

"嗯，我知道。唉，我也是……"陈建伟没有多说什么，停了一会，问道，"白警官，我不太懂这些什么电信诈骗，您能不能跟我说一下，这个钱我不在乎，但是这个骗子，哪怕再拿出来三万五万的，我也想把他抓住。他差点把我女儿害死了，真的，您能不能帮我发个通缉令啥的，谁把他抓住了，我奖励十万块钱。"

"啊？"白松解释道，"这个通缉令，得先确定了嫌疑人才能发，而且还是公安部来发，我们发没有用的啊。"

"嗯，那这个嫌疑人能确定吗？"陈建伟的眼睛里充满了希冀。

白松不知道该怎么回答，这个案子他没有管辖的能力，早已经被别的单位立案侦查了，跟他这个小见习警察没有任何关系。

"这样吧，回头我帮忙问问，这案子不归我管，我尽量帮你去看一下。"白松只能这么回答，如果是一个月前，他啥也不敢说，现在还好，无论是三木大街派出所还是刑警队，多少都是有朋友的。

"好的，很感谢。"陈建伟略有失望，但是他知道白松确实没有什么办法，"警官，我们可以带孩子走了吗？"

"等一会吧，我师父他们都出警了，估计不久就回来了。等他们回来，你们先坐一会儿。"

第八十章 电信诈骗（3） | 283

"好的，没问题。"

白松也不想在前台待下去了，今天刘峰和王旭他们也都在，而且最近还在忙上次白松抓住的那个 B 级通缉犯的事情，白松想了想这案子的情况，去找到了王旭。

白松上次抓到的那个通缉犯，算是个职业骗子，常年到处流浪窜逃，什么都骗。这次正好赶上白松遇到的也是诈骗案，归不归他们管辖先放在一边，多了解一下骗术还是挺重要的。

"白松？什么风把你吹过来了？"王旭热情地问道。

自从白松从专案组回来，他主侦破获了一起严重的碎尸案件这件事，分局在早上的全局视频会议上讲过两次，充分肯定了以马支队为首的专案组在此次案件中的职业素养与不怕苦不怕累的精神，而且在两次会议上，都着重肯定了来自九河桥派出所的白松在此次案件中的重大作用。

尤其是白松在南疆省出差两度遇险，之后回来又大幅度地提高了案件进展速度。这些以前分局开会也没讲过，这次连续讲了两次，负责刑侦的田副局长直接就在会上点名表扬，让白松很是露了一回脸。

不过白松这周休息，这么激动人心的机会他没有在场……

嗯，深藏功与名吧。也因为这些，白松这次回所以后，同事们看他的眼神都有些变化。也许之前抓了这个 B 级通缉犯，很多人还要说是走运，但是"10·22"碎尸案的主侦，这可不是"我上我也行"这么简单的一句话就可以吹出来的。

"嗯，王哥，忙着呢？"白松问道。

"是啊，你上回抓的那个小子，已经报了逮捕了，这不在整理案卷嘛。"

"这么久啊？还没有逮捕吗？"白松有些诧异。

"嗯，他多次流窜作案，刑拘了三十天，检察院那边再刑拘七天，现在属于检察院刑拘的时间，这几天应该就逮捕了。"

"哦哦，这人也够厉害的，不是条小鱼啊。"

"是啊，他行骗很多次了，最近外地市好几起诈骗案都已经到我们这里并案侦查了。这小子全国到处跑也没被抓到,在你这里栽了,你太牛了。"王旭竖起了大拇指。

"行了,别捧我了王哥,我那点三脚猫的功夫你还不知道啊?话说,这些案卷我能看看吗?"

"没问题,别外传就行,这又不涉密。"王旭把几本案卷推给了白松。

第八十一章　电信诈骗（4）

"这个骗子有点意思……"白松翻了翻几篇笔录，"你说他有这个脑子，去学学心理学，当个心理医生都没问题，这么好的脑子，净琢磨怎么骗钱了。"

"是啊，我听岭南省的警察说，有个女的知道他被抓了以后，去公安局愿意给他作证，说她并没有被这个哥们骗，说这个哥们其实是个好人……"王旭都有些无语，"确实是厉害。"

"王哥，我发现现在，他这样的骗子还是少了，现在接触诈骗非常少了，大部分的还是电信诈骗为主，对吧？"

"嗯，电信诈骗比较多。"王旭有些无奈，"也不知道怎么了，总感觉现在的很多人比以前还容易上当了。"

"可能是电信诈骗是规模化的诈骗，从概率上来说，遇到容易上当的人的概率确实是大了，"白松合上了案卷，"从经济学角度来说，这也算是增大广告投放了。"

"经济学还有这个东西？"王旭瞪大了眼睛。

"我瞎编的。"白松哈哈大笑起来。

"浪费我感情。"王旭也没想到白松怎么突然想起来开个玩笑，这什么脑回路。

"不闹不闹，说真的，我发现电信诈骗真的不需要什么很高超的骗术，只要去宣传，总有人信。"

"是啊，不过哪里人都一样，美国的很多人，都觉得他们的阿波罗登月计划是假的，然后咱们国家也有很多人觉得这是拍的视频。"王旭吐槽道。

"是的，而且天底下怀疑登月的人很多，但是这些人有99%的人以为只有阿波罗11号上去过一次，却不知道一直到阿波罗17号，除了13号失败了中途返回，一共登月了六次。"白松想到这里，继续说道，"我听我朋友说，美国很多年轻人，到现在还坚信地球是平的，坚持地平论。你说就这样的人，估计想骗到他们，也不会很难。"

"我高中同学也有信地球是平的呢，这不稀奇。"王旭笑得有些无奈。

"嗯，要我说……"白松还没说完，电话响了。

"喂，孙师傅，是我，白松。"白松接起来电话听了十几秒，接着说道，"好的，明白，马上到。"说完就挂了电话。

"又有人报警了？"王旭问道。

"嗯，又是电信诈骗。"白松的脸色有些黑。

白松快速地跑到了前台，除了白松以外的三名办案民警都出去了，前台安排了社区民警陈德祥带着白松出警了。这回被骗的，是天华市电视大学九河区分校的一名男学生，跟陈敏这件案子相似度很高。

不要小看一个派出所的辖区，一般来说，一个派出所管的地方还是很大的，九河桥派出所的辖区面积，是4.5平方公里，看着不大，但是换算成亩，这可是6750亩地。九河桥派出所辖区内，常住人口7万，一共有四十多个不同的小区，十几处平房建筑，一所大专，一所军校，几处洼地，一条排污河，几个小公园。顺便说一句，地铁站内部不属于辖区派出所管辖，那里有专门的地铁派出所管辖。

白松开的车，不一会儿就到了学校门口。警车开到了学校里面，下午学校课不多，很多人都围了过来，以为发生了什么事情，陈德祥对学校很熟悉，带着白松就去了保卫处。被骗的男孩叫古宇，报警的是老师，白松二人进入保卫处的时候，还没进门就听到了男孩的哭声。

一大堆学生过来围观，白松和陈德祥进了屋子里以后，就把门关上了。问了一下，才知道，古宇被骗了6000块钱。

第八十一章 电信诈骗（4） | 287

古宇是甘省人，家境非常普通，学习成绩也不好，但是作为家里的男孩，父母还是尽了最大的努力，让他来天华市读个大专。这 6000 块钱，包括下学期的生活费、古宇兼职赚的钱以及他借的钱。诈骗方式和陈敏的几乎如出一辙。

正如之前所说，很多人对自己没有清醒的认识。虽然有些人也打过工、做过兼职，知道自己努力一整天只能赚 50 块钱，但还是会有人相信自己能在网上动动手指一天赚几百块，这种对于自己错误的认知以及对钱的渴望，是上当受骗的最主要原因。

古宇最开始的时候，做的是正经的网络兼职，他有时候去帮人刷评论、写点东西，每天只能赚到四五块钱，差不多要付出两个小时的时间。像这种 QQ 群里，总有人会发布一些高收入的兼职，一天能赚几十至几百，开始古宇也没信，但是一天四五块钱的兼职收入他有些难以接受，最终还是听群里的人所说，办了会员，充值了几百块钱。

人有时候就是这样，一旦认定了什么，谁劝都没用。古宇第一次充了 500 块钱，结果每天都能赚 20 多块钱，他就想充 5000，一天能赚 200 块钱。后来一点一点地把钱往里面投，投入所有身家了，没过几天就取不出来钱，之后平台就迅速倒闭了。

白松明白，这种案件的侦破，不需要推理什么骗术，而是几乎完全要依赖技术手段，以技术反抗技术。这个案子与陈敏的那起案子很像，可能是一伙人所为，但是目前并案的证据还是不够。

"这个学生我们先带回去取个笔录吧。"白松道。

"好，没问题。"一个女老师说道，"但是警察同志，我得跟着他去，这个孩子家庭条件不够好，我怕他想不开。"

"行，一起走吧，"白松拍了拍古宇的肩膀，"大小伙子，不要哭了，跟我走，这帮骗子，还得想办法把他们抓到不是吗？"

"嗯……"古宇抽噎着，抹掉了眼泪，站了起来。

第八十二章 狗血剧（1）

受理与立案，只是一个案件的最开始。有案件就受理，有了笔录、银行流水、聊天记录，就可以立案。

白松决定了，上午遇到的电动车电瓶被盗的案子，等调完录像，就交给三米去看录像吧，他现在十分迫切地想把这一批电信诈骗嫌疑人抓到。

下午孙唐他们都回来了，陈敏也走了。白松继续处理了一个纠纷，到了傍晚，他动用了网上的各类平台，想去调查这个骗子的情况，但是依然一无所获。白松明白，对于自己这个连 IP 地址都不会破译的水平，想处理这个事情完全是不可能的。白松实在没有办法，给王凯师兄打了电话。

刚到九河桥派出所的那个周末，去河边看到了李某尸体的那次，王凯就在那里负责警戒线，他是经侦的民警。经侦队俗称经济案件队，主要是负责经济类案件，比如说偷税漏税、虚开增值税发票罪等。对于诈骗这种侵犯财产权利的犯罪，并不属于经侦支队管。但是白松和王凯聊天的时候，王凯说过他也在刑警待过，就是负责侵犯财产安全犯罪的，后来因为电脑水平高超，被经侦支队领导看好给要了过去。

当然，刑侦支队、经侦支队包括禁毒支队等，并不存在上下级或者谁高谁低的状态，只不过分工不同罢了。

电话接通，白松把情况具体讲了一下。

"师弟啊，你这个事情，我们上午还聊过呢，没想到差点掉下去的那个就是你，你没事吧？"王凯正在家吃晚饭，接到了白松的电话，丝毫不介意地说道。警察这个行业，本身就是需要一种额外的责任感。

"我没事,师兄,我和我们同事研究了半天,都没有什么进展,这些人用的手机号、QQ 号等,都是没有实名的。"白松有些无奈,"师兄你在三大队待过,你说这个案子,可以报过去并案吗?"

"并案应该问题不大,这手法有点像,回头你跟领导说一下,就给三队报过去。"王凯说道,"不过这个案子没你想得这么简单,我今天可是听说,那个姑娘跳楼这回事闹得挺大,市里面很重视,可能会有什么举措吧,你先静观其变也行。"

"好,谢谢师兄。"白松很感谢地说道。

挂了电话,白松和同事们一起吃了晚饭。

饭后不久,就开始了欢乐的出警工作。

"冯宝,有一起诈骗案,你去还是老孙去?"前台值班的赵绪光走进了办公室。

"邪了门了,今天这是咋了?"孙唐都有些无语了,"看样子我过几天得点几根香了,冲一冲这个邪气。"

"行,帮我也点几根。"冯宝开玩笑地说道,"白松,你师父他们都累了,咱俩去吧。"

"好。"白松站了起来,接着问道,"赵师傅,又是电信诈骗吗?"

"不是,是一个女的报的,说被她对象的老婆给骗了,我听得都迷糊,报警说是诈骗,具体情况你们去看看吧。"赵旭光道。

不是电信诈骗,白松舒了一口气。戴好装备,跟着冯宝一起离开了办公室。到了现场,只见一个三十多岁的女子堵在门口,里面有个四十多岁的女子在把她往外推。

白松先打开了执法记录仪,直接就进了屋。

"警察,快管管啊!这个女的,她非法入侵他人住宅!"四十岁的女子喊道。

"你放屁,你就是个骗子,你把钱还给我!"三十岁的女子声音更加尖锐。

"你个狐狸精！你要钱有什么用？还不如给我，我帮你存着理财！就你这样的还想勾引我老公，做梦吧你！"

冯宝和白松见到这个情况，立刻上前，把两人拉开，登记了两人的信息并初步了解了一下情况。

年纪略大的女子叫王秀英，是这个房子的女主人，年纪略为年轻的女子叫张丽，是小三。

一般来说，男的找了小三以后，是最怕媳妇知道的，但是此时的状态，跟剧本写得好像不太一样啊。男的在家，冯宝找他了解情况，男的就一言不发。两个女子一直吵，冯宝就单独把王秀英叫到了里面的屋子进行询问，白松就在外面向张丽了解情况。

张丽称，她和李杰，也就是这个屋子的男主人认识差不多两年了，李杰一直在外面跑生意，有一点闲钱。一次酒局上两人认识了，张丽本来也是离异，目前没啥收入，看到戴着名表，谈吐中透露着土豪气质的李杰，倾慕不已，频频送去秋波。而李杰自然也看上了张丽，不然跟她吹半天牛干啥？然后在李杰的几次追求之后，张丽就当起了李杰的地下情人。为了让张丽封口，每个月李杰都给她 5000 元钱的生活费。

结果好景不长，李杰的生意每况愈下，后来就变成了一个月 3000 元，张丽也表示认可。

到了张丽这个岁数，与一些小年轻不同。她其实花钱很少，就是正常消费，两年下来，也攒了差不多五万元钱。然而从上个月开始，李杰生意更加不顺利了，就提出要和张丽分手，但是还欠了一个月的钱呢。

张丽这怎么能忍？于是威胁李杰，要去李杰的家里跟他闹，要把李杰闹离婚！其实，这个吓唬的手段，张丽已经用了很多次了，这次李杰实在是没钱，也没办法。张丽一气之下就来了李杰家里闹。

第八十三章　狗血剧（2）

　　只是张丽没有想到，这个王秀英，可真不是个省油的灯。

　　张丽这是第四次来这里了。第一次来这里的时候，王秀英当着她的面，把李杰狠狠地骂了一通，然后李杰也觉得没面子，直接摔门走了。王秀英就哭，说李杰是个负心汉，哭得稀里哗啦，把张丽给整得感动了。

　　张丽其实没整明白，她想要钱，这个东西有时候就像核威慑，吓唬李杰有时候能拿到钱，但是真的到了李杰家里，难不成王秀英会给她钱？这怎么可能。

　　张丽这点水平，被王秀英聊了一两句，就摸透了，接着，王秀英跟她表示，她想要和李杰离婚。后来，张丽又来了两次，和王秀英具体讨论了离婚事宜。

　　王秀英说，她准备和李杰离婚，李杰出轨，按理说应该李杰净身出户，两人离婚，李杰要把房子、车子都分给她。本来家里还有些存款，但是这些年也都被折腾光了。问题是房子还有十多万元的贷款，王秀英哭着说，这个房子贷款不还完，离婚之后不能过户……这当然是假的，但是张丽说王秀英就是这么跟她说的，张丽也就信了。

　　张丽说王秀英告诉她，想还上这笔贷款，然后离婚过户到王秀英的名字，王秀英想借点钱，然后许诺了一个月10%的利息。张丽不疑有他，把自己的五万元都拿出来给了"命苦的姐姐"，结果就有了今天这一幕。张丽再傻，这么多天，王秀英不联系她，每次来都不给开门、电话打不通她也能知道出现了问题。

冯宝向王秀英了解完情况，接着把张丽叫走了解情况，白松又和王秀英聊了起来。

出乎意料的是，王秀英没有打算隐瞒和不承认，而是非常炫耀地跟白松讲述，她的那个傻男人，在外面给小三花了那么多钱，自己略施小计，就把钱拿回来大半，小三气成那样，却也无可奈何。

白松都快被王秀英整乐了，这个大姐，这么精明，难道不知道她是在诈骗吗？

钱是特殊的东西，与一般的物不同，在民法上，一般的物如果被他人非法占有，那么你将享有返还原物请求权，你可以要求对方返还你的原物。即便他把东西放在那里，你直接拿走，你依然不违法，因为这是你的东西，对方无权占有。当然这个过程不能靠偷靠抢，可以索要也可以报警或者到法院起诉。但是这绝对不包括王秀英的这种情况。无论张丽的钱是不是李杰给的，也无论张丽赚这个钱违法不违法、道德不道德，王秀英本身绝对是诈骗。诈骗罪，是以非法占有为目的，用虚构事实或者隐瞒真相的方法，骗取数额较大的公私财物的行为，总共三个组成要件。王秀英很踏踏实实地全占上了，肯定是诈骗无疑了。

白松最近一直在学习刑法相关知识，理解得还是比较到位的。

过了一会儿，冯宝从屋里出来，也没做什么评价，直接就说三个人都到所里解决吧。看得出来，冯宝不想让王秀英知道这个情况，先带回去再说。

为了防止三人掐架，张丽坐在了副驾驶，白松坐在张丽的后面，然后中间是李杰，最左边是王秀英，满载五人，一会儿就到了九河桥派出所。把三个人带入院子里，冯宝让两个辅警暂时看着点这三个人别打起来也别跑了，就带着白松先进了办公室。

这会儿，王秀英还在沾沾自喜，因能把钱要回来而高兴，她丈夫就在一边蹲着，一句话也不说，真的丢人丢到家了。

"情况就是这么个情况。"冯宝给组里的人说完，接着说道，"我看两个女人的供述，王秀英的丈夫应该不知情，并非共犯，完全是王秀英想把丈夫

第八十三章 狗血剧（2） | 293

给小三的钱骗回来，孙哥，您这边什么看法？"

"小三和这个男的确实是有问题，但是你说得没错，王秀英这个情况，给她算诈骗没任何问题。这样，先取笔录，我带着老赵给王秀英取个笔录，马希你和三米给张丽取个笔录，冯宝，你带着白松给男的取个笔录，一会儿要是有报警的你先带个辅警同志出警，那男的笔录好取，白松锻炼一下也没什么问题。"孙唐做了安排。

三个人的笔录是分开取的，冯宝和白松对李杰进行了细致的询问。

李杰和王秀英其实早就没什么感情了，李杰说他很怀疑王秀英在外面也有出轨，但是他都懒得调查，所以其实他并不是很怕张丽来闹。他其实没多少钱，这些年为了养个小三自己也没存到多少钱，不过他还真的对张丽有点感情，只是没钱了只能离开。李杰自己都说自己，没什么值得可怜的，都是自己选的。

本来张丽来闹，他也是没有办法的事情，就只能躲，谁承想，王秀英居然这么厉害，还能把这个钱给弄回来。这个钱是李杰自愿给张丽的，他并不想也不可能找张丽把这个钱要回来。所以王秀英的行为搞得他非常丢人。

第八十四章　办案

到了晚上9点多，笔录都取完了，案子立案都批了，这期间还有两起警情，组里有案子要忙，几个社区民警帮忙把警情给解决了。到了这个时候，王秀英还以为，警察准备追究张丽"非法入侵他人住宅"呢，给她签的传唤证，她都没有理解是什么意思。

今天的事情经过是这样的，王秀英没给张丽开门，是李杰看不下去给开的门，后来李杰想调解一下，把张丽劝走，但是张丽一说话李杰才知道，搞了半天王秀英背着他做了这么个事情。李杰面子上挂不住，就跟媳妇说这个钱是自愿给的，不能这么做，这下可把王秀英惹毛了。

李杰也知道自己犯了错，可是怎么办？除非他现在兜里有个十万八万的，把张丽劝走，回头再给张丽补偿。但是事实上他没有这么多钱啊，没办法，只能回屋子里躲着了。

派出所只有案件受理的权力，所长或者副所长都有权力批准受理案件。小案子，就是治安案件，没有立案的过程，受理了就可以办理并最终可以结案。而刑事案件，就需要立案了，立案必须是县/区一级公安局批，最终要局长或者副局长同意才能立案。一起案件，立案了，就是刑事案件正式办理的开始。现在公安部门的办案手续，是严格按照《刑事诉讼法》和《公安机关办理刑事案件程序规定》等相关法律法规执行的。

张丽和李杰可以先离开了，王秀英要留在这里。这会儿，王秀英才整明白是怎么回事，敢情警察是想偏袒那对狗男女？

就连李杰此时也没整明白，啥意思？

"警官，我跟你们说，这就是误会，我老婆把那个女人的钱拿走了，我一定想办法还上，您放心。"李杰在民警告知他，他媳妇已经被刑事传唤的消息后，来找白松。

"具体的情况，你肯定已经都知道了，怎么处置，是公安局的事情，你等通知即可。"孙唐把话接了过来，他担心白松心肠好，把不该说的也说出来了，"李杰你可以先走，保持电话畅通，明天早上可能你得过来签字。"

此时此刻，所里办案区里，王秀英正在被两名女警陪同着制作第二份讯问笔录。

"你现在处于传唤期间，请严格遵守你的义务，配合警察工作。"于雯严肃地跟王秀英说道。

因为要羁押和处理女嫌疑人，王所联系了一下所里仅有的两名女警察之一，也就是于雯。除此之外还联系了一位女辅警来帮忙。这一帮忙，基本上就是一晚上了。

"警察！你们一定是收那个女人钱了！"王秀英喊道，"我要去告你们！你们这些不干好事的东西！"

"我警告你一次，如果你继续口不择言，是在给自己增加刑罚。"于雯的声音不急不躁。于雯可是见多了这种情况，要是年轻的警察，说不定就得跟王秀英杠几句，然后再算她个辱骂警察、拒不配合，然后写进案卷里了。

王秀英终究是个没什么见识的女子，叫嚣了一阵子，看到于雯锐利的眼神，立刻就吓傻了，外强中干就是说她这样的。

白松是第一次跟着一起案子的全过程，一口气忙到了凌晨4点，才把王秀英送进了看守所。为什么要这么长的时间？首先，刑事拘留虽然只是个强制措施，不是什么处罚手段，但也不是随意就能批的，也需要局长级别的人签字同意。其间，有民警、所长、法制部门警察、法制部门领导等好几道手续呢。

这传唤期间，有十几道手续、几十份不同的材料需要做，每一份都不能有错误。尤其是女子的刑事拘留，无论什么岁数，都必须做妊娠检查，看看有没有怀孕，也是挺细致的。

手续全部做完，案件事实清楚，证据基本上没问题，批了刑事拘留，下一步，就是去医院。

其间全程都要有女警察的陪同，去医院验血验尿验胸片验B超……总之，要确定这个犯罪嫌疑人的几乎全部身体状况，然后基本上没什么问题，再送进看守所。到看守所以后，看守所还有医生，再次做一遍检查，没问题了，再收押。

王秀英有些高血压，因此还给她开了一些降压药，并且让她吃了下去，看守所才收押。

凌晨4点多，忙完了，天上飘起了小雪。车里四人，冯宝、白松以及两位女警，冯宝直接开车把两位同样忙了一晚上的女警都送回了家，且亲自送上了楼，才带着白松回去。白松回到单位的时候，雪已经积了一小层，地面的融化还是跟不上雪花的前赴后继。困啊，从早上到现在，二十个小时还多了，上午还经历了那么危险的一幕，下午到晚上、后半夜也一直没有休息，这就是基层警察的日常了。

白松现在特别想找一张床，就这么睡到天荒地老。但是这是不行的，回去就有事情要做呢。首先就是案子的回传，拘留了以后，要把相关的手续给补齐。之后要制作拘留人家属通知书，告知被拘留人的直系亲属。目前来看也就是告诉李杰："你老婆被刑事拘留了，拘留地点位于九河区看守所。"

通知的事情，天亮了再说吧，白松和冯宝忙完，已经快早晨6点了，门口的环卫工人已经开始了除雪工作。

白松看了看前台的110接警台，孙爱民师傅在那里倚靠着椅背有些困顿，好在他只盯后半夜，前半夜睡了觉，还算能坚持得住。

"睡吧。"孙爱民看到白松和冯宝，微微一笑，"放心，我盯前台，保证一个报警的都没有。"

第八十四章 办案 | 297

第八十五章　买手机

老孙还真的是个靠谱的师傅，白松起床的时候已经是下午2点了，浑身无比舒爽。

派出所的警情，是个很奇怪的东西。有的时候，一整天，一个麻烦的警情都没有，从早到晚就很清静、休闲；有的时候，从早到晚就是打架的警情。冯宝说他曾经一天之内处理了12起打架的案子，有7起调解解决，剩下5起给予打架的人治安处罚了。有的时候，你越清闲，越没人报警；越累的时候110越是响个不停。越淡定越没事，越心虚越是一大堆事……

因此，前台的民警能不能镇得住场就很关键了。孙师傅一番话，一直从白松躺下到早上8点半，连一个110都没有。一到了8点35就连续来了好几个……不过这个就归一组的警察处理了。

昨天的案子通知家属的事情，马希也给办了。白松今天休息，明天后天都休息！今天周五，明后天就是周六日了。一想到这里，白松心情就很舒服，今天，打算去买个新手机了。

11月工资发完，白松现在还有差不多7000块钱，还有八天就发12月工资了，现在的手机确实是不行了，有时候打电话没有声音。白松约了王亮一起去了九河区最大的一家手机城，王亮也想换手机了。白松最近也问了同事，现在进入3G时代，手机开始智能化，无论如何也得跟上时代潮流，买个3G的智能手机。

到了手机城，各种品牌的手机琳琅满目，这里不是专卖店，而是一个综合的手机店，各种品牌都有自己的店铺，比起大型的专卖店，价格上略有优惠。

"先生您好，我们这里有一个月前刚刚上市的手机，目前国内还没有发行，我们这款是 800 万像素……"白松拿起了一款手机，玩了一会儿，觉得不错，一个销售立刻过来介绍道。

"这个多少钱？"白松看到价格牌子上没有价格，"有优惠吗？"

销售愣了一下，脸上堆着的笑容立刻减了一半："我们这是现货。"说完，销售直接走了，去给其他人介绍了。

"哎？怎么这就走了？"白松问道。

"你个土老帽，这么好的手机还问打折。他们家啥时候打过折？能买到现货就不错了。"王亮也把玩了一会儿，有些肉疼地说道，"就是太贵了，几个月工资。"

几千块，还是很心疼啊，两人合计着，这都能买一台不错的电脑了。

"你电话响了，接啊。"王亮拿胳膊肘碰了碰白松。

"啊？这手机真是不行了，我都没听到。"白松接起了电话。

"白松，今天忙吗？"是孙杰。

"不忙，今天我休息，和王亮出来转转。"白松道。

"你和王亮在一起呢，正好有事要和你俩商量一下。"孙杰道，"你那边有点吵，你俩啊找个安静点的地方。"

"行。"白松和王亮走到了安全出口里，在楼梯间和孙杰聊了起来。

"是这样的，之前咱们被打的那次聚众斗殴案子，'二哥'和几个动手的人的家属和我这边谈完了，对方愿意赔偿咱们一些钱，和我们和解。之前你们也表示同意了，就是这个价格不知道你俩接受不接受。接受的话，下午5点左右一起去一趟新庄派出所，把和解协议签了。"孙杰道。

"我没啥意见，那个'二哥'傻愣愣的，也不是什么真正的坏人，我看他胆子比谁都小，这回被抓他差点吓尿了，和解我没意见，能不能少判他几年那就看法院了。"白松想了想，"至于具体多少钱，杰哥咱们不是说了吗，你看着办就行。"

第八十五章 买手机

第八十六章　你买吧，我不拦着

重新回到了柜台，两人询问起手机的情况。

"有的有现货，您等一下。"销售的态度还不错，从柜台里拿出了两个颜色的手机。

"要等多久呢？"白松问道，"现在有优惠吗？"

"对不起先生，我们这边得到的消息是没有优惠，还是4999元，但是咱们店里可以免费送不同款式的手机壳和贴膜，这一点，专卖店里是没有的。"

"好的，我看看。"白松拿起样机，和王亮一起把玩了起来。

就在这时，身后传来了不和谐声音。

白松身后传来一个男子的声音："不买就让让，别挡着我买手机。"

"你是在跟我说话吗？"白松听到以后，有些无奈，怎么每次出去总能遇到几个找事的，是自己举不动刀了吗？

"对对对，要看一边去看，别挡道，买个旧款的磨磨叽叽。老子有钱，我能买得起新款，你买不起就让让，有问题吗？"说话的男子穿着一件貂皮大衣，戴着金项链，一脸的傲骄。

"呵呵，那对不起了，我们还得继续好好仔细地问问销售，你啊，先来后到，慢慢排着吧。"白松有些来气，转身跟销售了解起手机的情况。

这里有三个销售通道，其实哪里都能结账，每个通道都只有一两人在询问情况，这个男子就要过来找事，无非是想给他身边的那个小姑娘展示一下自己多么土豪，白松才懒得理他。今天是周五，而且这里也不是专卖店，人并不是很多，本来白松在这里一直问来问去还有些不好意思，这回就不走了！

"你?!"男子看白松转过去不理他，一把拽住了白松的衣服，把白松向后拉了一米多。

王亮一看这个情况，立刻就上前，一把就把男子的手给拽开了。

男子一看，白松这里是两人，而且白松还人高马大的，美女在侧，他可不想认输，立刻向白松冲了过去，试图把已经要后仰的白松撞倒。

二对一，对于白松来说，实在是太轻松了，熟悉了以少打多，这种情况还真的没有给白松任何压力。白松顺着男子的手臂，直接抓住了他的手腕和肘子，顺势一绕，就到了男子的背后，把他的胳膊别在了自己的胳肢窝里。王亮见状，抓住了男子的右手，与白松做了同样的动作。

抓住一个人的左臂，将其胳膊肘放在自己的胳肢窝这里卡住，然后将他的左手向下翻折至八十度左右，再稍微用点力气，去折这只手的手背，就会形成剧烈的疼痛，这算是基本的擒拿技巧了。

擒拿与散打等不同，追求的是控制不是杀伤，这一下下去，男子痛得直接仰了脖子，痛苦的惨叫从嘴里发了出来，身子在被两个人的架住的情况下，还是一软，有些站立不稳。

"还敢动手吗？"白松问道。

"哥，哥，我错了，放，放，放开我。"男子疼得迅速服软。

白松也不计较，直接和王亮一起把他松开。男子如释重负，晃了晃双手手腕，心有余悸，这太疼了。过了差不多半分钟，女孩靠近过来，询问他有没有事，男子晃了晃双手表示没事。但是他抬头看着两个比他要壮不少的男子，心里真的虚了。

此时，周边已经围住了几十个群众，纷纷给白松和王亮叫好。男子心道倒霉，却忘了自己刚刚主动叫嚣的样子。

怎么办？男子念头急转，看了看大厅里的摄像头，附近围了这么多人，心想这两个男的肯定不敢动手打自己，既然如此，还是在自己强势的领域压

第八十六章 你买吧，我不拦着 | 301

过对方好了。

"芳啊,你放心,哥哥今天给你买一个32GB的新款手机,怎么样?"男子从怀里掏出了大钱包。

"32GB的,好啊好啊。"女子神色夸张。

白松看了一眼,摇了摇头,这个男的真的有点傻啊……估计被这个女的卖了都不知道,行事风格颇像某人。

"让一让,我要买一款最新款的手机,32GB版本。"男子从包里拿出来一沓子钱,看样子有大几千。

白松见状,也让开了一点,意思就是你买完快点走。白松还真的没心情和这种人计较。

"好的先生,你要的版本我们这里有现货,现在是8200元。"销售的脸上有了笑容。

"多少钱?8200?"男子惊了一下,"不是说这东西5000左右吗?"

"是的,先生,8200元。"销售女子脸上的笑容更加和煦了。

第八十七章 市局专案组

男子骑虎难下,他清楚地知道,这一沓子钱,是 7000 多……7000 多块钱,平时拿出来一抖,也感觉很多了,他追这个姑娘很久了,今天算是做足了准备,不是说 5000 多吗?

"喂,你们是不是想坑我?"男子拿钱拍了拍桌面,"我听说这个手机是 5000 多块钱。"

"先生,是这样的,你要买的是 32G 的版本,本身就要贵将近 1000 块钱。我们店里现在能有代购款的现货已经是费了很大的力气的,您不信直接去专卖店,专卖店的新款要等至少一个月后才能正式上市,专卖店不支持代购。"销售耐心地解释完,脸色明显了没有之前的殷勤,但是还是保持着笑容。

"是这样啊……"男子此时骑虎难下,怎么办?

白松和王亮素质多高啊,此时一言不发,分别搬了把椅子,坐在边上看。

男子念头急转,出去取一下钱也丢人……

他立刻拿出手机,给自己的几个哥们发了短信,然后打了哈哈:"芳啊,你先坐会儿,我看看挑哪个颜色比较符合你气质。"

女子自然不会去揭穿自己的男伴,自顾自地坐到了窗边的椅子上。

五分钟了,围着的人都散得差不多了,但是周围的人还都在有意无意之中望着男子的这个方向,想看看最终的结局是啥。

这手机就一款黑色的。男子都快把手机的黑色底漆给抠烂了,也没收到一条回复短信。

妈的，一遇到事情这帮朋友一个都没有站出来的。

"嗯嗯。"男子把手放进了口袋里，接着把自己的手机放进去又掏出来，装作接起一个电话，然后用手示意女子，自己要出去接个电话。女子点了点头。

男子如释重负，小跑着离开了这里，奔向了ATM机。呼，呼，险啊，好在自己卡里还有3000多，都取出来！

白松和王亮做了决定，都买这款手机。也挺奇怪的，看着白松二人痛快地买了俩手机，原本还担心手机店的手机不如专卖店的几个顾客，也纷纷买了手机。

销售很开心，光顾着逛不买的太多了，而且国人一般比较认专卖店，同样的价格哪怕送壳送膜，都有很多人不愿意来这里买，白松和王亮很快地交了钱，选好了手机壳。销售拿着白松和王亮的手机卡，认真地把卡剪完，给两人把手机打开，开始帮忙安装程序。

这会儿，男子回来了，本来幽怨的脸上，故作大度，进来就跟女子说道："刚刚有个生意上的事情，耽误了几分钟，嘿！"

男子环视四周，再次拿出来自己的皮包，向着柜台走去，边走边从包里拿出一整捆的钱，一看就是整一万元，直接拍到了桌子上："来，给我拿一个你们这里最贵的手机。"

"先生您好，不好意思，您走了以后，店里仅有的两台手机，被那两位先生买走了。"店员指了指白松身边两个刚刚买手机的人。

男子差点跟跄摔倒，积攒了一路的怒气值此时直接腰斩一半："那，什么时候还有新机？"

"先生，明天应该能有差不多十台，而且还会有两台白色的，您看是不是再等等？"销售微笑道。

男子有些怨恨地看了一眼白松，此时白松的手机已经正常开机了，都已经准备要走了。无可奈何，男子又堆起了笑脸转过了头："芳啊，要不等明天再买吧。"

"行吧,回头再说吧。"女子直接站起来就走,等了这么半天,居然是这个结果,她也有些不高兴了。

男的想追,看着周围的眼神,终究还是没追出去,心里倒没有想象中的那么难过,其实当他听说要花8000块钱的时候已经骑虎难下了,如此这般,也不失是个好结果。

"行,你们俩,我记住了。"男子走之前,还不忘吓唬白松二人一番。

"你啊,"白松有些想笑,却没有笑出来,"你这行事风格,让我想起来一个人。在九河区有个叫'二哥'的,你听过没?"

"'二哥'?你说的是那个又高又壮,下手贼狠,还很有钱的那个'二哥'吗?那我当然认识,我和'二哥'还喝过几次酒呢。"男子听到白松的话,略有得意,心想自己都能和"二哥"相提并论了?那可是道上有名有号的主啊。

"行吧,你回头打听打听,你说的那'二哥',现在啥下场吧。"白松都懒得聊下去了。

说完,白松和王亮笑着离开了,换了新手机还是很开心的!

新手机功能确实比较强大,白松让销售给下载了一个在线学习法律的软件,这里面可以直接搜索现行的所有法律的原文,可以说非常方便了。只是法律并没有那么简单,如果不认真理解,原文都不一定看得明白,这还需要更加系统地学习。

晚上,四人又一起吃了饭,白松不喝酒;孙杰有伤,也没喝,酒也就没喝起来,7点多就吃完了。

"上会儿网,去吗?"王亮和白松出来,接着邀请道,"今晚我请客。"

"不去了,"白松扬了扬手机,"新买的手机,回去研究研究。"

和大家分开,白松打车回了单位,路上接到了王凯的电话。市局"12·01诈骗案"专案组成立了。

第八十七章 市局专案组

第八十八章　满载的电瓶（1）

市局专案组成立的消息并没有做什么宣传，所里的其他警察对此压根不知道，确切地说，如果不是王凯是专案组成员之一，白松今天也不知道。这类案件专案组一般不至于涉密，刑警内部的警察过几天都会知道了。

古宇被诈骗案也被并入了专案组，这个根本就不需要通过所里，专案组直接把案子从网上就可以调走。白松问了一下王凯，这次被抽调的基本上都是技术人员和经侦、刑侦队的人员，九河分局算是主要部门之一，一共有四人被抽调过去。白松想去专案组抓这群骗子，但是他作为一个新警，也说不上什么话，只能望案兴叹了。

回到单位，白松注册了一个微信号，然后拿出自己老手机里存的一些号码，一个个地存进了新手机，然后加了几个微信号。大学的班级已经有了微信群，不过现在里面只有十几人。白松一加入，群里立刻有几人热闹地发起了信息，白松和大家聊了几句，接着玩了会儿切水果，又看了会儿书。

几天来，白松还是没有放弃对古宇被诈骗案的研究。虽然没有什么技术手段，但是白松用手机加了几个嫌疑人的QQ号，调取了银行流水、嫌疑人账号信息等，基本上把他能做的事情穷尽了。除此之外，也调取了电瓶被盗案的监控录像，这个倒是很幸运，周三白松看了半天的监控，发现了嫌疑人，是两名中年男子，身高大约一米七，脸部特征也被拍了下来。

九河桥派出所的摄像头还是不如王亮所在的三林路派出所，没办法通过摄像头直接追踪到犯罪嫌疑人。

晚上吃完饭，白松在宿舍里看起了自己刚买的法律书。

"咚咚咚!"白松在屋子里看书,有人敲门。

"魏所?"白松把书合上,打开了门。

"没休息呢?"魏所看了看白松桌子上的书,"到底是名校毕业的,工作了还不忘学习,不错不错。"

"瞎看的,魏所您找我有什么事?"宿舍里的暖气很足,白松只穿着秋衣秋裤也不冷。

"哦,你现在有事吗?"魏所问道。

"没事啊,"白松一下子明白了魏所的意思,"有什么事您吩咐。"

"嗯,是这样,你们上个班遇到的那个电瓶被盗的案子,嫌疑人有线索了,今天我们值班,事情有点多,王旭他们现在还在处理一起打架的事情挪不开身子。我一想,你住在所里,这个案子你也比较熟,你要是有时间,跟着钱警长咱们一起去抓一趟人,我回头跟李教说一声,给你安排明天倒休。"

"有线索了?"白松神色一喜,立刻就开始穿衣服,"魏所您等我三分钟,三分钟之后我就能出发。"

"行,你有空就行,不着急,我们现在掌握的线索是这两个人的住处,这会儿他们还在睡觉,晚点去也无妨。他们这些人啊,一般都是晚上12点才出来,现在才6点多,你慢慢穿,我先走,你一会下楼了直接找钱明。"魏所说完,就转身下了楼。

魏所说不着急,白松还是迅速地穿好了衣服,把书放好,直接就下了楼。

昨天晚上,九河桥派出所又发生了三起电动车电瓶被盗案,三个电瓶被盗,都在一个小区。三起案件,直接就构成刑事案件了,案件已经立案。根据现场勘查,确定了嫌疑人的逃窜位置和车辆信息。嫌疑人使用的是一辆电动三轮车,通过查询监控录像,这辆车已经在三林路派出所辖区内被发现。不久前,钱明等人确定了两名盗窃嫌疑人的住处———一处平房。所里目前值班的警力已经出去了一半,魏所也是为了保险起见,叫上了以所为家的白松。

一行六人，算上白松四名警察，两名辅警。四名警察分别是魏所、钱明、白松和一名叫赵宇的老师傅，六个人开着两辆车子，带上了枪支和必要装备，而且已经向分局申请了搜查证。没有开警灯，悄无声息地离开了派出所。

半小时之前，钱明曾经到这里看了看。这里有一处院门，里面是个院子，然后里面是三间瓦房。这种房子的墙很矮，只有两米左右，想翻进去非常简单。

这两个小偷在睡觉，肯定已经筹划好今晚去哪里偷，所以必须今天把人拿下。

"下车，一会儿小王和小李你俩跟着钱警长，切记不要盲动，老赵你看着点那边的墙垛，万一有一个要跑你就拦一下，我们基本上三对一。但是注意，对方如果没有拿刀或者其他武器，可以持枪警告，但是不要轻易开枪。"魏所给几人下达了命令。

这些小偷十分狡猾，六个大男人想静悄悄摸进去，也不现实。这里的门就是个普通的铁门，魏所和钱警长在大门口一左一右，看好了门的结构。这个门太破了，具备直接破门的条件。

"先熟悉光源。"魏所拿出了手电筒，在门口向地面一小片区域照射着打开了，这种手电筒聚光很好，房子里的人肯定是看不到外面的灯的。几人熟悉了亮光对眼睛的影响，魏所用特殊工具把里面的门闩夹断，直接就冲了进去，两个辅警打开了强光探灯。

院子不大，左右两个小棚子，灯光照射之处，十几个电瓶、电动车零件、电动车残骸摆了两棚子，怪不得三轮车不开进院子里，这根本就开不进去。白松等人几步就跨过了这些东西，一下子把木门就给推开了。

外面突然的声音和强光，让两个小偷立刻就意识到暴露了，连忙就要起身。而就是这短短的十秒钟，众人已经进入了屋子。

第八十九章　满载的电瓶（2）

其中一个小偷从枕头下面摸出了一把弹簧刀，但是当他的视线从强光下恢复的时候，却发现两只黑洞洞的枪口分别指向了他和同伴。

睡得正香的两个小偷被突然惊醒，看到近距离对着他们的枪口，整个人吓傻了，直接把刀扔到了地上，双手举起抱头。

"不许动！"魏所喊了一声，示意白松上前给他们铐上。此时魏所和钱警长一人持一把枪，威慑力足足的。

两个不敢动的小个子，白松不一会儿就全部给铐上了。

魏所把胸前的执法记录仪对准了两个小偷："这外面的一院子电瓶是干吗的？哪来的？"

"捡的……"年轻一点的盗贼支支吾吾地说道。

"小伙子，"魏所走到了年轻小偷的身边，"我劝你想明白一点，不要是觉得我好糊弄。还捡的？来，现在你出门给我捡一个看看！"

"呃……"小偷支支吾吾。

"行，不在这里问了，就是他俩，先带走。"魏所转身出了门。

因为带了搜查证，现场就要制作搜查笔录，几人开始了对现场的录像和分拣。

院子里和屋子里，一共有四十五个不同款式的电瓶，七辆电动自行车，两辆山地自行车和各种各样的零件。来的时候开的一辆大车都已经装不下了，最后把小偷的电动三轮车也给装满了，才勉强装下。

魏所和钱明一人一辆车，一行七人开着两辆车先回所里，白松骑这辆电动三轮车回去。大电三轮，白松还真的没有骑过，不过倒是很容易操作，就是一踩油门，电机带动车就往前跑，白松启动了一下，倒是不难骑，晃晃悠悠地就出发了。

晚上7点多钟，路上的车子还是很多的，没走出去多久，一辆警车就拦在了白松的前面。白松穿着冬执勤服，但是警衔是个双拐，看着跟保安的肩章似的。也没办法，现在很多安保人员、辅警人员都佩戴肩章，造型五花八门，很容易让人误会，而且衣服款式都差不多。白松戴的这副警衔，看着特别像辅警或者保安。

正式的警衔有六个档次，共有十四个不同的级别。第一级别是学生和见习警察，警校学生是一根拐，见习警察是两根拐。警察工作一年后，会变成正式警察，以前高中毕业就可以当警察的时候，转正后只有一个豆豆（四瓣的小花），叫二级警员，上面是两个豆豆，叫一级警员。

随着警察的大学化逐渐普及，所有毕业生都是大专或者本科以上学历，这种情况见习警察转正后直接就是警司编制，俗称一杠一，也就是一根白色横线外加一个豆豆，三级警司。一杠二是二级警司，一杠三是一级警司。

警司上面是警督，基本上警察即便不能担任领导干部，十年后就会晋级到三级警督，也就是两杠一。绝大部分的警察，随着年龄增长，都会在五十岁左右晋级为两杠三花，一级警督，然后就等退休了。这算是警察最常见的四个等级。再往上就是高级警官，穿白衬衣，肩膀上开始有麦穗，这种警察在基层很少见，天华市作为直辖市倒是能见到一些，普通的县局，一般情况下，一个都不会有。

马支队和分局的田副局长，就分别是二级警督和一级警督，两人同属于副处级编制，只是马支队的工作年限稍短。而很多普通的老民警，都是一级警督。所以，警衔与官职大小，几乎是没什么关系的。但是，白衬衣以上除外，白衬衣以上，每多一个豆豆，那就是质变。而到了最终级别，肩膀上就不再是有花花了，直接就是麦穗包围国徽了，那就是部长级别了。

由于制度不规范，以前很多见习警察都是挂着学员的一条拐直接一年后再佩戴三级警司警衔,而从白松这一届开始规范化,所以戴着两条拐,路上被不不明就里的交警车拦住也不足为奇了。

"你是干吗的?"两个交警下了车,看到白松这个警衔,略有好奇,也带着警惕,主要是这一车电瓶太扎眼了。

白松苦笑,他现在还没有警察证,下了车,只能跟两个交警同志解释了一番,然后让交警给九河桥派出所打个电话问问就行。

就在这时,又一辆警车停在了白松车子的后面。

"白松?是你啊?"车上下来的,不是别人,是三林路派出所的李汉。

"李警长?您怎么也来了?"白松连忙走了过去。

"有群众报警,邻居家进了人,然后还丁零咣当一顿闹,怀疑是家里进贼了,该不会说的是你们吧?哈哈……"李汉指着车后面的电瓶。

"是啊,端了一个偷电瓶的,这只是一部分,魏所他们已经开大车拉回去一部分了。"白松笑道。

"行行行,厉害,我们辖区的贼窝被你们给端了,魏所还是有手段啊。"李汉自然也认识隔壁所跟他同天值班的领导,而且魏所抓人可是很厉害的,在分局内都有一定的名气,李汉竖了竖大拇指,"我们还没有听到消息,你们这都办完了,可以。"

这里的交警也认识李汉他们,看到这个情况,也明白了咋回事,和白松握了握手,道了声歉,就先离开了。

"魏所还是挺厉害的,今天我把两张嫌疑人照片发到了所里新建的微信群,他又把昨晚发的案子一串并,一找就找到了。"白松称赞道。

"哈哈……"李汉笑道,"哪有你厉害,一个月破了那么大的一起案子,你小子以后前途大大的!"

"李哥您还不知道我啊?咱俩一起办案这么久了,我就是运气好罢了。"白松稍露愧色。

"德行!行了,不夸你了,"李汉想了想,"对了,市局新成立的专案组你听说了吧?我听说你们所有两起案子?"

第九十章 突发

"专案组的事情我知道，市局对诈骗案成立了一个专案组，不过规模一般，我听别人说，在市局这个专案组根本挂不上号。"白松道，"李哥，我们所就一起案子，跳楼的那个姑娘的案子，不是我们管辖的，是她所在的学校那个辖区派出所管辖的。"

"你这话说得，专案组为啥成立你不知道吗？看破不说破，"李汉摇摇头，"你可别小看这个专案组，这毕竟是市局成立的，而且主要力量放在九河区，其实压力也是很大的，估计九河区就四个人，肯定是不够的。"

"李哥你的意思是，还得继续招人？"白松眼前一亮。

"我可没这么说，我又不是领导。"李汉哈哈一笑，"走了，我们还值班呢，你也快点回去吧，不然魏所还以为你走丢了。"

"好的，李哥，咱们有空再聊。"白松骑上了电动三轮。

市局白松不清楚，但是白松在分局刑侦支队待过一个月左右，他知道同时办理的专案其实是很多的，一些案子完全破获了，依然还得有几个人去负责手续和文书。而且这几个人还可能同时存在于不同的专案组里，抽空办理其他案子。

一起案子，什么时候才算是脱离了公安局了？这个真的难说了。有的案子一直到了法院阶段还得继续找公安局要求补充证据，而嫌疑人可能涉及多起犯罪，逮捕、延长逮捕、再延长、再再延长……接着就是发现新线索，需要重新计算羁押期限……总之一直离不开公安局的工作，有的专案组抓到人之后还继续保留两三年都十分正常。当然了，这些在判决之前的羁押时间，会在最后判决的时候扣除的。

　　李汉也是个警长,有着他自己的人脉,愿意多和白松说几句,这都算交情,白松也不好意思再多问,等回头问问李教导员?算了……李教导员是肯定不会让自己走的,还是去问问师傅吧。

　　电瓶非常重,一个有三四十斤,拉着十几个电瓶的电动车瘪着车胎,慢慢悠悠地回到了所里,电瓶一个个搬下,摆了一院子。

　　看到这一幕,白松直乐,似曾相识啊……

　　"明天上午你休息吧,"魏所跟白松表达了感谢,"我跟李教说一声就行了。"

　　"谢谢魏所,案子还用我帮忙吗?"

　　"不用了,辛苦你了,你休息吧。"魏所说完,开始帮着一起清点电瓶。

　　第二天一大早,白松没有休息,他也没啥事,还是照常上班,早会之后就去找到了孙唐。

　　"专案组?"孙唐听了白松的描述,皱了皱眉,"你等等,我问问。"

　　师傅对此并不知情,但是还是打出了两个电话,把事情问清楚了。

　　"我给你问了,刑警那边确实有这么个专案组,但是跟派出所没关系,他们内部出人。"孙唐没有领会白松的意思,"你放心吧,不会因为你上次被借调过去破了个案子就继续借调你过去的,你就踏踏实实地工作就可以了。"

　　"啊?不是,师傅我的意思是,如果专案组需要人,如果可以的话,我有点想去啊,这么大的诈骗案子,不去把人抓到,我实在是有些心痒难耐啊。"反正就白松和师傅两人在,白松也不避讳。

　　"这么回事啊……你想去专案组做什么呢?这种案子以后多得是,你先把业务熟练一下也是个好事。这次的案子是个技术类案子,你电脑水平怎么样?"孙唐问道。

　　"一般吧,就是一般大学生的水平。"白松有些不好意思地说。

　　"那你去了也很难有什么作为,"孙唐笑了,"你呀,跟我年轻的时候一样，什么案子都想往上冲。这些当时没破，后来立了专案的案子，哪有你想得那么简单，就这个案子，骗子要是在境外，公安部那边再帮不上，市局专案组也只能碰一鼻子灰。"

"怎么会？"白松有些好奇，"为啥会帮不上？"

"怎么说呢，国内的问题，怎么都好说，咱们国家还算是很强大的，任何别的力量都不值一提。但是一旦出国就不一样了，你根本不知道有些国家的警察有多黑，你前脚去了，他后脚通风报信的事情并不新鲜，还有的干脆就是不配合，咱们出国了也没有执法权啊。这种情况，你不得让外交部帮忙联系吗？单独靠咱们的证据去抓人肯定不可能，有时候即便外交部联系了，很多事情也不是那么简单的。"

孙唐耐心地解释了一番："这个案子可不像你破的那个案子，一旦涉外，几个月就在那里等结果，等某些国家的回复，就你这急性子，你受不了的。"

"这样吗？"白松道，"那要是骗子们在国内呢？我最近查了几个骗子使用的微信和QQ，以及IP地址，我感觉这些应该都在国内，而且应该在'魔都'一带。"

"国内的话，倒是可以，"孙唐道，"不过你要是听我一句，这个专案组对你而言不是很适合……"

孙唐还没说完，办公室的门被马希一把推开："别聊天了，楼上有个紧急会，快点上去。"

马希话音刚落，前台就响起了铃声，这个铃声在所里意味着，所有在所的民警除了前台值班的，全部会议室集合。孙唐听到以后站了起来，往楼上走去，马希和白松紧跟其后。不到两分钟，基本上到得差不多了。

大家都交头接耳起来，大多数人还不知道到底发生了什么事。

"安静一下，有个紧急的事情，我安排一下。"孙所环视四周，会议室里来了差不多二十多个警察和辅警，点了点头，"十五分钟以前，在我所辖区内的大光里小区内发生一起命案，死者身份目前还没有确认。目前，李教导员已经带领三组的值班领导和民警出发并到达现场,根据报警人提供的线索,嫌疑人可能有两人,分别身穿黑色和蓝色上衣,一高一矮,逃窜方向不详,现在分配一下围堵和调查方案。"

第九十一章　死因成谜

等白松等人到了的时候,死者的身份已经确认了。现场已经被围了里三层外三层,分局刑侦队的法医孙杰、技术员郝师傅等人都到了现场,整栋楼都被拉起了警戒线,外围不少群众交头接耳,不知道到底发生了什么。

死者孙某,九河桥派出所辖区内的服装厂老板。

白松刚到所里的时候,就遇到了一起"大案",就是几千件破衣服被盗的那起案件。案子到了今天,大家也都觉得蹊跷,费这么大的气力,居然只是为了偷这些破衣服?为什么?这些衣服数量大、案值低,谁费力不讨好去偷这些。现在一个可能的原因浮出水面……有人想通过这个办法把这个旧服装厂的老板找出来。当然,这也只是大家推测。

九河桥派出所作为一个规模不大的派出所,小案子还是有一些的,但是命案基本上几年也不会发生一起。发生这种案子是孙所在九河桥派出所担任所长以来的第一起命案。从孙所到民警,都非常重视,展现了很高的积极性。

大家都按照领导的安排,在不同的点位和卡口执行相应的任务。白松跟着孙唐,负责两条小路的巡查。通过无线电台,越来越多的线索已经被掌握,并通知给了各点位的警察。

孙某早在一个多月前就已经回来了,他这些年在外面躲债,一直杳无音讯,家人都找不到他。这次服装厂被盗,几个笨贼被抓后,笨贼的家人为了能让他们几个早点放出来,愿意拿出6万元和解。孙某听到了这个情况就回来了。目前,三个贼因为认罪态度良好、钱已经给完了、犯罪行为轻微等酌定行为，被取保候审了。

其实孙某本身也想回来了，倒不仅仅是这 6 万元的问题，而是因为他那个服装厂那片地，据说已经要进入规划了。

简单来说就是要拆迁盖房子了。这片平房是孙某当年低价租赁的，租赁期为十五年，租金三年一交。这里的租金非常便宜，这片平房在几年前租赁的时候，一年的租金才一万五千块钱，但是现在要进入规划，可就不一样了。

租赁户虽然不具有获得补偿的权利，但是由于租赁合同还有效，即便有房地产开发商买下这片地，根据《民法》的"买卖不破租赁"原则，孙某将与房地产商继续享有租赁的权利。房地产商想把孙某轰走，那就得强行撕毁合同，不仅要赔偿租金，还得赔偿违约金、既得利益损失和装修残值等，总的来说，孙某能拿到近十万的补偿。

这两个原因合在一起，足够孙某出现了，毕竟他当初也只是亏了不到一百万，这些钱加上手头的几万元，差不多能把最急的欠款还了，剩下的先还一部分，也不用东躲西藏。可是谁也没想到，他就这样被人杀了。

目前了解到的信息是，孙某回到天华市后不久就拿到了这两笔钱，而且这两笔钱已经还给债权人了。孙某目前身上应该没有什么钱，应该不存在因财产原因被杀的可能。

据目击者邻居表示，半小时之前，也就是早上 8 点 20 分左右，她听到隔壁屋子里几个男子在剧烈争吵，口音杂乱，后听到了一个男子倒地的声音，等她开门的时候，见到对面房子敞开着，孙某倒地不起。她看到这个情况，吓坏了，立刻把自己的门给关上了，然后从窗户处向外看到两个男子正向小区外面奔跑，一高一矮，个子高的有一米八左右，体态偏壮，身穿黑色衣服，个子矮一点的身高一米六左右，有些瘦弱，走起路来有些歪歪扭扭，至于身穿什么衣服，她表示忘了，当时吓坏了。

而孙某的死因，白松等人还不清楚，看来有些棘手，法医那边目前没有统一的结论。

孙唐的手始终按在腰间的92式手枪上,白松也一直捏着一罐警用喷雾剂,在规定的两个点位保持了一个多小时的警戒,最终也没有遇到报警人提到的嫌疑人,看来嫌疑人已经跑掉了,在这里蹲堵的作用已经不大了。各点位民警按计划撤回,值班的民警一部分回到了现场,剩下的回去出警,白松回到现场的时候,已经有不少警察也到了这里。

"杰哥!"白松给孙杰打了招呼。

"白松,"孙杰苦笑道,"你们所还真是厉害,多久没遇到命案了,这么快就又赶上一起。"

"这谁也不想啊,没办法的事情。"白松耸耸肩,"杰哥,这个孙某怎么死的,你们这边有消息了吗?"

白松问完这句话,包括孙唐在内的好几个民警都竖起了耳朵,想听听孙杰的说法。

"目前死因没确定,已经初步排除受外物重击而死的可能性,也没有什么开放性伤口,外伤致死的可能性比较低,"孙杰咬了咬嘴唇,"有中毒而死的可能。"

"中毒而死?死亡时间呢?"孙唐插嘴问道。

"死亡时间初步判断与目击者所说的倒地的时间没什么区别。"孙杰道,"我们已经开始提取相关样本去做理化测验了,从现场能收集到的线索不太多。"

"这么复杂?"孙唐很少皱眉,此时也是有些沉默了。

孙唐工作这么多年,见到的命案其实并不多,术业有专攻,毕竟他只在一个派出所待过,而且他见过的命案现场基本上都非常简单明了。并不是所有的杀人案都是高智商谋杀,99%以上的反而就是激情杀人,凶手杀完人之后因为恐惧迅速逃跑,有个别的会伪造现场,结果留下更多的线索。基本上到了现场,用不了多久,什么情况都出来了。

前一段时间的那起李某被杀案,为什么难办?主要就是不知道哪里是杀人现场,如果当时知道了杀人现场,那么问题解决就很容易了。

"那有什么好的建议吗？"白松也有些头痛，他虽然也很想进入现场仔细看看，但是他明白，专业的事情，一定要交给专业的人去做。

"嗯，市刑侦局的法医很快就到，这个案子还是需要上级的指导。"孙杰说道。

第九十二章　勘查

很多民警已经撤离了现场，白松今天上午按理说是可以休息的，所以单位也没有他的事情，他就留在了现场。几个刑侦队的领导看到了他，也纷纷和他打了招呼。

"杰哥，市刑侦局的法医比你们厉害吗？"白松好奇地问道。

"怎么说呢，你觉得，法医是医生还是警察？"孙杰反问道。

"你是医科大学毕业的，当然是医生啊，"白松说道，"虽然你们也是警察，但是法医除了公安局之外，还可以在检察院、法院等部门任职，是医生吧。"

"是啊，是医生。"孙杰点点头，"医生这个行业，在英语里面读作'doctor'，而这个单词，除了医生之外，还有'博士'的意思，这个你知道吧。"

见白松点了点头，孙杰继续说道："为什么越是大医院的大夫水平越高？其实法医也是一个道理的，越大的地方的法医，各种稀奇古怪的案子见得越多，自然而然的见识越多，水平自然也越来越高。"

"还真是，跟医生没什么区别啊。"白松站在楼道外面，从他这个角度能看到孙某的尸体。虽然这么近距离观察尸体依然让白松有不小的压力，但比起两个月以前，白松已经进步很大，直接仔细地盯着尸体看没什么问题。

"这个人的脸部有些发乌啊，"白松道，"会不会是憋死的？"

"可以啊！"孙杰惊奇地说道，"你能看出来这个，不错不错。你说的这个，确实，我们也在考虑这个问题，死者孙某的颜面部有瘀斑，伴随瘀点性出血，眼部发绀，确实是有机械性窒息死亡的可能性。不过，现代法医学的理论中，这些症状并不能代表这就是窒息死亡，因为有不少疾病以及其他死亡方式也存在这种情况。"

"疾病？如果是疾病，不太可能吧。"白松说着话，外面的隔离带被打开，三四个民警从楼下走了上来。

大光里小区是老小区，一梯三户，六层到顶，孙某的这个住处就是六楼，孙某是租赁的房子，一个月租金只有600元，房东听到这个消息，已经吓傻了，目前也被所里的值班民警带走了。

孙某住处的两个邻居，中间这一户现在没人，报警的是对面的这一户，就一个中年妇女在家，也已经被带走取笔录了。

上来的是四位民警，有两位是分局的刑警，其中一个是副队长，白松在支队曾经见过，但是叫不上名字；另外一位是段菲，剩下的两位肯定就是市里的法医了。

为首的法医年龄差不多四十岁，戴着一副度数很轻的眼镜，身穿警服，十分整洁。加上孙杰在内的四位法医，此时开始同时穿戴鞋套、头套、手套等必要装备，一起进入了现场，留下白松和刑侦的副队长在外面观望。

白松也不知道说什么，还是不说为妙，看着尸体他还是有些不舒服，就在5楼到6楼之间的拐角处直接坐了下来。

老小区的楼道根本就没有暖气，楼道拐角处的窗户也有裂缝，现在正是二十四节气的"大雪"期间，这会儿楼道里还冷得很。直接坐在地上的话，不一会儿屁股就冻透了，白松只能蹲在楼道里休息一会儿，总是站着确实是有些累。蹲在楼道里，白松抬头向上看去，从这个角度看，只能看到楼顶的墙和楼梯。

老式的楼房，6楼到顶楼之间都有一个天窗，但并不是每个单元都有。这栋楼一共有5个单元，案发地位于3单元，而通往楼顶的是2单元和5单元，因此也不存在有人能从这里到楼顶的可能性。

白松看着破旧的楼顶，这个小区实在是有些年头了。楼道的墙壁都很不干净，即便是6楼的楼顶，也是黑乎乎的，不知道都是些什么东西。

几名法医可能还需要一些时间，白松也不闲着，他下了楼。不知道是直觉，还是单纯的强迫症，白松想上楼顶看看。由于这个单元并没有上楼顶的通道，所里没有安排上面的巡查，从3单元下楼，离开了警戒线，白松直接去了2单元。2单元很安静，楼道里一个人也没有，白松到了6楼后，看到了通往天台的路。

这是一个类似于井口的通道，上去的方式就是踩着镶嵌在墙上的钢筋梯，爬到顶之后把上面的盖子打开，就可以到达天台。

白松上学时也学过现场勘查，几次实践中也有了一点心得，他很简单地就看了出来，这个钢筋梯最近有人上去过。但是这类痕迹基本上没办法提取，白松仔细看了看，就直接开始攀爬。去过老楼楼顶的人应该都有印象，这种钢筋梯的第一根一般都在离地面一米五以上的地方。普通人不借助凳子或者梯子很难一个人爬上去，但是对于白松来说这不是问题。

顶开楼顶盖的过程，白松非常小心，这个盖子是个包铁的木架子，分量不是很重，白松很轻松地顶了起来。

偷偷用眼睛四望一番，白松看到了两个人——马支队和郝镇宇。

看到已经有同事上来，白松直接把盖子全打开，爬了出来。

"马支队，郝师傅，您二位也在。"白松上前打了招呼。

马支队微微一笑："你也觉得这里有问题吗？"

"啊？没，我就是觉得这里应该看一看。"白松如实说道。

"嗯，有点老侦察员的缜密了。"郝师傅点点头，"你过来看这里。"

白松立刻顺着郝师傅的手指向前看去。

"白松，听说你前一段时间，差点从高楼上掉下去了？"郝镇宇指了一下这里的护栏。

老房子的天台护栏与高层不同，这里的护栏仅有15—20厘米高，根本就不是用来防止人坠落的，而仅仅是为了收集雨水从排泄口排出。

顺着郝镇宇的视线望去，白松清楚地看到，3单元，死者孙某的这户楼上天台,有三四道非常明显的纤绳勒痕,郝师傅用工具提取了几段非常细碎的绳子纤维。

"这现场经过专业化处理。"马支队陷入沉思。

第九十三章　不排除自杀可能

孙某为什么会死得这么蹊跷？到底是谁，设置了这么大的一个局来杀死他？

马支队到现场不久后，就觉得上楼看一下很有必要，上来以后发现了线索就把郝镇宇叫了上来，然后随手盖上了盖子。当看到白松自己上来查看，马支队很高兴。

"有点奇怪，"郝镇宇喃喃自语，"固定点呢？"

郝镇宇的疑惑同样是白松的疑惑，上次他跟着平队长等人安装过垂降绳索，高空垂降需要一个固定点，上次的高层建筑还有电梯房，这种平房房顶固定点很少，如果做钻地固定，那不可能没有线索。

"这个地方的固定点无非三种，一种是铆钉固定，就是在这个平台上用钻机打几个洞，插入钢钉；二是直接捆在这个竖着的天井上，这个天井有差不多二十厘米高；三是把绳子的另外一头固定在天井之内，如果是这个方式的话，那捆到哪里都有可能。"白松分析道。

"嗯，只是这三种情况，都没有发现痕迹。"马支队道，"有点奇怪了。"

三人正做着简单的交流，马支队电话响了，他接起电话，听了几句话，道了句："知道了。"就挂了电话。

"先下去吧，尸体要带走了，死因确定完了，老郝一会儿还得麻烦你再进现场查一查。"马支队安排道。

"应该的，马队。"郝镇宇收拾起了自己的东西，"死因是什么？"

"市局那边的意思，中枢神经系统缺氧死亡，疑似氰化物中毒，不排除自杀可能。"马支队言简意赅地说道。

"好。"郝镇宇没有质疑，起身准备离开。

"白松，你先下去扶着点，刚刚我让三队的小王扶着郝师傅上来的，你先下去帮帮忙。"马支队说道。

白松听到马支队之前说的话，愣了一下，哦了一声，从天井那里往下爬去。

不排除自杀可能？白松被这句话搞得有些无法理解，怎么可能是自杀？如果是自杀，邻居怎么会听到那些声音？这楼上怎么会有这些线索？市局的法医到底是什么水平啊？怎么郝师傅似乎也没有质疑？

不一会儿，三人都从上面下来，马支队顶着盖子把天台的盖子盖好了，然后白松帮忙搭了一把手，也下来了。法医走了，毒化、物化实验正在开展，尸体抓紧时间要停到停尸房予以低温保存，郝师傅等人进入现场开始进行二次勘查。其间，市刑侦局的一些相关人员也都到达了现场，这也正常，毕竟这个案子一看就不是普通的杀人案。

白松一直在这里待到中午，屋子已经被勘查了很多遍。警戒线已经撤了，但是屋子锁死了，房东被告知屋子最近别进去，房东点头如捣蒜。

"还没走呢？"马支队看到还在附近转悠的白松，问道。

"马支队，嗯，我在附近看看，说不定能有其他线索。"白松道。

"行，那我先回支队了，有机会去支队，来我办公室坐坐。"

"谢谢马支队。"白松微微鞠躬。

"这么客气干吗，嗯，那我先走了。"马支队说完转身就要上车。

"哎……"白松心里有话，直接就喊了一小声，结果喊完就后悔了。

马支队身形一滞，站住了，大约缓了半秒，又或是一秒，转过身来："怎么？有事要说？"

"嗯……"白松也不是婆婆妈妈的人，直接道，"马支队，我听说咱们成立了'12·01'那个案子的专案组，我想……我想参加。"

"这个事情啊，"马支队有些惊讶，没想到白松居然对那个诈骗案子这么感兴趣，"我还以为你想加入这起命案的专案组呢。"

第九十三章　不排除自杀可能　｜　325

"这个案子会成立专案组吗?"白松有些惊讶。并不是什么案子都会成立专案组,这个案子估计就是刑警支队二大队主侦的一起常规命案了。如果什么案子都要有个专案和代号,那就叫得乱套了。

"这个得开会研究。"马支队想了想,"'12·01'专案是个不错的案子,目前案子进展得比较顺利,你现在来的话,也是学习一些业务上的东西。你如果想来,我可以给你开个绿灯,跟你们孙所说一下。你自己决定。"马支队非常给白松面子,话说到这个分上,基本上就算是给足了白松面子。

白松听到这里,心里突然明白了什么。

"谢谢马支队了,我不去了。我在所里好好学习一下业务,还有找机会帮忙处理这起命案。"白松感激地说道。

"嗯,行。如果这个命案你破了,以后再有什么专案组,我还给你开绿灯。"马支队面露笑容。

马支队走了之后,白松心里有些后悔,他现在已经不是刚参加工作那会儿那么不懂事了,前段时间回家,和父亲聊了那么多次,他很多事已经明白了。他现在是个见习警察,表现得好一点不是坏事,但是频繁借调,就不太合适了,就一条"影响团结"就能把他死死地按在地上,单位不是个人自己开的,很多事情要为大局考虑。

简单来说,白松主动找人要出去办案,以他现在的资历,大伙儿会怎么说?案子办成了,白松如果是主要功劳还好说,别人给竖个大拇指;如果不是他的主要功劳呢?那算不算是去蹭专案组的集体功劳呢?反过来说,案子没办成,专案组解散再回到所里,那就真的是说什么话的都会有了。

再说了,所里这么忙,本来就不想放人。虽然马支队的级别比所长高,但是毕竟没有直属关系,马支队又不是分局的局长、副局长,所长就是不放人,马支队也没有办法,这是其一;其二呢,就算是所里放人了,对马支队也会造成不好的影响。

想到这里,白松心中满是愧疚,如果因为这个事情让马支队陷入两难,白松真的会非常难受。还好自己突然想明白,悬崖勒马。

第九十四章　所办案队

白松琢磨了半天,他明白,"12·01"专案组,在这短短的十天里,已经要进入收网工作了,这种时候的专案组,很忌讳节外生枝。

在这里待了一上午,白松也有了一些对案子的分析。此时死者死亡原因也有了初步的化验结果,氰化氢中毒死亡。氰化物,是鼎鼎有名的有毒物质,基本上沾上"氰"这个字的东西,就没几个吃了不死人的。

氰化氢,与常见的氰化钠、氰化钾不同,它是一种无色透明液体。使用氰化钾等物质,与酸反应就可以产生氰化氢气体。而氰化氢液体本身,很容易挥发,有苦杏仁的味道。当每立方米的房间里,超过0.003克氰化氢气体,就会对人体产生致死风险。理论上说,一个可乐瓶子,如果装满了氰化氢液体,足以杀死1200个人。

如果短时间内吸入高浓度氰化氢或吞服大量氰化物,两三分钟之内就会呼吸停止从而死亡。而现场没有发现任何氰化物,由于屋门大敞,屋内的气体也没有任何氰化物的残留成分,第一时间到达现场的警察也没有闻到所谓苦杏仁味。

白松不是案件的主办民警,他一上午都在考虑一件事情。如果市局法医的水平真的很高,那么,到底是基于什么原因得出"存在自杀可能"这一结论呢?

专业的就是不一样,白松深深地明白什么叫"术业有专攻"这句话的含义,他从不会对这些专业人士有任何轻视,但是大家之间的交集确实不大,白松也没法去询问。

回到所里以后，白松和冯宝聊了一下，冯宝倒是给白松解开了一点疑惑。很多大单位的专家，人家说话一般都是留有余地，对看不准的现场多留几句可能。冯宝的观点白松也觉得有道理，但是案子已经发案了，还是要继续侦查下去。

下午，师傅孙唐找到了白松。

"我刚刚听说，你想去的专案组，最近要招人，你报名了吗？"孙唐问道。

"没有，我了解了一下，案子开始收尾了，我不报名了。"白松摇了摇头，心道这个李汉消息真够灵通的。

"收尾了？那确实别去，去了没意思了。"孙唐点点头。

"师傅，你说，为啥案子要收尾了，反而要招人？"白松有些不了解。

"其实破案并不难，抓人也不难，甚至说刑事拘留也不难，案子最难的部分，就是后续工作。"孙唐指了指组里办公桌上的几本案卷，"一起大规模的电信诈骗案，一抓就是几十人，后期工作会非常非常多，几个月都忙不完，案卷能堆三四张桌子，每一本都有这么厚。"孙唐用手指比画了一下，大约有五厘米厚的样子。

白松点了点头表示明白，之前王千意那个涉嫌非法买卖野生动物的案子，案卷有多厚，他是见过的。一起大规模的诈骗案，那后续工作其实才算是大头。

"嗯，我还是不去了，办案的业务在所里也能学。"白松表示明白。

"我叫你过来，还有一个事情，昨天魏所是不是找你帮忙了？"

"嗯，我跟着魏所去了一趟，就是咱们组那个偷电动自行车电瓶的案子，我跟着去配合魏所抓了两个小偷。"

"你这样的年轻人，住在所里面，肯定有些领导爱叫你加班。这种事还比较危险，我还算是了解你的，这种事—你不会拒绝，二呢，你肯定还冲在前面，你现在连枪都佩戴不了，确实是不安全。"孙唐指了指东南方向，"我家孩子的姥爷，现在搬到我这里住了，他那里，还有一套小房子，有50

平方米左右，一直闲置了三年了，是个六楼，往外租也租不了多少钱，我一直也懒得弄。你要是不嫌弃，搬点新的褥子和被子，过去住就行。回头我给你雇家政公司整体打扫一下。"

"啊？不用不用，师傅，这怎么好意思？我在单位挺好的。魏所他其实也是锻炼我。"白松挠了挠头。

"你看着办就行，自己好好琢磨琢磨就是了。"孙唐说完这个事，接着道，"我那个房子也懒得出租，你自己决定。还有一个事，就是今天这个命案的事情，我怎么看你很感兴趣？"

"嗯嗯！"白松毫不掩饰自己的情绪。

"嗯，行，年轻人，就应该这样，要是遇到啥事都想独善其身，也就没啥出息了。"孙唐拿出了自己的笔记本，"刚刚所里开了个会，这个案子是刑侦二队主侦，所里按理说不用管这个事，但是咱们孙所和李教都表示要严查此案，毕竟这种有预谋的较为职业的杀人案本来就不多见，还发生在咱们所辖区，孙所脸上肯定没光。

"所里打算成立一个办案队，办案队的成员，各组抽一个人，然后由魏所和小王所两人带队，一共六个人。各组抽的人，不离开原来的班组，照常跟着值班，但是就不安排夜班了，到了值班的晚上照常睡觉，没有特殊事情不用起床，所以第二天不补休，要继续跟着上班。这个工作需要一定的积极性，家庭压力还不能大。咱们组本来我想安排冯宝，但是他孩子现在才两岁，还总是生病，我就想着推荐你。过来找你问一下，你要是想参加，我就给你报上去。"

"想啊，师傅，我没问题，晚上值班我也照常能跟着值，案子我也有兴趣。"白松神色有些兴奋。

"哈哈……好，你啊，年轻，就是好。"孙唐想了想，"也不对，别的年轻人很少有你这样的干劲。行，那我给你报上去，这个事要是能给办成了，可是给所里，给孙所、李教都长脸的事啊。"

第九十四章　所办案队　| 329

第九十五章　中年丧偶与年少丧父

九河桥派出所的办案队没有什么代号，也没有特殊的编制，纯粹就是为了能够尽早破获这起命案。

对于师傅提到的小屋子，白松还是有些心动。他其实真的有点想在附近找一处房子，在单位有时候看书就很难，因为宿舍可不是只有他一个人。别人值班的时候，他就没办法好好看书。下午，所里定了办案队的成员，一组是一名四十多岁的民警，叫王大伟，是一组的警长；二组是王旭；三组是上次和白松一起办案的女警察于雯；四组就是白松。

办案队直接就开了个会，孙所给办案队的成员讲了一下案子目前的情况。

"现在侦查工作的重点是找到两个犯罪嫌疑人，经过目前的侦查，这两个嫌疑人的身份已经快要浮出水面，初步估计这两个人应该是讨债的。"孙所长说完话后，魏所先提出了观点。

"嗯，现在二队那边也是这个意思，"王所道，"除此之外，氰化物的来源，也是工作重点，目前的进展我讲一下。氰化物是工业常见原料，目前我们九河区几家有资质的化工厂都已经排查了，没有氰化物丢失的报告，周围的情况正在排查，我和二队的聊过了，下午咱们也出去查这个事情，除此之外，如果有时间，最近要去一趟港口附近，天华港口那边有大量的氰化物储存，也是需要重点排查的。"

"嗯，王所你下午带着王旭和白松去忙，我带着老王和于雯出去查嫌疑人线索。"魏所接着看向了孙所。

"嗯，你们自主安排，和刑侦支队二大队那边多交流，避免重复侦查、警力浪费。今天于雯值班，这样，魏所你带上王旭。王所那边的事情就是去走访，他带着白松就足够了。"孙所说完，就离开了办公室，他下午还得去分局开会。

本来白松最近还得忙王秀英诈骗案的后续工作，孙唐就没给白松安排工作，组里的其他同志也觉得没什么问题。

下午3点多，白松跟着王所，开始对天北区的几家化工厂进行走访。

天北区的化工厂白松还是有点熟悉的，毕竟之前命案中装尸体的铁桶就是来自天北区的一家化工厂。

现代的化工厂，对于这种剧毒物质的使用，是非常严格的，从原料箱里搞出来一克有毒物质与搞出来一公斤都是一样困难的，如果化工厂没有事故，也没有泄露，是不可能有氰化物外泄了。

在天北区最大的一家化工厂里，王所和白松经过消毒并身着专门的防化服，进入了主要的生产基地。全自动化的工厂、从头到尾的三道密封手续、先进的红外线、压强、有毒气体等多种检测方式，最后两人还参观了仓库。能在市区内正常运行的化工厂，严格程度堪比监狱。

王所和白松排查到了晚上，依旧一无所获，回到所里以后，孙某的家属在所里等待着王所回来。今天是王所值班，这案子王所是主要负责同志，孙某的妻子已经等了一个多小时了。

"王所您好，"女子眼睛潮红，"我来问一下，我们家老孙的事。"

"您好您好。"王所和女子握了握手，示意白松去给女子拿点水和面巾纸，接着道，"您放心，我们一定尽全力，早日把凶手缉拿归案，还你们一个公平。"

"嗯！"女子听到王所的话之后，哽咽了起来，"我们家老孙为了还这点债，这些年在外面起早贪黑地工作，一刻都未曾停歇。这回好不容易拿到一点钱还上，没想到，这些人居然这么狠毒！"说完，女子一下子瘫跪在了地上。

第九十五章　中年丧偶与年少丧父

"别这样别这样,案子发生了谁也不希望,"王所上前把女子扶了起来,"案子已经立案侦查了,请相信我们。"

案子立案后,按照规定二十四小时内要向相关人员告知并给一份立案告知书,没过多久,两份告知书就拿了过来,给女子签字捺印,公安局和女子各留一份。

好不容易把女子哄好一点,白松也有些累了,今天一天可是一点也没闲着,明天还得值班。

"白松,你去送一下她吧。"看着女子凄惨的背影,王所想了想,安排道。

白松跟了出去,女子回头看了白松一眼,什么也没说,慢慢走出了值班大厅。

"警官您好,"女子擦了擦眼角的泪痕,"我还不知道您贵姓?"

"姓白,"白松也不知道怎么安慰她比较好,想了想还是说道,"您也节哀,这事情谁也不想发生,我们肯定会尽全力侦查的。"

"嗯,谢谢你们。"女子紧紧抓住手里的立案决定书和立案告知书。

"我们应该做的。"白松道。

"嗯。"女子说完,上了一辆车。

这应该是来接女子的,司机看着像是女子的女儿,是个差不多二十岁的姑娘,难过的神色比女子更甚。姑娘看到女子上车,连忙询问了什么,得到了回答之后,终于还是憋不住,大哭了起来。

照这个情况去开车,不出车祸就有鬼了!白松明白人在这种情绪下肯定是不受控的。

白松敲了敲车门,姑娘看了一眼白松,打开了车窗:"警、警察叔叔,我、我……您有什么事?"

"需要帮你们叫一个代驾吗?"白松关切地问道,"你这样,没有办法开车的。"

"谢谢……不,不用。"女孩抽噎了几下,然后拿纸擦了擦眼泪,接着又擦了擦鼻涕,"我能开车。"

"我开吧。"女子从副驾驶下来,把女孩扶到了后座上,开车缓缓离开。

白松看着汽车稳定地离开了视线,心中略定,转身回到了所里。

第九十六章　埋藏的历史

想想姑娘的伤心绝望,白松叹了口气,到办公室看起了案子的材料。白松明白,自己必须更加理智,才能更有利于案子的侦破。不知不觉,白松已经有了一点成长。

很多时候,我们考虑一个人为什么被杀,通常来说,要考虑两部分。一是谁会希望被害人死?到底是出于什么样的动机和目的要杀死被害人?二是被害人死亡,谁会受益?

目前来说,如果考虑一,那么孙某的债务人最有嫌疑,而不是债权人。债主们还等着和孙某要钱呢,怎么会杀死孙某呢?当然,也不能排除债权人杀人的可能,但是债务人可能性更大一些。像孙某这样的做生意的人,虽然欠债百万,但是欠他钱的也不在少数。如果考虑二,那收益的还是债务人,这些欠孙某钱的,很可能就不用还了。

除此之外,白松还听说了一件事。前几天白松出警,在大光里小区对面发现"外星人"的那个地方,是一片略有争议的平房,有几户拆迁户还一直在和开发商协商,简单地说就是想多要钱。

昨天大光里发生命案的事情传了出来,开发商立刻借机传出了消息:"附近发生了命案,这地方风水不行了,不符合建设高档小区的条件,开发商公司打算贱卖已获得的土地使用权,准备撤离。"

消息极为灵通的拆迁户们听到这个消息,纷纷各显神通,找到了联络自己的业务员,连夜把房子以之前协商的价格卖给了开发商。所以说,开发商绝对是孙某这个案子里的最大受益者了。

第二天一大早，大批的挖掘机、推土机纷纷开赴这片平房，到了上午九点，这一大片平房已经封上了三分之一的围墙。

白松值班，今天魏所和王所出去查案去了，白松今天跟着组里出警。这案子目前进展不怎么顺利，通常命案二十四小时内甚至八小时内就能破获，时间长了难度还会加大，这案子如果再这么发展下去，成立专案组是早晚的事情。

"丁零丁零丁零丁零……"急促的铃声响了起来。

"什么事？"白松看着孙唐等人纷纷开始准备出去，他也立刻开始佩戴自身的单警装备做好了准备。

"有紧急警情，一般是二级以上警情。"孙唐面色铁青，这种铃声很少响起来。

这些年警务改革，警情也分了级别。一般来说，99%的警情都是4级警情，一旦有人打群架或者有人持械伤人这类较为紧急的警情，就会定为三级警情。

二级警情，已经很严重了。四五个人十几秒钟就离开了办公室，王培副所长也已经从楼上跑了下来，前台的值班民警孙师傅拿着一张出警单递给了王所。

"大光里对面平房施工过程中出现问题，请紧急处置。"

"鸣警笛，出发，到现场迅速拉起警戒带，必要时阻断交通。"王所说完就上了一辆车。

王所后面五六个人都毫不迟疑，分两辆车跟着王所，一路疾驰。九河桥派出所的民警第一时间到达了现场，远处的消防车灯光闪烁，估计几十秒后就到。

"怎么回事？"王所对现场的一个领头的人问道。

"领导您好您好，"施工队长和王所握手，"咱们这边早上7点多，就按照国家规定的标准……"

"说重点。"王所打断了他的话。

第九十六章 埋藏的历史 | 335

"咱们的一个'挠',哦哦,就是挖掘机,在挖到一面老院墙的时候发现了不明物体,我们这边的安全队长看完也不知道是什么,我就下令停工,然后报警了。"施工队长指了指 10 米外的挖掘机。

附近的挖掘机和作业机械都停工了,所有的施工人员都不在车辆上,看来这个施工团队还是知道以人为本的。

"在哪个位置,你指给我看一下,我去看看。"王所问道。

施工队长指了一个方向,王所拔腿就走,一下子被孙唐按住:"我过去,我以前当过兵。"

王所看了一眼孙唐也没拒绝。孙唐直接就走到了挖掘机的后面,扶着车子的把手,踩在了履带的上面。观察了十几秒,孙唐轻手轻脚地走了下来,面色极为难看。

"怎么样老孙?"王所急忙问道。

这会儿消防员也已经到了现场,一群消防员准备进入现场,孙唐连忙拦住。

"扩大警戒范围吧,后撤一下,"孙唐想了一下,"这东西有点问题,我感觉有些危险。"

"危险?"王所看向孙唐指的方向,"有多危险?"

"这具体的情况,我也说不清楚,这个需要更专业的人员来看看。"孙唐道。

"好,"王所不再迟疑,看了眼旁边的马路,距离这个地方也就是二十多米,"孙唐你指挥他们把这附近拉上警戒线,我给交通部门通报一声,阻断一下交通。"

消防官兵们在队长的指挥下,迅速开始帮孙唐等人拉警戒线和驱散群众,白松带着三米,进入这片区域,检查有没有人还在里面没走。因为白松之前见过这里面的"外星人",知道他住的位置。白松第一时间就到了他的住处,此时这里并没有人,只有一些破旧的褥子和一些乱七八糟的东西。

"三米,咱俩把这些东西搬到那个地方。"白松指了指这片平地旁边的一棵大树。

"这些破烂有什么可搬的?"三米一脸疑惑,"这不都是些垃圾吗?"

"嗯,不过也是某些人的家。"白松上前开始搬,"我问了一下这边的社区民警,估计这几天,就能给这个流浪汉安排到救助站了。"

"这是个流浪汉的啊?"三米点点头,上前帮白松搬了起来,不一会儿,这点东西就被搬到了树下,这个地方应该是暂时不碍事。

警戒线很快被拉了起来,这一段交通也已经被隔断,这些老旧小区附近的路也不是什么主干路,隔断了绕一段路即可。

拉好了警戒线,交警也到了,开始疏导交通,紧接着,特警总队的同志也来了。

专业的人就是不一样。

参与此次行动的,是特警总队一大队的人,为首的是翟队长。

翟队探测之后,王支队向翟大队长问道:"怎么样,翟队?"

"我尽力。"翟墨的声音略有低沉。

翟墨看着差不多四十岁,个子不高,也就是一米七左右,但是身材非常健壮,看着很憨厚朴实。

而此时,王所带着白松等人,跟外围的几个记者开始了交涉,将想进来的记者拦在了隔离区域之外几十米。

一旦确定了方案,后续的工作就简单了,差不多二十分钟,所有的东西都已经布置完毕,解决。

第九十七章　险情排除

随着田局长的命令，翟队稳定地处理好了这里的事情，按下了按钮。

除了翟队距离中心点有差不多四十米，其他人都至少距离中心点有一百米，靠近这个点的窗户，民警挨家挨户走访，都已经关好了。咚的一声巨响，白色的浓烟迅速地弥漫开来，这枚尘封已久的东西，永远地消失了。

距离此地一百公里左右，上京市西五环与南五环的交界处，静静地矗立着高大巍峨的抗战纪念馆，成百上千的游客在这里瞻仰着烈士的风采，见证着历史的变迁。纪念馆里，摆放着数十颗类似的残骸，有大有小，型号不一，有的甚至是专门的细菌弹，敌人手段惨绝人寰。经历了这么多年，这枚航弹并没有想象中的那么大当量，这个事情仅仅形成了三米多的坑，有效半径也就只有十几米，到了翟队这个位置，已经连个石子都飞不过来了。

剧烈的声音导致110系统接到了多人报警，好在这个情况早已经全市通报，一起危险性很高的行动到此就已经完成了大半。接下来，市里的同志和区里的同志身穿防爆服，手持专业的探测设备，开始对现场进行了细致的排查，以防有漏网之鱼。

施工是不可能继续施工了，开发商那边的工头对此非常理解和感谢，忙前忙后的倒是十分配合。现场经过清理没什么问题，交通开始恢复，居民楼的窗户再次出现了探头拍摄的居民，消防和刑警等部门开始撤离。

排查一直持续到了中午，现场已经不可能再存在相关的东西，残骸也已经被全部回收。

"好久不见啊，白松。"房队长从废墟里出来，和白松打了招呼。

"房队您好，"白松伸出双手和房队握了握手，"最近一直也忙，没时间去看望您。"

"哈哈……你啊，在所里这才几天，油头话都会说了，"房队看着心情不错，和白松开起了玩笑，"怎么样，最近工作还习惯吗？"

"习惯习惯，所里工作很充实。"

"嗯，那……"

"白松，有个警！"房队话还没说完，王所就喊了一下白松。

白松歉意地看了眼房队，房队笑着点了点头表示理解，白松迅速地跑向了王所。

"有个纠纷，你跟着冯宝去一趟。"王所道。

"行，没问题。"白松说完，就向着警车走去。这时，他看到了远处一个熟悉的身影，他一下子停住了，接着对冯宝道，"宝哥对不住了，我这边有点事，你能带着三米他们去吗？"

冯宝看了一眼白松看着的方向，点点头，表示明白，随即喊上三米，两人开车离开出警了。

王所也看到了这个情况，有些好奇："那个小孩，你认识？"

"那可不是小孩，"白松指了指已经走近了的男子，"上次我和宝哥出警，有人报警说这里有一个'外星人'来回走动，就是他，这个人今年四十岁了，流浪汉。"

"外星人？"王所乐了，"还真的什么警都敢报。嗯，你找他，是为了昨天的命案吗？"

"嗯，他平时就住在这里，我想问问他。"白松道。

"那行，你去问吧，我还得在这边负责收尾。"王所挥了挥手。

矮个子男人看到白松过来，冷漠地看了一眼，他对这个高大年轻的警察有点印象，但是也谈不上好印象还是坏印象。在他的世界里，人基本上都是灰色的，并不会有什么变化。嗯……也不对，前几年曾经给自己递过棒棒糖的小女孩，就不是灰色的。

第九十七章　险情排除 | 339

白松没有靠得太前，也没说话，就这么看着男子。白松记性不错，他曾经看过这个男子的身份证，他叫郑彦武，这是个很不错的名字。

郑彦武看了看远处已经塌了一大片的破旧平房，神色略显难过。一个多小时之前，他听到别的流浪汉说，大光里小区对面的平房闹了一次大爆炸，很多房子都被炸塌了，听到消息的他快步向这边走来，到了这里之后，却发现这里已经变成了废墟。天下之大，何处为家？自己已经这样了，为何还要被命运针对呢？

"您好，这里一会儿要过车辆，请您退出隔离带之外。"两名保安过来对郑彦武说。

郑彦武看了看保安，接着看了看自己居住的地方，那里还没有变成废墟，但是爆炸已经让那里的墙塌了，再去已经没了什么意义。见惯了人生冷暖的他没有多说什么，转身就要离开。这四海本就无家，自不必纠结。

"郑彦武，你在找你的铺盖和东西吗？"白松指了指几十米外的大树，"我和同事帮你搬到那里了。"

郑彦武愣了，他已经忘记了自己还有名字。不知道经过了多少年，已经没有人知道他的名字，没有人会喊一声这个名字，此时突然被人唤起，他真的有些不适应。

过了几秒，郑彦武转头看了看白松，见白松的胳膊还一直举着，就顺着白松指着的方向望去。熟悉了冷眼和欺骗，郑彦武已经习惯性地不想去几十米外验证到底是真是假，但是当他看到白松的眼神的时候，发现白松真的不像是在逗他，斟酌了五六秒钟，郑彦武抬腿向白松指着的方向走去。

他确实是个子不高，在白松可以轻易看得到的地方，他的视线却受到阻挡，完全看不到。往前走了十几步，他才看到了自己的被褥和各种东西。

几床破旧的被褥，一些看起来很烂的锅碗瓢盆，此时正静静地摆放在树旁，比曾经安放的那个"家"还略微整齐一些。

第九十八章　细聊

郑彦武从后背的破包里，拿出了两根绳子，慢悠悠地把被褥捆了起来，紧接着用绳子把所有的盆盆罐罐全都穿在了一起，看样子他打算背着这些物件搬家了。

"你要去哪里？"白松问道。

郑彦武本不想回答，斜眼向上看了看白松。白松的眼神里真切地存在着关心。过了几秒钟，他还是回答道："九河桥底下，还有地方。"

"我们所里已经帮你联系了救助站，这两天就可以给你送到那里去，这么冷的天，桥底下怎么能行？"白松知道九河桥，这个桥下能够待人的地方很小，两侧还都透风，这个季节，怎么能住人？

"谢……"郑彦武艰难地说出了"谢"字，他已经很不习惯，"我不去那个地方。"

"为什么？那里有吃有喝，还有暖气。"白松的语气有些着急。

"那里不是家。"郑彦武沉默了一会儿，看着白松那执着的样子，接着道，"不用担心我，如果冷，我会买个帐篷。"

买帐篷？白松看了看郑彦武的样子，倒真的不是瞧不起他，而是很难把他和"买"字联系起来。常年流浪的郑彦武十分敏感，白松的迟疑和不解，郑彦武刚刚温了一点的心很快地又要冷了下去。

"这样吧，"白松没有多想，"等我明天下班，我带你去看看帐篷，如果你钱不够，我帮你出。"白松挺想帮帮这个人的，而且他现在确实是也不缺买帐篷这几百块钱。

郑彦武第一次真正地抬起头看了看白松，盯着白松看了足足十秒："谢谢！不过我有钱的。"郑彦武说完，怕白松不信，从最里面的衣服里拿出来一个信封，里面有零有整，至少有两三千块钱，还有三四张银行卡，而且看着都不像是普通卡。

"你有这么多钱，为啥不回家？"白松有些惊讶。

"跟你说过了，我没有家了。"

"那你可以买个房子，天华市的房子如果很贵，也可以买个你老家的呀，"白松记得郑彦武的老家是南方的一个市，并不是什么很发达的地区，"实在不行，也可以找个小地方租个房子，然后赚点钱，总好过这样受冻。"

"房子……"郑彦武掏了掏兜，只掏出来一个打火机，却没找到香烟。这些年，他从未向别人要过烟，这会儿却抬头看了白松一眼。

"啊，不好意思，我不会抽烟，"白松看懂了郑彦武的意思，但是他真的不会抽烟，只能道，"你等我一会儿，我去帮你要一支。"

接着白松就快步走向了王所那里。刚来所里的时候，白松遇到急事就喜欢跑，后来孙唐跟他说过，警察没有紧急情况尽量不要跑，只有抓人、救人等情况才跑，平时一旦跑起来，很容易让周围的群众误以为发生什么事，会造成轻微的恐慌。对于师傅的话，白松一直都深以为然，此时他只是快步走，倒是也很快。

"我这还有半盒，都给他吧。"王所从一盒云烟里抽出了一根，轻轻地放在了自己胸部的口袋里，把剩下的递给了白松，"他有打火机吗？"

"有的有的，谢谢王所。"白松拿着半盒烟就快步走到了郑彦武身边。

"一根就好，"郑彦武从白松递过来的盒子里抽出一根烟，剩下的举起来递给了白松，"一会儿我去买。"

白松没有拒绝，接过了半盒烟放进了口袋。

"啪"，打火的声音从郑彦武捂着的手里响起，袅袅细烟像极了刚刚爆炸现场的那缕白烟的缩小版。

"你接着说，房子怎么了？"白松问道。

"房子，我有，"郑彦武深吸了一口烟，"但是，没家了。"

白松沉默了一会儿，还是问道："是意外还是……？"

"意外，"郑彦武夹着烟，把手放在了大腿边上，转身看向了南方，"我造成的。"

白松听父亲说过，不要小看天底下任何一个人。每个吃了几十年饭的人，都一定有着你完全不曾接触过、完全不懂的地方，哪怕这个人你十分瞧不起，他也必有你所不如的地方。

白松不知道该说什么，半蹲在地上，伸出了手。

郑彦武左手接过了烟，把右手在外套上擦了擦，接着又伸进了里面的衣服擦了擦，和白松握了手："谢谢！"

"不用谢，我帮不到你什么。你经历的事情，我虽然无法亲身感受，但是我想说，时间是单向的，人只能往前看，既然你还活着，你就得活成死去的人所希望的样子。"白松感受到男子粗糙的手，用力握了握，松开了手。

"嗯，谢谢！我还活着，我知道。"郑彦武道，"我再走几个地方，也许就会回去了。"

"好，有需要我能帮忙的，就跟我说。"白松从胸兜里拿出常备的笔和一张速记本，写了自己的电话号码，"你以后如果买手机，有事可以给我打电话。"

郑彦武接过白松的纸条，装到了外套的口袋里："还没问你叫什么名字。"

"白松。"

"嗯，好，白松，"郑彦武望了望四周，看了看大光里的高楼，"你是想问我，昨天大光里死人的那个事情吗？"

"如果你知道一些情况，那我洗耳恭听。"白松来了兴趣。

"嗯，昨天这片平房里，进来过两个人，在最里面的几排房子，换过衣服。"郑彦武道，"我就看到这么多，其他的就不清楚了。他们换完衣服后走了不久，你们警察就来了。"

第九十八章 细聊 | 343

"嗯！"白松一下子站了起来，眼神凝望着平房的最里面，"老郑，你要是买了帐篷住在九河桥下，回头我会去看你，我先有事去了！"

说完，白松立刻奔向王所那里。

"王所王所，"白松声音略急，"您能不能让施工队先暂停一下，我有很重要的线索。"

"没问题。"王所没问白松什么事，就先通知包工头过来，暂停一下工程。

包工头迅速跑了过来，安排了停工。包工头已经决定了，今天全天就不动工了，明天再说。

第九十九章　父母心

"什么事这么急?"王所这才问道。

"刚刚我得到线索,昨天的杀人案,两名犯罪嫌疑人跑到了这个平房里,最里面的几排,在这里换了衣服。"白松指了指里面。

"嗯,"王培点点头,"我给魏所和王所打个电话。"

命案通常总是最受重视的,不到二十分钟,刑侦队负责现场勘查的民警就来了三人,魏所也带着两个人来了。

郑彦武所指的区域,距离爆炸点有点距离,上午用仪器进行探测的时候也并没有破坏这些地方,不多时,现场勘查民警就已经找到了脚印、脱落毛发、口罩等诸多线索,用这些就可以带回去做 DNA 鉴定了。

孙某被杀案与李某被杀案不同,李某的社会关系非常简单,天华市与其相识的人也没多少,但是孙某可不一样,这个圈子足足有几百人,需要一一进行 DNA 对比,当然这也不是什么麻烦的事情,只是需要一点时间。

白松今天没时间去搞这个案子,这会儿还有别的事。刚刚所里来电话,前台民警告诉白松说有人找他。白松在天华市的圈子并不大,一般朋友需要找他的话,都是给他打电话,而有人去所里找他,倒是让他有些摸不清具体情况了。

现场也没什么需要警察的地方了,王所带着白松一起开车回到了所里。

"白警官,您好。"白松一进屋子,就看到了陈建伟手持一大卷锦旗,站在所里的大厅中间,看到白松之后,陈建伟立刻展开了锦旗。

"英勇无畏,舍身救人。"八个烫金的大字在红色的锦旗上极为显眼,一时间，周围的几个办理户口的群众纷纷注目。

"锦旗啊，这可是好事！"王所很高兴，"这事得跟李教汇报一下！"说完，王所去旁边打起了电话。

"这也太客气了，都是我们应该做的。"白松有些不好意思。

"嗨，白警官，实不相瞒，本来我还想过，要请电视台过来给您做一次专访呢。但是我闺女这个事，我又不想闹得沸沸扬扬，只能给您送个锦旗过来，实在是难以表达我的感谢。"陈建伟道，"就是不知道您明天晚上有没有时间，我想当面表达一下谢意。"

"啊？不用不用，这个真的是应该做的，您不用这么客气。"白松拒绝得十分坚决。

陈建伟也是在商界这么多年摸爬滚打过来的，也不多说，只能把话咽了下去，有情后补吧。

"白警官，我来这边，还是有个事，算是不情之请。我就直说了，我闺女被骗的那些钱，她一直茶不思饭不想的，天天很难过。昨天，我骗她说您这边案子已经破了，钱已经找回来了，然后我把钱分给了她三分之一，剩下的我让她妈帮忙保存。我就是想说，如果有一天，陈敏她见到你，或者来找你、问到你，你就告诉她，案子已经破了，可以吗？"陈建伟一脸真诚。

"这……"这可把白松难住了，善意的谎言，那也是谎言啊。

"白松，听我的，你就答应他。"此时，白松身后传来李教导员的声音。

"李教导，您也来了。"白松转过了神。

"咱们的同志获得了群众认可的大锦旗，我当然要来恭喜一番。"李教导面露微笑，"只要是收锦旗，你能拿到多少次，我就来看你多少次！"

"谢谢教导关心！"白松疑惑地问道："您刚刚说的那句话意思是……？"

"哦？我说的不明白吗？字面意思，还能如何？"李教导员喜色不减。

"谢谢您了领导，我真的非常感谢。"陈建伟略微鞠躬。

"来，王所，帮我们拍张照片。"

客套了几句,白松终于把陈建伟送走了,白松十分困惑,李教导向来说话滴水不漏,这是什么意思?

"跟我到办公室一趟。"李教带上锦旗,走在了前面。王所看到,笑了笑,直接去忙自己的事情了。白松也不迟疑,直接跟上了李教导员。

"坐。"李教导员指了指白松身边的一把椅子。

白松拉过椅子,笔直地坐下,正视李教导员。

"别那么拘束,"李教导员和颜悦色,"找你来,有几个事情跟你说,在说之前,第一就是要保密,你听明白了吗?"

"明白!"白松道。

"嗯,这个我倒是不担心。"李教导员拿出一份文件,"市局的'12·01'专案组,咱们分局的刑侦和技侦支队已经初步有了成效,嫌疑人的窝点已经确定,地点目前还在保密,明天中午出发,咱们所一共要出8个人,九河分局一共要出动150人队伍。虽然你现在还在所里的办案队里,但是为了保证所里的工作,班子成员研究了一下,你们办案队的王旭和你两人也参与这次分局的大规模跨省抓捕行动,你能做好准备吗?"

"我没问题的,李教导。"白松一下子明白了李教导员为什么让自己答应陈建伟了。

"嗯,还有一个事,我希望你能够理解。"李教导道,"你来咱们单位已经快两个月了,这段时间你的表现十分优秀,从孙所长到我这里,包括整个班子成员,对你都是很满意的。只是你太年轻了,我不希望你背负太多的东西,你应得的荣誉永远都会写在你的履历里。我们商量了一下,把你和刘峰一起发现穿山甲那件事以及你和三林路派出所的王亮一起抓获了一名通缉犯这两件事,合二为一,给你申请一个三等功,分局党委很快就会开会研究这事情。你有没有什么想法,可以直接跟我说。"

"啊?"白松听到这个已经很激动了,能有什么想法?直接就表示十分感谢所领导的栽培。

"你明白我们的良苦用心就好,按理说这两件事应该给你申请一个嘉奖和一次三等功,但是我们有很多优秀的同志。"李教导看着白松,越来越满意,接着道,"你还年轻,好好干,该是你的,永远都是你的。"

第一百章 关切

　　白松不是一个斤斤计较的人，这次真切地听领导说要给自己申请一个三等功，他心情是十分激动的，李教导这么说了，就算是彻底定了。白松从办公室里面出来，就给老爹打了电话，把这个事情给父亲说了一下。

　　"行啊，你们领导对你不错。"白玉龙听到这个事情，说道。

　　"是吧，我就说我们领导对我不错呢。"白松得意地说道。

　　"臭小子，你呀，到现在没明白我在说什么，这也就是你是我儿子，别人谁也没人告诉你。"白玉龙道，"听你小子上次回来还跟我吹嘘最近在看什么法律书，那我且问问你，公安民警在什么情况下，可以授予三等功？"

　　"啊？还有这个规定？"白松翻遍了脑海，《宪法》？《刑法》？

　　"《公安机关人民警察奖励条令》里有规定，对成绩突出、有较大贡献的，记三等功。后面还有细分，比如说你这两次的事情，一次算是工作成绩突出，另一次算是依法打击侵犯公私财产的违法行为，总的来说，成绩都算是突出。

　　"可是你别忘了，你还在南疆省抓了两个小走私犯，还破获一起杀人案，这两个，你们教导员都没给你算一起吧？"白玉龙道，"这已经算是很优待你了，每年的案子那么多，我有个同事，抓过两次杀人犯，三等功都没有一次。"

　　"怎么可能？"白松惊了。

　　"怎么不可能？"白玉龙道，"立功受奖，是组织对你的肯定，这东西不能强求，你们教导员说得对，该是你的就是你的，言外之意，不该是你的，不要过分去想。比如说你抓到的那个穿山甲，其实你的贡献很小，换谁去都能抓到，所以按理说，你功劳并不大。杀人犯也一样，领导安排你去路口蹲着，你一下子就把人抓住了，那不给你功劳你也别心酸。就拿你们专案组破的那个分尸案子来说，亲手抓住凶手的那个人，功劳其实还没有你大。

"组织上还是很公平的。我估计你在南疆省遇到的那个案子和你们专案组侦破的分尸案，你们专案组能给你往市局合报一个二等功，二等功得是省级机关才能发放，直辖市倒是简单一点，市局就能决定。具体会不会给你，你也别期望太高，不过保底也是个三等功了。"

"啊？爸你误会了，我没有觉得领导少给我功劳了啊……我这些所有的加在一起，能给我个三等功我都很满意了！"白松听了父亲的话，喜上眉梢。

"行啊，有这个心态就好。遇到事情冲在前，分功拿奖站在后，必须得有这个心态。"白玉龙嘱咐道。

"爸，你放心吧！"白松就差拍胸脯打保证了。

"嗯……不行，我还得再嘱咐你两句。第一啊就是，一定要记住，你能够获得的，一切的功劳，都不是你个人的，而是集体的，没有集体，你不仅寸功不会有，办案也会十分危险。你现在比我当时出身好，名牌大学毕业，但是切记切记，团结是第一位的，公安局绝对不能存在一个人搞独立的情况，你现在还没有这个样子，但是你太小了，啥也不知道，这再给你两个功劳一封，万一得意忘形，想改回来，就麻烦了。"

白玉龙言辞恳切地说道："这第二，就是安全。遇到事在前没错，但是不能傻乎乎地冲，该有的设备和装备必须带上，而且切忌，忌讳的忌，切忌一个人蛮干，记住了吗？"

"记住了记住了。"白松深深地记在了心里。

父亲的话，白松丝毫没有不耐烦，这些话父亲很少跟自己说，只有遇到了事情才会跟他说，而这种时候，白松往往能够深深地记住。

"别有太大压力，你年轻，不犯原则性错误，就什么也不要怕，有事情还有你爸呢，哈哈……"白玉龙心情很好。

"对了，"白玉龙道，"等过了年，我工作没那么忙了，我和你妈去一趟天华市，给你看看房子。"

"啥？房子？我才多大啊。"白松一时半会儿没想到父亲怎么一下子拐了这么大的弯。

"嗯，时间很快的，过了年，明年8月，你就转正了，公积金也能用了。我和你妈没那么多钱，但是给你拿钱凑个首付还是问题不大的，房价我感觉还会涨，早点给你买个小房子，我和你妈也安心一点……"

"知道了知道了……"

白松挂了电话，想起了陈建伟。当父亲的虽然有时候看着那么严格、严肃，但是他们在外面一切的奋斗，都是为了孩子更远的未来。白松心想，也许，只有当自己成了父亲，才会真正明白吧……

下午和晚上，所里的气氛都有些不同了，所里好几个不值班的民警都静悄悄地回来，收拾收拾东西，静悄悄地离开。白松知道，这几位都是明天中午要一起出发的兄弟。

四组的人数还算满编，这次出行的是白松和孙爱民，携带警服以及手铐、脚套等警械，不携带枪支，明天中午1点钟全部在分局集合。也不知道是不是这种气氛很有感染力，整个晚上及后半夜，辖区内的警情特别少，仅有一起纠纷，而且等警察到了以后，纠纷都已经自行解决了。

所里的工作都已经交接完毕，第二天上午，孙所召集了所里要出去执行任务的八人，给大家做了动员，简单来说，服从命令、听从指挥、绝对保密、注意安全。

"这次出去，有啥事你就跟着老孙，跟着队伍走，有事就给我打电话。"孙唐在白松宿舍里帮白松装包，把上午出去买的常见药物塞到了白松的包里。

第一百零一章 出征

分局大会议室里，整整一百三十名公安干警，坐满了整个大厅。

主席台上，两名身穿冬季常服，内着白衬的高级警官坐在中间，为首的是九河区副区长、九河公安分局局长殷局长，这也是白松来分局这么长时间第一次亲眼见到局长。殷局长眉毛厚重，威仪孔时。现场十分安静，殷局长摆了一下话筒，开口道："同志们，我们开一个简单的动员会。"

"能坐在这里的同志，都是各个单位精挑细选的政治素养、业务能力、身体素质都十分优秀的同志，这次我们要执行的任务，是前往一千公里之外的'魔都'市，在你们之前，我们已经有超过30名领导干部、专案组成员、公安干警到了现场，对已经查明的六个窝点进行了二十四小时的布控。

"本次'12·01'专案，时间紧任务重，但是已经初步掌握了一定的成效，我们此次跨省异地大规模抓捕行动，展现了市局领导的……

"下面由田局长给大家布置具体工作，田局长此次与你们一同前往'魔都'市，是本次赴外省抓捕的副总指挥……"

殷局长讲完，田局长分配了一下具体工作，主要是分为了六个组，最大的一个组由50名警察组成，最小的组则只有10人。这次跨省行动，早在三天前就已经联系了当地警方，"魔都"市公安局对此事也是高度重视，据说也出了人在那边帮忙。目前整个案子还处于机密等级，现场的每一位警察都签了第二遍保密协议，第一遍在所里已经签完了。

白松和孙师傅没有分到一个组，他被分到了一号组，一号组全部是年轻的警察，平均年龄三十岁左右，由50人组成，九河桥派出所二组的王旭、三组的阚新、王博都在这个号组，除此之外，白松还看到了王华东，以及技术部门、特警部门、网络安全部门以及刑警队的人。

白松记性很好，基本上接触过的人他都能记住，开完会往外走的时候白松一个个地打起了招呼。这次出行，九河分局一共配备了 15 辆车，其中包括 6 辆 50 多座的大客车，目前每个号组分别一辆车，回来的时候再重新安排。

一号组人最多，放完行李直接就满员了，马支队亲自带队。

出征前，田局长在分局大院里跟殷局长表达了决心，敬礼！

上车，出发！

分局大院门口的横幅上，"祝奏凯而归"几个大字在冬季的洌风中摇曳飘扬，宣传科的同志们，更是打出了"藐昆仑，笑吕梁，磨剑数年，今日显锋芒；烈火再炼双百日，化莫邪，利刃断金刚"等横幅，白松看着热血沸腾。

车子发动，马支队简单地说了几句，接着道："大家一定注意休息，车子有点挤，我们的行程一共要十六小时。到'魔都'市是明天早上，到了以后，大家都先去酒店休息，明天下午咱们再开始行动，我们的六个号组会在田局长统一的安排下进行抓捕。

"根据我们的情报，这个大规模的诈骗团伙，他们上午很多人都不来上班，估计是在睡觉，为了一网打尽，任务的执行时间应该是明天下午，具体时间听安排。现在都好好休息，每个座位下面都有分局领导为大家准备的旅途食品，如果有人需要晕车药来找我领取一下……"要出门在外，马支队就像是一个大家长，变得话痨起来。

电信诈骗团伙，通常来说分为境内和境外两种。

境外的团伙，人员结构相对松散，技术水平相对一般，胆大妄为；境内的团伙，人员架构相对严密，谨小慎微，技术水平相对高一些。当然，他们的共性都是没有人性及贪婪，一个诈骗团伙只要能骗到钱，就会无法控制地变得越来越大，因为来钱快，而大家也都有亲朋好友，很多低端的骗术，会

第一百零一章　出征　｜　353

说话就行。

"白松,你现在够可以的啊?我看你咋谁都认识?"王旭好奇地问道。

"啊?这不是进过专案组的原因吗,之前很多人都曾经参与过专案组,见过几次,所以就是脸熟,没什么交情的。"白松道。

"那也行啊,"阚新道,"我比你早来半年多,这车上我就认识咱们这四个人。"

"马支队你总该认识吧?"王旭反驳道。

"我认识人家,人家不认识我啊!哈哈……"

旅途是很枯燥的,坐十六个小时的长途大巴车可真不是个舒服的事情,好在司机师傅都是巡警队的老师傅,车技很好,而且每车都是双司机配置,行驶得非常稳。

一号组的所有人都是身着警服执勤服,为了防止泄密,这辆车除了加油几乎不停靠,车上有洗手间,马支队表示,晚上到了小的服务区大家可以下车上厕所,不过要换便服。不得不说,分局的领导真的十分小心了,说起来,中国这么大,任谁也不可能把这两件事连在一起,但是分局领导还是觉得必须谨慎一些。

第二天天刚蒙亮,白松睡眼蒙眬地感觉到车子拐了一个大弯,进了一个院子。这里是早已经安排好的住宿的地方,是一个快捷酒店,据说这个快捷酒店距离诈骗团伙的窝点还有二十多公里,大家纷纷下车,活动了一下筋骨。

一个晚上,从北国到南国,大家没有什么不适应,清晨的"魔都"温度只有六七摄氏度,比起车内算是很冷了。白松吃了点东西,便和大家一起去休息了,下午1点再集合开会。

第一百零二章　别动！

酒店并没有大会议室，下午 1 点，开会的地方就在车上，马支队通知大家穿便服参加会议即可。会议的内容非常简单，安排行动。行动时间是下午 4 点左右，届时除一号组成员外，还会有"魔都"警方帮忙联系的一部消防车、两辆救护车来帮忙。

诈骗团伙的主基地，位于"魔都"市云江区的一个高档写字楼，这栋写字楼共有 40 多层，六部电梯，这个团伙包了整整一层，33 楼。高层电梯为了人员流动方便，不可能每一层都停，每一部电梯的停靠楼层分布基本上都是独立的，因此只有一部电梯能够前往 33 层，而且 33 层这一层还是被企业设置的需要刷卡才能去的一层。

这家骗子公司十分谨慎，经过这几天的探查，已经发现他们在电梯口、30 层至 35 层楼梯等地方安装了摄像头，不过这些对于公安来说基本上就是小儿科，即便摄像头网络是物理隔离的，想无声无息地处理掉也不费一点力气。

50 人，其中的 30 人将集体从 33 层的两处安全出口冲进去，剩下的 20 人乘坐电梯。

"报告马支队，目前整栋大厦的物业监控均已纳入控制范围，控制时间为三小时。"

"报告马支队，A 点位目前所有的私人监控均已经进入默认视频播放状态，侵入成功。"

"报告马支队，测算结果演算无误，33 楼的两处安全出口安装了私锁，使用破门锤能够解决。"

"报告马支队，33 楼全楼层建模分析已经发给了田局长那边。"

这个地方在整个团伙的六个点位里属于 A 点，这边有马支队负责，田局长在 B 点位负责六个点的总指挥。行动时间被定在了下午 4：05 分整，六个点位集体行动。

30 人分批次地乘坐不同的电梯，穿便服到达了不同的楼层，高层建筑几乎没有人使用楼梯，楼道里也非常安静，所有人都按照顺序站好。

两部本来只能在 31 层和 32 层停靠的电梯，被临时修改了程序，在一楼显示电梯维修，不显示停靠层数。这两部电梯里都各有 10 名警察，停在 33 层，随时可以开门。

楼道里，站在最前面的是两名破门的警察。安全通道的锁已经被换了，物业那里并没有这里的钥匙，但是这不是问题。在高密度破门锤的面前，这扇门撑不到十秒，要么锁被撞开，要么门的扇叶震掉。除了他俩之外，最靠前的是特警的成员，此时他们已经把背包里的装备全部戴上，手持 95 式全自动步枪，身穿多功能防弹衣，还有两名手持防弹盾牌和手枪。

特警身后的警察，有的手持 92 式手枪，还有的就是拿了一些警棍、手铐和束缚带等东西。

16：04：59，马支队下令，破门！

破门锤势大力沉，但是同样需要一定的技巧，白松虽然有一把子力气，但是这种事还是交给了更加专业的人员。铁板拼接的安全出口门在破门锤的第一次撞击之下就产生了弯曲。第二次，门锁直接摇摇欲坠。在破门锤后面的两名特警此时配合非常默契，一个标准的直踹，两扇门应声而开。几乎是同时，另一个安全出口的几名特警队员也破开了门。

而就是这短短的几秒，两部电梯里的警察已经冲了出来，50 个人，按照早已经制订好的计划，冲进了不同的屋子。如果不知道这里是骗子的老窝，白松很可能会以为这是一个正规的办公地点。但是与一般的公司不同，这里的一间大办公室有很多隔断，而且都是隔音的。除此之外，还有一间大办公室，当白松等人冲到门前时，有一名男子听到外面的声音要出来查看，一下子被一名特警按在了墙上,后面的人迅速冲了进去。

"别动!"

"不许动!"

"放下手里的东西!手举过头顶!"

人在受到惊吓的时候会下意识地想去毁掉自己的违法证据,几个骗子情急之下,把自己的电脑屏幕给关了……

"别动!"

当黑洞洞的枪械指向这个屋子里的人时,几个胆大的还妄想着销毁一点证据,但是当枪械特有的拉栓声纷纷响起,现场就变得非常友好了,一双双白净的手举在了警察的视线之上。白松由于出色的身高,此次被安排了一个非常重要的任务——录像。

白松曾经觉得,这些电信诈骗犯,一定是一个个长得面目可憎那种,但是录像里的人,哪一个放在大街上也不像个骗子。

电信诈骗是非接触性诈骗,下面的小骗子们天天被大骗子们洗脑,不要把这些受害者当作人,就当作肥羊就行,当作傻瓜就行。在他们内部,任何手段都不要考虑道德,能骗到钱就有提成,骗多了还能晋级,分更多的钱。有时候,对于一个职业骗子来说,多骗一万元,根本就算不上什么钱,但是,这一万元却可能让一个孩子上不了大学。就连陈敏这样的家境殷实的孩子,被骗了三万左右都能想到轻生,那些家里好不容易凑了一万元给孩子上学的家庭,跳河自杀了都有可能。

想到这里,这些年轻的男女,在白松的眼里,突然就面目可憎起来。

电信诈骗的这批人,他们有时候专门选择最弱势的老人、孩子来骗。

白松最近一直在学习法律,2011 年 5 月 1 日重新修订的《刑法修正案(八)》,将原有的 68 个能判死刑的罪名减少到了 55 个,据说这是个趋势。这确实是凸显了对生命的尊重和对人权的保障,但是对犯罪的震慑力下降也是不折不扣的实际情况。白松一想到当时要跳楼的陈敏和生活困难的古宇,就气不打一处来。

第一百零二章 别动! | 357

第一百零三章 现场

小雨是两年前毕业于一所二本财经院校的学生,她所在的城市这些年发展非常快,一些人在这里赚了很多钱,而更多的人为了赚钱差点拼了命,却刚刚够房租水电。

比起那些月薪相仿,宁可住工地也不住集体宿舍的民工来说,小雨的生活已经足够富,收入还是很高的。小雨曾经待过的公司,一个月工资有4000元,这样的收入在小雨的老家,基本上是不敢想象的,因为老家的房价一平方米只要一千多。

房子再小,总归要独立的单间吧?这不过分对吧?小雨租了一间小公寓,一个月房租1500元,然后除去吃饭、看电影、买手机、化妆品等"基本生活要件",已经所剩无几。

但是这已经足够多,小雨当初上高中的时候,一个月的生活费没多少钱。现如今,小雨终于毕业了,有了一定的收入,有了当初想都不敢想的4000元月薪,但是小雨很不幸福。曾经吃馒头咸菜都可以生活的她,开始讨厌三菜一汤的盒饭和索然无味的电影院,而是喜欢上了歌厅、酒吧这种地方。

从小因为贫穷,小雨从来没有为了长相困扰过,因为还轮不到她考虑那个事情。但是毕业了她才知道,漂亮还是一种优势,加上她心底里的自卑,谁看了她也不会觉得她多么好看。

如果有钱就好了……不怕一个人喜欢钱,也不怕欲望与能力不成正比,就怕欲望越来越大,却不愿意为之付出努力。小雨不是不想努力,但是她再加班，业务再好，真正遇到了好的客户，老板总是安排另外一个女的去干。小雨不能理解，那个女的也不是什么美女，凭什么好的客户就给那个女的？凭什么那个女的最近买了一个奢侈品包？凭什么单位好几个男人都喜欢那个女的？

这一切，在小雨有幸接触到了峰哥之后就变了。

峰哥是小雨的同乡，一次在酒吧，峰哥喝着昂贵的洋酒，结果喝到断片，说起了家乡话。小雨看到峰哥的潇洒状态，就把峰哥拖回了自己的小屋，自此认识了峰哥。

峰哥比小雨只大一岁，但是出手极为阔绰，几百块不必多提，几千块也不眨一下眼。小雨和峰哥磨了好几次，彻底地向峰哥表达了自己的忠心，进入了这个团伙。

当骗子这个事，第一步就要让自己变成混蛋，不要相信自己是人。小雨从接受不了这个事，到骗到了第一笔钱，只经历了三天的时间，天赋之好让峰哥都觉得自己没有看走眼。

在这家公司里，底层的骗子是没有资格来总部的，能在这里的，都是经验丰富的骗子。底层的骗子一个月收入有5000块钱，但是像小雨这样的高手，一个月收入三万元都不在话下。

由于自己曾经就是贫困大学生，小雨太了解那些穷大学生了，往往几句话就能说到学生的心坎里。

"我跟你说，小姑娘，你要知道，我们这是与大公司都有合作的大型网络公司，刷单这种事情其实非常简单，但是不投入怎么会有回报呢？你想做兼职，想一个月赚好几千，这样的好事情，如果没有门槛怎么会轮到你呢？你要知道，现在的骗子很多，但凡是打着免费的幌子的，你都不能信，姐姐跟你说，姐姐当初……"

隔音的木门直接被破门锤一击砸烂，直接倒下，在小屋里正聊着的小雨，吓了一大跳。"抢劫啊……"小雨大喊了起来。但是外面能听到的，只有"别动！"之类的话，几秒钟后她缓过来，浑身都开始颤抖起来。

小雨这几个月已经赚了近十万块，除了花销还剩下了五六万，她一直强烈地去控制自己的消费欲望，想赚够老家一套房子，赚够十五万就走。而其实她刚刚来的时候，想的只是赚一个奢侈品包，赚到一万元就走。

小雨怕极了，她曾经多次想过，如果警察冲了进来会怎么样？但是她从来不敢去问别人……小雨不停地给自己洗脑，不要怕，我只要十五万，赚到十五万我就走，没事的……

白松从小雨的眼神里，拍到了惊恐、拍到了害怕、拍到了恼怒，但唯一没有拍到的，是人性。

一根五十厘米长的白色束缚带，捆在了小雨的手腕之上，小雨不知道哪来的勇气，伸手把手机的通话给结束了。也许，这是小雨最后的尊严了。

而以上那些，都是小雨后来跟警察讲的。

"蹲好！"

"蹲下！"

一个个平时吆五喝六的所谓大人物，包括小雨佩服的峰哥，如丧考妣地把手放在头顶，像一排待宰的猪，蹲在了墙边上。

"报告马支队，A点位控制完毕……"现场的刑警通过电台，给马支队做了简单的汇报。

不一会儿，电梯再次打开，两辆搬运赃物赃款的板车被拉了上来，在几位技术人员的帮助下，电脑硬盘被一个个拆卸下来，涉案物品纷纷登记入册。

白松看了眼在门口摆放的已经被香火熏烤得有些变色的纯金关二爷像，不由觉得好笑如此作为，关二爷怎么会保佑他们？

这里的现金不多，但这都不是问题，这个犯罪团伙主要负责钱的部门是B点位那里，也就是田局长所在的地方。

当两部显示着"正在维修"的电梯从一楼打开，正处于下班高峰期的人们纷纷侧目。这不都是33楼的那个牛逼×公司的那些人吗？天天脑袋翘上天那个公司？

人心不足蛇吞象，世事到头螳捕蝉。

第一百零四章 凯旋

六个点位均已得到控制,整个过程也没什么太多的惊心动魄,抓捕行动水到渠成一般,所有人员均已抓获,无一漏网。

小雨的小隔间里,一台电脑,三四部不同的手机,几百页打印的 A4 纸四处摆放,整个木板墙上贴满了不同的人的信息,有的还画着线条。

白松把摄像机给了腾出手的阚新,把小雨的手机拿了过来。

"锁屏密码是多少?"白松问小雨。

"3579。"小雨已经彻底放弃了幻想。

白松打开手机,随意翻了翻,一天的通话记录就有十几条,四部手机加起来,估计要有四五十次通话,电脑上同时登陆了四五个 QQ 号。

白松看到,有个男的给小雨发了几十条求爱信息,言辞恳切,白松看了都有些脸红。从聊天记录里,白松看到,小雨都不好意思骗了,这个哥们还是不停地想要打钱。有些人被骗的时候,六个警察在后面拉也拉不住。

唉……白松真的叹了一口气。

小雨轻轻地哼了一声。

"希望等给你判了刑,你还能哼得出来!"白松有些生气地说道,小雨听到这句话,脸上刚刚有的一丝傲慢,也荡然无存。

白松看到这些被骗的人,也没什么可说的,哀其不幸,怒其不争。

就在这时,师傅孙唐的话又回响在耳边:"客观。"

什么叫客观?汉字真的博大精深,简单的两个字,意味深远。不以人的意志为转移,不受主观意识影响,不受情感或偏见左右。中立而独立地看待问题，才能当好一个警察。

晚上7点多，一共95名犯罪嫌疑人和相关证据材料悉数落网，手续连夜办理好，大家连夜返回。经历了一下午的折腾，所有人都很累了，骗子们一个个低着头，纷纷上了大巴车。

回去的路上，就没必要藏着掖着了，几辆警车闪着警灯在前面开路，十几辆车子排成一纵排，呼啸着向天华市驶去。所有的司机都没有参与今天的行动，而是在酒店休息了整整一天，此时精神都很饱满，而白松等人就实在是有些苦了，一点也不能休息，不过好在上午大家都睡了一上午，加上这次来的大部分都是年轻的警察，倒是没什么太大的问题。

95人，这可真是一个大活了，第一阶段就是全部执行刑事拘留。

马支队全程也没有休息，把最主要的11个人留给了专案组来审讯处理，剩下的84人分给了14个派出所，每个所都分到了6个人，还在回去的路上，就已经完成了划分。这种大型的专案，在整个市局都是很受瞩目的，九河区公安分局有实力、有底气做好，这在天华市可是很露脸的事情。

一路无话，第二天上午9点多，所有的车子都已经到达九河区公安分局大门口。出征时的大门再次完全打开，十几辆车子凯旋。

第一个下车的是田局长，这一个晚上，田局长基本上也是完全没有休息，今年已经五十多岁的他却丝毫没有困意，敬礼很标准。

"局长同志！我奉公安九河分局局党组指示，执行本次跨省抓捕任务，现已回归。出征民警共167人，实到167人，抓捕犯罪嫌疑人95人，现，实到95人，所有犯罪嫌疑人均已缉拿归案。车队已经安全返航，请您指示！"

"礼毕！"殷局长收回敬礼的右手，保持立正姿势，喊道，"归队！"

"是！"

田局长上前，和殷局长亲切握手，此时此刻，四五家早已经等候多时的媒体的记者，不停地按着快门。

整整十几个小时，这次回来，比出去的时候还要累。从出发到回归，只

第一百零四章　凯旋

经历了短短四十几个小时，大半时间是在车上，不得不说效率非常高，当然，这也绝对离不开专案组民警这么多天的部署。

交接完毕，各所的囚车都到了分局大院，按照名册，把各个所自己的人都带走了，95人看似很多，但是这么一分，也就那么回事。唯一麻烦的事情就是，九河区看守所羁押不了这么多人，主要原因是同案犯不能关到同一个屋子，所以就得分区关押，大部分的嫌疑人要送往其他分局的看守所。这倒不是什么大问题，即便是几百人，整个天华市也能消化得下，再多的话，跨省羁押也没问题。

白松下了车以后，跟着所里的车子回来了，这一晚上真的太折腾了，所有参战民警都被放了假。白松等八人回到所里，啥也没想，都把自己扔到了床上。全分局一千多警察呢，没了谁都能转，先休息吧。

看似充满激情的抓捕行动，其实也只是公安日常工作的一部分，白松从上午10点多吃了点所里专门给他们煮的面汤，就一口气睡到了下午4点多，这还是白松定了闹钟，不然肯定得睡到晚上八九点了。起床之后，白松洗了澡，穿好衣服下楼才发现，在短短的六个小时里，九河桥所的六名犯罪嫌疑人都已经被批准刑事拘留，现在被带出去体检了。

所里的工作到这一步就算结束了，剩下的，就全部交给"12·01"专案组了，专案组几十个人基本上一个也不能裁减，因为后期的工作实在是海量。

白松掐指一算，明天又是自己值班……不过这丝毫不影响他现在的好心情。

天色渐黑，王旭、阚新、王博等人也起床了，大家因为都不在同一天值班，平时也基本聚不到一起去，晚上肯定得好好聚聚。阚新和王博都是冀北省的人，距离天华市也不远，但是总的来说，四人都是外乡人，这次出差就一直在一起，此时终于可以彻底放松一下了。

火锅的热气向上蒸腾，氤氲着众人的是浓浓的满足……

第一百零五章　荐人以渔

13 号值班，忙了一整天。第二天白松休息，一大早，他步行去了九河桥下，四五天过去了，也不知道郑彦武怎么样了。

九河桥是小型桥梁，九河桥派出所并不像余镇派出所那般靠近天河，辖区内只有一条蜿蜒的小河流，也就是二十米宽，与天河不可同日而语。九河桥是石拱桥，桥下的空间除了河流之外非常少，但是勉强也能站人。

到了桥下，白松果然看到了一个灰色的帐篷。很凑巧的是，这个帐篷的品牌白松见过，当时庹大旺在南疆省使用的就是这个品牌，防风防寒效果还是不错的。桥下的风不小，不过帐篷安扎得较为扎实，帐篷后面倒是没什么风。

"老郑，你在吗？"白松走到了帐篷前，拍了拍帐篷的门。

"在这呢。"郑彦武从帐篷后面走了出来，白松转过去一看，他正在用一口破锅热东西吃，下面是一个便携式的燃气灶，估计是最近刚刚买的。

"行啊，生活条件不错，大早起都吃肉。"白松走近了，闻到了肉香。

"你说得对，日子还得往前看。"郑彦武站着搅了搅锅里的东西，白松觉得挺有意思，郑彦武个子不高也有不高的优点，就比如说这个帐篷，要是白松来住就会非常憋屈，而郑彦武住起来就很宽敞。

"嗯，不过我还是劝你几句，马上就冬至了，再过不久就过年了，天气会越来越冷，你这样子还是不行啊。"白松摸了摸帐篷的材质，这东西怎么也没办法和砖墙比啊。

"我……"郑彦武有些伤感，"我不想进屋子里住，在外面我心里还会舒服一点。"

白松点点头,心思缜密的他已经大体猜到了情况。估计是郑彦武的家人,都在一起意外中死在了屋子里,郑彦武才拒绝进屋子里面休息。

"那你买个车子吧,总比这个好一些。"白松想了个折中的办法。

"不行的,"郑彦武用手比量了一下自己的个头,"我个子不够高,听说必须要一米五以上才能申领驾照,我以前有司机,现在我也不想再找司机了,一个人挺好的。"

"不是的,"白松这次来,可是提前做好了功课,"我特地查询了相关法律,中型的客车驾驶员身高要求一米五,大型的客车或者货车要求驾驶员身高一米五五,但是小型汽车没有做任何要求。"

"谢谢,"郑彦武知道白松是为了自己好,"我这个属于特殊情况,我这个身高,妨碍安全驾驶。你说的这个我明白,开车我是开不了了,你不用担心我,这几年我也都这么过来了,我现在比以前好很多了。"

"那你也不能一直这个样子。"白松道,"你以前肯定也是个成功人士,经历的风雨一定有很多,人生刚走了一半,总不能就这么一直停下去。"

"这么多年了,我没有和人说过这么多话。白松,我知道你的好意,我会试着改变。"郑彦武道,"我以前开过厂子,爆炸过一次,死了几个人,赔了一百多万,那会儿差点就挺不过去了,后来也慢慢挺住了。只是,这种事情轮到自己家人身上,就真的……"

白松知道又提起了郑彦武的伤心事,只能把话题绕开:"我建议你找点事做。"

"找事做?什么事呢?我曾经想当个老师,发挥一下余热,但是我的身体情况,估计什么也做不好。"

"那我给你个建议好了。"白松说完心中就略有些后悔,他也不知道该说什么,但是看到郑彦武眼中那一丝丝光,他突然想到了什么。前一段时间去"魔都",他全程负责录像。摄影这事情,个子高有个子高的好处,但是个子矮有个子矮的视角,以郑彦武的人生阅历和智商,绝对能成为一个好的摄影师！最最关键的一点，他有钱！"摄影穷三代、单反毁一生"，这可不是说着玩的，但是舍得六位数、七位数的投入，再认真学习一下，这东西真的可行！

一个成功过的人，即便现在落魄，也比从来没有成功过的人更容易在其他领域取得成绩。

"我觉得，你可以成为一个很好的摄影家。"白松认真地说道。

"摄影？"郑彦武眼神中略有了些什么，身体一动不动，琢磨起白松的这个建议。

"既然你想过当老师，想过传播自己的思想，想过这辈子不能白活，那么，就去试一下摄影，当你有了好的作品，你一样可以改变很多很多人。"白松趁热打铁。

"这东西，怎么弄？"郑彦武有点动心。

身体健全的人有时候无病呻吟，觉得人生多么多么艰难，但是这些人从来没有想过，如果自己有了残疾，如果自己连学习驾照的资格都没有，如果走到哪里都会被冷眼旁观或者被有色眼镜注视，是一种什么样子的状态。

"这个不难，我给你打电话问问。"白松拿起了手机，不顾郑彦武阻拦，直接给王华东打了电话。

这小子，这次出差的时候，还笑话自己录像都录不专业，该给他安排点事情做了。

"嗯？学摄影？"王华东听白松问起哪里有地方可以学摄影，不由得惊讶了，"怎么了？你这是被我打击到了？我可跟你说，虽然你现在手头有个三万五万的，学摄影可只能起步啊，你要是就是想玩玩，我不拦着，但是你说的这种专业教摄影的课，那就不适合了。这种课程非常贵，一万块钱上不了几节课，搞几次户外教学就没了。"

"不是我学，是我的朋友。你就找个好点的就行，钱不是问题。"

"土豪？"王华东来了兴致，"有土豪就好办了，介绍给我啊！"

"一边去，不跟你开玩笑。"白松没好气地说道。

"好好好，咱们九河区没有这东西，我给你发个位置和电话，回头你告诉你朋友就行了。不过我说好了，不用提我名字，那个开班的哥们特有个性，什么都好，就是贵，提谁也不打折。"

第一百零六章 分析案情（1）

白松把这些信息给郑彦武说完，心里十分高兴，如果老郑他有个事干，就能振作起来。

"你现在第一步，就是得找个地方拾掇一下自己，"白松见他要说话，直接打断了他，"酒店不想去，你就去澡堂子，再换点衣服啥的。"

"好。"郑彦武重重地点了点头，"这个事，我听你的。"

"好。"白松嘴角上扬。

"对了，"白松接着问道，"你刚刚说，你以前开厂子的？"

"嗯，化工厂，生产染料的，十几年前，珠三角那边的服装厂，差不多有一成用的是我的染料。"郑彦武说这话的时候并没有什么怀念的感觉，这些过去的事情，他已经不放在心上了。

这可真让白松刮目相看了，珠三角那是什么地方？那是教科书上都写着的中国轻工业的摇篮，珠三角工业区的服装产业，那可是上千亿的市场，能提供一成的染料，那绝对是大工厂了。

"没想到你还有这样的过去。"白松有些敬佩地说道。

"早就过去了。"郑彦武拿出两个刷得还算干净的碗，盛了两碗炖肉，"吃不吃？"

"吃，"白松不客气地接过来一碗，"老郑，你做化工可是内行了，问你个事，氰化物你了解吗？"

"氰化物？做染料用得到的，不过我不是工程师，算不上很了解，只是那个东西的防毒标准高，用的时候很小心，每次运输的车子都是特种车辆，运输价格很高,这一点我比较清楚。"老板关注的永远是价格。

"如果不通过正规手段,想搞到一点氰化物,你觉得有多大难度呢?"

"多大难度?这得看你想要多少。"郑彦武道,"我多少年没经营了,不知道现在的情况,以前有时候拿不到购买的名额和审批,就加钱找同行拆借几罐,这东西量太大确实是有点困难,但是三五十吨还比较好弄。"郑彦武把一大块炖肉塞到了嘴里,热得嘶嘶直吸气。

三五十吨……郑彦武的身形在白松面前瞬间高大了起来。

"这个不违法吗?"白松突然想到这个东西可不是闹着玩的。

"违法啊,所以要加价啊。"郑彦武对十几年前的事情毫不在意,"现在的情况我不知道了,现在监管应该严多了,但是这些东西都是有资质的公司之间互拆,我们那个时候被抓到了也是罚款居多,这几年我就不知道了。对了,你问这个干吗?"

"好奇呗。"白松没有说别的。

"嗯,明白。"郑彦武没有继续问什么。

不得不说,郑彦武炖的肉还是不错的,白松吃了一碗,再次嘱咐了他关于摄影的事情,就离开了。

闲来无事,白松回到了所里,继续整理起孙某被杀案的案卷来。办公室里只有王旭在,其他的几个人都在忙别的事情。这段时间,孙某被杀的案子多了几条新的线索,但是还是没有抓到人。

人在应激时候的反应可能是不准确的,同样的,有时候人受到惊吓,也容易记忆出现问题或者脑海中自我催眠,把一些事情自动脑补成自己想象的样子。也正因为此,最近,魏所又重新与孙某的邻居做了交流,重新取了一次笔录。

这案子过去的时间不长,但是邻居的笔录与之前就有出入了。笔录当然是越早取越好,但是这个时候取第二次笔录,不能说绝对没必要。

邻居第二次的笔录里指出,死者死之前,对面屋子里的争吵并没有之前说的那么久,其实只有三四分钟。三四分钟其实也不短了,当你听到一首不爱听的歌曲时,听完这个歌对你来说就是很困难、很难熬的事情,有时候你会感觉时间过得很慢。"

通过仔细的心理疏通和对比,邻居最终的回答是,孙某那个屋子里,只吵了四五分钟,但是吵架的内容极为混乱,邻居甚至一句话也记不得,而且吵架者是外地口音。

"详细的尸检报告出来了吗?"白松问王旭。

"上午刚刚送到的复印件,原件在二队那边,你可以看看,我大体看了一下,和之前法医说的没什么出入。"王旭把一摞案卷递给了白松。

白松深吸一口气,翻开了尸检报告。这些彩色的图片,白松看着虽然还是很抵触,但是已经好了很多,他认认真真地看完了每一张照片和报告内容。

"为什么呼吸道里检测出了氰化氢?"白松疑惑地问道,"之前不是说是服用吗?"

"吸入?"王旭没看这么细致,拿过白松手里的案卷看了一眼,"写错了吧?吸入而死,不太现实吧?"

虽然氰化氢也可以通过呼吸道吸入,但是用于投毒就不太现实了,孙某无论如何也是个强壮的男子,没有外伤的情况下,吸入氰化氢怎么着也能挣扎几分钟,现场却没有什么明显的打斗痕迹。

"哦哦哦,我看得不仔细。"白松看到后面才发现,孙某确实是死于服用了氰化氢液体,只是在呼吸道内检测到了一定浓度的氰化氢。

"那这么说,这个孙某在喝之前,先是闻了一下,然后才喝下去的?"王旭有些不解,"这个氰化氢不是有苦杏仁味道吗?那得多难闻啊,傻子才会喝下去。"

"你说得有道理,要不就是孙某感冒了,鼻子闻不到味道?"白松说完自己都乐了。

"还真的挺麻烦的,再这么继续发展下去,用不了多久,这个案子就该成立专案了。命案这么久都没有破,估计局里也该坐不住了。"王旭分析道,"等电信诈骗那个案子热乎气过去,马支队他们肯定得天天盯着这个案子。"

"这个案子,吃亏就吃亏在没有录像上面了。"白松道,孙某住的小区就没什么录像,对面更是上次发现炸弹的平房,全是监控死角啊。白松看了一眼白板上画的地图,这附近的路都已经查了,但是就是没有发现这两人的踪迹,真是邪了门了。

第一百零七章　分析案情（2）

"你说，咱们是不是进入思维死角了？"王旭也看着地图，突然说道。

"死角？"白松精神一振，大脑运算速度瞬间飙满。

上次李某被杀案，最后白松提出自己的猜想的时候，后面想到的可能有证据的地方，其实根本就不是他早就想好的，如果想好了他早就说了。有时候，白松在专心思考一个问题的时候，因为过分地专注，就会进入一种大脑空灵、全心全意的状态。在这种状态下，白松的分析能力能瞬间满分，所有已知的线索和细节能瞬间呈现在他的眼前。

"对，死角。"王旭疑惑地说道，"这个案子挺怪的，我总觉得有问题，而且不止我一个人这么觉得。最近孙某的这些朋友，他生前的债务人、债权人，包括他的媳妇和女儿、他的亲戚朋友，基本上都做了DNA比对了，一个都对不上，太扯了。"

"既然这么说，现场的两个人，就不是这些人。"白松道，"如果是思维死角……旭哥，我想问一下，这两个嫌疑人的身高，我们真的掌握了吗？"

"这个问题不大，邻居的表述也是比较准确的，而且平房那留下的脚印和身高也是匹配的，体重和身形也是匹配的。"王旭道。

"那么，第一，我们看录像的时候，是不是选错了时间段？第二，我们是不是只把同行的两人当作了目标？如果两人分道扬镳，是不是就不会被我们注意到？"白松想出了两个思维盲区。

"有道理。"王旭道，"那没事干，再看看录像得了。"

"这里的录像怎么没调取呢？"白松指了指地图上的一片区域。

"前一段时间咱们一起出差，我也是昨天才开始看这个案子……"王旭说着，看到了白松指的区域，"朝阳公馆？"

既然目前他们掌握的线索是，两个犯罪嫌疑人去了那片平房，那么这片区域的四周都可能是逃跑路线。

不可否认的是，由于炸弹引爆的事情，这片平房区域的原始证据被查探炸弹的特警、勘探人员不经意间毁掉了一些，变动现场就是这么无奈。

这片平房的对面，也就是北边是马路，过了马路就是大光里小区，东边是军营，其实就是一所军校，这肯定是百分之百排除的，南边是一片空地，这边有军营的一个摄像头，也没有发现有人经过，西边就是朝阳公馆。之所以之前没有考虑朝阳公馆，是因为这个小区是高档小区，有围墙，围墙上还有带倒刺的栏杆，想直接翻墙进去，实在是有些困难。

"嗯，一会儿去调一下录像，然后回来看录像。"王旭点了点头。

在很多影视作品里，犯罪嫌疑人为了躲避监控，会在一些监控死角等待很长时间再离开，这是很常见的反侦察手段，因此之前也调取了很长时间的录像，只是没发现什么线索。

"对了，那三个小偷，现在是什么情况？"白松问道。

"你说10月份偷衣服的那三个？"王旭反问道。

"嗯。"

"还那样，就笔录里的那些东西，没什么变化。第一时间就将那三个人的DNA和我们获取的DNA做了比对，一点也没对上。这三个人不会是凶手，孙某死的那天，他们三个都有不在场证明。"王旭疑惑地看了眼白松，"这些你应该都知道的吧？"

"嗯，"白松道，"就是觉得这三个人可疑，我总觉得，他们偷衣服就是为了把孙某引出来，然后想办法把孙某弄死……"

"得，我还以为你这小神探有什么好主意呢。这不是最早的时候大家的怀疑吗？要我说这反而最不可能，孙某死了，他们三个是最大的怀疑对象，但凡是他们任何一个人做的，或者是他们找人做的，查到现在也不可能没有蛛丝马迹。"

"旭哥你别拿我开玩笑。"白松知道自己就是一个正式工作才两个月的小警察，论见识跟他们还差得远呢。

"行了，别瞎想了，去调录像。"王旭收拾起了硬盘，"你昨天值班，今天应该睡觉和休息，我自己去就行。"

"没事，昨天晚上没什么报警的，睡得还算可以。"

"那行，走吧。"

朝阳公馆的摄像头比较齐全，围墙上也有监控，有人翻围墙肯定是能录下来的。这里的录像其实也已经调取了，只是看了看那段时间的录像，还是没有发现有人翻墙。

王旭开着车，带着白松到了朝阳公馆小区，拿着手续开始调录像。因为需要调取的录像很多，白松决定去附近走一走。

由于之前看过这里的墙附近的录像，白松很清楚地知道这些摄像头的监控死角和位置。他在小区里绕了半天，也没什么发现。监控死角实在是太多了，但是想完全避开也是几乎不可能的，因为有的摄像头直接拍摄整条马路，人又不会飞，想过去就绕不开。

"怎么样，有什么收获？"白松溜达回物业办公室，王旭问道。

白松摇了摇头："回去慢慢看吧。"

"嗯，你怎么调这么多录像？"王旭指着电脑屏幕问道，"我看你都调到命案的第二天上午了，那会儿就是引爆爆炸的时候了吧？调这么多干吗？"

"来都来了……"白松想的是一劳永逸，"对了，一会儿你要是没事，跟我去一趟银行行吗？"

"没问题啊，"王旭点点头，"去工行取工资吗？"

"不是，去人民银行，我想查一查这个孙某名下到底有多少张卡多少钱。"白松说道。

"这个信息二队正在调查呢，咱们再去不是重复劳动吗？"王旭有些不解。

"不，我不光想知道孙某的所有的卡，他身边的人的交易记录，我也想知道……"

"你牛……"王旭无语了，"你知道这个工作量有多大吗？天哪，我可不陪着你疯，这至少得跑两个月。你可能没去银行调过证据，一小份数据让你等半个月都正常，警察得等半天。还有就是，你现在没警察证，调不了，你得找魏所他们请示了。"

第一百零八章　现场重现（1）

白松还真的没去银行调取过东西。李某的案子，他曾经见过她的银行流水，因此他了解这个情况，他也知道这个工作确实很可能忙活很久却一无所获，但是这个想法一旦冒出来，就挥之不去。最终，白松还是说通了王旭，一起向魏所汇报了这个想法。

所办案队最近的工作其实少了不少，这案子所里能做的大多是基础性工作，笔录做了几十份也没什么进展，因此魏所就答应了白松的请求，分两拨人开始对一些特定人员的银行交易情况进行查询。

快到下午 2 点钟才调取完录像，王旭说请白松喝正宗的羊汤，两人把车上的便服换上，就去了一家羊汤馆。王旭说，这家店已经有四十多年的历史了，王旭的师傅小时候就在这边喝羊汤，十分正宗。10 元一大碗，汤、麻酱、辣子随便加，烧饼 8 毛钱一个，素什锦、烩牛头肉，地道的清真吃法。喝上一口麻酱色中带着些许红油的热汤，身上的冷意能一下子驱散大半。

白松用勺子搅拌着羊汤，浓郁的汤汁在勺子的搅动中翻腾起一个小旋涡："旭哥，你说，这两个人，有没有可能，压根就没跑？"

"没跑？"王旭有些不理解。

"我们排除掉很多很多的不可能，可不可以这样理解，这两个人，在大光里小区还有其他的住处，他们杀完人，去对面的平房扔掉了口罩之类的东西，换上了衣服，接着又回到了大光里小区他们的住处，一直等着警察全部查完才出来？"白松道，"只要不离开这片平房和大光里小区，监控录像就基本上捕捉不到他们，毕竟这两个地方之间没有摄像头。"

"嗯……你这么说倒是有可能。"王旭若有所思，"躲避监控录像是现在犯罪嫌疑人的'基础技能'了，现在电影那么多……咱们所摄像头差远了，要是跟三林路派出所那样的就好了。"

"那咱俩一会儿再去一趟现场？"白松问道。

"好。"王旭点点头。

吃完饭，两人回到了大光里小区附近，走到了孙某死亡的房屋门口，这里还是大门紧锁，一看就知道这些天也没人来过。

"首先，从房顶的痕迹来看，嫌疑人是从楼顶进入房间的，采取的杀人方式是投毒。初步分析，嫌疑人先是藏了起来，等被害人闻了并喝了含有氰化氢的水之后才出现，接着跟被害人吵闹一番，后来被害人中毒倒地，两人开门逃跑，并带走了容器。"王旭说道，这是目前最合理的解释了。

"嗯，有几个问题，"王旭自言自语地分析道，"第一个就是，现场没有打斗痕迹，但是有吵闹迹象，从情理中说，孙某应该和这两个人认识；第二个就是，如果他们是从楼上下来的，那么固定点在哪里？又是如何取的绳子的？"

"有没有这样一种可能，"白松道，"这两个人，其实只有一个人与孙某认识，而且我们没掌握。进入这个房子里的，其实只有一个人，而且很可能是个子矮的那个，个子高的其实没有进来，他在楼顶用身体拽住了绳子，等矮个子的人作案成功，又收拾了一下东西，二人一起离开。"

"嗯？"王旭说道，"这么说能解释楼上的绳子问题，可是，楼上的人为什么要等楼下得手以后和他一起走呢？他在楼顶要是待的时间太长，不怕被发现吗？"

"这种楼顶，很少有人上去的，如果楼下这个人得手速度比较快，也不是不可能。"

"那如你所说的话，这两个人里，还必须至少有一个人和孙某认识，而且还是比较熟悉的那种，不然谁家里突然进了个人，哪怕是朋友，估计也得打起来吧?"王旭说道。

"照你这么说的话,'比较熟悉'这个层次都不够,得是亲戚才行。你假设一下,哪天你在家,你没开门,突然看到我出现在你们家,吓也把你吓死了对吧?估计你都能把我打出去……"白松吐槽道。

"这里疑点确实是多,咱们下楼。"王旭道。

"嗯,我们重现一下犯罪现场。我俩这样下楼以后,邻居就已经开门,看到孙某倒在了地上,这个时候你我二人已经下了楼,一起往外走,然后邻居反应了过来,从窗户往外看,正好看到咱俩往外走。"

白松站在大光里的空地上,抬头看着6楼的窗户。这种老小区树木挺多的,要想从6楼看到下面的人其实并不容易,这也就是发生在12月份,如果是六七月份的事情,树木枝繁叶茂,根本就看不到楼下的人。

"咱们下来的时间,是一分半钟,邻居能看到咱俩的地方,就只有这个区域。"白松比画了周围的一小片区域。再往前走,就离开了视野,而后面和两边,从6楼都很难看到,得把头伸出来才行,但是邻居并没有伸出来头,直接站在楼上就看到了。

"从DNA、身高、脚印等来分析,两名犯罪嫌疑人很符合邻居所指认的两人的身体特征,我们假设,这两人就是杀人犯,那么,从楼里走到这里,就不太对了,"白松比画了一下,"这个单元的门口,想去对面的平房那里,不需要往这边走,直行就行了,既然没有直行,而是先往右拐弯走到了这里,那么说明他们出来后,第一时间,并没有急着先去平房那里换衣服。"

"可能是他们对这附近不熟悉吧?"王旭反驳道。

"如果是来讨债的人,激情杀人,把孙某捅死,你说的情况我相信,但是这两个人,行事周密、谋而后动,周围的监控估计他们也提前研究过,怎么会不熟悉呢?"

"嗯,有道理。"王旭点点头,"如果是这样的,就说明这两人并没有第一时间去平房?"

第一百零八章 现场重现(1) | 379

"不，他们肯定是去了平房那边，而且一定是在那里换了衣服的。我问过郑彦武，他说的时间段，与杀人案发生的时间很接近，所以，这两个人应该是第一时间就去换了衣服。"白松说道，"我有一个推论。"

第一百零九章　现场重现（2）

"说来听听。"王旭此时真的有点佩服这个比自己小了好几岁的老乡，警官大学毕业的真就这么强吗？

"嗯，王哥你别笑话我，"白松道，"从报警到我们准备封锁，其实有十几分钟的空隙，因为警察赶到现场后，也不知道别的事情，当时孙某身体尚温，第一时间肯定是想着去抢救孙某。我之前说，我怀疑这两人就住在这个小区里，他们可能在这里租了房子，等待犯罪。按照这个来分析，我想的是，作案后，他俩按照计划，去很少有人去的平房那里，把衣服换了再出来。但是，下楼以后，其中一个人可能是杀了人以后过分紧张，想先回到自己的屋子里躲一躲，因此，他想先带着另一个人回屋子。但是另一个人拒绝了，直接带着这个人去换了衣服，然后收拾了一下衣服，接着回返，去了自己的住处。"

"你的意思是说，他俩偏移的这个方向，很可能是他俩租赁的房子的方向？"王旭抬头四望。

"是的，我就是这个想法。"白松大胆分析，"我甚至怀疑，我们的第一批警车来的时候，这两人甚至可能刚刚从平房那边回来。一会儿回去，我得去查查行车记录仪，说不定当时警察已经和杀人犯碰面了。"

"不管你说得对不对，你'脑洞'真够大的……"王旭佩服地说道，"以后要是有案子进入僵局，找你去准没错，你肯定还能找出新路子试一试。"

"旭哥你别老夸我啊……"白松挠挠头，"你觉得我说得有道理吗？"

"有啊,咱们这就回去查,查完后这几天咱们配合社区民警,走访这附近的几栋楼,看看有什么新租户记录。"王旭向车子走去,"到附近转一转吧。"

中午吃饭的时候,两人为了减少麻烦就穿了便服,在小区里也丝毫不起眼,有时候穿便服比穿警服要方便得多。

俩人转了一圈。按照白松的想法,假如这两个人出来后真的下意识走这个方向,那么这个方向仅仅只有两幢楼,可以挨家挨户地查询,但是他俩这么莽撞地去问反而不好,这种事情交给社区民警去核查最好不过了。

走着走着,两个人就上了马路。白松在马路上四处观望,他已经很清楚地记着这里的地形和路面情况,但还是想多看出一点线索。

"吱……"一辆老款的奥迪A4轿车停在了白松的面前,刹车刹得很急。

"旭哥,这是你朋友?"白松话音刚落,从轿车里出来一个熟悉的身影——上次买手机遇到的一个男子。白松苦笑了一下,捏了捏鼻梁,有些发愁,怎么回事?为啥每次遇到"脑残"之后,总会继续遇到?难道注定了,不把这种人送进看守所,他一定会继续出现在自己身边吗?

"哟,这不是上次买苹果手机的哥们吗?怎么了,现在去哪里都靠'11路'了?"男子看到白松步行,不由得优越感爆棚。

"我说你有完没完?前几天我让你去查查你们那个'二哥'发生了什么情况,你不知道去查吗?干吗啊你这是?真是闲得没事干了!"白松气愤地说道。这种小混混是真的惹人厌。

"这点事还用不着你教我,别老拿'二哥'套近乎,我告诉你,'二哥'现在很低调,别拿他吓唬我。"男子大笑起来,顺便扬了扬胳膊,"我告诉你,上次算你运气好,不过你这样的穷人,根本不懂什么叫土豪。看到这块表了没?'浪琴'名匠!一块表,都能买好几个手机了!这可不是你这种买个手机打肿脸充胖子的人买得起的!"

"这人谁啊?他不'尬'吗?"王旭指了指男子。

"我也这么觉得,真够'尬'的……"白松解释道,"上次买手机的时候遇到的,他想插队我没让,接着就要炫富买新手机,结果钱不够又出去取,再回来手机卖完了……就这么简单的一个事。"

"你放屁!我怎么可能钱不够?!"男子听到这话,疯狂地摇动起自己的手表,"看到没?就这块表,我跟你说,我平时都不咋戴,比这个好的表我有的是!"

白松看了看男子的手腕,晃动之后明显能够看得出来,表盘下面的皮肤更白一点。"你这表是不是睡觉都不摘?你看你表下面都有白印了。"白松直接吐槽道。

"这是磨的!磨的!"男子拿着表围着手腕转了转,"新表都这样,有点磨!"

扑哧一声,王旭没忍住笑了出来:"哥们,你到底想干吗?"

男子哼了一声,把胳膊收了回来,站在自己的车前摸了摸快要掉铬的四个圈:"你们去哪里啊?有车吗?用不用我带你们一程?"

"不和你闹了,哥们我觉得你有点没意思,你说这也没个姑娘,你没必要和我玩这个。"白松略有些烦,打吧,这哥们肯定也不敢动手,骂吧,这哥们也不敢骂,就这么尬聊所谓炫富,也是够没意思的。

"来,你身份证出示一下。"王旭更是直接,遇到这种人还磨叽啥?把警官证掏了出来。

警官证……男子傻了,我这炫车炫表的,没你这个狠啊……下意识地捋了捋手腕上的表,男子瞪大了眼睛,这个警官证,怕是真的啊……这不撞枪口上了吗?

白松看着男子的动作,一下子想到了什么,懒得理男子,直接跟王旭道:"车钥匙给我用一下,我拿一下勘查设备。"

警车就在旁边不远处,白松上车把勘查的东西拿了出来,锁好了车子之后对王旭说道:"我得上去看看。"

"我跟你一起去。"王旭也懒得理这哥们了,转身就要走。

男子一看这个情况,如释重负,立刻跑上了车,拧好钥匙,打火就要离开。

　　车子在原地蹿了有一尺多,一下子又停住了,熄火了……

　　得,还是手动挡奥迪。

第一百一十章　办案队休息

白松没有去 3 单元，直接去了 2 单元。

"你要上楼顶？"王旭问道。

"嗯，想上去看看。"白松道，"旭哥你要是不想上去，我就自己去看看。"

"没事，那我也上去看看，话说我还一次都没上去过呢。"

两人一起爬到 6 楼，白松扶着王旭让他先上，然后自己也跟着上去。

今天的寒风比上次爬上来的时候还要凛冽，站在楼顶，白松这次一点也不急，上次因为命案突发，心里想着一堆事情，估计除了郝镇宇能够踏踏实实地勘查现场，那时候的马支队和白松心里都想着一堆事呢。

白松细致地四处查探了一番，接着走到上次郝镇宇勘查的勒痕处。经过这段时间的风化，勒痕已经消散了很多，如果不是白松之前就知道这里有痕迹，很可能根本发现不了。

"就这里吗？"王旭也走近了，"这下面对应着哪个窗户？"

"阳台。"白松道。

"可是阳台好像还没发现脚印之类的证据。"王旭思索道。

"发现了，死者自己的脚印，除此之外还有几个脚印，但是很浅，没提取成功。"

"行吧，下去吧，这边也没个护栏，看着挺吓人的。"

"好。"白松摸了摸那个印记旁边的石砖，这是三十年房龄的老房子了，白松稍一用力，水泥层就有了痕迹，只是这里风大，估计用不了多久痕迹就会风化掉。

二人回到单位。白松没有想到，这次勘查完现场，大家继续开展各种细致的工作与核查，案子一忙，十天时间飞逝而过。

这起命案，不出意外地，最终还是成立了专案组。马支队等人心理压力很大，人死了半个多月了，居然没破案，这根本就是不可忍的。田局长脸色也不好看，还有一周就到2012年元旦了，这之前所有的命案都侦破了，包括李某被杀案，田局长在市局都露了露脸，但是这起命案不破的话，100%命案破案率就没了，之前露的脸还有和老同事们吹的牛，也都没了。

通常来说，这种突发性的命案二十四小时内就能破案，毕竟这么多人在为这案子忙前忙后，一两个嫌疑人无论如何也不可能对抗整个公安局，但是摆在众人面前的现实就是这样。

今天是12月24日，周六，晚上是西方的平安夜，专案组上午正式成立了。

这次专案组的成员，全部由刑警支队的人员构成，并没有从工作压力大的所里抽调，不过这次只抽调出来6个人，毕竟之前的那个诈骗案牵扯的人员实在是太多了。之前分局下了死命令，95名诈骗犯罪嫌疑人，必须全员逮捕，绝对不能有一个取保候审，而面对法制部门递过来的需查询证据清单，几十人的专案组也是始终绷紧着弦。

魏所和王所压力也很大，当初跟孙所保证得挺好，但是现实就是，直至现在，连嫌疑人的影子都找不到，更别说破案了。不要说白松指的两栋楼，整个大光里小区都查遍了，也没有发现什么可疑的租户，这把白松也搞糊涂了。派出所的民警是非常辛苦的，今晚就有平安夜安保，紧接就是元旦安保，白松等四人这段时间除了夜班休息，基本上就没闲着，领导只能安排办案队先休息一段时间。

白天，所办案队开了个会议，暂时休息一段时间。现在压力最大的是专案组，魏所安排了这段时间的倒休。办案队4名民警，除了值班时间之外，其他的三天全部休息。上一天班休息三天，轮回两个班，等元旦过后再继续忙活这个案子。简单来说，对于在阳历新年之前破案，所里已经不抱太大的希望了。

这天下午，白松和王亮出去看了看房子。白松觉得在所里实在是不方便看书，他最近买了不少书，所里也没什么地方好放。王亮则觉得，在所里实在是不方便玩游戏，他前段时间得到那三万元钱后，买了一台笔记本电脑，但是玩着不爽，想买一台台式机，这个在所里肯定是不行。

两个"单身狗"一拍即合，合租一处房子。两个所之间有一公里左右的路，租赁的房子最好就位于两个所中间。这附近有很多小区，好一点的比如说爱荷花园，次一点的就很多了，除此之外还有不少破平房出租。两人逛了两家中介，看了四五处房子，最好的一处房子在爱荷花园，三室一厅，140平方米，一个月租金2000多元，差不多是白松一个月工资了，最便宜的一处是一个老房子的6楼，两室，没有厅，40多平方米，一个月租金400元。

综合了一下，两人选择了一处新小区的2楼。这个小区叫三林家园，位于三林路派出所辖区内，是一个还迁安置房，一层两部电梯，8户，每一户的面积在40—70平方米不等，最高层是32层。

这种楼的缺点很明显：人多，比较杂，小区环境差，什么人都有，而且高层等电梯时间很长；优点也明显——便宜。

60多平方米，两室一厅，一个月租金650元，精装修，拎包入住，网络覆盖好，最关键的，这是2楼，这也就意味着完全不用等电梯，走楼梯即可。看好了房子，两人合计交了半年的房租、押金、中介费，一人掏了2000多块钱，又花了150块钱安排人对全屋进行消毒清扫。

新租赁的房子，第一要紧的就是换锁，这一点安全意识白松还是有的。好在派出所的警察都认识一大堆换锁的，白松给马希打了电话帮忙联系了一个靠谱的，在保洁打扫的时候，把锁换完了，B级锁芯。换完了锁，清扫的时间，白松又陪着王亮买了电脑。王亮花钱比较大手大脚，配电脑又花了大几千,当天晚上,白松就把东西搬了进来,他和王亮一人一间屋。

终于有自己的屋子可以读书了,不知不觉已经买了这么多书了,白松心里无比踏实。

第一百一十一章　聊天（1）

今天的微信群里格外热闹，因为是平安夜，全国各地的同学，差不多有一半今天正在搞安保，剩下的人就在群里发着祝福聊着天。

聊着天白松才知道，据说周璇现在在 YY 上做直播了。这倒是个新职业啊，白松觉得周璇还真的挺适合这个的，她实在是太能说了……

为此，白松还特地去看了看周璇的直播频道，各种"马甲"倒是不少，白松也不懂这里面的流程，总之周璇现在虽然不在播，但是直播间看着人气挺旺的样子。

王亮在隔壁屋用新买的电脑玩游戏，笔记本就放在了白松这边。白松看了会儿直播，发现这个新兴行业确实不错，就推荐给了自己的发小张伟。张伟的性格也挺适合干这个的。

浏览着群里同学们的信息，白松的视线停在了赵欣桥的头像上。白松看了看时间，还不算太晚，就给她打了电话。

"嘟……嘟……嘟……"

电话响了三四声，赵欣桥接了电话，白松听到她的呼吸有点急，不由得问道："怎么了？"

"哦哦哦，没。我在图书馆，不方便接电话，我跑到过道里了。"赵欣桥解释了一下，"大警官，怎么有时间给我打电话了？"

"这不是过节了吗？祝你节日快乐。"白松也不知道该说啥，这电话打的，完全是肌肉不听大脑的话。

"哦？你啥时候还开始过西方的节日了？那你也快乐。"赵欣桥笑道。

"嗯,谢谢!"

气氛有些尴尬,白松不知道该聊什么了,急中生智,问道:"你最近忙吗?"

"不忙。"赵欣桥反应了几秒钟才回答道,"你呢?上次你说的那个很难的案子,破了吗?"

"托你的福,破了。"白松提到这个,话立刻多了起来,"你说得对,严重暴力犯罪的嫌疑人,确实可能是在成长中曾出现过严重问题。"

"这句话可不是我说的。"赵欣桥问道,"你既然这么说,那这个案子是你破的吗?"

"嗯……"虽然赵欣桥看不到白松,白松还是挠了挠头,"这是整个专案组的功劳。"

"那也很厉害,以我对你的理解,这就是谦虚了,你肯定是起了很大的作用。"赵欣桥的声音里略带喜悦。

"这个真的要感谢你,给了我很大的帮助。"

"并没有,"赵欣桥摩挲着手指,"你……最近怎么样?"

"最近?挺不错的,我一直在看你给我的笔记,同时也在读书。你的笔记我感觉太难了,我不得不买了几本工具书对照着看。除此之外,我还上网看网课视频,每天都有不少收获。"

"这么厉害吗?这样,你把你的地址给我,回头我可以给你寄一些书。"

"好,那你也把你的地址给我。"白松问完,就拿出了笔和纸。

"你现在学到什么地方了呢?"把地址告诉白松后,赵欣桥只能接着白松的话聊下去。

"《刑法》分则,侵犯财产权利犯罪这里。"白松如实说道。

"这么快吗?"赵欣桥有些惊讶,"你已经学完总则了?"

"嗯,你笔记上的我看完了,张教授的书也看到这里了。"

"厉害,看样子你没少努力,这样说来,我的笔记本你都看了一大半了。"赵欣桥有些佩服,她大三的时候也实习过,就是在派出所实习的,派出所有多忙她是知道的。

"哪有……"白松不好意思地说道,"你才读研一,就这么厉害了,等你读博士了,就真的是大专家了,跟你怎么比?"

"去去去,我才不读博士,就算读也是去国外混一个两年的,不然等我毕业了,都没人要了。"赵欣桥嗔怪道。

"也行。"白松道,"《刑法》博大精深,出国学习一下,集百家之长也是不错的,以后说不定你能进入全国人大法工委,参与立法呢。"

"借你吉言咯。对了,你之前的命案破了,现在还涉密吗?给我讲一讲。"

李某的案子还是有很多事情处于保密期,但是也不是都不能说,白松就把这个案子大体地讲了一下,一说就是十几分钟。

听完,赵欣桥有些感慨:"这一个男人,害了三个女人啊。"

"嗯?"白松还从来没从这个角度考虑问题,一想还真是,王千意和李某勾搭,把妻子、女儿以及李某都给毁了,"是啊,而且还要搭进去两条人命,唉……"

"这个小女孩,属于初犯、偶犯,被捕后还算配合,加上刚满十八岁,有没有判死缓的可能?"赵欣桥为王若依感到可惜。目前国内的情况,判了死缓,并不是说两年之后再执行死刑,而是给一些还有挽救价值的重刑犯一个改过自新的机会,先关押两年,两年内,如果表现良好、认错态度佳、积极配合改造,两年后并不会执行死刑,而是转为无期徒刑。只有这两年内表现不好,比如说在监狱里把狱友胳膊打断了之类的,就可能重新判个死刑立即执行。所以,通常来说,只要别作死,可以理解为,死缓就是死不了了。

"这我就不知道了,这得交给九河区法院。"白松说完,突然想到了什么,接着改正道,"哦哦哦,不对,这种有可能判处无期徒刑以及死刑的案子,一审法院是天华市第二中级人民法院,对吧?"

"没错的。"赵欣桥道,"这个案子,我觉得很有意思,我回头要跟导师说说,说不定我们导师会去给她做辩护律师。"

"还有这种操作？你们老师还是律师？"白松有些惊讶。

"这有何稀奇？法学院够了级别的老师，基本上都能申请个律师身份。"赵欣桥得意地说，"还没跟你说呢，我今年参加司法考试，上个月就出成绩了，过了哦，如果我想当律师，毕业了就可以。"

"这么厉害！"白松听说过这个考试，这可是被称为"中国第一考"的考试，"我听说这个考试分 ABC 三个层次，你是什么层次？"

"不是这么说的，我给你讲一下。"赵欣桥缓缓道来。

第一百一十二章 聊天（2）

司法考试，一共有四张卷子，每一张卷子的满分都是 150 分，总分 600 分。只需要 360 分，也就是及格，就能拿到 A 证，A 证全国通用。除此之外，320 分可以拿到 B 证，280 分可以拿到 C 证。B 证可以在一些经济和教育落后的县市区使用并注册律师，C 证可以在很偏远的地方使用并注册律师。

即便只是 360 分，即便每年参加考试的都是本科大三在读及以上的学生，每年的通过率都不到 5%，考试难度可想而知。这其中要学习的法律，包括并不限于《宪法》《民法》《刑法》《刑事诉讼法》《民事诉讼法》等差不多 200 部法律。

其中仅仅民法，就包括了《物权法》《债权法》《合同法》等，商法就更多了，《经济法》《税法》《劳动法》《公司法》《合伙企业法》……甚至还要学习国际法，《国际公法》《国际条约》《国际准则》《海商法》以及联合国这么多年来的各种条例和规章……

正在《刑法》中苦苦挣扎的白松听到赵欣桥的话，死的心都有了……

200 部法律……

"没你想的那么难，"赵欣桥道，"《刑法》算是司法考试里最难的一部分了，这一门法律就差不多占 100 分的题，有的小法律根本不考，只是在考试大纲里待着，如果你想考，以你的智商，我感觉并不难。"

"嗯，谢谢你的信任……"白松对这个一点底都没有。

"你行的。"赵欣桥道。

白松自顾自地点了点头，突然不知道说什么了。

这次，应该是他和赵欣桥打电话时间最长的一次了。

"嗯，那我去看书啦。"赵欣桥本来还想问问白松现在的情况，但是感觉到白松的窘样，也没再说。

"好，我也去看书了。"白松说完，道了句别，就挂掉了电话。

晚上看了会儿书，白松脑壳有点疼。

如果说刑法里哪个罪名最难，那么估计一半以上的人会说是"诈骗"。一般的罪名，查一下百度，就两句话，而"诈骗"，估计能看到一篇论文……

听着很简单，但是非常复杂。这让白松想起了大学的语文老师，大一的时候，学校曾经开设了语文课，语文老师是个神级人物。大学语文第一节课，讲的是论语。每周一节课，一节课90分钟，两个课时。一个学期，40个课时。

学期过了差不多一半的时候，语文老师刚刚讲完"子曰"这两个字里的"子"是什么意思。这真的不夸张，就这一个字，老师讲了半个学期，全班的同学还都没有睡觉。但是白松现在想想，基本上已经忘干净了……太难了，曲高和寡，登高者寥寥无几。

举个最简单的例子，张三在车站看到了李四，张三能说会道，谎称是李四的老乡，把李四说得团团转，两人相见恨晚。后来李四上了厕所，东西就放在张三附近，张三趁机把李四的箱子拿走了。

这是什么？盗窃还是诈骗？

不用怀疑，这属于盗窃。

这个箱子，并不是李四因为被骗了以后给张三的。虽然张三前面也欺骗了李四，但是李四并不是因为张三的骗而想把箱子给张三。所以算偷。再比如，把小孩骗走，然后卖掉赚钱，构成诈骗罪吗？

这个是送分题了，这构成拐卖儿童罪，不是诈骗罪。

一转眼就半夜一点了，王亮那边还在奋战，白松洗漱完毕，进入了梦乡。

白松出来租房特别重要的一个原因就是，单位的上下铺床太短了，白松有点伸不开腿，能睡大床真的太舒服了。第二天早上7点半，白松准时起床洗漱，王亮还在睡觉，白松过去踹了两三次才把他叫醒，今天是圣诞节，两人也都值班，可不能迟到了。有这种舍友，真是操不完的心。

一大早就不清闲，又是一起电动车电瓶被盗，孙唐带着冯宝出去了，前脚刚走，一起打架的警情，又把马希和孙师傅支了出去。

两人刚走不久，前台的电话就打到了白松手机上："有个小纠纷，老赵他们接待群众呢，你带个辅警去一趟吧。"

"好。"白松看了一眼三米，"走，有个纠纷，咱俩去。"

这段时间，白松跟着出了至少五十起警情了，纠纷至少有三十个，但是此时他还是有些紧张。

带齐了装备，白松带着三米，直奔报警地点。报警地点位于电大分校园里面，就是上次被诈骗了6000块钱的古宇所在的学校。

"你报的警？啥事？"白松找到了报警人。

"他打我！"报警的是个大二的学生，与古宇不同，这两人穿着都十分新潮，两个男人都戴着首饰，发型略有些夸张。

"打你你活该！你居然想勾搭我女朋友？不弄死你算你运气好。"另外一个男子摸了摸自己的衣服，"何况你还打我了！"

"你放屁！孙晓慧什么时候答应做你女朋友了？！"报警的男生大喊道。

"别吵吵，你叫什么名字？"白松先做了简单的登记。嗯？孙晓慧？

报警的叫陈凯，今年十九岁，是大二的学生；另外一个男的叫贾飞，是大三的学生。电大分校是大专，三年制，这会儿大三的学生基本上就要出去实习或者找工作了，这两个人估计家里条件好，倒是不需要考虑这个事情。

"陈凯，你报警是什么意思？"白松懒得去和他们捯饬那些杂事。

"他打我，警察你得把他抓起来。"

"那你打他了吗？"白松反问道。

第一百一十二章 聊天（2） | 395

"打了，但是他先打的我。"陈凯理直气壮。

"按照《治安管理处罚法》第四十三条的规定，你们这种行为属于互殴，你也一样触犯法律，构成殴打他人的违法行为，你要是执意要我来处理，你俩都得拘留，有问题吗？"白松心里略有紧张，也不知道说得对不对，第一次带着辅警出警，白松还是略有紧张。

不过好在陈凯是个学生，一听到白松的话，立刻就有些害怕了。

白松看了陈凯的反应，心中大定，这警情到了这会儿就已经处置了大半了。

第一百一十三章　平淡无奇

"你俩不要闹了好不好？"白松的身后传来一个柔弱的女声。

白松转过身来，一下子想起了孙晓慧这个名字是谁了，白松半个月之前还见过她，是死者孙某的女儿。白松曾经在别人取的笔录上见过这个名字，现在想了起来。上次孙某的妻子离开的时候，孙晓慧从车子的主驾驶下了车坐到了别的位置，白松见过一次。

那时候的孙晓慧就挺瘦的，现在又消瘦了差不多十斤，这已经不是瘦而是骨感了，眼窝都有些下陷，而且一看就是最近总哭，眼圈都发黑。白松并不觉得这么瘦的女孩很美，但是这个样子的孙晓慧确实楚楚可怜，很容易激起男人的保护欲，白松终于理解这两个男生为啥会因为孙晓慧闹别扭。

白松认出了孙晓慧，孙晓慧却没有认出来白松。上次她伤心欲绝，根本就没有注意当时身边的警察长什么样子，再加上那会儿天色也暗，因此她对白松一点印象也没有。

白松无意提起她的伤心事，也就没有跟她说话，两个男的看到孙晓慧来了也都特别有范儿，丝毫没有刚才互相计较的样子。

"三米，把现场调解本子给我。"白松从三米这里接过来一个本子，把两个人的信息抄在了上面，然后写下，"1. 双方互相殴打的行为自行协商解决；2. 双方均不要求做伤情鉴定；3. 有其他问题，向人民法院诉讼解决……"

"你俩把字签了，按个手印，我就走。"白松把写完的本子递了过去。

两人谁也不服谁，但是都乖乖签了字。

"晓慧,你在这里呢?你怎么不接电话?你妈把电话打我手机上了。"一个女生从旁边跑了过来,手里还举着一个正在通话中的手机。

"手机充电呢。"孙晓慧摸了摸口袋,接过来女生手里的电话。

"喂,妈,哦哦哦,我没事,手机充电忘了拿,你不用担心我。嗯?好,我去门口接你。"孙晓慧挂掉了电话,对女生说道,"我妈来了,我去门口接一下她。谢谢!你为了给我送个手机跑这么远!"

"说谢干吗?"女生抱了抱孙晓慧,"晓慧你不要怕,我们会一直陪着你。"

"嗯嗯。"孙晓慧眼里又泛起了泪光。

陈凯见状,立刻从自己的包里拿出来一包面巾纸,递了过去。

孙晓慧看了一眼陈凯,还是接了过来,抽出了一张,把剩下的递了回去。

"不用,你留着吧。"陈凯摆摆手。

"人家不稀罕,你在这里献什么殷勤,"贾飞从孙晓慧的手中一把拿过了面巾纸,直接塞进了陈凯的包,随即咬着牙压低声音道,"我让你离晓慧远一点,你没听到吗?"

"别吓唬我,想动手随时奉陪。"陈凯放开声音道,故意让孙晓慧听到。

"妈的,给脸不要脸了?"贾飞骂道,"就你这样的,还动手?踹你一脚你都能报警,"贾飞看了一眼白松,见白松没说什么,接着道,"下回咱俩单独练练?谁报警谁孙子。"

"得了得了,没完没了了?"三米都看不下去了,"我说你俩想干吗?想打架就单独找个擂台,签一份协议,打去,在这里叫嚣啥?再说这些没用的,跟我们去派出所里待两天!"

白松不由得看了三米一眼,到底是在所里待了一年的老辅警了,这话跟谁学的?有水平啊。

两个男生悻悻地略低了头,孙晓慧却没有理他俩,对女生说道:"我去门口找我妈去了。"

"我也要去。"陈凯立刻道。

"我也去。"贾飞也跟在了后面。

白松确信这俩人打不起来了,也准备离开,跟着一起往校门口走去。

"看什么看!"路上,陈凯对着一个盯着他们看的男生吼道,白松瞪了陈凯一眼,陈凯讪讪一笑,把手插进了兜里。

孙晓慧情绪一直特别低落,也没有在意陈凯二人,自顾自地走到了校门口。

"妈,"孙晓慧强行地笑了一下,站在她母亲面前,"我没事,您不用总来。"

"你这孩子,又瘦了,我给你熬了鸡汤。"孙某妻子的脸上露出淡淡的愁容,"把这一份都吃了喝了,听见了没?"

女子抬头看了一眼,一下子看到了白松:"白警官?您怎么也在这里?"

"一点小事,跟你女儿没关系,"白松算是和女子打了个招呼,就准备离开,"我忙完了,这就走了。"

"嗯,谢谢您了!"女子再次说道。

白松微笑示意,紧接着就转身离开了,三米也看了眼母女二人,接着跟上了白松。

"松哥,这个女的就是那个死者的媳妇?"上了车以后,三米问道。

"嗯,就是她,那个孙晓慧就是死者的女儿。"

三米叹惋道:"小姑娘这么漂亮,可惜了。"

"漂亮?"白松换挡都忘了踩离合,离合器吱吱作响,"你管这样的叫漂亮?我看她有一米六八吧,现在也就七十多斤吧,这好看啊?"

"好看啊,"三米摇头叹息,"总之是可惜了。"

"是啊,年少丧父总是很难过的,"白松叹气道,"不过,孙某媳妇也够倒霉的,中年丧偶也很难过吧。"

"那不一样,那男的欠了一屁股债,人死了女的虽然也要还钱,但是她不就啥事也没有,她再找一个不就好了?丈夫可以随便找,父亲可只有一

第一百一十三章 平淡无奇 | 399

个，性质不一样。"三米道。

"嗯……你说得也有道理，"白松沉思，三米还是挺有自己的想法的，"三米你工作一年了？"

"嗯呢，一年了，"三米叹息道，"时间过得好快啊，天天混日子呗。"

"我记得你是大专学历吧？考个警察公务员呗。"白松道。

"现在非公安专业的考公务员必须得是本科，我不行的。"

"那就试试专升本呗，"白松道，"有啥不懂的可以问我。"

三米想了想："嗯，松哥，你说的我考虑考虑。"

第一百一十四章　高层火灾

一整天，白松也没闲着，按理说他作为实习警察不能带着辅警出警，但是派出所忙到一定程度了，谁还顾得了那么多。白松参加工作已经五个月了，到派出所也两个多月了，基本上的事情能够处理，着急了直接出警，这种情况也很正常。很多偏远地方的派出所，辅警自己就出警了也不是新鲜事。

从早上开始，所里的警情就没断过，白松一直忙到下午2点多才吃上午饭。

"怎么样，自己出警还习惯吗？"孙唐也是刚刚回来不久，在食堂里和白松一起吃饭。

"习惯。"白松说得很没底，刚刚又出了一起纠纷，差点搞砸了。

"你和我们那会儿不一样，我刚参加工作的时候，哪有什么见习不见习，来的第二天就开始自己带人搞案子，也没师傅教，你这已经算是好的了，"孙唐道，"不过你们也挺难，现在的环境不一样了，很多群众都知道录音录像，你说错几句话被抓住话柄了就容易惹祸，不好干了。我们那会儿抓到不老实的，先打一顿，现在怎么可能动手……"

白松听着师傅的教导，不时问几句话，师傅都是很耐心地解答。

比起白松在上京市实习的时候天华市工作强度其实要低一些。实习的时候也天天跟着出警，只是那时候自己完全不用动脑，纯粹地跟着就可以了，跟现在不是一个概念。也正因为实习的经历，面对派出所纷繁冗杂的工作，白松不仅可以适应，还适应得很快。

第一百一十四章　高层火灾　｜　401

"今天警情不少啊，"白松吃完饭，和孙唐一起刷碗，说道，"从早上开始就没有闲着。"

"没事，按照我的经验，上午事情多，往往下午和晚上就没事了……"孙唐把饭盆放入了柜子，瞥了一眼食堂的玻璃门，看到了快步走来的孙爱民，要说出口的话突然顿了一下，"嗯，你放心，肯定是个起警情。"

说着话，孙唐淡定地推开了食堂的门。

"东河苑小区高层着火了。"孙唐和白松还没问出口，孙爱民就快速说道，"快点去吧！"

白松看了一眼师傅，穿上装备就跑了出去。

东河苑小区距离派出所不远，只有七八百米，小区对面就是三林路派出所辖区，白松租的房子就在东河苑小区对面，这中间有一条河，连接两岸的就是九河桥。

火警其实还是不少的，每个月总有那么几起，但是大多数都是小事。一般来说，119、110 都得去，有时候 120 也得去。但是高层失火还是很少的，王所也跟着跑了出来。很快的，车子就到了东河苑小区门口，东河苑小区和白松租的三林家园一样，都是还迁房，一栋楼 32 层，有 200 多户居民。由于派出所离得更近一些白松他们先到了，消防现在还没来。

28 楼的楼道窗户已经被火烤碎了玻璃，从外面看，黑色的浓烟已经烤到了 29 楼楼道的玻璃，从地面上看倒看不到什么火苗。

"马希，你带着小李，快去一趟物业，抓紧先把这栋楼的煤气关了，再搞清楚楼内的煤气管道分布，"王所安排道，"白松，你跟我上去，老孙，你留在这里，有情况及时电台里跟我说，一会儿消防队的来了，你负责对接。"

这会儿远处消防队的警笛声已经若隐若现，王培没有多想，就带着白松进了楼。刚刚进楼，就听到了上面楼梯里有人骂街，然后好几个人从楼道里走了出来。

"什么情况？"王所连忙拉住一个人。

"警察同志，我们也不知道，我26楼的，楼道里有烟，我们就先跑下来了，电梯已经停了。"

"电梯停了？"王培神色一紧。

东河苑小区的物业水平有目共睹，用四个字形容就是"可有可无"。这也不能怪物业，小区虽然是新小区，但是人太多太杂，很多人素质不高，根本就不交物业费。

据说有人支出了没有物业费就不能坐电梯这样的高招之后，每天物业办公室门口都有人泼粪。警察来了好几次，后来安了摄像头也没用。摄像头各种被破坏，总之就是能收上来30%的物业费就算是本事了，也正因为如此陷入了恶性循环。现在的小区物业，估计也就三四个值班的老保安在了。所以听说电梯停了，王所可不认为这是物业部门把电梯停了，只能是火灾到了一定程度，电梯自动停了！

"是啊，电梯停了，这个破楼道，这倒霉玩意，楼道里全都是垃圾、电动车，下来差点摔到我。"男子吐槽完就走掉了。

"走，咱俩爬楼梯上，就走他下来的这一条。"王培指挥白松一起上。

王所走在了前面，白松紧跟其后。

"老孙，跟消防队说一声，电梯已经停了。"王所给孙唐从电台上喊了一句。

从4楼开始，楼道里就开始堆放了不同的杂物、电动自行车、废旧自行车、纸箱等各种东西，王所迅速地开始搬，把挡路的东西放到了楼道里，保证楼梯口的畅通。到了12楼的时候，陆续有不少住户从楼上跑了下来，其中还包括29楼的住户，据他表示，两个楼梯已经有一个被火势挡住了路。

白松体能不错，但是爬到十七八楼的时候，还是有些喘了，主要还得同时清理楼道。这时候，消防员上来了，王所已经彻底没力气了，只能眼看着消防员带着白松先向上爬去。

消防队的这几个战士，白松有一半都认识，上次陈敏跳楼的时候就是他们来的，人多清理得也快，很快大家就到了26楼，这会儿已经可以闻到浓

第一百一十四章 高层火灾 | 403

浓的塑料制品燃烧的味道了。

"兄弟你在这里等着别上去，就你们这身衣服没法上火场，"到了27楼，消防队的人员拦住了白松，"我们先上去看一下情况。"

白松看了一眼说话的人，正是上次帮忙拉绳子的兄弟，白松也没有逞强，人家有防毒面具，也有能抗几百度高温的衣服，自己上去纯属添乱。

"我疏散一下27楼的住户。"白松点点头。

第一百一十五章 灭火

此时楼道里的烟已经很浓了，白松也不敢随便开窗户，火场可不是闹着玩的，只能用警服的干袖子少量地遮蔽烟雾，挨家挨户地敲门。

这个时间点，大部分人都去上班了，白松排着敲完，也只有两户人在家，在白松的建议下，都迅速穿好衣服锁门下楼了。

"现场……现场……咳……咳，楼上，怎么样了？"王所爬了上来。

"27楼没住户了，楼上火势据说是挺大，我刚刚听说，是楼道里有人存放散装汽油了。"白松如实汇报。

"散装汽油？"王所一脸的汗，"不行了，以后得多健身了……你先等会儿，我汇报一下。"

白松顺着27楼的楼梯，往上走了五六个台阶，此时楼梯里已经流下了大量的水，应该是消防官兵们用楼道里的消防栓喷出来的水。

"上面的火怎么样了？"白松喊了一声。

"控制住了！"消防员回了一句。

白松听到这句话，心里安定了一大半。

警察与消防员的关系很微妙，两种完全不同的工种，前者是行政岗位、公务员；后者是军人，但是每当遇到紧急的事情，又是配合最密切的。

消防官兵，消除妨害；公安，保卫公共安全。警察主要是负责处理人的问题，消防主要是负责人以外的事情。白松看到火光里按着喷管的消防员，心中无比感慨，这些人很多比白松还要年轻。

白松顶着烟雾走到了拐角处，此时汽油的火已经被消防员用干粉灭火器灭掉了，看样子汽油只有一小桶。但是还有人在楼道里和电梯口放了一些纸箱子等垃圾，还停放了电动车，火势还很大，消防员全力喷水降温。

白松呛得受不了，退了下来："估计没什么大问题。"

王所安心地点了点头，在电台里做了汇报。

过了差不多十分钟，所有火都被浇灭了，电梯还是不能使用，楼道里充斥着各种泡沫和污水，有的顺着电梯流了进去，好在整栋楼的公共电源都已经断掉了，倒是不怕出别的问题。

消防员灭完了火，并确认了火灾现场不会有复燃迹象，一整队消防员迅速开始撤离，消防员们随时都有别的任务，不能在这里逗留太久。

"李队，"王所拦住了消防员的队长，"没有人员受伤吧？"

"没有，"被称作李队的队长摇了摇头，"我们的人都没事，也没有居民受伤，这个火只是烧到了电梯门和电梯按钮，没烧到居民家。"

李队的身后，每一位年轻的消防员都摘下了防毒面具，面具覆盖的区域与周围形成了明显的色差。

"具体什么原因着火的？"王所问道。

"电动车充电，2803的住户在楼道里充电，然后电瓶有问题，着火了，然后把旁边的汽油引燃了。"李队道，"等我们回去，我再做火灾责任认定书。"

"辛苦了。"王所点了点头，"白松，咱俩上去看看。"

忙活完，物业的人终于爬上来了，为首的是个大胖子，难以想象这28层他爬了多久。

"哎呀……哎呀我的妈……呼……呼……这倒霉玩意，这、这楼，一共、一共32层，2、2、28层着火了……这不是要我老命！"胖子一手叉腰，一只手扶在了墙上。胖子的身形一歪，白松才看到他后面还有一个人，正扶着胖子的腰，一脑门的汗。

"警、警、警察大哥，什么情况？"胖子问道。

"你是物业的负责经理吗？"王培问道。

"是、是我。"

"消防那边说，是电动车充电着的火，没人受伤。"

胖子眼睛一转，心中已有定策："电动车充电？这么说是居民的责任？"

王所当然明白胖子的想法，就是想把物业的责任推出去。

"是居民的问题，但是楼道里堆放东西太多，才增加了电瓶燃烧的后果，你们物业责任可是不小啊。"王所指了指电梯，"这电梯坏了，抓紧找人修，不然高层建筑居民的基本生活难以保障。"

胖子看了眼楼道，现在还有水正在往电梯里渗，胖子脑袋都仿佛大了一圈："这得找人大修啊。"

"你们先垫钱修，回头找事故责任人追偿不就好了？"白松看到胖子的表情，不太理解。

"警察大哥，你们有所不知，这个小区不好管着哩……物业费都收不齐，还想着从他们手里拿这个钱啊……"胖子愁容满面。

"不管如何，电梯要修，而且必须保证安全，"王所道，"必须尽快让这个楼的居民恢复正常生活。"

"领导我明白，我明白。"胖子脸上挤出来一点笑容，简直比哭还难看。

"其实你也不用太担心。"王所面色稍缓，指了指烧毁的电动车和电瓶，"这是品牌电动车，就这么放外面充电，然后居然就能自燃了，这家电动车厂家恐怕难辞其咎。"

胖子仔细地看了看电动自行车，脸色这才好看了一点，拿起手机拨通了一个电话，安排人来对电梯进行维修，接着吐槽道："这楼道，那些保洁也不知道能不能爬上来……"

等白松等人下楼以后，下面已经有了很多围观群众，李队等人被群众拦着没走，李队现场开始讲述一些防火知识，讲了几分钟，看到王所他们下来了，就纷纷离开，群众也就散了大半。

李队的话没几个人能听进去……白松知道，这些人大部分就是来看热闹，然后晚上就着酒水，吹个牛什么的。

第一百一十五章 灭火 | 407

消防的人员走了，派出所的还走不了，住户还没回来，还得继续进行下一步的处置。过了二十分钟左右，电动车的车主回到了这里，听说自己的电动车着火并点燃了楼道，吓得啥也不敢说，直到王所向其索要电动车发票和厂家电话的时候才缓过来一点。住户是个中年妇女，在附近的菜市场卖菜，昨天晚上回家忘了给车子充电，因此只能白天给车充电自己步行离开。而且这一小桶汽油，也是他们家的，妇女本想矢口否认，但是看着好几个警察围着她，最终也没隐瞒什么。

第一百一十六章 扯皮

"王所,咱们不走吗?"2803 的住户已经着急爬上楼查看自己住处的情况,王所等人还在下面等着,白松问道。

"老孙你们先走吧,"王所对着孙唐他们说完,"白松你和我一起留下吧,咱们得等一下修电梯的以及保险公司过来。"

"嗯?"孙唐等人都走了以后,白松有些疑惑,这个跟咱们有啥关系?这样想着,白松倒是没问出来,领导安排怎样就怎么样吧。

电梯的维修一直也没来,几个年纪大的老人在一楼干着急。一般情况来说,这里的电梯就算是坏了或者维护,也不会两部电梯一起进行,所以这样两部电梯一起维修的情况还是很严重的,楼下逐渐地聚集了二三十人。

年轻的、楼层低的可以爬上去,高层的或者年纪大的,就没什么办法。

"你们物业能不能干了!这么大冷的天,啥时候能把电梯弄好!"

"就是就是……平时你们就不干活,这遇到事情了,还是这样!"

"以后别想让我交物业费!交了钱还出这种事!"

楼下的嘈杂声逐渐多了起来。

王所倒是没有太着急,他让物业的人把一些着急回家的先请到物业那边坐坐,他现在最大的担心就是 28 楼那边,楼道里都是水和杂物,可别有群众伤到……

各有各的烦心事,胖子经理这会儿开始着急了,电梯维修那里催了好几遍。

差不多又过了半个小时,修电梯的姗姗来迟,卖电动自行车的老板也终

第一百一十六章 扯皮 | 409

于到了。

"您好，警官。"老板看到了王所，先上来打了招呼。

"嗯，您好，您贵姓？您是……？"王所客气道。

"哦，警官，我姓刘，是电动车店的老板，"老板指着旁边的男子道，"这位是电动车公司的业务员。"

"您好，"老板旁边的业务员道，"请问一下，这个着火的火灾责任认定书下来了吗？"

王所看了一眼这个业务员，就大体知道了他的想法，无非就是想把责任撇得干净一点，便没有回答这个问题，直接问道："你们保险公司的人来了吗？"

"公司的经理让我来看看，如果是电池的原因，是产品本身的故障，如果损失不大，我们自己解决，暂时不需要让保险公司来解决。"业务员回答道。

"嗯，火灾责任认定书消防那边还需要时间，不过走的时候，消防队的李队长跟我说了着火原因是电瓶起火，电瓶就在这里，你们自己看吧。"王所指了指垃圾桶旁边的一处黑乎乎的东西。

电瓶燃烧很容易释放大量的有毒气体，这东西即便灭了火依然有一定的毒性，所以李队等人下来的时候顺便把这个东西拿了下来，放在了室外。

"嗯，我看看。"业务员摘下手套，从包里拿出了手机，对这个电瓶从不同角度拍了几张照片，然后给公司的人发了过去。

这会儿 2803 的住户也从楼上下来了，下楼虽然不累，但是这个妇女还是有些双腿发软："警察同志，我们家里没事。"

"家里插座那边没有着火吗？"王所问道。

"嗯，没有。"妇女气还没有喘匀，"家里没事，就是楼道里东西全没了。"

这会儿胖子经理也凑了过来："刚刚修电梯的说了，28 层的电箱烧了。我这边商议出来的维修方案是，28 层先关闭电梯，电梯只能在 27 层和 29

层停下,然后早点启动电梯,然后等回头拿到新的零件,再回来一部一部地分开修理。"

王所点了点头,对这个方案表示了认可。又过了半个小时,电梯重启了,专业人士就是不一样。就这一次维修,四个电梯工作人员收费 3000 元,胖子经理忍痛交了钱,眼睛频频瞥向电动车的老板和业务员。

"发票记得给我们送过来!"胖子心痛地说完,送走了四个技术人员。

不少群众都开始等电梯,过了十几分钟,才把住户都疏散,白松等一行 6 人坐电梯到了 27 楼。

胖子经理心有余悸,他就怕再让他爬一次……

业务员也不是什么技术人员,到了楼上之后就到处拍照片,过了一会儿,过来问道:"这里为什么有个铁的汽油桶?公司的人让我帮忙问问,火灾原因是汽油燃烧导致的,还是电瓶自燃?"

王所看了看楼道,这里也没有监控,没有说什么,这个保险以及赔付,跟派出所没有任何关系。

派出所不能插手纯粹的经济问题,王所在这里待到现在,主要原因有两个。一个是确定电梯能够运行,防止有老人身体有恙,最终出什么麻烦。毕竟今天已经"入九",一九第四天,几十上百个群众有家不能回可不是闹着玩的;第二个原因就是这个火灾现场的清理,要避免二次伤害,还得避免物业、住户、保险公司闹起来。

操不完的心……

"汽油桶虽然有问题,但是这是个铁桶,怎么可能自燃?"2803 的住户反驳道。

"汽油桶确实不容易自燃,但是你把汽油桶放电线旁边,这事谁说得清呢?即便消防那边的火灾认定书上面写着火灾原因是电动车电瓶着火,但是谁又能确定,是不是汽油把电瓶给点燃了呢?"业务员道。

"不可能,"胖子经理连忙插话道,"一切以消防队的责任认定书为准!"

胖子的声音有点大,他怕责任最终推给了住户,物业公司想拿到钱就等国足

第一百一十六章 扯皮 | 411

入围世界杯吧。

"您是物业公司的对吧?"业务员转头对胖子说道,"高层不允许将电动车放在楼道,更不允许在楼道里堆放汽油这类易燃易爆物品,甚至安全出口什么都不允许堆放!你们物业敢说没责任吗?"

胖子愣了一下,心道这个业务员到底是做业务的,这说话句句点在要害啊,但是他胖子也不是吃素的:"你所说的一切,都不能掩饰这个电瓶在普通充电的情况下自燃的事实!"

"嗯,等消防那边的认定吧,消防要是无凭无据就认定是先电瓶自燃,后汽油燃烧,我会给消防那边提出复议申请的!"业务员语气强硬了起来。

第一百一十七章　老郑你狠

聊得不算很愉快，楼道里的损失，其实是有限的，能放到楼道里的东西，能有多值钱？但是电梯就麻烦了，现在虽然能用，但是只是权宜之计。回头得彻底大修，还得更换不少零件，这一来二去可是不少钱。物业公司本来就没多少钱，胖子可不愿意扛这个雷。

在消防的火灾责任认定书下来之前，在这里饶舌没什么意义。王所看闹不起来，就圆了圆场，几人先下了楼。电动车公司的老板带着业务员走了，胖子经理看周围没人，说了好几句好话，把王所和白松二人请到了物业办公室。

此时的物业办公室就好像刚刚打完了仗，刚刚二三十个老头老太太在这里待着，这些可都不是好伺候的主，物业的工作人员端茶送水伺候着。这终于走了，物业的人又得去收拾楼上的烂摊子，这边就没人收拾，胖子经理看到这场景也有些尴尬。

"二位，移步到我办公室小叙一番？"

"不用，有什么事情就在这里说吧。"王所没有进屋的迹象。

"嘿嘿，"胖子搓了搓手，还是请了一步，让王所和白松进了物业的大门口，把玻璃门关上，大厅里就只有三人，"警官啊，您现场也看到了，情况您也了解了，我们物业不仅仅负责，而且处处为户主考虑啊。2803那一户是吃低保的，您说我能找他们要钱吗？但是您也看到了，这电动车厂家，明显就是想推卸责任！"

"你有什么话，你就直说。"王所摆摆手。

"嘿嘿……其实就是，您受累，帮忙跟消防那边说一声，咱们这么大的部门，可不能怕麻烦，总不能被这个业务员几句话吓到吧？火灾责任认定书这里，咱就按照之前的……"

"消防部门不是我们管辖的，"王所看到胖子脸上的肉翻出了褶子，依然面不改色，"不过，我相信消防部门会有公正的结果的。"

"哎哎，好好，谢谢警官同志！"胖子脸上的褶子抖了抖。

王所也没有多待，带着白松就上了车。

"王所，"白松问出了憋了很久的问题，"为啥电动车公司那边的不叫保险过来，而是叫业务员过来了？"

"你要是给车子上过保险就知道了，如果你的车子出险太多，明年保费会上升的。他们电动车如果老出这种自燃事故，你说保险公司会怎么想？虽然这次能赔几万块钱，但是明年要么不和你合作了，要么就大幅度上升保费。"王所笑了笑，"保险公司可是绝对不会赔钱的，他们有专业的精算师和保险经纪人，这里面的学问大着呢。"

"还有这种规定啊？"白松一想，也确实是这么回事，这么大的公司，如果保费上涨个10%，就不止这个现场这点钱了，但是他还是不太理解，"那如果火灾认定书认定了是电瓶的事情，那个经理就这么确信能够拿到钱吗？"

"那肯定的，这个电动自行车厂家也怕物业或者百姓到处宣传他们公司的技术缺陷，"王所道，"如果消防部门确实按照这样出责任认定书，这个事情就容易一些了，不然少不了打嘴仗。而这些所谓的嘴仗，其实就是社会的不安定因素。"

白松深以为然，王所虽然只是个副所长，而且还很年轻，但是考虑问题的角度与普通民警就是不一样，每个问题都能够得到彻底的解决当然是最好，不然早晚还得冒出来大问题。

"王所，我看现在也没有警情，您停一下车行吗？"出了小区，白松说道。

"嗯？没问题，你打算干吗？"

"就是上次航弹爆炸的时候遇到的那个矮个子，我去看望他一下。"白松指了一下几十米外的九河桥。

"嗯？我不是听说给他联系救助站了吗？"王所有些疑惑，指了指自己的脑袋，"这个小个子脑子不太好吗？"

"不是，他在这桥下支帐篷，我十天前来看他一次，当时还在，这几天我也没联系他，我来看看他。"白松有些不好意思，这算不算上班时间做私事啊……

"还有这种事？那是得看看，快过年了，这里怎么能住人？"王所跟着白松，一起去了桥下。

正巧，郑彦武正好在这忙活呢，看到白松下来，连忙打了招呼。

"老郑你还没搬走吗？好几天没过来了。"白松亲切地打了招呼。

郑彦武的脸上浮现出了笑容，这是白松这么长时间以来，第一次看到郑彦武这种笑容，郑彦武道："过几天就该走了，我打算买个房车，找我的同学来开车，有好几个朋友打算和我同行呢。"

听到"房车"二字，本来不以为意的王所吓了一跳，如果是他见过的大老板说这个他倒是能理解，但是这个……王所仔细看了看，这也不像能买得起……

等等，这是啥？王所瞪大了眼睛，快步走了几步，仔细地看了看……

"这个是飞思IQ180？"王所喊了出来，"这真的是IQ180？"

"嗯？"郑彦武的表情有些疑惑，"为啥你们都这个语气？我问我们老师，现在什么相机比较好，他就说了这个，我就买了啊。"

白松一脸疑惑，望向王所。

王所抚摸着相机，看了十几秒，这才看到白松的疑惑表情，叹了口气："你不用知道别的，你应该不玩摄影，你只需要知道，这东西，现在，嗯……"

王所想到了什么，接着道："这东西现在差不多能买100个你那种手机。"

白松下巴差点都要掉了,就这么个小机器,四五十万?

"嗯,确实,"王所也没说别的,继续自言自语,"这么好的相机,确实得配合这一款 Alpagon 的镜头,好马配好鞍啊。"

白松听着这个名词,这镜头价格还是别问了,都是数字,淡定,淡定。

"老郑你过得不错,不过确实是不能在这里久待了,匹夫无罪你懂吧。"白松还是提醒道。

"是的,白松说得对。"王所恋恋不舍地把相机还给了郑彦武。

第一百一十八章　关键证据与普通证据

"嗯呢,我知道,主要是我们老师他今天不开课,说什么要去过节。"郑彦武道,"晚上有个小聚会,我的摄影班同学举办的,邀请我去,我一会儿就去。"

"估计,"郑彦武算了算,"用不了多久,应该过了阳历年吧,我买的车子到了,我们就出发了,打算去东北拍雪景。"

"好,"白松点了点头,"这对你来说可是好事。"

"嗯呢,我托同学帮我买的这个机器,"郑彦武抚摸着机器,"确实是不错,比上课的时候用的好,明天带给老师看看,他肯定会很欣慰的。"

王所无语地点了点头,心中想象郑彦武的老师看到这个的时候会是什么表情。这个机器,王培只有在杂志上才见过,据他所知,天华市的他知道的圈子里,还没有这么豪的主。

一般人有这么多钱,都买房买车了,再爱好也很少有花这么多钱买这个的。

"这东西拍出来的效果,得有多厉害啊?"白松问道,这么贵,到底贵在哪里呢?

"确实是不错。"郑彦武嘿嘿地笑了笑,"刚刚旁边小区着火,我还拍了一下呢。"

"你拍了?"王所和白松几乎异口同声,王所连忙道,"快,给我看看!"

郑彦武不知二人怎么突然激动了,但还是操作了一番,给二人放了一下。

老郑的视频拍摄得非常好，十分稳定，距离一百多米的距离，在专业的物理变焦镜头之下，几乎近如眼前。视频里可以清楚地看到，窗户里面，先是伴有多次爆闪，接着开始冒黑烟，然后黑烟越来越大，最终才有了火苗。

王所和白松怎么也想不到，无心之举，居然能找到这么重要的证据。

"这个对你们有用吗？"郑彦武看到两人的表情，问道。

"嗯，有用。"王所道，"白松，我在这边等会儿，你回所里拿个设备过来把录像拷贝一下。"

"不用。"郑彦武直接把内存卡拔了下来，"这个卡不值钱，你们拿走就行了，反正我只拍了这一段，卡里没别的东西。"

"这怎么行？那你用什么？"王所摆了摆手。

"我这里有一大盒啊。"郑彦武翻开了自己的包，里面一个盒子里，摆着数十张内存卡，还有三块电池。王培丝毫不怀疑，如果不是因为郑彦武个子矮、力气小，可能电池也要准备几十块。

"那谢谢你了，老郑。"白松倒是不客气，直接把卡放到了口袋里，王所想说啥，最终还是没有说出来。

"别客气。"能帮到白松，郑彦武有些高兴，他过去这么多年从来没有感受到摄影的魅力，而且他的第一次实战摄影，居然就帮到了人，真的是太美好了，"对了，我买了手机，我同学还帮我注册了微信，咱俩加一下。"

"还真是，士别三日当刮目相看，"白松很开心，"十几天没见，你居然什么潮流都跟上来了，真不错。"

留完联系方式，白松和郑彦武又聊了几句，就随着王所一起回了单位。路上，王所给消防队的李队打了电话，把这个视频的事情，跟李队说了一下，李队表示很快会派人来拿。

"这下啊，得让那个胖子请咱们吃饭。"白松心情很好。

"哈哈……是啊。"王所也笑道，这事情顺利得难以想象。

还迁房的治安和稳定问题，一直都是很严重的，而且很多时候，一点小事就会引发很大的社会问题，这也是王所处理这个问题这么细心的原因。这让白松很佩服，人家这么年轻就当上领导确实是有原因的。

回到单位天色已经很暗了，白松忙了一阵子，接到了魏所电话，魏所把白松叫到了办公室。

"魏所，您找我？"白松进了办公室。

"嗯呢，没别的事，刚刚我去分局开了会，明天早上，咱们所办案队集体去刑警那边开个会，我都一一通知了。"

"好的，没问题，几点钟？怎么去？"

"9点前到，咱们这几个人就你今天值班，明天你应该休息的。我刚刚和王培说了一声，今天晚上没特殊的事情不安排你出警了，明天你就加会儿班，咱们所办案队6个人，都要去。到时候开着所里的五菱宏光，咱们6个人开一辆车去就行。"

"好，没问题。"白松回答道。

"嗯，"魏所点了点头，"你也别有太大压力，这次是遇到高手了，我们到现在也没发现什么有用的线索。"

"魏所，我知道。"白松倒是从没有沮丧过，"最近有什么新的材料吗？"

"都在咱们开会的屋子里，你可以去看。"

从魏所的办公室出来，白松直接去了办公室，顺便夹带了自己的几本书。

在白松的老家，有一所名校，校训是"气有浩然，学无止境"。这句话，白松自从高考前就听过了，但是他一直梦想成为警察，所以并没有报考这所大学。大学四年，白松没有觉得学习多有用，没少玩，直到工作了才发现，自己虽有名校学历，不努力一样等于零。

白松翻开《保险法》，这也是司法考试要考的法律之一。读了没几页，就对生活中的很多现象多了一些了解，保险其实充斥于社会的方方面面，而且在社会生活中的占比越来越重。而且白松发现，法律之间真的存在共通，《保险法》里的保险诈骗罪与刑法直接相关。

一个晚上，白松都在书籍和案卷中度过。新来的线索里，有孙某家人的银行交易流水，也有更远地方的监控录像，很多已经没有了太高的参考价值。

今天是专案组成立的第二天，刑警那边也在不停地进行工作，但是人手确实是不够，所以才有了明天的会议，不然的话，命案很少有派出所参与。这个屋子里所有的证据，明天都要搬到专案组那边开会研究，看了越来越多的东西，白松有一种预感，这个案子，其实会非常非常简单，距离真相也许只是一层窗户纸。

第一百一十九章 专案组与办案队

一晚上，组里也没给白松安排任何工作，白松晚上 12 点躺下，早上 6 点钟就醒了。天还是黑的，白松却一点都不困，睡了六个小时已然足够。白松穿好衣服，洗漱完，又跑到了办公室。距离元旦还有五天时间，冬至前后，天华市的天，一般要到 7 点半左右才能亮起，这会儿的派出所格外安静。

魏所晚上没有回家。到了他这个年龄，有时候手头的工作一多，不回家也不见得是坏事，要不然，半夜回去把老婆孩子吵醒就不好了。晚上睡得晚，魏所也喝了不少的茶，这会儿醒来去洗手间，却发现专案队办公室的灯还亮着。

这个白松，昨晚忘关灯了不说，还不锁门？魏所面色微愠，穿着睡衣准备去把门关上，结果发现白松正穿戴整齐，在里面翻卷。

魏所驻足了半分钟，没有去打扰白松。也许，这个小伙子上次在刑警破那个案子，确实不是靠运气吧……

8 点多，白松吃完早点，一起帮着把材料都搬到了车上，6 人一起到了刑侦支队。今天的专案组，格外地热闹，马支队亲自来主持了会议。

专案组的队长，是刑侦二大队的周副队长。一起命案，居然是副大队长当专案队队长，也真的看出来现在刑警有多忙了。白松在路上听魏所和二组的王所说，现在刑警那边还开着别的专案。据说年底了，有几个派出所辖区连续发生了几起抢劫抢夺案，除此之外，还有一起强奸案，都造成了恶劣的社会影响。尤其是那起强奸案，牵扯了大量的人力物力。

命案按理说怎么也比那些案子重要，但是没有什么头绪，人多真的不见得有用。

马支队看人已经到齐了，九河桥派出所的人他也认识三四个，对大家点了点头，示意会议开始。

"今天，咱们是一个内部会议，没那么多弯弯绕绕，大家畅所欲言。这个案子我也跟了一段时间，但是确实也没发现什么线索，我最近的精力也不怎么在这个案子上。这样吧，由周队先把这里的情况讲一下，然后九河桥派出所的魏所、王所你们再拿一下意见。"马支队说完，示意周队可以说了。

"好，我先说吧。"周队拿起了自己的笔记本，"这案子我忙了挺长时间的了，现在线索也比较多，咱们从头开始捋一下线索，先从现场开始谈，首先是卧室……"

周队从现场、周边、核查情况、技术层面、录像等方面，做了一个细致的报告。周队在那里说着，白松等人就拿着笔做笔记，周队的工作做得很翔实可靠。

周队说完，魏所也做了办案队的总结性发言。所里做的工作，更多的是对一些工作的延伸，虽然没有那么高的技术含量，但是依然扎实细致，白松看到周队等人也在那里记着笔记。

"嗯，结合以上的这些线索，我还是认为，孙某的两个债务人有作案嫌疑，原因有两个：一是我发现，孙某死后至今，孙某的妻子也没找过这两个人追要过借款，这两个人加起来欠孙某差不多三十万，欠了好几年了，孙某这次回来找他们要过钱，这个可以证实；二呢，这两个人都是做生意的，搞到氰化物的可能性大。"周队顿了顿，"至于距离现场一百五十米处发现的DNA以及相关组织，我有理由怀疑，是这两个人的烟幕弹，或者他们雇人所为。"

"我们现在的侦查方向，我比较怀疑，孙某的三个债权人有作案嫌疑。"魏所摆出了几张照片，"这几个人，孙某一共欠他们五十多万，而且已经拖欠了五年，并且孙某在这五年里多次欺骗、推诿，这两年干脆还逃跑了。债权人甲，最近这些年发了些财，应该不在乎孙某欠他的这些钱，但是他在公开场合曾经表示过，孙某要是回到天华市，他一定要孙某好看！

"债权人乙、丙，曾经多次带人去找孙某的妻子闹过，甚至去孙某的女儿学校闹过一次，行为很恶劣，被治安拘留过一次。

"最关键的是，据我们近一段时间的观察，这些人自从孙某死了之后，就再也没有去找孙某的妻子和孩子闹过。这个事情就有些耐人寻味了。"

"魏所的观点和我的观点很相似，"二组的王所长也发了话，"这三个人中，为首的那个人虽然没有被处罚过，但是，这个人出手阔绰，近期还有不明款项的大笔金额汇入账户。我们暂时也没有惊动他，这个人在社会上有一定的影响力，但是他犯罪动机是有的。正如周队所说，那些 DNA 等组织，很可能是烟幕弹或者雇人所为。"

"这一点，我不怎么认同。"二队的一名老师傅道，"从作案动机上，你们说的确实是说得通，但是这并不足以驱使他们杀人。杀人这种大事，一般都是有很强烈的利益驱使和仇恨。孙某这次回来，虽然没有还太多的钱，但是确实也拿出了一笔钱来还款，而且态度还算是不错，这几个人就算是有再大的仇怨，也不至于杀人。

"再者，提到孙某还钱的事情，你说的这三个人，有一个是有钱，但是另外两个，并不是多么富裕。他们杀死孙某没什么好处，而让孙某活着，反而能还上一点钱，他们之间没有必然的仇恨。"

"是的，我也是这个观点，"二队另外一名刑警说道，"他们之间有仇不假，如果是三个人与孙某交流，商议不和，打了起来，进而失手打死了孙某，这种情况我是相信的，毕竟他们之间确实是有很大的问题。

"但是孙某的死，是纯粹的谋杀，这是一种纯粹想要让孙某死的方案，这需要绝对的仇恨和理由，而不是这点矛盾就可以的。他们之间的矛盾，我认为，不足以引发一次谋杀。"

魏所和王所又继续表述了自己的观点，大家纷纷议论开来。

第一百二十章　神预言

各有各的道理，各有各的想法，大家交流了二十多分钟，也没拿出什么切实可行的方案。

"我能说一下吗？"白松看到大家的声音逐渐低了下来，举了举手。

"尽管说就行，不用举手。"马支队给白松投去了一个鼓励的笑容。

周队和二队的几个刑警，看到白松举手，也纷纷安静了下来。魏所嘴角略微上扬，也安静了下来，魏所不说话，所里的其他民警也都一言不发。一时间，整个小会议室，悄无声息，十二双眼睛都盯着白松。这倒真是不常见的事情，白松不是领导，更不是什么技术尖子，大家如此地给他一个见习民警面子，实在是难得。

白松此时并没有什么紧张的感觉，他又站了起来。

"马支队，我问您一件事，"白松直接问道，"我能问一下，这个现场，上次来的市局的那位法医，是谁吗？"

"可以，"马支队道，"他是刑侦局四支队的副支队长，秦无双。"

白松点了点头，暗道了一声好名字啊，这名字怎么听，都像是小说的主角人物……

"我感觉，秦支队长的预言是对的。"白松道。

"预言？什么预言？"周队有些惊异，还有这回事？说完，周队望向马支队，发现马支队也是一脸疑惑，他更搞不懂了。

"前几天，我见到了一个开二手奥迪，戴不起好手表的社会人，"白松娓娓道来，"这个人我之前就见过，浮夸无畏、欺软怕硬。他告诉我他有很多手表，每一块都轮换着戴，但是我发现，他的手腕上有长期戴一款手表形成的痕迹。"

"痕迹，只有经历了才会有。因此，当时和我一起的王旭，"白松指了指王旭，"我俩一起又去了一次楼顶，却发现上次郝镇宇师傅勘察的那个绳子的勒痕，此时已经几近消弭。大光里，确实是很老很旧的小区了，但是也不至于质量差到这种程度，更不至于风化得如此之快。我当时在旁边用手试了一下，用手用力掰一下，就能有一点水泥脱落，因此，我对这个痕迹有很大的怀疑。

"前一段时间，我在朝阳公馆差一点跌落楼下，我知道，绳子勒在这个墙的拐角，如果下面还坠着人，那么这个地方受到的压力，会非常大，不应该只形成这么浅的痕迹，因此，我十分怀疑这里并没有吊过人！"

白松见没有人打断他的发言，扔出了重磅消息："秦支队长亲口说过一句话，但是没有在尸检报告里体现。这句话给了我很大的震撼，他当时说的是，本案'不排除自杀可能'！我认为，秦支队长的预言，本案的最终答案，就是孙某是自杀！"

此话一出，全场哗然，这个案子，如果真的是自杀，专案组不成了笑话了？这开什么玩笑？怎么可能是自杀？

"一派……"一个老刑警刚刚准备反驳，还是忍住了没说出来，上次就是他在李某被杀案的会议室反驳白松，结果白松的话应验了，但是此时他还是觉得白松不对，"哪有这么麻烦的自杀？"

老刑警一句话，其实说出了大部分人的心声，哪有这么麻烦的自杀？老刑警说完，全场立刻又热烈了起来，大家的反对声音此起彼伏。但是好在这里的人并不多，马支队倒是没什么动作，大家说了几句，还是停了下来，看白松怎么解释。

"我之前，也觉得这个不可能。"白松此时信心更胜，"但是根据我国的《保险法》第四十四条规定，以被保险人死亡为给付保险金条件的合同，自合同成立或者合同效力恢复之日起两年内，被保险人自杀的，保险人不承担给付保险金的责任，但被保险人自杀时为无民事行为能力人的除外。"

白松见每个人脸上的表情，都从不信、不服变成了若有所思，心道法律这东西是真的有用，这条法律可能在座的也有人听过，但是谁会想到这么偏门的法律呢？

"我曾经因为李某的案子，有幸在刑警队专案组待过一个月，我听很多师傅给我讲过很多离奇的案子。大多数是没有亲历现场或者亲历没有第一现场的，再者是已经确定了嫌疑人，嫌疑人正在外逃。但是我从来没听过有哪一起案子，能够让我们这么多专业的人员束手无策，居然到现在没有查到真的嫌疑人。

"所以我就怀疑，本案根本就没有嫌疑人，这是一起自杀案，而且，是一起有预谋、有配合的自杀案。

"首先，孙某过得很不如意，在家庭中他的妻子其实和他感情一般。我们可以看到，孙某在外的这两年，他妻子与好几个男人交往密切。孙某死后，我看到他的女儿伤心欲绝，而他的妻子，伤心的感觉总是差那么一点意思。

"其次，在事业上，孙某更是一塌糊涂。他这个年纪，虽然外面还有几十万的债权，但是他背负的百万债务可以压死他，在外面跑这么久，过得有多难可想而知。

"这次回来，孙某拿到了十几万的赔偿金和和解金，他还给谁？事实上，我们确实查到了，他还了一部分，但是我仔细地查找了笔录，他手头应该还有五万块钱。本来我以为，这笔钱他是给妻子了，后来我想了想，孙某应该是买了保险，而且保险的受益人，很可能是他的女儿孙晓慧。

"我们查了他以及他妻子的账户等，却偏偏把他女儿的给放过了，因为他女儿刚刚成年，这件事肯定跟他女儿无关，这是我们的思维死角。但是孙某的妻子一定知道此事，而且孙某的自杀，很可能是他妻子做了配合。

"丈夫自杀，妻子帮忙，这传出去当然是滑天下之大稽，但是本案中却实实在在可能出现。孙某如果是自杀，他的赔偿金，他妻子一分钱也拿不到。但是，只要他妻子拿到了公安局的立案决定书，这个事情就不一样了！我现在还记得，他妻子握紧了立案报告书的那个样子！"

第一百二十一章　来龙去脉

"从动机上来说，孙某有自杀的可能，从现场的情况来说，自杀可能性很大，"白松继续说道，"我们来重现一下这个问题。"

"如果我是孙某，我想自杀，我一定会提前与妻子协商、讨论。妻子肯定是不同意，但是死意已决、保险已经买完、夫妻感情不深、为了孩子等原因摞在了一起，就造就了这个问题。于是达成了合议。

"首先，孙某本身就是搞服装的，他就一定有渠道搞到常人难以获得的氰化物。

"为什么孙某因服用氰化物死亡，呼吸道里却检测出了氰化物呢？这个很符合自杀的人的心理特征。简单来说，就是既然要服用这个东西去死，这东西到底是什么味道的？闻一下吧……

"有了这个心理特征，才会有吸入后再服用的过程。

"其次，氰化物的服用，不会立即死亡，人还有两三分钟的时间可以活，在这之前，孙某提前把屋子弄得乱了一点，还用几双不知道是谁的鞋子伪造了一点痕迹，接着，他只需要一个有录音功能的扩音器，在屋里放大声的吵闹声，然后服用氰化氢液体。

"此时此刻，他的妻子安排了人在楼顶上放下了一个吊篮，孙某走到阳台，把瓶子、鞋、关闭了的扩音器以及其他的东西，放入了吊篮里，然后上面把吊篮拉了上去。

"这样就可以解释，为什么楼顶会有浅浅的绳子勒痕，为什么自杀现场找不到死亡原因。

"然后,孙某自己打开了门,大喊了几声,倒地身亡。

"孙某的邻居,看到了孙某倒地后,过了一两分钟,从窗户看到了楼下两个人离开。这件事情我去现场做过观测,因为小区的树木阻挡的原因,从他的邻居那里,根本看不到 3 号单元门的门口,因而他看到的那两个人的位置,是 2 号单元门的门口。

"我们所里办案队曾经就此事做过推想,认为这种情况是因为两个嫌疑人想先往某个方向走,然后做了改变,进而换了方向,去了对面的平房,但是现在我推测,根本不是这个情况,而是这两个人根本就不是从 3 单元下来的,他们是从 2 单元的楼顶天井下来的。孙某的邻居看到的那个位置,其实恰好就是 2 单元的门口!

"至于这两个人到底是谁,我想,个子矮的那个,其实并不是男的,就应该是孙某的妻子,而个子高的那个,应该是妻子的兄弟,也就是孙某的女儿孙晓慧的亲舅舅之一,只有这样的身份才能为此事保密。

"我们采集了那么多的 DNA 等线索,我怀疑这就是孙某提前做的准备,这里面的 DNA 线索其实根本就不对,口罩什么的可能就是孙某的妻子在哪个垃圾堆捡的。

"如果这样说来,也能解释,孙某妻子为什么不去讨债,为什么没人找她要债。我甚至怀疑,王所说的那个账户里的大笔进账,其实是孙某妻子还给他的钱,而且是现金。

"孙某妻子可能已经拿到了钱,并且通过现金的方式还了这些人了。

"这个案子里有很多烟幕弹,孙某他并不想让我们把事实查出来,他死前做的这些规划,应该就是迷惑我们,让这个案子成为悬案。

"正常的案子,做这么多烟幕弹总能露馅,而这个案子,由于是死者自己做烟幕弹,我们如果一直考虑他杀,那么这些烟雾永远都散不开。"

白松说得兴起,一口气说了很多,现场所有人眼睛里都有了神。

其实,只要有领导说一句:"本案是自杀,大家把自杀的线索查出来。"那么这个案子早就破了,但是方向彻底错了,越走越歪,白松说了个开头,说了自杀的动机,即便他没有后面的长篇大论,大家也能把这个案子破了,不过这些话他已经在心里酝酿好了,不吐不快。

"嗯,以上是我的观点。"白松说完就坐了下来。

马支队饶有兴趣地看了看白松,又看了看现场的所有人,此时居然没有一个人站出来反对白松,这是不多见的。

"唔,"周队先发话了,"我倒是觉得,白松说得有道理,这个案子真的存在这方面的可能。"

"我也觉得有道理……"

"那,就按照这个思路去查,"马支队道,"第一步要孙晓慧、孙某其他亲戚、孙某妻子的亲戚的账户,看看最近有没有大额的资金变动,毕竟保险公司给钱肯定是通过被保险人名下账户给钱;第二步,如果有这个情况存在,那么通过金额,查询一下是哪个保险公司的事情,立刻前往这个保险公司把保单调取过来;第三步,如果这两个属实,那么孙某妻子涉嫌保险诈骗,立刻对孙某的妻子进行传唤审讯。"

马支队环顾四周,没人反对,看了一眼周队。

"好,魏所、王所,马支队的意思,不知道你们那边有什么好的建议吗?咱们一会儿就去查。"周队说。

魏所和王所对视了一眼,他俩虽然级别上远不及马支队,但是并不归马支队管,魏所了然,说道:"我们所办案队今天都没有人休息,咱们可以合作,一起去查询银行的交易流水,具体怎么分配工作,周队你安排就行。"

"好,那我就越俎代庖了。"周队拿出一张人员关系图,开始给大家分配了任务。

其实这些工作,并没有什么技术难度,从这个案子发案到现在,类似的工作大家一直都在做,只是没有像今天这样的有目的性和期待性。

上午11点多,白松和王旭这一组就接到了电话,不需要查了,专案队那边已经有了查询结果了,回去开会。

王旭面色一喜,他知道,白松说对了!这个案子,不出意外的话,完全就是白松分析的这个情况。

"白松你太牛了！我真是服了你了，你怎么想到这个情况的？"王旭十分佩服地说道，"我们回去，我电话里听他们说，保险的事情查到了，专案组已经去找孙某的妻子了！"

第一百二十二章　田局长的问题

听到王旭的话，白松淡淡地点了点头，毕竟想到孙晓慧那个样子，白松虽然也有些激动，但实在是谈不上高兴。

两人回到刑侦支队的时候，正好是饭点，刑警队一般都和看守所在一个院里，这个时候吃饭的人很多。今天大家基本上都在议论一件事：成立了两天两夜的孙某被杀案专案组，马上要解散了！

在刑警大院里，只要不是涉密信息，传播的速度可能只需要一顿午饭。如果是哪天成立了一个专案组，没什么稀奇，这种情况很常见，但是两天就解散一个专案组，闻所未闻！

两天前匆匆成立，今天就要解散，这也算是支队史上存在时间最短的专案组了！当然，这只是传言，不过信息一旦传出来，距离落实往往就很快了。

白松看到孙某妻子的时候，二队的周队已经对她讯问了半个小时了。令白松十分意外的是，孙某的妻子就这么轻轻松松地招了。

白松进入讯问室，孙某的妻子看到了白松，微微一笑，点头示意。白松拿起已经写了好几页的笔录纸，浏览了一下，果然，基本上和自己设想的差不多。

写笔录的是二队的老刑警，看到白松也笑着打了招呼。

白松静静地看着、听着，老师傅的笔录，从头到尾十分有节奏，每一句话都问到了点子上，每一个问题都有这个问题的道理，白松每次看这些前辈审讯，都觉得审讯是一门艺术。笔录取完了，签字捺印。

通过这份口供，配上其他的证据，孙某被杀案可以正式撤案，孙某妻子涉嫌保险诈骗案，正式立案调查。

钱确实是打到了孙晓慧的账户上，孙晓慧对此事完全不知情，二百多万的赔偿金，孙某的妻子把钱全部取了出来，并且把所有的债务都归还了，还剩下了七十多万，孙某妻子愿意全部退还给保险公司。孙晓慧虽然是保险受益人，但是因为完全不知情，不需要承担任何法律责任，所有的问题都将由孙某妻子承担。

从法律上，孙某的债权人拿到了孙某妻子归还的现金，这些钱，保险公司无权找这些债权人追偿。而且孙某的妻子也无力偿还保险公司，保险公司只能吃亏，但是好在还能追回七十多万，孙某妻子也勉强够得上"认罪态度良好"这个条件。

至于保险公司为什么不能向债权人追偿，不在此赘述法律原因了。

"你后悔吗？"白松有些好奇，问道。

"不后悔，"孙某妻子脸上依旧淡定，让白松想起了李某被杀案的王若依，"孩子没事了，保险公司能把我怎么样呢？其实我早就想到了这个结果，但是无所谓，我已经还完了所有的钱。这些钱虽然我不该拿，但是，我老公欠下的债，终归是用他的命还掉了。这些年，我和我女儿过的日子，你们难以想象，家里总有人骚扰、泼粪、喷油漆，晓慧还在学校被人威胁过。我一个女人，又能如何呢？即便到了现在，还有人到处传我在外面不检点。其实，这也罢了，晓慧现在也大了，她和我不一样，她需要这个脸面。我老公并没有对不起我，但是他对不起晓慧。现在我们解决了这个问题，晓慧再也不会有那些人骚扰，她现在也大了，她的账户里也有我很久以前就存入的两万多元的积蓄，她会有她的美好的人生。等我从监狱里出来，说不定还能照顾我的外孙呢。"

白松叹了口气："那你哥哥呢？"

孙某妻子道："我哥哥他虽然算是共犯，但是他对此事参与很少，也几乎不知情，更没有参与分赃。这个事，其实，老孙他早就找了律师问过了……我一个人终究是没办法瞒你们这么多天……"

大家谁也没有再说话，纷纷离开了讯问室。

周队没有说话，脸上满是笑容地给白松竖了大拇指。

"走吧，开会去，田局长来了。"周队拍了拍白松的肩膀。

这会儿已经是下午1点多，但是没有人休息，会议室里坐满了人。

周队推开会议室的门，白松紧随着周队进了屋。

"白松，"马支队笑着打招呼："过来过来。"

白松听到马支队叫自己，快走几步，到了马支队旁边，这才发现，马支队右手边，是见过几次的分局田副局长。

田副局长五十多岁了，是分局最资深的副局长。在公安局里，负责刑侦的副局长在排序中并不靠前，但是负责的工作十分重要，一般都是较为年轻的副局长担任，田局长现在还负责刑侦，经验上自然是无比丰富。

"你就是马支队跟我夸了半个小时的白松？"田局长目光如炬，"个子很高，听说你是鲁省人？"

"是，鲁省烟威市。"

"嗯，警官大学毕业的，以前来过天华市吗？"

"没，田局，参加工作的时候是我第一次来天华市。"

"嗯，我对你有印象，上次去'魔都'抓人，我见过你。不错，来，跟我说说，这案子你是怎么想的？"田局长满脸含笑。

"啊？"白松略有些紧张，还是道，"我觉得破案就像解题，一个思路解不开就换一个试试，排除一切不可能。这案子孙某的所有熟人我们都查了，基本上排除熟人作案可能，而且现场没有挣扎，那就肯定存在自杀可能。这个其实不是我想出来的，而是因为刑侦局的秦支队长的那句话一直萦绕在我的耳边。我觉得秦支队长最厉害。"

"欸，"田局长摆摆手，"小秦的事情暂且不提。白松，我问你，你还记得邻居的笔录吗？"

"记得。"白松肯定地点了点头。

"那你觉得，如果是自杀，据我所知，孙某的呼吸道内氰化氢浓度比较高，孙某若只想闻闻到底什么味道，他为何要闻这么多？而且氰化氢挥发能力强，他后来打开了门，为何邻居没有闻到苦杏仁味？"田局长又抛出了一个问题。

听到这个问题，包括马支队在内的警察，都竖起了耳朵，想听听白松的说法。

第一百二十三章　史上存在时间最短的专案组

"田局长，您说的这个，我也很疑惑。孙某呼吸道内的氰化氢都已经几乎达到了致死量，他是吸入后再服用，后来因服用过多而死，"白松丝毫没有停顿，"而且，您说的邻居问题，我也考虑过。

"邻居虽然受到很强烈的惊吓，但是人在这种情况下有时候嗅觉还会变强。邻居按理说也会闻到气味，而且这个气味很特殊，一旦闻到了根本不会忘。

"为此，我特地去查询了一些资料，我偶然看到了氰化氢有一种很特殊的性质，那就是，根据一些专业组织对众多氰化氢中毒未死的患者的调查，这种特殊的苦杏仁味，有差不多40%的人根本闻不到。

"这一点，学术界对此有科学解释，因为有四成的人，缺少闻到这个味道的基因，所以无论如何都闻不到，我猜测孙某和他邻居都是这种人，因此就比较容易解释了。

"至于警察到的时候为什么也闻不到，我想那是因为已经过去了好几分钟，阳台开着窗户，门也开着，家里有暖气，外面很冷，空气对流之后就闻不到了。"

白松一口气说了这么多，有些不好意思："田局长，这是我的推测，我也不知道对不对，纯粹就是为了能够自圆其说……"

"不，"田局长十分高兴，"你说的这个，我还真的不知道，回头你把你查到的资料，给马支队这边报一下，入卷。行了，你也入座，开会。"

白松听完舒了一口气，连忙跑到魏所旁边坐好。

"今天在座的，大部分都是刑警的同志，除此之外，还有所里办案队的骨干力量。这个案子，分局一直没有抽出太多的时间和力量，每一位刑警和所里的同志都风雨无阻、日夜奋战。

"分局对这个案子也是高度重视，并成立了专案组，现在这个案子的结局，基本上算是查清楚了，在座的每一位领导、民警同志都非常辛苦，我代表分局党委，向参战的同志们表示感谢，明天早上分局会视频通报表彰。

"除此之外，我点名表扬一下白松同志。虽然没有他，这个案子早晚也会水落石出，但是我发现，白松同志是用心地深挖了这个案子的线索，他从很多角度、很多方向做了不少的努力以及学习，这个很好。

"警察，不仅仅要成为专家，也要成为一名杂家，知道的东西再多、再深刻，都是不够的，需要不断地学习。这一点，白松同志做得很好，值得我们这些老同志学习。

"同时，分局对于工作上有突出贡献的同志，也有分局的相关政策，本次四季度的分局内部'警察之星'评选，魏所、王所，你们回单位的时候，记得跟孙所把这个事情提一提，见习民警，也是我们分局有正式编制的警察同志。

"得益于大家的努力，孙某被杀案进入尾声，专案组今天就此裁撤。关于孙某妻子的这一起保险诈骗案，犯罪事实清楚，案件细节简单，而且我们前期做的所有工作都可以直接复印一份放入这个案子的案卷，这起案子，就交给九河桥派出所做后续工作。至于孙某这个案子以及后续的问题，就交由马支队来分配。"

田局长说完话，白松握紧了拳头，能受到领导如此重视，以后要更加努力才行啊。

马支队接过了田局长的话，开始对专案组的6名成员进行了安排。

九河桥派出所不归刑警支队管，马支队也安排不了，就把6名刑警都编入了"12·01"专案组，这倒是让白松有些惊异，案子的人不是都抓完了吗？怎么会还加人？刑警队那么多事，好不容易腾出来6个骨干力量，怎么给编入这个专案组了?

当然了,这不是白松该考虑的事情,马支队简单地说了几句,刚刚田局长把话都说得差不多了,马支队也没有夸白松,就是勉励了一下大家,然后就散会了。

案子这么快就结束了,专案组果然也按照大家传言的那样,两天就解散了,魏所和王所到现在还觉得有些不真实。

"刑拘先交给刑警这边吧,"魏所道,"这个案子明天再说,今天咱们办案队都休息,具体的休息安排我们回去和孙所再开会研究。现在都下午2点了,大家还没吃饭,都回所里换个便装,咱们吃饭去。"

"对,都该休息一下。"王所也高兴,"忙了这么久了,今天我请客,谁也别和我抢。"

"下回!"魏所一瞪眼,"我先提议的!怎么,怕我请不起!"

大家哈哈大笑,一起坐着五菱,奔向了九河桥派出所。

白松这一次,在分局算是出了名了。当然十几个派出所绝大部分的人不认识他,各大机关部门也不会知道白松是谁,但是在刑警大院里,刑侦、经侦、技侦、看守所等部门,基本上都听说了这回事。田局长在会上夸的几句话,传了四五耳之后,都可以写玄幻小说了!

回到单位,白松换上了便服,跟着大家一起出去,天色略有些阴,天气预报说明天会有一场大雪,这将是今年冬天的第一场大雪。魏所从自己车的后备厢拿了一箱酒,打电话叫了两辆出租车来,把白松带上了一辆车子。

"王旭,白松,你俩是老乡对吧?"魏所从副驾驶上往后问道。

"是,我俩都是鲁省人。"王旭回答道,"白松刚来咱们所的时候,我就知道了。"

"嗯,鲁省人酒量据说都不错。但王旭我知道你,你就不行,给你们老家人丢脸了。白松,怎么样,你没问题吧?工作上可以向你王哥学习,但是喝酒这方面你可不能跟他学。你今天没事,明天也休息对吧?今天放开一点,给你庆祝庆祝。"魏所道。

"别别别，魏所，您可别这么说，这是大家的功劳，怎么能是给我庆祝呢……不过说真的，还真让您说对了，我酒量确实是不行，我也不行啊……"白松先把预防针打上。

喝酒这种事，白松可是牢记父亲的叮嘱呢。

白松还是兑现了与父亲的承诺，喝了一杯多就不喝了，吃了一些地道的本地菜，由于是中午，大家也都没有多喝，饭后白松回到了自己的住处。

一个人在外面奋斗，有一个有暖气的小屋，忙累了，可以踏踏实实地睡个好觉，就已经是最简单的幸福了。